老兵孙福地和他的战友们

方肇 著

LAOBING SUNFUDI HE TA DE ZHANYOUMEN

GUANGXI NORMAL UNIVERSITY PRESS
广西师范大学出版社
·桂林·

图书在版编目（CIP）数据

老兵孙福地和他的战友们 / 方肇著. —桂林：广西师范大学出版社，2010.3
ISBN 978-7-5633-9681-8

Ⅰ. 老… Ⅱ. 方… Ⅲ. 长篇小说—中国—当代
Ⅳ. I247.5

中国版本图书馆 CIP 数据核字（2010）第 032125 号

广西师范大学出版社出版发行
（广西桂林市中华路 22 号　邮政编码：541001
网址：http://www.bbtpress.com）
出版人：何林夏
全国新华书店经销
北京画中画印刷有限公司印刷
（北京市大兴区黄村镇芦城工业开发区创新路 101 号　邮政编码：100071）
开本：690 mm × 990 mm　1/16
印张：16　插页：1　字数：287 千字
2010 年 3 月第 1 版　2010 年 3 月第 1 次印刷
定价：28.00 元

塔山阻击战

炮群

四野炮兵

东北解放纪念章

塔山英雄团战旗

目　录

往事并不如硝烟

李 涛[①]

硕果仅存的"一战"老兵亨利·阿林厄姆(Henry Allingham)于2009年7月18日在睡梦中辞世,享年113岁。我曾经在电视上见过这个老头儿,他住在英格兰南部的一家疗养院中,眼睛完全失明,没有几根头发的脑袋倾斜着,乘着轮椅,礼服上缀满勋章。

"一战"的时候,阿林厄姆做的是相当于空军地勤或技师的工作,战后,他回到老家,媒体说他走过了漫长、非常漫长而且硕果累累的人生之路。此话怎讲?

原来,战争结束后的几十年,阿林厄姆对战争一直三缄其口。他认为,人们需要忘记过去向前行。直到过了自己的百岁生日,当战争的硝烟从人们的意识中褪去,他才开始说起曾经的流血、恐惧和死亡,用他生命的最后岁月唤起人们对逝者的感恩。他撰写了回忆录《基奇纳的最后一名志愿者》(*Kitchener's Last Volunteer*),希望以此让年轻的一代了解曾经发生过的事实。

"I want everyone to know, they died for us."(我想让每一个人懂得,他们是为我们而死的)

阿林厄姆的回忆录在亚马逊网上标价15.29欧元,与其他一些重要的战争回忆录、研究著作一起为读者关注,也许很快中文读者就会有幸读到。而这个夏天,一位中国老兵——孙福地的自述却让我夜不能寐。

中国人男耕女织的这块土地,已经有半个多世纪不闻硝烟,古今多少事,都付电视中,战争故事总是不费吹灰之力便收复为时装戏、苦情戏侵犯的收视率。即便在鸟语花香的饭局上,话题不知怎么一转就"二野"、"四野"起来,顿时,你总会发现一些荷尔蒙、肾上腺素异动的化学反应。毫无疑问,说话的没有一个上过疆场,甚至未穿过军装,但这并不影响他们对战争细节的迷恋与对战术的

---

① 李涛:文学博士,供职于上海某电视台。

研判。谁说为中国足球笑骂的，必须真的踢过前锋或后卫呢？

但事情也不是都那么绝对，眼前就有这么一位传媒界朋友，既踢球又能将足球评论做得活色生香，既飚车又能把赛车报道做得生龙活虎，剩下的时间，还能变身小说家娱乐大众。这就是《老兵孙福地和他的战友们》的作者方肇。

方肇的创作经历，算起来已经二十几年，初以诗名，而且出手就是当年文学青年景仰的《诗刊》。不过，在一个换工作都要脱层皮的年代，文学尚不能吃饭，出版业当然不是方肇这样的天才少年能够混迹的名利场，于是，青年诗人毅然投身商海。我至今记得一个全新领域带给他的兴奋，他从成都给我写信："说不定哪天，你会在电视上看见穿着红马甲的我！"那时，他从事的是期货行业。

我有一个不怎么高雅的比喻：文学就如细菌，一旦感染，便难清除，往往终生为其折磨。顽固的文学幽居在方肇的胃部，也可能是别的地方，即便在他人生最不如意的辰光，亦未能去。与其伴生的另一种细菌，是他对战争传奇的迷恋，算起来，其历史之悠久还在文学之上，而细菌的源头是他的父亲，一位亲历了中国20世纪40年代内战的老兵。

期货这个行业说到底是基于现实对未来的前瞻，方肇从成都到海口，一路前瞻着，不只是红小豆、绿小豆、棕榈油的下一季，还包括了个人的未来。在跋涉中，他无意中发现，风化了自己青春的地图，斑斓之中，居然与数十年前父亲的履迹颇多重合。他最后在北京落了脚，开始向后看，父亲的形象从熟悉到陌生，又从陌生到庄严。

于是就有了小说《老兵孙福地和他的战友们》。

主人公孙福地的出场远不像我们在许多电影里看到的那样"帅"，而是头发花白，脸上有几颗老年斑，右手的指甲基本上都没有了，身上的衬衣也没有熨过，脚上穿了一双款式已经过时的运动鞋，简直就是谁家刚从农村进城串门的亲戚。更让人不舒服的是他的大嗓门，说起话来，整层楼都听得到。

人是环境的产物，孙福地的这些表现，与其说是他的秉性，毋宁说是几十年军旅生涯在他身上刻下的印记。但全篇读罢，我们看到的是这样一个老兵：他南征北战，受过伤、立过功，末了官拜副营，复员后也未获提升。他自己这样总结道：

我现在经常想我这一辈子，为什么就不行呢？你看徐惠滋上将，我是1947年底参加的，他是1948年10月打完锦州解放过来的，1932年生人，比我还小一岁。当时解放他过来他还不愿意，想回家种地去，后来也当了副总参谋长。人家怎么就提升得那么快呢？我怎么就提不上去呢？我想主要是我文化低，再一个就是一辈子也不会说个话，要不怎么叫"孙大炮"呢？直来直去，没心眼儿，有炮就放。

孙福地这种质朴的分析不能说没道理，但其实从他的言行看，他并不在意。20世纪上半叶的中国历史简而言之是一部战争史，我们看到的关键词只有两个——胜、败，此外就是一些蓝色、红色的箭头，伤亡与俘虏、战利品的数字。当然，我们也看到了军事家与将领们的韬略。对于官方的正史，这些的确都是重要的内容，但我们同时也需要了解普通军人的历史，也许这些才会构成宏大军事史动人的细部。

回过来说方肇的小说，具体的故事，读者诸君只要翻过这部书，自会看到，所以无须占用篇幅。我只想提醒读者，还是要把它当作小说来看，虽然它有时更像口述实录、纪实文学，作者甚至还引入了其他文本来“迷惑”读者，但我们不要忽视，方肇其人从懂事起，便听父亲讲述陈年旧事，后又遍读军史，总有考辨、创造、取舍。英国老兵阿林厄姆辞世时，我注意到美联社的消息中说老爷子自称长寿的秘诀是“cigarettes, whisky and wild, wild women”（雪茄、威士忌和极其放荡的女人），而吾国媒体则删掉这一句，变为“洁本”：“The trick is to look after yourself and always know your limitations.”（秘诀是要照顾好自己，要知道自己的极限。）所以方肇在移花接木中做了哪些手脚，就待细心的读者去发掘了。我能说的是，老兵孙福地确有其人，确有其事，但他又是无数个军人的汇聚，也许可以称为“真实小说”吧。正如作者在小说结尾所写：

> 那么多人走了，他活着，那么多的声音沉默了，他说着。陈树荣他们的声音，都集中留在了他一个人身上，他有足够的资格粗声大气地叫嚷。老兵孙福地，就是一门大炮，尽管已经不会再开火，但炮兵的嗓门永远不会嘶哑。

中国老兵孙福地与英国老兵阿林厄姆没见过面，但他们都做了同样的事：提醒人们牢记战争中无数人牺牲在战壕里、高空中或大海上了。

2009年7月22日

第一章　“山寨版”的立功证书

第一次见到老兵孙福地，是2006年的八一建军节。那天早上上班前刚跟我老婆凌小雨吵了一架，走进办公室时我表情一定极端恶劣，绝对称得上面目可憎，我知道自己的德性。

夏天的清早，青年大街两边法国梧桐树上的知了还没醒来，暑假里的学生都在睡懒觉，连带着整个世界也清静了许多。直到我忧心忡忡地走进民政局大院，一步不落地踩完36级台阶，上三楼左转进“优双”科，走到自己的座位前，才发现有个身板拔得笔直的老汉站在桌前等我。他的头发花白，脸上有几块不大明显的老年斑，身上的衬衣显然平时很少穿，叠出来的压线也没有熨过，看起来几乎就是新的，简直就是谁家从农村进城串门儿的亲戚。我注意到他脚上穿了一双款式已经过时但还有八成新的红色阿迪达斯运动鞋，基本上可以断定是他儿子或者孙子因为不合脚而转赠的，穿在老汉脚上，跟他浑身的装束明显地极不协调，不过他显然毫不在意。当他把手里的小红本递给我时，我看到他右手的指甲基本上都没有了，他的手指头不能算有残疾，但是光秃秃的看起来很不舒服，像是没有了笔芯的圆珠笔。我觉得他应该让孙女给涂点儿指甲油，至少在楼下坐着打麻将时能够带来点儿好彩头。

总而言之，在这样一个不合适的时间、不合适的地点及不合适的心情状态下，我遭遇了老兵孙福地。

我对老兵孙福地有这样不大恭敬的想法并非无缘无故。首先，我跟几个高中同学在昨夜的麻将桌上狠狠地输了半个月工资，把口袋都翻过来了，后来下桌的时候，赢家又给扔回来了50块钱，说“自己打车走吧，就不送你了”。其次，在早晨疲惫不堪地回家想睡个回笼觉时被老婆吵得头疼欲裂，她的咆哮甚至让我的世界观都发生了根本性的改变。谈恋爱时的依人小鸟，得喝多少袋三鹿牛奶才能在五年之内迅速进化成这般河东狮啊？我看着阳光从窗帘的缝隙里漏进来有60厘米长，发现太阳都被她吵起来了，这觉肯定是睡不成了，于是夹着我的A货“萨池”小皮包去上班。为了防止到单位过早而引起别人的注意甚至怀疑，我只能走着去。我走了大约38分钟，来到辽阳市民政局大院时正好差2分钟9点，除了大学毕业报到那次，这是我前半生唯一一个没迟到的早上。

那时我刚刚调到优抚和双拥科一个月，新鲜劲儿已经过去了。正如我接触的那些老兵讲起自己的经历，往往是在干了几个月汽车兵时，上面来命令，直接就调去当雷达兵了，兵与兵都是相通的，在战场上不是杀人就是被杀，或者杀人与被杀同时进行。我在民政局待了六年，马上都要“七年之痒”了，之前六年一直在老干部科，一年到头接触的都是那些自嘲为“棺材瓤子”的老家伙，眼一闭一睁，就是一天，眼一闭不睁，就是一辈子。我在大学里好歹也是个才子，那时候我老婆还是个佳人，但是我们这才子佳人一旦出了大学校门到了民政局，就如同孙悟空进了玉皇大帝的御马监，住着24平的房子，赚着跟街头看自行车的大妈同级别的工资，上菜市场从来没买过海鲜，见谁穿件阿迪达斯都得两眼发光地盯着研究个20分钟……这就是我当时的生存状况。

老兵孙福地那时候光离休工资就已经能拿到三千多了，这是一个令我非常向往的数字。大概在三年前的三年前，省里发过一个文件，说是让各地统计一下，凡是新中国成立前参加革命的、立过一等功以上的老兵，从8月1日起按月发给100元的生活补助金。具体从什么时候开始执行的我不大清楚，因为那时候我还没在这个科，来了以后也没见过那份文件，反正很多人都已经领了好几年钱了。老兵孙福地不知道为何消息如此闭塞，竟然从来不知道有这回事，而这种事情假如自己不说的话，别人是根本无从通知的。他们立功的那个时代，还没有互联网呢。

“我们昨天不是聚餐庆祝八一吗？宏伟区武装部请的，摆了四桌整搞的，去年还五桌呢，这一年，又走了好几个，走一个少一个喽！以前我们这帮老家伙可能喝了，转业的时候我都喝过一瓶半，泸州大曲，还不醉。现在不行了，喝半两酒胆就疼，手指头还麻，血糖也高，越老越不中用了。”老兵孙福地这样表述他的开场白，嗓门大得连四楼的局长都能听得到，但是逻辑实在很混乱，唠叨了半天，我还没搞明白他是何许人也，今天是来开什么证明还是来砸场子的。

顺便说一句，酒也是我老婆的仇家，跟哥们儿在路边的烧烤摊喝两瓶啤酒本是我的最爱，由于青天大老婆变本加厉的管制和事后没完没了的吵闹，我早已经远离了那种把啤酒当凉水喝的幸福生活。老兵孙福地一说到喝酒我就郁问：上次握着啤酒瓶吃烤串是几周之前来着？

“喝酒的事情就先说到这儿吧。昨天是 7 月 31 号对吧？今天才是八一呢。”我漫不经心地纠正着老兵孙福地，并不想跟他随声附和，所以这种对话很有些剃头挑子一头热的味道。

“以前景大肚子比我能喝，他现在行了，儿子有能耐，逢年过节净给买茅台五粮液。他就说，每个月还多给 100 块钱呢，说他是一等功，我们那时候叫大功。我说我也是大功，怎么就没这 100 块钱呢？景大肚子就说，人家都有啊，立过功就有，都有，整搞的。他就说你赶紧拿军功章去市里民政局问问吧，我怕来晚了这事儿过去了，连夜翻腾，总算把本儿找出来了。幸亏以前搬家没给扔了，这要是找不到了，以后留给后世儿孙个念想都没有了。”

老兵孙福地仍然高声大嗓地嚷着，我坐在桌前打开电脑，收拾文件，看似挺忙，实际上脑袋却在溜号。昨天网上有消息说张玉宁将加盟澳大利亚的一个什么队，我认为这是他最差的一次转会，在赔了 263 万之后，他已经接近破产了。说起来这是个没有王法的“比较文学”，按我的智力，很难找出其中的价值曲线：

1. 球员张玉宁踢过国家队，开车撞伤副驾驶座上的人，赔给队友 263 万，根据申花队的工资标准和他的出场时间，大概一年白干了，还得不吃不喝外加偷税漏税。

2. 老兵孙福地立过大功，每月应享受人民政府补助 100 元，每年 12 个月，如果不计利息，给上 2200 年才能凑上张玉宁的赔偿标准 263 万。如果他想提前开始享受这份优待的话，那就不是跟着林彪打解放战争了，而应该是跟着刘邦打楚汉战争。

3. 本大才子我，上过大学，毕业 6 年，每月工资加补贴 1550 元，如果个人收入按照国民经济的发展速度年递增 10%的话，不吃不喝不娶媳妇不包二奶不养老人孩子我需要工作 28 年才能挣到 263 万。这个数字让我对未来充满了信心，别拿村长不当干部，原来哥们儿也是个未来的百万富翁啊！

后来老兵孙福地把他的立功证小红本递过来时，我才突然意识到，他很有可能是个“忽悠”。我推测，老兵孙福地在某个老兵聚会的场合听说人民政府现在每月给立过大功的老兵发放 100 元生活补助，于是他就按照电线杆上“专业制证”的号码找人做了一个，反正现在也查无对证，而且他本人也是货真价实的老兵，履历和部队番号都对得上，怎么也穿不了帮……总之，他很有可能是个真老兵假功臣的浑水摸鱼者。

看他的立功证书，籍贯、姓名等都对，格式与其他立功老兵以前留下的复印件也相似。封面是红色的，写着那个时代的繁体字“中国人民解放军中南军区兼第四野战军立功证明书”。翻开扉页，是一颗简洁的红色五角星，中间是黄色

立功证书封面

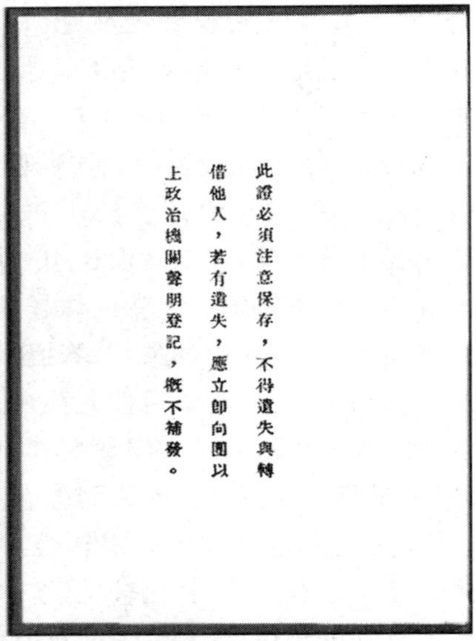

立功证书之封三

的“八一”。在一张极薄的半透明纸下面，第一页是仰角拍摄的“毛主席像”，镜头似乎对着毛主席的下巴，这就不那么慈祥了，不知道是哪位专业的高人给拍的。毛主席像后面印着他龙飞凤舞的行草：“爱祖国、爱人民、爱劳动、爱护公共财产为全体国民的公德。”众所周知的“五爱”何以在此变成了“四爱”？说来话长，这是当年毛泽东匆忙之中给《新华月刊》写错了的题词，想不到还能看得见。30年后，当事人胡愈之曾经专门为此写了一篇检讨书，专门解释了“爱科学”被遗漏的前因后果。第二页仍是一张超薄的半透明纸，是有点儿类似火车司机打扮的“朱总司令像”，双眼炯炯有神，原来朱老总也是个美男子啊！照片背面也有题词：“学习正规化，保护国防。”为什么不说“保卫国防”？第三页已经在“9·13”之后撕掉了，据说原来是“林司令员”像，不知道这位四野林总当时留下的墨宝如何。有意思的是，后来我查了查所有到民政局办理相同手续的立功证书复印件，统统没有林彪这一页，全撕了。可以想见，在“文革”后期如果有人胆敢不撕会是怎样的下场。第四页是“功臣像(相)片”，年轻时候的老兵孙福地可谓英俊潇洒，与眼前这位花白头发的老人相比，脸小得多，眉眼基本没什么变化，五官线条极为柔和，似乎半个多世纪前的人长得都是那么没棱没角的。一直翻到第五页，才进入正题。

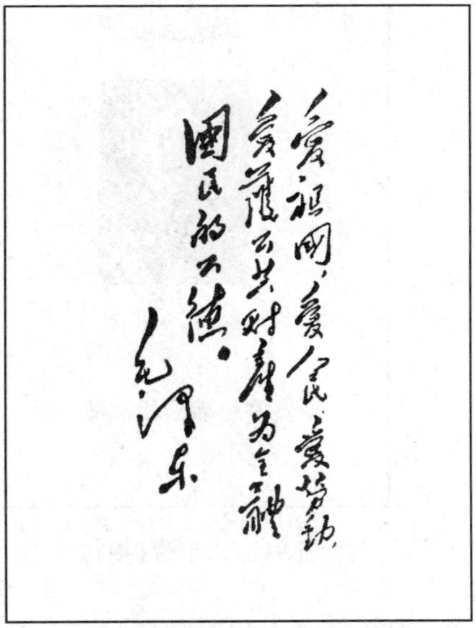

立功证书之毛泽东题词

立功证书之毛泽东像

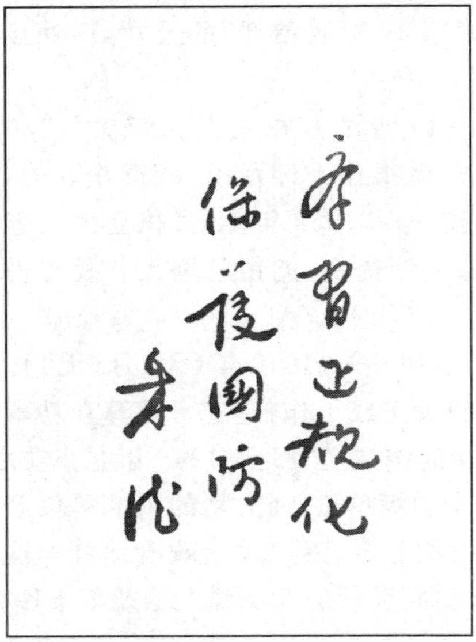

立功证书之朱德题词

立功证书之朱德像

部别：军直炮营一连
职别：副排长
原名：（未填）
现名：孙福地
年龄：22 岁
性别：男
籍贯：辽东省庄河县七区太平岭村
家庭成分：中农
社会成分：农人
现在成分：（未填）
何时何地入伍：1948 年 1 月于本县
何时何地入党：1949 年 12 月
备考：（未填）

立功证书之功臣像（相）片

翻了一遍，我发现了这样几个疑点：

A. 老兵孙福地自称立过一大功、两小功，但是证书上记载的却是两大功、一小功。这个世界上我只听说有人把小功往大了说的，还没见有人把大功往小了说的。如果自己都记不清楚，那是很说不过去的。

B. 老兵孙福地自称在 41 军南下作战中立功，但是颁发证书的是“中国人民解放军中南军区政治部”，填写立功事迹的却是“41 军文化速成学校政治处”，而功臣照片上加盖的又是“中国人民解放军第 41 军政治部”的公章，三处显然不相一致且互相证伪。

C. 立功事迹语焉不详。第一次是“1949 年 8 月积立大功壹次”，“功绩摘要：进闽南下行军中表现积极能吃苦”。这就很让人怀疑了，就算是真的，都很有走后门突击发奖的嫌疑。第二次更离谱——“1952 年 10 月积立大功壹次”，“功绩摘要：文化学习中表现了勤学苦练、成绩优良，能帮助别人。”我觉得这种事迹最多能评个班级三好学生。

D. 更可疑的是，在下一页，还有一个小功——“1948 年（无）月（无）日积立小功壹次”，“功绩摘要：工作积极能代（带）头完成工作任务”。就算立功事迹是真实的，也断无先在 1949 年立大功再穿越时空隧道“回到”1948 年立小功之理。

E. 那个所谓的学校政治处应该只是个团级单位，而大功的批准单位至少是师政治部，这是规矩，也是常识。而且加盖的公章特像“唐朝政府元首李世民公派留学天竺国大雷音学院首席代表玄奘法师”那份通关文牒上的胡萝卜印章，

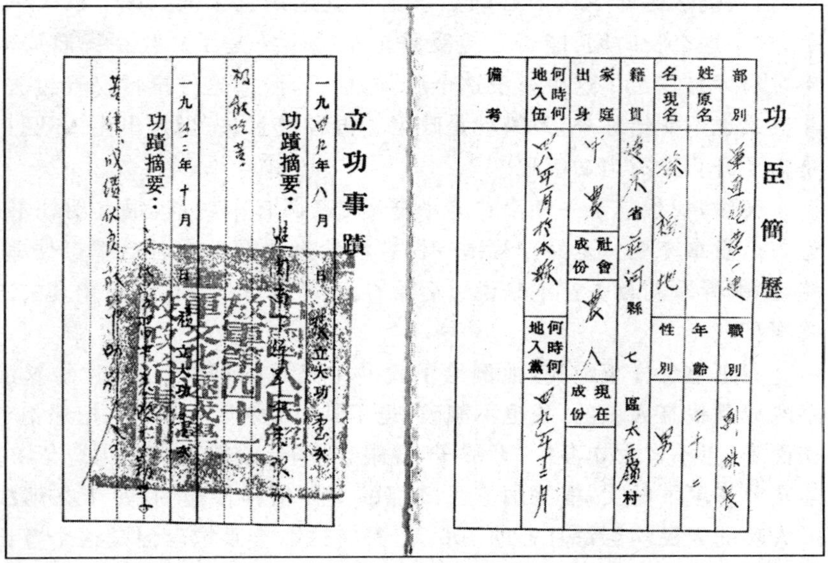

立功证书之大功记载

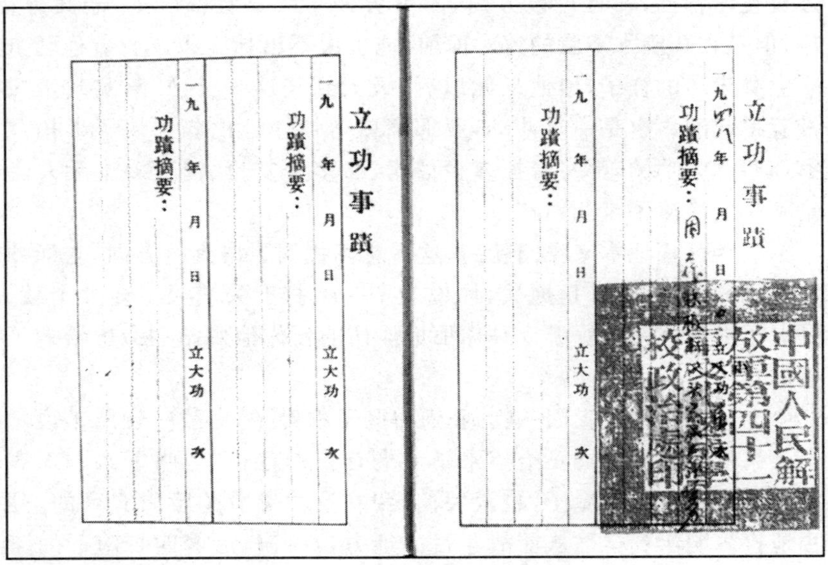

立功证书之小功记载

怎么看都不像是真的。

我在翻阅中不时用余光偷偷打量老兵孙福地，他尽量作出若无其事的表情，但是仍然掩饰不住内心的焦急。毕竟这是三年前（2004 年八一节）的文件了，过了这么长时间，能否还接受登记都搞不清楚了。我在民政局混了将近五年，当然明白“过了这个村没这个店”的道理，假如这件事情已经过去，那什么战斗英雄也不能给你补，政策就是政策。再者说了，您当年出生入死打天下，也不是为了升官发财当功臣吧？

突然，我想起了一件事：“老爷子，人家都有军功章，跟立功证书配着发的，您怎么没拿来啊？”老兵孙福地一愣：“没给过我啊！当时行军打仗那么忙，到处跑，上哪弄军功章去？本来说过后给补发，人家不给发，咱还能真去跟领导当债要啊！”

我正愁怎样拒绝呢，他倒给了我一个充足的理由。我想，您这山寨立功证书八成是找高人做的，我也不戳破，也不认可，找个其他理由把您拒了还互相不伤面子，岂不皆大欢喜？“老爷子，我跟您说啊，咱们这个事儿是有，2004 年八一建军节省里下的文，根据国家民政部的文件精神传达的，每个在解放战争中立过大功的人民功臣每月补助 100 元，是有这么个事情。但是这个登记时间已经过了，如果您能拿来跟证书配套的军功章或者找到原来部队的战友或者到总政去查到底档、开来证明，我就帮您跑省里办手续，高低把这事儿替您办成了。您看，今天是不是先回去准备准备？”

为了表示“诚意”，我还特别提出，让档案室秘书把老兵孙福地的立功证书逐页复印存档，一旦可以办时，不就方便了吗。看得出来，老兵孙福地有些失望，但是在我滴水不漏的答对面前，他也说不出什么来。我看他转身往外走，似乎意犹未尽的样子，怕他从此以后，天天到我这来上访、落实政策，这种老革命谁惹得起啊。也是一时冲动，我那嘴就习惯性地比脑子快了半拍：“老爷子，人家那些立大功的，都写着抓多少俘虏、缴多少支枪、消灭多少敌人，您这个事迹是不是太简略了点儿啊？”

老兵孙福地本来嗓门就高，这下总算找到了出火的方向，立即冲着我来了：“你他妈废话！老子是炮兵，你说老子一炮打下去消灭了多少个敌人啊？哪个是老子那炮炸死的？哪个是你那炮炸伤的？你他妈站在旁边给老子数着啊，整搞的？”

老兵孙福地大嗓门一嚷，我悔得肠子都青了，白挨一顿骂不说，影响还小不了。果然就把高副局长给招来了，“老首长老首长”地叫了二十来声，连拉带拽把他劝去了自己的屋子，也没关门，我在这边黑着脸听得真真的。原来老兵孙福地打算明年到自己从前战斗过的地方走一遍，沿着四野南下的路线，一直到入藏平叛，沿途凡是有烈士陵园的地方，就躺着他的战友，自己年龄也大了，趁着还走得动，想再去看一眼，以后恐怕时间、体力都不够折腾的了。

老兵孙福地："那些老战友，几十年没见了，万一能找到家人，我能空着手去啊？本来我好多年前早就有这个心，可是经济上实在不富裕啊。这一次，要是能补发我三年多的生活补助，不就有了四千多块钱了。真要是见了哪个战友的遗孀、孩子，我不得给拿几个钱啊！"

高副局长："那可不大容易吧？当年一个部队的战友，现在可不好找了。"

老兵孙福地："全中国，遍地都有我的战友。这么说吧，17 岁我当兵的时候，只认我一个村徐屯出来的是战友，邻村的差了十里地都不大认。打完锦州，只要遇到庄河县的老乡都亲得不行了，见个面啊，说不完的话！到南下的时候，我们 154 师的，都是我战友。现在，快 80 岁了，回头看看，凡是当年四野打过仗的，上至野司林、罗、刘，下至牵马挑担的小兵，那 120 万人，统统都是我战友！"

老兵孙福地的声音从高副局长的屋里传出来，让我突然有所触动。谁的朋友不是朋友，咱们年轻人同学一场输了麻将还要给你 50 块钱打车呢，人家老战友见面，用钱的地方多了去了。看他的装扮就知道空顶着个"革命老干部"的荣誉称号，家里生活也不富裕，说不定孙男弟女一大帮，都是"啃老族"呢。想到这儿，听他说话也逐渐不生气了，我赶忙到高副局长屋里去道歉。

"老爷子，您别生气，我比您儿子还小呢，不会说话，您是老前辈了，别跟我一般见识，多担待啊。等哪天有时间，我请您喝酒，您再把当年打仗时的英雄事迹给我们讲讲，也让我们受受教育。"一番好话说得八面玲珑，高副局长也在一边帮衬着，老兵孙福地立刻阴转晴了："我有什么故事好讲的，我只是沧海一粟，真正的英雄，都躺下了，没活到今天！"嘿，他还真不客气，还知道沧海一粟，我点头如鸡啄碎米一般连连称是，心想这老兵看起来也是念过书的人啊。

后来高副局长表态，说一定要去省里，帮他把这笔补助费重新登记、申请下来，说得越诚恳，老兵孙福地越客气，最后老头儿干脆一跺脚，走了，不要了。我心里又一次冒出个念头来，是不是怕到省里查到底档，当年没他这么个立功事迹啊。不过这一次想归想，我没敢再说出来，我再缺心眼，也不能一个上午捋两次虎须吧。

没有想到的是，一个月后老兵孙福地的战友找到了，而且还是我给找到的，而且我还发现了同样的"假"立功证书。

第二章　偶遇教导员

老兵孙福地回去之后就没再来找我，尽管当时留了办公室电话，他也没再打来，看来也实在拿不出什么证据证明自己当真立过大功，这事儿也就过去了。那时候我一心想调到电视台去，整天琢磨的都是走谁的门路才能够完成这比“南水北调”还复杂的系统工程，民政局那点儿革命工作也就干得三天打鱼两头晒网。就这么过了一个多月，到了 9 月初。

我老婆凌小雨其人其实还是比较有旺夫相的，虽然做人比较财迷，但基本上只针对老公一个人，除我之外对谁都无比大方。这天中午我回家时，她已经准备好了两瓶五粮液、一大盒银耳营养礼包以及鸡鸭鱼肉一大堆，让我趁着第 n 个教师节即将到来之际去给她的“干妈级”中学班主任李老师送礼兼做饭。顺便介绍一下，我的厨艺相当了得，反正每天上午 10 点多就可以溜出来回家，唯一的收获就是把我练成了一业余大厨，而且在亲友之间还小有名气呢。

闲话少说，捞干的讲吧，具体说来流程是这样的：我想去电视台，最直接的话事人当然是电视台一把手罗台说话最管用；罗台是个转业军人出身，他当兵时是财贸学校邵主任的对门邻居，而招兵的军官又是当年邵主任部下的部下，所以帮了罗台一个改变一生前途命运的大忙；邵主任的老婆第九中学的李老师是我老婆凌小雨中学当班长时的班主任，而且据说当年喜欢我老婆到恨不得把自己的亲生孩子都“炒鱿鱼”了的程度。总而言之，我如果能送上这份礼，跟那个第九中学的李老师联络上感情，续写上一段“干妈与干女儿”的前缘，那个财贸学校的邵主任答应不答应我也得叫他“干爹”不是？如果他当了我干爹，我不就可以跟罗台挂上钩，进而顺利完成工作调动了吗？

我得承认，这是条说起来很上不得台面的“曲线救国”之路，有点儿丢人。但是那时候我已经鬼迷心窍了，就认这一口儿，只要能“救了国”，进电视台工作，曲多少线我也愿意！说实话，假如卖身投靠能办成事儿，我肯定卖。这就不错了，换个好工作连卖身都不用干的便宜事儿上哪儿找去？

晚上就在李老师家里吃的饭，我掌勺，我老婆打下手，同时一边剥蒜切葱一边极尽阿谀奉承之能事，把李老师哄得那是相当的开心。从屋里陈设看，邵主任家境也不富裕，估计平时也很少有人给他们送礼，所以李老师打开记忆的闸门，着实搜罗出几件我老婆在中学时代的先进事迹。李老师有个口头禅“吵人”：

“赵振清最淘气，我那时候成天吵他。”

“李长云最老实，我吵他基本上都是替别人背黑锅。做了坏事谁都不承认，只有他自己站起来。”

“小雨是好孩子，班长，我从来不吵她。”

李老师满眼慈爱地望着坐在她对面的我跟凌小雨，就像王母娘娘望着她座下的金童玉女，而我们也不失时机地说些师恩无边、必当涌泉相报之类的悦耳之言。这时候我终于明白我老婆吹牛说的李老师喜欢她差点儿连自己的亲生孩子都要“炒”掉是怎么回事了，李老师只不过是经常“吵”自己的孩子而已。

李老师基本上不喝酒，而且还徒劳无功地屡屡想制止邵主任喝酒，至少别喝那么多的酒。邵主任名叫邵恩宽，官不大名气很大，好像半个辽阳市的人都认识他，似乎也接近 80 岁了，满头银发，腰板拔得笔直，10 年前因病把胃切除了三分之二，瘦得厉害，但是看起来仍然精神十足。不过从邵主任脸上可看不出任何革命老干部的痕迹来，尽管夹克外套看起来还算是件能“见客”的体面新衣，但里面那件白色大背心却露出了岁月的痕迹，胸前的“财贸学校”红字已经褪成了浅粉，年头肯定小不了。如果他坐在哪个传达室里，扮演个打更老头儿根本不用化妆。

我没来得及问邵主任这个头衔官拜几品，是班主任、系主任还是后勤主任、办公室主任，反正当权至少也是 20 年前的事儿了，现在大家都这么叫，只不过是习惯了，不好改口而已。

那天邵主任喝得很开心，说很久没喝到真正的五粮液了，不用看瓶子，闻味他就能分辨出真假来。说这话时，他已经喝了大约有七两酒，尽管舌头还没打卷，但是脸色已经完全红透了。这个说法让我突然有了一点儿震动：谁也这么说话来着？不过我当时也没细想，因为当时的任务是想办法把话引到部队上去，只要邵主任谈起他的当兵历史，自然就能谈到他后来的部下的部下来辽阳征兵的故事，不就能谈到罗台那件事儿了吗？于是我就问邵主任：“您当年当兵的时候，是不是部队里都挺能喝的？”

邵主任脸色微红：“那是啊！你看电影里国民党组织敢死队，上阵之前都喝一大碗酒,共产党那时候也这样。我们战前都组织爆破组,抢着上啊,爆破组就是敢死队,你上不去,人家机枪打交叉火力,封锁扇面,高低配置上,上多少人都没用,上多少死多少。但只要咱们扛着包上去了,碉堡里那帮兔崽子基本上就活不了啦!炸药包架好了,这时候你才想投降啊?晚了!老子死那么多战友算谁的?轰你个鳖羔子的!”

李老师管不了老伴儿喝酒,已经数次劝阻无效了,只好旁敲侧击:“嗯,你们爱听老邵就爱讲,再喝一口,马上就要给你们拿军功章看了。”

就好像黑夜之中天边划过一道闪电,忽一下,我想起了老兵孙福地。“邵主任,除了军功章之外,是不是您还有一个立功小本啊?”

邵主任说:“有啊!建国以前只给章没有本,建国以后不管有没有章,统一都给换发立功本儿。多少功都一样,就一个本,写在一起,丢了就丢了,不给补。后来批林批孔的时候,很多人都给扔了,不是有林彪的像吗?谁敢留着啊!”

邵主任说着话,从腰间解下一大串稀里哗啦的钥匙,站起来进了里间屋。这是旧社会过来人特有的一个习惯,我们这代人早就不锁抽屉了。自家人不用防,丢不了东西;贼进门防不住,没有人家开不了的锁。——在自己家里有什么好锁的呢?我坐的方向正好能透过虚掩的门缝看进去,但是又不好意思直截了当地“偷窥”,坐在那里非常尴尬。好在耳朵闭不上,能听得见邵主任打开箱子上的锁,掏出些什么东西,又一步一步走了出来。老人的脚步有些沉,眼睛却是熠熠生辉。

邵主任拿出了一把军功章来,逐一摊在桌子上饭碗与菜盘子之间的缝隙间。解放纪念章、抗美援朝纪念章、西藏和平解放纪念章……最后,我看到了那本熟悉的“中国人民解放军中南军区兼第四野战军立功证明书”,居然跟老兵孙福地那本克隆出来的一般,只不过更“假”,看上去更像是山寨版。

这个貌不惊人的小个子邵主任原来也是一个人民功臣啊!我忽然想起了他与老兵孙福地的若干相似之处,都是满脸的不在乎,大大咧咧,喜欢大碗喝酒,平时说话假文明,一不留神就冒出点儿脏话来,而且,都有这么一本看似假得不能再假的立功证书……是不是当时所有打过仗的人都能领到一本,就好像是后来的少先队员,人人都能戴上红领巾,根本就不稀罕啊,我很怀疑。

这时候,我老婆拿着那个立功小本儿念了起来:

在伟大的人民解放战争中,我四野与中南军区武装部队,曾完成伟大光荣的战争任务,并涌现出无数的功臣,现中南全境已告解放,战争已告结束,为清理全军的立功,特颁发立功证明书,凡参加东北解放各战役及解放平津战役与解放中南各战役立有一大功以上的战斗员、指挥员与工作人员,不论已领得功臣奖章与否,均发给此立功证明书重新登记(立有小功者则以军为单位立册进行登记）以资褒扬纪念并享受政府与部队对功臣之一切优待与荣誉。望持有此立功证明之功臣同志慎为保持光荣与发挥光荣而继续努力！

此令

司令员　林彪

政治委员　罗荣桓、邓子恢、谭政

政治部主任　陶铸

随着我老婆凌小雨的声音，邵主任闭上了眼睛，轻轻地点着头，看起来这段文字他已经熟悉得都能背下来了。此前我遇到的几乎每一个老干部都有一个口头禅“我们算什么功臣，真正的功臣是那些牺牲了的战友”，似乎都很淡泊名利的样子，但是说归说，真正触到他们那根“光荣线”，没有人不把自己的奖章看得比五粮液宝贵。

我侧过头看去，全是竖排繁体字，对我来说绝对是一种摧残，凌小雨同学竟然都能认下来，实在让人顿生仰慕之情。在命令的右方，还有一行字：“中国人民解放军中南军区兼第四野战军为清理全军的立功发给立功证明书，命令，公历 1950 年 8 月 1 日于汉口”，上面盖的是玉玺一般的“中国人民解放军中南军区政治部之印”。方方正正，敢情那个年代还不流行圆形公章呢。

原来如此！

那一刻，我豁然开朗：全国解放之后，四野及中南军区开始清理许多口头宣

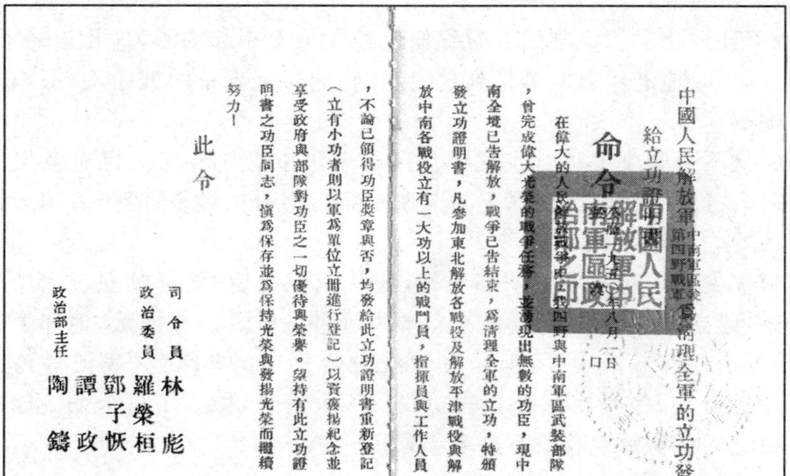

中國人民解放軍中南軍區兼第四野戰軍爲淸理全軍的立功發給立功證明書

命令　一九五〇年八月一日於漢口

在偉大的人民解放戰爭中，我四野與中南軍區武裝部隊，曾完成偉大光榮的戰爭任務，並湧現出無數的功臣，現中南全境已告解放，戰爭已告結束，爲淸理全軍的立功，特頒發立功證明書，凡參加東北解放各戰役及解放平津戰役與解放中南各戰役立有一大功以上的戰鬥員，指揮員與工作人員，不論已領得功臣獎章與否，均發給此立功證明書重新登記（立有小功者則以軍爲單位立冊進行登記）以資褒揚紀念並享受政府與部隊對功臣之一切優待與榮譽。望持有此立功證明書之功臣同志，愼爲保存並爲保持光榮與發揚光榮而繼續努力！

此令

司令員　林彪

政治委員　羅榮桓　鄧子恢　譚政

政治部主任　陶鑄

中國人民解放軍中南軍區政治部之印

立功证书之首页

布但未来得及兑现的立功，也来不及再制作奖章了，干脆印发了一批一等功臣的立功证书，以中南军区政治部的名义下发到各军师里，有过大功的各自领一本，填上立功情由，像今天的机动车登记证书一样，也可以把若干历史事项逐一登记在册，比如其他小功。正因为它事后补发、补登的性质，才会发生老兵孙福地那种每个事迹上盖不同的章，而且还发生了“时光倒流”事故。这么说，老兵孙福地的山寨版立功证书很有可能是真的啊！

我一着急，嘴又比脑袋快了，脱口而出：“坏了，老兵孙福地拿来过一样的立功证书，我当是假的，没给他登记。”

邵主任闻言一愣，端在嘴边的小酒杯也放下了：“你是说孙大炮吗？你见到他了！好几年没见面了，我还以为这人没了呢！”

我便把“八一”那天老兵孙福地来登记补领生活补助费未遂的事情简要说了一下。邵主任说：“你这就不对了，孙大炮那立功本肯定是真的，因为大功以下的，二等功、三等功都是军里发证，没有这个本儿。你别以为立大功是多么大一回事，打中印反击战一仗下来，我们师立大功的没有一千也有八百。当时大功上面还有特等功、战斗英雄、毛泽东奖章……人家要做假，还不做个高级点儿的？”

我顿时来了兴趣：“您认识孙福地？”

邵主任：“那还不认识？老战友嘛！孙大炮嘛！那家伙，可能喝酒了！庄河人，四八年的新兵，在41军的时候，不对，是辽南独立二师入的伍，我是他连长啊！怎么不认识！在54军130师独立营他当1连长的时候我是他的教导员，打印度之前我还跟他经常见面，打印度我去了他没去。打完之后我发牢骚说不公平，结果给转业了，他在部队又多呆了14年，后来七六年第一批转业，没回去庄河，也落到辽化了。他刚回来时我们还经常见面一起喝酒，这几年老了，也不大走动了，当时他老伴白淑琴是副食商店的，能买到真正的五粮液，那两年我可没少跟他喝！”

问题这不全解决了吗？我觉得自己终于可以做一件对人民有意义的事情了。“那就太好了，你们这是真正的亲战友啊！您帮忙做个证明，我明天就把老兵孙福地的立功登记给办了。”

不料邵主任却连连摇头：“那不行，我认识他之后，他可没立过大功。打营口的时候，他立过一小功，那时候准备要发展他入党了。在西藏，他那个连打得最好，受到了师里通报表扬，但是好像没说给立功。打印度，我记得孙大炮没去，对，他没赶上，他到底怎么立的功我可不大清楚，做不了这个证。他到底是在哪一段立的大功呢？我没有这个印象！”

“你们不是一直在一个部队吗？”

“没有没有。南下出发的时候我们都在41军154师462团迫击炮连，我那时候当连长，他是1排1班的兵，还是个战斗骨干，第一战斗小组长，我们那一连都是庄河、新金的兵，个子大，有文化。走到湖南，他调走了，调师里直属炮营去了。到广西学文化之后，他好像是分到123师去了。154师一度配属给了广西军区，最后师部改空军了，步兵都改公安兵了，我们炮兵那时候调走的，一起连人马带枪炮都调到了44军了，之后44军一部分改成南海舰队，一部分跟45军合并，又成立了54军，入朝了。抗美援朝快结束的时候，孙大炮分到朝鲜，也到了54军，在130师独立战防炮营，我们又在一起了。在西藏的时候他当1连长，我当教导员，老跟着他们连一起走。”

“怪不得连口头语都一样呢。”

“可不是嘛，整搞的。这可能是我们左叶师长的口头禅吧，我跟钟团长学的，他们跟我学，我们那帮人可能都有这个口头语。”

望着眼前这个貌似山寨版的教导员，我实在将信将疑。这些老兵啊，丁是丁，卯是卯，也太较真了。如果换成我的朋友死党要我证明昨晚在我家打麻将、没出去乱搞男女关系，做伪证我都非常踊跃。可是人家，那么铁的关系，一起扛过枪的，还喝过人家不少五粮液，证明一下立过功，动动嘴皮子的事情，多么简单，可他就是不做。人品啊！能不让我肃然起敬吗。看看墙上像打雷般噪音轰鸣的石英钟，刚过8点，如果脸皮厚点儿，至少还能待一个半小时。于是我非常诚恳地请教邵主任：“那您就把当年怎么认识老兵孙福地的，又怎么在一起打仗的故事给我们讲讲吧？”

邵主任严肃地望着我说：“我跟他原来可不是一起的，他四八年才参加的，我是四保临江之前当的兵，四六年秋天的，比他早两年呢，可打了几场好仗，死了不少人啊！我那个连，干部都牺牲光了，本来我是连部文书，直接提的副连长，没两天连长又牺牲了，就让我现场转正了。那歌是这么唱的，你一句我一句，得俩人对着唱。”

(甲)吃菜要吃白菜心，(合)白菜心；(乙)打仗专打新六军，(合)新六军。(甲)菜心味甜营养好，(合)营养好；(乙)歼灭新六军建功勋，(合)建功勋。(甲)同志们大家来竞赛，(合)来竞赛，(乙)看看谁是人民的大功臣，(合)大功臣。(甲)同志们大家来竞赛，(合)来竞赛，(乙)看看谁是人民的大功臣，(合)大功臣。

说话间，我老婆凌小雨手脚麻利地收拾好了桌子，李老师给沏上了一壶茉莉花茶，摆好了杯子，邵教导员拉开了架势，开始了他的故事。这时候我也豁然开朗了，当年的功臣之所以今天多数都湮没在民间，很多时候是他们自己不好意思说，真没把这功臣当太大的事儿。而老百姓心目中的大英雄，往往都得身居高位，出将入相，起码得是军长、司令以上级别的人物才行。

第三章　山寨版战友

多年以前，当我还在上小学的时候，班里有个同学朱太春的家长是54军的转业军官，他经常炫耀性地给我们讲些道听途说的战斗故事。由于人家是军人家庭，不管说什么我们都得相信，也正是从朱太春嘴里，我第一次听说了中印战争的民间版本。

我们的军事家同学朱太春如是说——

打印度就是我们54军上的，全军都上了。那边全是喜马拉雅山，雪山。炮兵根本上不去，就得搞人扛。我们炮兵把炮全拆了，拆成小零件，每人背包里装一样（炮管怎么装他没说），给带上山了，然后现场组装。印度兵懒，他们打仗都是挣工分的，干多干少一个样，所以他们不带炮上山，连枪都是雇民工给背上去的。结果一打起来，我军的大炮一响，印度兵全给轰上天了，最后从碉堡里把他们将军给俘虏了。那个将军说："你们打仗不讲理，你们拿大炮打我们小米加步枪，都不是一个重量级的嘛！有本事你们把我放回去，我再重新跟你们打。"我们军长说："没问题，我就放了你，连枪都给你。"后来，我们把印度俘虏全给放了，枪也给他们发回去了，但是印度民工不干了，行军打仗没人给他们扛枪，后来就再也不敢来侵犯了。

但实际上54军并未全上，只是上了其一部130师，但就是这一部，却为成就新建番号的54军在人民解放军军史中不可替代的重要地位又增添了浓重的一笔。54军是由战绩显赫的44军和45军合并而成，各取一数成54军。能在强兵如林的54军保留番号的部队均非等闲之辈。

这天晚上在李老师家里，令我兴奋异常的是，邵主任与老兵孙福地当年所在的部队，就是 54 军 130 师。他们在朝鲜战场上就是战友，而且在中印边境冲突打响之前，正在这个王牌部队 130 师。唯一的区别仅仅是，在中印反击战打响前夕，老兵孙福地从 130 师上调到 54 军军部，非常遗憾地错过了这一仗，而邵主任所在的部队，担任了主攻任务。

邵主任如是说——

中印边境是在 1962 年 10 月打响的，当时我在 130 师 1 营当教导员，在那之前战防炮营刚刚解散，1 连上调到军炮团了，另外两个连解散了，营部也解散了。我刚调到师里宣传股去，因为打仗了，又下到迫击炮营，还当教导员。这一仗我们打得非常漂亮，叫作“瓦弄大捷”！印度兵不经打，不过作为炮兵，我们并没有直接跟印度兵交上手，最主要的还是我们师步兵打得好。后来撤下来之后，军里一个军副参谋长领着几个先进的典型、战斗英雄、记大功这样的人到各个单位去报告。有关整个战役的其他部分我也是在这里听到他们讲的，另外战友、别人也传说一些。

打印度都是崇山峻岭，道路非常难走，一个连炮拉去了，一个连就是拉一门炮，这门炮，每个人拿着绳子，前面拉、后面推这门跑往前走。还雇了很多的藏民，人都拉不动，炮弹被藏民扛着，许多人肩膀、后背都磨出血、磨出泡来了。

就在往印度那边走上山的途中，389 团战防炮连翻了一辆车，那老盘山道，一边是绝壁一边是悬崖，当时发现车轮掉下去了一半，看不好就都跳车了。苏联的嘎斯六三，翻下去了，翻了几个身，落在下面的盘山道上，还挺好，轮子朝下停住了。大家都说万幸万幸，结果一看，妈的连长刘作勤给砸死了！当时都跳车了，他太疲惫，在驾驶室里睡着了，没听见，真是可惜了这个人，真要是打仗，死在战场上，也就没话说了。

到前线之后，全是小路，汽车根本拉不了，就是人扛，肩扛人推，炮往上走。幸亏我们上的还不是大山，大山的话炮是肯定拉不动的，就是馒头山，不是很高，但是也不容易上去。当时是在察隅打的，察隅那是靠着中印边界，到那里去打的，这炮推上去就打。实事求是地说，作为炮兵，我们没看到几个敌人，距离很远地轰他。但是印度兵基本上都是步兵，他们的炮少、口径小，实战中基本上没发挥什么作用。我们大炮一响，他们的步兵心理就垮了，而我们的步兵，都是在国民党和联合国军的飞机大炮下面经历过来的，士气高昂，那仗打的，根本就是一边倒。

我在 1 营，1 营是迫击炮，2 营是野炮，3 营是榴弹炮。战后表扬榴弹炮，说 3 营打得好，立功还嘉奖。我不服气，发牢骚，替下面的战士喊冤，说我们 1 营上去炮打得挺好，目标都命中了，给步兵支援那么大，战士们扛炮上山一不怕苦二不怕死，流血牺牲，该表扬不给表扬，该立功不给立功，团里他就偏向！当时我到军里去，遇到孙大炮我还跟他讲，我是发牢骚了，我很不满意的。炮兵就是这样的，战士们平时辛辛苦苦地训练，提高战斗力，真正打起仗来，流血流汗了，牺牲了，可能并没有人看得到你。看不到就是看不到，死了就白死了！步兵就不一样了，后来是团参谋、副参谋长、军副参谋长领着步兵的战斗英雄、功臣来报告。

说起来，有这么几个特点。一个是印度兵打起仗来各顾各的，在碉堡里等着，你打这个碉堡，他跟那儿看着，也不支援，你打着我我才打你，你要是不打我，我还不招惹你呢！

第二个特点，他们都是信教的，都说打死了人是犯罪，一般的不往人身上打，放空枪。过去东南亚老挝那帮人那时候都有这现象，一顿炮互相轰，打了一天，最后打死两个人，打一天没打着几个。

第三个，印度兵带家属老婆孩子一起去。他是雇佣兵，给你钱，带家属，供你吃供你喝供你用，干好了长期在那儿干，都是老兵，都是五六十岁、四五十岁的。咱们不是有句话吗，“人老奸，马老滑，兔子老了不好抓”，印度兵打仗，首先讲的是保自己的命，我看根本没有什么战友观念。

咱们打仗，哪里有困难往哪里上，哪里艰苦就去哪里支援。印度兵可不是这样，见到形势不好，就跑了，不支援，都是花钱雇来的，谁他妈管谁啊？还真替你卖命啊！

第四个，他们武器装备也不行，大部分是英国造的，就像咱们中国的汉阳造的那些老枪，射速慢，故障还多。然后战术素养也差。面对面打仗，他没胆，枪扔了不要了他跑；在背后打黑枪，他又没准儿，基本上打不着咱们的人。

咱们到那儿以后一伸手就知道了。从朝鲜回来以后训练抓得挺紧的，射击跪姿、卧姿、立姿，练得苦啊！一天到黑在那里举枪，就那么用手端着，练习射击。结果到印度打仗全用上了，那边树多，草高，你他妈卧姿能打吗？那时候我们训练都是这么训练的，跪姿、立姿，端着枪架在地上，胳膊肘都给磨破了，当时说的是平时多流汗，战时少流血。结果那枪端得稳啊，到那儿以后打起仗来咱们的兵枪打得挺准的，立姿、跪姿很起作用。打碉堡净使火箭筒，一下就炸飞一个。印度兵看着，他事先不打你，快到跟前看你真的是来进攻他的他才打。我们到跟前，碉堡底下爬着过去，那个搞炸药也好，远的火箭筒一推就完了。你炸这个碉堡，他那边的兵跟那儿看着，他不管。这么打，他们哪是个儿啊！

我给你举个例子，在西藏平叛的时候，有一次我下到1连去，正赶上他们那有一只大狼，在碉堡里偷牛腿，离了能有100多米，我拿支步枪，立姿，就打一枪，给打着了，当时没找到，我心里还奇怪呢，怎么就没了呢？第三天他们找到了，那大狼中了弹还跑出去挺老远，死在沟里了。你看看，我们那时候练兵都是怎么练出来的？真正的精兵强将，英雄部队！

再给你讲一个故事，一个新兵，我们54军的战斗英雄，一个人落了单，跑到敌人的战壕里头，消灭了六个敌人，他是一个兵啊。手里就一杆枪，步枪，还扔手榴弹，挺勇敢的。印度兵看实在打不过他，全跑了，武器装备都扔下了，阵地也不要了。立了一大功！这个新兵讲话咱不太懂，四川下面什么县的人，小个子兵。反正最后来了讲报告，交流经验整搞的。这个是单个兵，新兵，刚刚入伍一个礼拜就打仗，还这么勇敢！这事儿讲得挺清楚的，我们听得印象也非常深刻。

第二个故事讲一下步兵，具体是130师哪个团哪个连的我都忘了，肯定是我们师的。他当时讲得清清楚楚的，讲什么故事呢，印度兵打败了之后，阵地也丢了，部队也散了，都化整为零了。我们就剿匪，到处去找他们。他们跑了，跑了正好在一个树根底下，一个营长领着有20多个印度兵，在那儿休息呢。咱们发现了，看见了，都喊口令，喊话，喊缴枪不杀。就用英语喊那么个发音，准不准咱也不知道，反正在朝鲜跟老美跟南朝鲜兵都是这么喊的，他们也能听得懂。我忘了具体怎么说了，前几年还想着呢，有时候做梦能想起来。

咱们这边喊话的时候，印度的机枪手身边放着机枪，马上拿机枪去了，咱们一个班长立姿站着，距离挺远的，一枪就打弹夹上去了，这叫艺高人胆大，敲山震虎。这么一打，弹夹坏了，子弹就不好使了，他那机枪就没法用了，当时还打伤了两个敌人。他们完了全害怕了，都投降，一个营长带着投降了。后来大家都说，这印度兵挺好打的，你勇敢，他就怕你。后来回来的英雄模范好像都说这一点，首先就讲印度兵好打，不像其他的兵顽强，你叫投降他就投降。走到他眼前，你不打他，他还不打你。

还值得一提的是我们营的一头小黄骡子，驮炮弹的，外号叫“土匪”。怎么叫土匪呢？这家伙可调皮了，抢槽子，横蹦乱窜！它不吃，谁也别想吃；它吃了，还不让别人吃。战士们就叫它“土匪”，非常霸道。打起仗来，炮一响，“土匪”本来走失了，跑到敌人那里去了，被敌人捡去了，看它训练有素能驮炮，印度兵也给架上了，让它驮炮。但是后来在两军对阵时，一看穿戴，这家伙居然认得旧主人，驮着那门炮跑回来了，立了功！后来大家都说，连我们的骡子也能缴获印军的炮。这个差距太大了！印度这一仗根本就不是我们的对手嘛。这个“土匪”后来成为功勋骡子，直到老得不行了，退到地方上去了，还享受功臣待遇呢。后来听说老死了，给立个碑埋了，那也是英雄呢！

最后战争结束，归还武器，缴获他的武器都还给他了，咱们留了一部分展览，不多，进北京军事博物馆了。那不是去年要不前年报纸还登载了一些，那是很丢他的人，做了俘虏，枪拿了最后还给你，你印度就这么些穷破枪还要回去了，我们多大方！我觉得这里有讽刺他的意思，报纸这么登的。

这场故事会一直讲到了半夜，出门时已是满天星斗。我骑着自行车，我老婆凌小雨坐在大梁上跟我起腻。走在青年大街高大的梧桐树下，两人都感到收获颇丰。我认为在民政局工作了六年，在临近离开时终于找到了生活的方向，我郑重其事地准备把搜集老兵故事然后写一系列传奇当成我最后做的一件事情。凌小雨是这个世界上最支持我的人，除了休妻我做什么事情她都认为一定能成功，她告诉我说，《集结号》就是这样写出来的，非常感人的老兵故事，如果我写，同样能获大奖。她还告诉我，她有一个表哥就在出版社工作，如果有好题材，她可以联系表哥安排出版。这说法令我大受鼓舞，回家免不了好好犒赏她一番。当然，这天晚上也有点儿小小的遗憾——第二天早上才反应过来，光顾得兴高采烈地听战争故事，把工作调动的事情给忘了个一干二净。

从李老师家里回来之后，我做了两件事。第一，上网在一个军事发烧友的博客网查到了当时战后我军归还印度的武器列表(资料来源不详)。第二，从办公桌里翻到老兵孙福地留下的地址和电话，我估计那也是一个现成的故事仓库，肯定有宝。邵主任的故事里既然提到了他，我想他一定还有更多的战争经历值得我去挖掘。如果我能够在调进电视台的同时，就带着一个老兵故事的专题片策划方案，那对我今后的步步高升，将是多么重要的一个高起点啊！结果我还真抄着了，中了一大奖。

附录：中国归还印度武器清单[①]

苏制米-4 直升机 1 架(堪用)
英制水獭式运输机 1 架(严重损坏)
美制 M-3A3 坦克 2 辆(缺少零件)
汽车 117 台(50 台完好，67 台缺少零件)
英制 88mm 加农炮 3 门(2 门缺少零件，1 门严重损坏)
英制 88mm 榴弹炮 18 门(14 门缺少零件，4 门严重损坏)
英制 75mm 山炮 6 门(2 门缺少零件，4 门严重损坏)
英制 106.7mm 迫击炮 7 门(缺少零件)
英制 81mm 迫击炮 54 门(15 门完好，36 门缺少零件，3 门严重损坏)
英制 51mm 迫击炮 75 门(58 门完好，17 门缺少零件)
重机枪 22 挺(7 挺完好，13 挺缺少零件，2 挺严重损坏)
美制 7.62mm 坦克机枪 6 挺(缺少零件)
英制 7.7mm 轻机枪 261 挺(223 挺完好，26 挺缺少零件，12 挺严重损坏)

---

① 转引自 http://wasai.blog.hexun.com/1197295_d.html。

英制7.7mm轻机枪预备枪管208支(全部完好)
加拿大制9mm冲锋枪552支(488支完好,41支缺少零件,23支严重损坏)
美制7.62mm半自动步枪30支(全部完好)
英制7.7mm步枪2105支(1750支完好,306支缺少零件,49支严重损坏)
手枪57支(40支完好,12支缺少零件,4支严重损坏)
信号枪79支(71支完好,4支缺少零件,4支严重损坏)
美制90mm火箭筒37具(26具完好,8具缺少零件,3具严重损坏)
掷弹筒、枪榴弹发射器12具(11具完好,1具缺少零件)
炮弹22400余发(全部完好)
枪弹2139000余发(全部完好)
英制7.7mm轻机枪弹匣2181个(全部完好)
加拿大制9mm冲锋枪弹匣950个(全部完好)
90mm火箭筒弹137发(全部完好)
手榴弹19357枚(全部完好)
信号弹500发(全部完好)
地雷1895枚(全部完好)
美制空压机4台(3台完好,1台缺少零件)
推土机7台(6台完好,1台缺少零件)
英制压路机1台(缺少零件)
发电机4部(1部缺少零件,3部严重损坏)
油机2部(全部完好)
电台6部(1部完好,5部严重损坏)
步话机10部(8部完好,2部严重损坏)
电话机7部(1部完好,6部严重损坏)
电池10箱(全部完好)
望远镜30具(全部完好)
降落伞400顶(全部完好)
铁丝网280余捆(全部完好)
园锹、十字镐350把(全部完好)
油桶757个(497个完好,260个破损)
电线5600m(部分完好)
其他军用器材(包括钢盔、降落伞绳,观察、通信、工兵器材等各一部)
军用大衣、毛毯1973件(全部完好)
军服2760余件(2410余件完好,350余件破旧)
蚊帐、被子、床单等720余件(全部完好)

第四章　被日本人整惨了

教师节后我给老兵孙福地家里打了几次电话，又向省民政厅的领导汇报了一次，才算是把他的功臣待遇给补上了。办好上半截手续后，我到辽化找他签字，接着办下半截手续，结果吃了闭门羹，老兵孙福地家里没有人。幸好他对面住的于德路老人也是离休老干部，非常热情，听见我敲门，出来说，老孙今天很有可能去汤河水库钓鱼了，具体情况可以去老干部处问问。

从老兵孙福地家里到辽化老干部处也就 800 米左右的样子，我也懒得坐车，就那么走着去了，沿着老年湖转上半圈也就到了。传达室的小姑娘反问我："您是找钓鱼协会的孙主席吧？去汤河了。"一句话把我给逗乐了，别人离休都是有子万事足、无官一身轻，这老孙头儿可真行，官还越做越大，当上主席了。

小姑娘告诉我说，钓鱼协会的活动历来都是五一开始，十一结束，现在都 9 月下旬了，今年马上就结束了。钓鱼协会也是只争朝夕，抓紧时间活动。一般的老头儿都是一周去两次，像老兵孙福地这种瘾大的人，周一带帐篷去，晚上不回来，就在山坡上住着，自己做饭吃，然后周四晚上跟车再回来，把钓到的鱼带回家，自己也吃不了那么多，都分赠亲友了。

不过，人在山上期间，就没有办法联系他们了。老头儿们大多没有手机，即便有，在那个荒山野岭里也没什么信号。如果不着急，就等到周五再找他。如果着急，也可以现在就去找他。从水库大坝坐游船进去固然方便，却不太容易找到人，从陆地去，整个汤河水库周边的山都有路相通，还是能找得到的。

这正是我向往的幸福生活！想当年姜太公坐在渭水之滨，也不过如此。这天正是周一，我当即决定去水库找他去，毕竟鱼钩甩进水里之后，人坐着也是无事可干，正是讲故事的天然场所。何况晚上老兵孙福地也不回来，待上一夜，讲一套《聊斋》出来都有可能。如果一直待到周四，估计《四库全书》也讲得出来。不过当时我并没准备在山里待上四天，琢磨着有个一两天也就差不多了。

小姑娘见我执意要去，就给开钓鱼班车的司机打了个电话，问老兵孙福地宿营的地点。本来我是打算自己想办法去的，结果活动科的科长赵宏伟过意不去，执意安排司机送我去，于是我到街上的小卖店买了些酒水吃食，装了一大包，跟着司机上路了。刚出门，辽化老干部处的处长孙鹏听说了，打来电话说，要换一辆小车送我去，跑得快，也舒服一点儿，我连声道谢，婉言谢绝了，还是坐大巴走。一辆 40 多座的大巴车，就坐我一个人，路虽然有些窄，但是好歹还平稳，一路上也没多少车，我们下午 2 点 10 分左右出的门，将近 3 点钟，到了。

本来前面还有几百米路可以走，但是进去之后大巴车就不方便转身了，还得原路倒出来，很不方便，司机给我指明了路，掉头告别走了。我把随身带的书包挎过头顶双肩背起来，把一大袋子吃食扛在肩上，边走边给老婆和科长发短信，告诉他们，我要在山里陪一帮离休老干部生活几天，如果没有急事，就等我回来，一旦有急事，就联系辽化老干部处活动科的赵科长。发完短信，转过一个弯，没信号了，也不知道他们收到没有，干脆关了机，省点儿电吧。

正是“秋老虎”猖獗的时候，下午 3 点的阳光晒得我汗流浃背，再加上带的东西有点儿沉，这段路走得我异常辛苦。好在路上遇到了几个钓鱼的人，都在湖边支着渔竿，自己躲在后面的树荫下乘凉，一问老兵孙福地，还真认识。有个老哥叫黄永利的，胡子拉碴的，是老兵孙福地儿子的同事，也支着几把海竿在钓鱼，听说我找他，一指斜对面的岸边说，那个蓝帐篷就是老孙头儿的。尽管对面都看得见，但是要走到跟前，还得绕过一个很大的水弯，那路可不近啊！老黄看出我体力不佳，马上自告奋勇带我去，帮我扛着一大袋子吃食，走完了最后艰难的三公里。见到老兵孙福地，他还认识我，急忙把东西给接了过去。黄永利跟我开玩笑：“小兄弟，你这身子骨可不行啊！人家老孙头儿那老八路的底子，小扁担挑 60 斤，走起路来钢钢的。”

我们约好晚上 7 点钟太阳下山后一起来喝酒吃鱼，黄永利才一步三晃地唱着西皮流水回他的钓位去了，到了之后跟我们招招手，在这边看得清清楚楚。我感觉就像是古诗里所说“我住长江头，君住长江尾”的意境。

我看了看老孙头儿的战利品，已经钓了有大概十来条鱼，都不大，湖边拴了一个大网兜，沉在水下面养着。在他的帐篷周边，锅碗瓢盆外加酱油、辣椒面，一应俱全，还垒了个简易的灶台，趁着中午鱼懒不爱咬钩的时间，老头儿还捡了些枯枝堆在那里，准备当柴火烧，难怪老黄说他挑着 60 斤的担子来钓鱼呢，这老头儿，把厨房都给搬来了。

下午3点多钟，正是人犯困鱼发懒的时候，挂好鱼饵甩进去，20分钟都没动一口，连最爱惹是生非的小白鱼也不出来叨食。老兵孙福地靠在大树下，听我跟他说把立功待遇补办下来的事情，嘴里答应着，道了谢，竟然也没怎么兴奋，渐渐闭上了眼打起盹来。我走了这一路，也困乏得不行，跟着迷糊了一会儿，等我醒来时，看看通红的夕阳大了好几圈，已经沉到了西边山腰处，眼看着就要掉下去了，老兵孙福地烧好了一锅鱼汤，正蹲在湖边打水。夕阳把他的身影投射到湖面上，拖着好长好长的影子，在粼粼波动的水纹间荡漾着。

饭菜的香味飘出来，邻近的钓鱼人远远地问着："炖了什么鱼啊？好香！"这时候我才发现每隔50多米就有一个帐篷，住的都是熬夜的钓鱼人，互相熟悉，都叫得出名字。老黄在对面跟几个人早喝上了，做着手势喊我过去喝酒，我扬了扬手里的啤酒罐，让他过来，结果谁都没动，各自喝上了。老兵孙福地喝老白干，我喝听装的燕京啤酒，一边喝，一边跟他聊天。首先解决的就是，作为130师的战防炮营，他为什么没赶上打印度这一仗呢。

老兵孙福地如是说——

我们是1962年6月25号从师里转到军里的，一个师战防炮营调去编入新成立的军炮团。老邵他们是1962年月10月份到印度前线去的，我当时要是不转到军里，这一仗肯定也去了。130师都上去了，军直属就没让去。我当时在54军直属炮团，后来一直到转业，就再没动过地方。不过我刚当兵的时候不在那里，最开始是辽南独立第2师，是1948年，后来我走之后他们改成了49军，刚南下的时候整编叫41军，后来到朝鲜，我分配到54军，基本上就是这么个情况。

你要问我为什么当兵，可以肯定地说，都是日本人给逼的！我是1931年正月生人，属羊的。我小时候家里是什么情况呢，从我记事起家里就不富裕了，之前可是大门大户，原来叫"孙大门楼"来着，家门口有一个老大的牌坊，上面写着"进士及第"的牌子，那是咱家祖上出过读书人的标志。后来分家了，"孙大门楼"当时有哥三个，老大叫啥我忘了，老二是岫岩的县太爷，就是他考上的进士，我们这支是老三，种地的，分成这么三支。本来生活还是不错的，自从日本鬼子来了整个都穷了。

我们这支是从我太爷开始，我祖太爷叫孙祥，就是那个"孙大门楼"里的老三。孙祥也生了三个儿子，老大、老二我得看家谱，记不住名字，老三就是我太爷，叫孙永恩，孙永恩的后人就是我爷爷。我爷爷就哥俩，我爷爷叫孙连魁，二爷叫孙连太，我父亲叫孙德玉，我出生时就已经分家了。小时候听我奶奶讲，当时还挺富裕的，有房子有地，还有牲口马车整搞的（这个怪异的语气词是老兵孙福地的习惯用语，后面我们还会无数次地听到）。结果从三一年日本鬼子来了以后就完了，就是我出生那年。那些事都记不住了，家里怎么没落的我脑子印象不深，没有赌钱、抽大烟的，也没卖房子、卖地，反正从那以后逐渐逐渐人口多地少了，也就穷下来了，什么都没有了。我记事都已经分家了，东西院，两边一样穷，越过越穷。家里长年累月有人轮着去给日本人出劳工，那日子还能过吗？

后来我父亲就会给人看什么麻衣相术的，学了点儿东西，在当地也比较有名。他是后学的，他念了六年书，在陈屯，得翻山过去，那叫私塾，当时学校没有几个人，学生少，我父亲一个，有孙连斌一个，还有一个叫徐显平的，一共就他们三个跑到陈屯去念书。不过他们都没能念完，在陈屯徐显平念了八年书，算是最长的一个，也没毕业。

那时候我还没记事呢，这些事情基本上都是后来听他们讲的。徐显平念了八年书，对联不会写不会贴，老祖宗对联贴驴圈里去了，驴圈对联贴老祖宗那去了，那叫人家笑话啊！八年书白念了。那时老徐家有钱就让他去念书，其实就是去玩儿去了，根本没好好念。家里人就拿他当反面教材，用来骂孩子，谁干活不成器，就拿这个对联说事儿。

我父亲写字行，村里人家对联都是他写的，写个信，写什么东西，谁家打个官司告个状他都会写，他念那几年书还挺起作用的，挺好。后来他还能帮人看阴阳宅、风水什么的呢，后来学的，新中国成立前学的。他开始学啥呢，学兽医，给牛啊、马啊、驴啊看病，那时候在于洪碑跟一个姓于的先生学的。学了以后，学徒满了，差不多了，他就回了自己家开了那么一个兽医所。有个药柜，还有个用脚蹬的辗子，还有乱七八糟的书，那书好几卷子，我那时候还看过，看不懂，看图像，看马有什么病，马什么姿势，回头还是低头还是怎么样给你解释，得了什么病，吃什么药几味都什么东西，干了几年。四一年四二年？我看看啊，三九年吧？我想想，当时七八岁、八九岁的样子，那时候，我家那年呢买个马，马死了。

本来一般那是农村家都有点儿钱，还都行，反正就是中农生活，马得病死了，牛也得病死了。他不是兽医吗？也治不好啊，转过年，四一年牛也死了，那时候都没有东西了。我父亲和我二叔两个，轮流去做劳工，家里没有人干活了，靠我爷爷一个人，把我弄上以后，算上一个劳动力，起早贪黑的，干农活儿。12岁开始挑水，那个大水桶啊！就上井里。

本来我们东北这边就是人少地多，家庭都挺富足的，虽然没什么大富大贵，但是庄稼种下去就能长，也不用怎么费劲侍弄。那时候我爷爷、我父亲和我二叔都去黑龙江那边打过工，叫作“跑边外”。一般去把土地给人家种上了，秋后收下来，分一部分，人家不给钱，只给粮食。然后把粮食卖了，揣着钱回家，整搞的。一路上都带着干粮，有钱也不舍得花啊，一点儿都不花，全带回家来。所以家里收入一份，外面打工再挣一份，还是比较有钱的。但是日本人来了就不行了，出劳工了，哪还有精神去"跑边外"？出劳工不但要你的劳力，还要命呢！

出劳工是怎么回事呢？就是去给日本人干活，家家得去人，必须的！整个徐屯都得去，轮流的，有的是检查身体好了就叫你去，有的是抓阄。多少做劳工的最后死在那儿了，连把骨头也没带回来。死了多少人啊！孙永崇的大儿子叫孙连仲，孙连仲的二儿子那不就是在抚顺做劳工死那了嘛！在那儿掏煤矿，不少人死在那儿了。

日本人整这个劳工可真太不是人了，根本活不了人啊！轮流去，家家给你指标，做劳工去一次一般都是三年，还有两年。不少人都死在煤区的，我二叔孙德庆那时候出劳工，在大连盐滩，在那扛盐包，又在庄河石头岛打石头、挖地洞，日本人用地洞在那防御，在那搞那玩意。完事我父亲做了一次回来，1944 年的冬天又要劳工，家里就那么几口人，没人能替换，他就又去了，到抚顺煤矿掏煤。

在那就是我父亲好交人啊，否则也给扔在那儿了。有一次他生了病，不敢下井了，下去就出不来了。如果死在井下，第二天凉席一卷，大车拉着就扔万人坑去了。那时候中国劳工除了下井的之外，还有一个伙夫做饭的，算是比较俏的工作，我父亲本来都病得不行了，下不了煤矿，就和那伙夫讲一下，他在那给伙夫做饭去，那伙夫替他下矿去，就这么替换着干了十多天，这样病逐渐好了，以后又去下煤矿。一直到 1945 年 8 月，日本人投降了，我父亲他们一帮人从抚顺走路回到家里来的，没有车，什么都没有，边走边要饭吃，就这么走回来的，整整走了一个礼拜，总算是捡了一条命回来就是了。

具体走了几天我忘记了，来家之后我才听他们说的。他们是一伙一伙走，背个破被褥卷子，赶着走到哪就睡一觉，赶到庙里就在那睡一觉，反正 8 月份也不冷。回到家总算是一家人团圆了，我母亲去世得早，大概是在四一年去世的，我父亲后来又娶了一房媳妇，就是我的继母。

我母亲去世得比较早，在我 10 岁那年就死了，我是老大，下面有一个弟弟。她是个解放脚，也不大，那时候裹小脚的都给放了，不是用布一层一层缠的，但是也不大，不是小脚是半大脚。她可从来没享过什么福，从嫁到我们家来，就赶上日本人来了，一直受穷。

那时候我的印象家里挺困难的，从我记事来讲经常地接不上顿，一到夏天粮食就不够吃了，挺困难。有时候弄野菜充饥，兑点儿秕谷吃，包菜包子。有我了以后更困难了，不仅吃不上，穿的也没有，到秋天都下露水、下霜了还光着脚，冬天天冷了，也穿不上棉裤，穿了个单裤就那么过来的。

你看我这头上还有这么大一个疤呢，这儿，这里是狗咬的这个疤。这边这个，这是我爷爷打的。那时家里本来有三头牲口，一头牛、一头驴、一匹马。放养的时候牛是吃干净草喝脏水，马是吃脏草喝干净水，它俩正好相反。那牛，喝水不讲究，粪坑里的水它都喝；马呢，它得挑那水好，干净喝，不干净不喝。那匹马吃草的时候调皮，我爷爷拿块大石头就打它，那是7月份，地里苞米都长挺高了，这石头扔过去一打，打到后边骨头上去了，那石头蹦回来，给我来了一发跳弹，迸我这脑袋上来了，打破了，那血直流！我爷爷让我赶快回家，我就捂着脑袋拉拉着血回家去了，我二姑当时正在家，弄点儿草木灰给我按巴上了，弄了以后这疙就起个疤。

另外这个疤是狗咬的，6岁那年冬天，11月份。我一个，我二弟孙宗麟一个，还有一个叔叔叫孙德军的，就是我二爷家那个小子，都没有事，狗弄个绳套上，拉小车。咱们那个时候家里干点活有这木头，这么粗的木头，锯成这么一个扁儿，当中抠一个眼当轱辘，山上砍那个干巴树，这边割个槽就卡在那个轴上，这边是两个叉子像拉车的牲口那个车辕样的。我们三个都说做个车，给狗拉。

这是我们当时土制的狗马车，把狗牵来了，按着给套上。我正在它的前头给它绑呢，整搞的，结果它汪汪一声，翻脸了！从我脸上这里咬了一口，脚、脸都是血啊！完了就回家去了，我母亲赶快的给我包，赶快上药。给整，上什么药呢？这房上，墙上有一种蜘蛛，它里头絮个窝，要把那拿下来，里头是白色的，搞那玩意贴，说是不感染，长得快，这脸的包就这么长来的。

那时候我家里还有个人，叫孙德宽，比我父亲大一两岁，我叫大爷，经常跑来蹭饭吃，有时候也在家里住。为什么喊这个人大爷呢？他爷爷跟我祖太爷是亲兄弟。他家在岭后住，我父亲孙德玉，跟他关系不错。这人家里从小妈就死了，就他一个人，他老父亲叫孙连春，脾气极端暴躁，打孩子跟打贼似的。

夏天孙德宽就到黑龙江去打工，就是耪地，秋收，完了种下粮，粮卖了以后拿钱回来，家里的地都租出去，不种了。他在家就是胡作非为，赌博输钱把老婆也输了，他老婆也不跟他了。完了以后还抽大烟，抽大烟多贵啊！把地也卖了，山也卖了，最后剩光杆一个人了。

我以前经常在他房后放猪，大概五六月份，我那时候七八岁或者六七岁的样子吧，我跟我二弟孙宗麟、小叔叔孙德军，还有四姑，我们几个从小都在一起，一边放猪，一边在那儿玩，看着老头儿孙连春卷着铺盖背着就回来了。那时候我们经常听老人讲，说这个孙德宽在家不务正业，老爹总揍他。

老头见了我们，就气哼哼地问："我们那个鳖犊子在家没有？"

我说："在家呢，躺着睡觉呢。"

老头儿走到门口了，把这铺盖被子往地上一扔，在门后墙根底下拿出一个镢头来，就往屋里跑。我们一看不好，就喊："大爷，快跑！老爷子回来打你了！"

他跟窗户一看，老爹回来了。他老爹把门都给踹开了，他从窗户跳下去，老头进屋一看人没有了，从窗户跑了，就拿着镢头撵，一气儿撵到山顶上，也没撵上。要打他，没打着！他比我大一辈，比我父亲大几岁，是跟我一拨当的兵。

1940年春天，正在种地的时候，家里一匹马死了，得病了，兽医也来看了，找不出毛病。3月份正在种地的时候，大白马死了，牲畜是生产力，也是财富，结果这一弄，种地都没法种了，现求人。到秋天一头牛也死了，半夜突然听到牛的嗓子呼噜呼噜叫，出去一看找不出毛病，就是呼噜，赶到天亮也死了。马和牛连续死了，家里生活就更困难了。另外，四〇年腊月初八，我母亲生孩子，初八那天挺冷的，早晨起来以后那天是我母亲起来做饭，她到厕所去，厕所在外面，在房头那，结果生到那里去了。早晨温度又低，严寒，得了产后风。腊月初八生孩子得的病，腊月三十晚上就去世了。

孩子是转过年来阴历三月三号死的，我的小妹妹。一个小丫头，没到半岁，活得也遭罪。从生下来都喂什么呢？喂苞米面、高粱米面，没有奶，根本没有奶粉，什么也没有。我母亲病的时候全身浮肿，另外跟那躺着。她是属于感冒性的抽风，得了肺炎，肺炎她就咳嗽，气管吐不出痰来。我现在还想着清清楚楚，我二姑和三姑那时候帮着伺候，就用过去那个像谷子的东西，不叫谷子叫稗子，把那稗穗弄掉以后放在眼睛上往下拉，说是这么能治病。把肉都拉出血了，眼睛烧得都长红肉了，都那样了。没有钱买药，没有钱治病，就等着。

一直等腊月三十上午9点已经不行了，抬到地下去了，抬到地下又缓过来了，又抬到炕上，又呼吸了，整搞的。一直到晚上12点断了气，正好就是阴历春节到来的时候，第二天早晨人家过年都喜气洋洋的，欢欢乐乐，我们家干吗，地上躺着一个人，停放着一个人，死人，妈妈没了！大家心情非常难过，年也过不好，本来过年都没有什么东西，不像人家有钱家过得那么欢欢乐乐，那时候越想心里越难过，这日子可怎么过啊！

转过来就四一年了，我那时候11岁了，转过年来，就要上学去念书，本来家里就缺少劳动力。平时我在家里早晨起来就捡粪，种地没有肥料不行，穿一条短裤，冻得乱哆嗦，然后回来以后吃完早饭就上去搂草，打柴，一冬天烧着，年年如此。

家里穷，但是为了下辈子不受穷，还是尽量让我念点儿书。我出生的时候要起名字，但是没有族谱，搞不准到底犯福字还是宗字，开始都写福字吧。我有个堂兄叫孙福田，比我大一岁，他先起的名，先念书的叫孙福田，他念到三年级，我才去念书。之前我也没个大名，就叫果子。

那时候也没个学期、学年的概念，好像不用等到9月1号才能开学，好像是个很随意的日子。大清早我起了床，胡乱喝了一碗稀饭，正准备去牛栏赶牛上山去放，我爷爷喊住我说："今天你就别放牛了，去学堂里念书吧。"

之前我没进过学校不懂啊，挺害怕的，也不知道该怎样才能去学堂，到那里之后说什么、干什么。我爷爷跟我说:“你去把孙福田给我找来。”我就一溜小跑出了家门,到后街孙福田家里去叫他。当时心里充满了神秘的喜悦感——我也能进到学堂里面去看看了,不仅仅是看看,我也能人五人六地坐在教室里面读书写字了,多大的荣耀啊!那是初春的早上,天刚蒙蒙亮,地上的霜打湿了我的布鞋,我跑得飞快,跑到孙福田家之后,我已经累得喘不过气来了。幸亏他还没走,不过也吃完饭了,马上要走了。

我喊孙福田说:“先别上学了,我爷爷叫你去,是要叫你带我上学呢。”孙福田非常高兴,这回我们不仅能在学校外面一起玩,而且还可以玩到学校里面去了!我们两人一起跑回家,我爷爷说:“今天上午你先去学堂里跟先生说一声,我们家果子中午跟你一起去,你带带他。”

上午定的要上学,我爷爷定的,那是一家之主,别人就赶紧帮忙给准备吧。我奶奶给准备衣服,把一件不知道多少辈子传下来的大蓝布褂子改了改,给我当了校服,后来又把妈妈去世前穿那件大蓝布衫子改改给我穿了,挺老长,跟连衣裙似的。一学期的学费是 5 毛钱,家里有 3 毛,还差 2 毛,我两个姑姑上街去找小贩又卖了 20 来个鸡蛋。本来小贩是来家收的,一个礼拜来那么一回半回的,这次我们要用钱了,就得自己去找他卖。

就这么着,好歹学费是凑上了。姑姑给缝了个书包,拿一个旧包袱皮儿给改的,穿一双我爷爷的旧胶鞋,挺大,还不跟脚,就是有双鞋穿没光着脚吧。行头都准备上了,家里人的话也递过来了:“这回可是把你打扮得不错了,就看这书能念成个什么样子吧。”我听了心里那叫一个不服气啊,只想着我也去读书了,看我怎么也去挣个“进士及第”的大匾回来,挂在我爷爷那屋的窗台上。

好不容易熬过了一个上午,我心里那个急啊,真像人们经常说的度日如年一样。吃过中午饭,孙福田早早又来了,把我领去了,到了学校见了先生,紧张得一句话也说不上来,也不敢看先生,什么都是孙福田帮我回答。老师问:“你叫什么名字?”我不说,孙福田在一旁抢着替我答话。他就说这是我弟弟,叫果子。老师一听这是孙福田的弟弟,说“那你就叫孙福地吧,兄弟俩,有田有地嘛”,就这么叫上了孙福地。在那之前我还没有名,小名叫果子,我二弟叫裙子。起完名过了些日子,有人传了族谱来,一看不对,我们这一代人名字中间都得是个宗字,我跟先生说了,我们那名字起得不对,先生又帮我改了个名字,改一个还送了一个,我叫孙宗麒,我二弟就改名叫孙宗麟,那个叫孙福祥的堂弟也改了名叫孙宗祥。但是因为已经叫习惯了,在学校里我这个名字就没改过来,别人还是这样喊我,后来到部队以后填表有个曾用名,我就写孙宗麒,档案里我也这么写的,到部队也没改过来,就这么叫下来了吧。

就这么上了三年学,也不管人家几月开学,反正我想念就去念,直接就插班，可是那课程跟不上啊，本来就没基础，还从半道跟着学，学习不好，也不招老师待见。我那书念的，真不怎么样。我念二年级的时候，有一天下大雪，我一个，孙德元一个——孙德元他妈妈那年也死了，还有孙永崇的孙子，我们三个人去上学。都迟到了，学校挺远的，路上还不好走，一路上泥啊雪啊的，脚冻得都没有了知觉，到学校一看，鞋没有了，都光脚去的，那鞋在雪里吧嗒掉了都不知道。我穿了件破棉袄，都穿好几年了，棉花早就没有了，就那么两片布空荡荡地贴着，扣子丢得一个不剩，就弄个绳子系在腰上，冷时候防寒，饿的时候还能防饥，系紧一点儿就不觉得饿了。就一个破棉袄，光筒子穿的，袖子前面磨得也差不多了，基本上到了胳膊肘。那时候的天也不知道怎么搞的，咋就那么冷呢！

到了学校，老师让背书，背不上来就罚站，站了一节课，地上实在太冷了，光脚踩上去，就像踩在冰块上一样，下来之后脚都麻木了。从那开始对学校很抵触，终于认识到念书是件非常非常不好玩的事情，穷人家的孩子，就把牛放好得了，根本就不应该往学堂里钻。

后来看，我就不是个念书的料，饥寒交迫的，哪有心思念书。一个农村孩子，我那时候对念书也不太感兴趣，学日本话，太难学了，也记不住。你说要是多学点儿中国字，回家过年能写个对联，不也有点儿兴趣啊？上来就念日本字，阿依乌艾欧，跟天书似的，什么时候用得上？！回家我爷爷问我："果子，你上学学的什么？"我说"阿依乌艾欧"，被他好顿骂，说我不好好学习，浪费粮食，回来还学会了拿外国话骂人，骂长辈。这学上的，回家挨骂，上学挨打，遭罪透了。在学校是真挨打，书念得不好，经常挨打，越挨打越念不好，越念不好越挨打。

有一天去了，书又照例没念下来，我站在讲台前面，反正已经罚站得很熟练了，都疲了，也不很伤心。老师看我罚站也不怎么在乎，那个教日语的陈老师来气儿了。教室门口是一块铁牌子，上面写的几年级，陈老师一把就把那铁牌子拽下来给我塞进怀里，让我抱着。我那怀里头一件衣服也没有啊，光杆子，就跟抱着一块冰似的。把我冻得直打哆嗦，那个陈老师是教日本话的，挺坏，大家都恨他。然后有那嘴快的回家去传话，说孙福地在学校不好好念书，又被先生给收拾了。得，我回到家一看，我爷爷的棍子都已经准备好了，又给收拾了一顿！

那时候学校里学三样，日语、满语、数学。学满语我还记得几句，"皇帝陛下万岁万万岁"，还有就是"一个人、两只手"，等等，满语学了点啥都忘了，当时不是溥仪的伪满洲国吗。有的老师满语、汉语都会，有的只会汉语，像王老师、韩老师，他们对日语都不会，有专门教日语的，都是中国人从国高下来教书的。国高差不多就是现在的高中，在高中他们都学的日语。等我们念到三年级的时候，这个老师英语、满语、日语他都会，他当了班主任，日语、满语、数学都他教。他叫什么名字我忘了，我二弟孙宗麟知道，前些日子还念叨来着，他印象挺深的，就是庄河县本地人。

书就这样念到三年级，后来实在念不下去了，我就辍学了。那时候我上学，我二弟还小，就接过我那一摊子工作了，早上我们一起出门，我背着书包去学校，他赶着牛上山去放。中午快放学了，他把牛赶到学校来接我，一起回家。他看着我上学，那是两眼放光啊，羡慕得不行。我心想，你是光看见贼吃肉，没看见贼挨打了。一出校门，二弟问我今天学了什么，我就告诉他，今天老师说了："'皇帝陛下'发布了新的'圣旨'，说我们'满洲国'的国民都要强身健体，建设国家，所以现在每天都要上一节体育课，就是跑、跳、玩，还有篮球玩，还要开运动会。"我把学校生活吹嘘得天花乱坠，简直跟上了天堂一样美妙。我二弟受不了这刺激，回家就跟爷爷哭，说他也要上学。爷爷就骂他："想造反了?！谁家有供两个孩子念书的！再闹揍你！"

我二弟孙宗麟是个实心眼的孩子，家长不同意，你就别闹了呗，不，他还闹，挨了揍两天就忘了，又闹上学。我就趁机跟爷爷说，我已经念了三年了，眼前的字也会写了，日本话、满洲话都会了不少，受教育的机会也应该让弟弟享受享受，以后大了，再想上学就来不及了。爷爷见我这样说，说得还挺诚恳的，后来也就同意了。

我下来以后二弟孙宗麟接着去念书了，我接过他的活儿，哥俩换岗了。早上起床，我那大蓝布衫子给他穿了，都拖到膝盖了，鞋也给他穿了，上学不能光着脚去啊，学堂有规矩嘛。放牛可以光脚，山上没规矩。我的书包他也背上了，走路的姿势也不一样了，神气着呢。我们一起出门，我上山放牛，他去学校上学。我问他："自己去能行啊，要不要我送你。"他说："能行，你可别送。"他那是怕我后悔，到了学校又说不换了，我上学他放牛，那可怎么整！其实我心里说："你个二杆子，到了学校你才知道呢，没有跑没有跳没有篮球没有运动会，只有一个凶恶的陈老师拿冰冷的铁牌子往你怀里塞，你就想要这个是不是?"

上山放牛我就自在了，没有老师打、爷爷骂，不用写作业，给家里打点儿柴火也就一会儿工夫的事儿。天冷冻脚，就跟在牛屁股后面站着，牛一拉一大摊，赶紧把脚插牛粪里，好暖和。中午放学我也赶着牛到学校附近去等着，我不好意思到学校门口，远远地望着，看孙宗麟同学背着书包趾高气扬地出来了，我才上去接他，问问学校里的事，有没有人欺负他。我在学校里还是有名儿的，谁要是欺负孙福地的弟弟，那后果一定很严重。

谁知道我二弟那书念得挺好，以前跟我学了点儿，到学校一看，基础不错，人家基本上就没挨打，老师还挺喜欢，整搞的。回头传话来说，这个孙宗麟才是个念书的材料，比他哥哥强多了。爷爷也说，这是换对了，该念书的去念书，该放牛的去放牛。

那时候家里只能供一人念书，我就念了三年多点，家里没人干活，那时候我二叔孙德庆又出去做劳工去了，我和爷爷、父亲三个在家干活。那时候家里有30多亩地，产量也不高，种的就是高粱、苞米、豆子，还种了点稻子。到“土改”的时候，平均每人3亩地，咱家人口多，按照平均线3亩地分呢不够，后来又分了地主的12亩地，那时算下中农，家里什么都没有。

咱们那里到四五年光复之后，日本鬼子投降了，我和我二叔孙德庆到庄河去了一趟。那时是秋天，地还没割，一看在庄河老爷岭下边那日本人，那鬼子还在那拿着木头枪，练刺杀，杀啊杀地喊着整搞的，都他妈投降了还在练！在老爷岭这边有两堆火在烧着，日本人把枪啊、帽子啊什么的都烧了，还有钢盔。他们自己都烧了。我过去时，基本上快烧完了，火苗一蹿一蹿的，快断了，烟挺大，多老远都看得见。许多老百姓都在边上看，没人敢捡。

我在旁边看着，那些枪的木头部分都烧了，那些铁部件，枪管什么的都烧黑了，在那放着，没人敢动，那些枪烧了以后就没有用了。还有些日本人自杀，老婆孩子一起死的，我没看见他们怎么自杀的。但是趴在山坡上有两个日本人，自己死了，不知道怎么死的，还没断气，在那挣扎着呢，那时候看着就不行了。去了一趟回来就议论日本鬼子投降的事，那时还不知道什么叫投降，那趟去就是为了买点粮食吃，家里人口多，没有粮食，不够吃，买了点大酱好像是。那大酱是豆饼做的，一点都不好吃，挑着回来的，还买了点黄豆、苞米回来吃。

附录：伪满洲国历史①

从1931年长春沦陷到1945年长春光复，日本帝国主义统治长春达14年之久，长春市变成了殖民地城市。这个时期，长春城市建设进展很快，而长春人民却生活在水深火热之中。

1931年9月18日，日本帝国主义发动了震惊中外的九一八事变。19日，长春沦陷。由于长春地理位置适中，交通方便，地价便宜，军阀势力和沙俄势力影响小。日本帝国主义出于政治和军事上的考虑，决定把长春作为伪满洲国的国都，妄图以此为中心，推行其殖民政策，控制整个东北。长春沦为伪国都后，城市性质和职能发生了重大变化。

伪国都是日本对东北实行殖民统治的政治中心。伪满洲国出笼后，在长春建立了庞大的中央机构。从溥仪“登极称帝”的伪皇宫，到伪国务院及其所属各部，特别是日本关东军大本营，均裹以威严雄伟的近代化建筑，竭力显示伪国都

① 参见 http://baike.baidu.com/view/38996.htm。

的政治尊严和殖民统治气势。

伪国都是日本掠夺东北资源的经济中心。日本殖民统治的根本目的在于掠夺，而从事策划掠夺勾当的主要机构则是它们的“特殊会社”。满业、满炭、满拓等90余个“特殊会社”的总部大都设在长春，高踞主要先遣的显赫位置上，伪国都成了“特殊会社”的天下。日伪统治者称这些会社为“国策会社”，通过它们攫取路权，强占海关，垄断金融，控制产业，掠夺东北资源。位于大同广场(今人民广场)的伪满中央银行，就是日本侵略军在抢夺东三省官银号、边业银行、吉林永衡官银号、黑龙江省官银号等中国金融机构基础上成立起来的控制东北金融活动的主要机构，各种掠夺东北资源的阴谋活动，均由这些“国策会社”策划，长春市变成了掠夺东北资源的经济“统制”中心。

伪国都是日本权化东北民众的文化中心。日本侵略者在伪国务院总务厅内设弘报处，统管东北文化事业，制造和宣传反动舆论。把傀儡政权说成是“独立国家”，把法西斯统治说成是“王道乐”，把掠夺压榨说成是“共存共荣”。通过它所控制的新闻广播、电影制片，从“新京”戎布到东北各地，推行愚民政策。

为了泯灭东北人民的民族意识，使之成为顺民，日本侵略者在伪都“新京”设立了“建国大学”、“陆军军官学校”和“大同学院”等一批高等学校，培养日伪“中坚官吏”，在伪满帝宫内廷修建了一座“建国神庙”，供奉起日本的天照大神，把它奉为伪满的“建国元神”，成为伪皇帝的“新祖先”。又在南岭等地修建了“建国忠灵庙”、“忠灵塔”，奉祀“殉以建国”的“日满英灵”，强迫东北人民参拜，不拜不敬者，处以1～7年徒刑。

伪国都的近代化建设是伴随着城市的殖民地化而实现的，处处反映出民族压迫和阶级压迫。伪都建设前夕，日本侵略者曾驱逐数千户农民，毁灭了近40座村落，在城市边缘制造了新的贫民区。日本侵略者只注重新区建设，不考虑旧区发展，任其破陋，几乎没有什么变化。新区的电力、煤气、供水、排水、电讯、绿化等近代化设施应有尽有。中国人居住的旧区则望尘莫及。日本人居住的新区自来水普及率为99.9%，中国人居住的旧区不到30%。煤气几乎全部集中在新区，全市煤气用户中，日本人煤气用户占99.3%，中国人煤气用户仅占0.7%。伪满当局规定，“日系住宅”标准分六个等级，一等100平方米，二等86平方米，三等68平方米，四等45平方米，五等38平方米，六等25平方米。“满系住宅”标准分三个等级，一等38平方米，二等25平方米，三等20平方米。一等标准的“满系住宅”，相当于五等标准的“日系住宅”，差别悬殊，判若两个世界。

第五章　当上民兵睡了一夜

日本鬼子投降以后，没有几天从山东过来个工作队，男女都有，是八路军。他们1945年冬天就来了，来了以后很多次都住在咱们家，这时我父亲也参加工作队了。那时叫减租减息，还没有开始“土改”，因为刚开始搞“土改”面积太大不行。减租减息呢，对地主先少弄点，满足穷人的要求，因为那时穷人还没充分发动起来，这就不行。那时我父亲叫工作队，以后呢又参加区里的工作队去了，在区里财粮科是叫什么的，在那里上班，不具体管减租减息了。我父亲念过几年书，会写字，就到区政府去工作，还轰轰烈烈的呢，挺好的，家里人都扬眉吐气了，感觉良好。大概一个月还给五毛钱，叫生活补助费，不叫挣工资。

一直到1946年进行“土改”，那时他经常在区里都不回家，我二叔孙德庆就秘密参加民兵了。白天在家里干活种地，谁也不知道，晚上经常出去行动。那个时期林彪被杜聿明追得一直跑过了松花江，辽南这边还在坚持斗争，叫作“拉锯”：国民党来了，共产党就走了；国民党一走，共产党又回来了。当时让我们看，谁能知道将来哪家能长久？不过有这么一点，就咱们这帮穷人来说，将来国民党要是占了天下，大家还是一样穷，要是共产党这帮泥腿子坐了江山，穷人说不定就能翻过身来了。当时我父亲、我二叔孙德庆都已经跟了共产党了，经常说这些，我也受了些宣传，比较相信。

我那个大爷孙德宽那时候老抽大烟，穷得啥都没有了。冬天冷，冻得没有办法，也没有地方住，就跑我们家住去了，在那吃饭，那时候我爷爷都很生气，有时候不让他吃，他不务正业。后来解放了，共产党来了，把他弄到区里去戒大烟，开始戒，你一天抽两遍嘛，叫你抽一遍，再两天抽一遍，再三天抽一遍，逐渐减少，就这么给他戒。戒完了以后，我父亲在区里给他找个工作。干什么呢？他不是有文化吗，抄写，写个文书、开个证明，就是搞那工作，跟着区长陈九许。

有一天晚上，吃过晚饭了，我二叔孙德庆问我："怎么样，晚上跟我去参加行动？"我一听，乐得要命，我都申请很多次了，他总说再考验考验，一直不肯吐口，嫌我小，当时我大概15岁那样，这回终于答应了！那个高兴啊，晚上天黑得早，都早早上炕睡觉了，我也睡不着，瞪眼看着天。大概九十点钟的样子，我二叔孙德庆悄悄起来了，衣服裤子都没脱，就那么拱在被窝里的。我这边精神着呢，听到动静马上起来了，我也没脱衣服睡觉，穿上鞋，跟着二叔孙德庆袅袅地往外走，怕狗叫。

出了村一看，孙德权、孙德宽、伊承祥、伊承运、伊承训、伊承堂、伊明章、伊明俊……这一帮子老老实实的庄稼汉原来全当上民兵了。连孙德宽这个不务正业的二流子都参加了！我都不知道。我二叔孙德庆还是队长，一帮人都听他指挥，说话很神气，我竟然不知道！这么大的事都瞒着我，我当时心里很不高兴，但是又一想，毕竟人家把我带来了，让参加了不是？不让说话，赶紧行动，就往山上去，说是今天晚上有土匪国民党要过来，从庄河那边来，我们去堵着。我跟伊明俊、伊承祥一边走一边闹，你捅我一下，我捅你一下的。

跑到山上，累得够呛，到老徐家大坟里找位置隐蔽，都趴地上，布置位置。那大坟年久失修，塌了个大坑，棺材板都露出来了，就那么趴在那，也没个枪，都拿着棍子，亏得国民党土匪没来，要来还不都给抓俘虏了！再说天那么黑，也没个望远镜，什么都看不见，远一点儿就看不见，只能看见眼前这么点儿地方，人家就算来了，走到跟前也发现不了啊。

到山上我就困了，上半夜基本就没睡，这又不睡觉，谁受得了。那天正是阴历的月底，天还阴着，一点儿星星月亮也没有，连找找银河看牛郎织女的机会都没有。这才发现参加革命也不是那么好玩的，还不让说话。我刚一声"二叔"就被呲了一声"闭嘴！"怕暴露目标。等了半天，鬼影子也没见一个，我实在坚持不住，在那躺着就睡着了。到早上了，看天快亮了，说不来了，又往回走。伊承祥捅捅我，捅醒了，我一看，伊明俊也睡着了。我们被喊起来，快到村子的时候，分散开，各走各的，装得互相不知道的样子，回家了。

我和我二叔孙德庆相差好多岁呢，后来我就跟着他了，看他们去我就跟着去。那时我二叔孙德庆已经结婚了，没分家，住在西屋里间炕上，在民兵可积极了，还是个排长。不过他也得罪了不少人，我二叔孙德庆没有文化，说话办事愣头巴脑的。那时就开始斗地主了，地主家被他折腾得够呛，人家表面上很服帖，实际上怀恨在心，就结上仇了。

1946年秋天，快冬天的时候，割完地了，国民党来了，是从沈阳坐火车过来的。他们一来，工作队就走了。这就是“拉锯”嘛。我看见很多拉着机器的大棉花包，一个一个大包往北面山沟里藏起来，我二叔孙德庆他们帮着装的车，区里的干部什么的都带着跑了，好像是奔着蓉花山那边去的，也不知道藏哪里去了，整搞的。

1946 年秋天这次国民党来，大家都跑，凡是跟着共产党干过的都跑了，我那个大爷孙德宽也跑了，不知道跑哪儿去了。一个人走哪儿都好办，也没家，房子都卖了，都没有了，他老爹孙连春也死了。

这边共产党在蓉花山那边山上藏东西，还没等藏完国民党就占领庄河了，来势汹汹，在区里、乡里土改队的人都不好过了，国民党抓着就枪毙。我父亲跑了几天，跑了一个礼拜，看最后没有动静了，就回家了。国民党刚去，一下子政权接不下来。而且国民党的兵都是外地来的，南方人挺多的，都怕冷。具体谁是共产党也不知道啊！谁告诉他参加区政府工作？谁讲？没人讲。

国民党那时都到大连去了，八路军攻打大连的，边境就是金州那一带，那里有苏联兵，国民党他就没敢进攻，就在那外围了，八路军都让人家堵在那里了。这边国民党也会整，他也组织地主工作队，组织政权，政权在东大营那。警察下来走一走看一看，另外组织还乡团，咱们叫民兵，他们叫保安队，县里叫保安团，维持秩序。完了以后，老美给国民党的一些衣服、被子、褥子的，都是一些旧的，就像现在扶贫一样，拿回来给这家给那家一点，给穷人。他们也会整事儿。

我们家刚参加完共产党的“土改”，现在又得参加国民党的“土改”，不参加可不行，掉脑袋的事情。给了点儿布头，有两件呢子衣服，都是老百姓不穿了的，都是穿旧的玩意儿。还乡团还挺活跃的，耀武扬威地到处走。咱们还有地下工作者，经常袭击他们，他们也经常巡逻，到处去看，听说哪有了八路，马上围过去，在那整搞的，很嚣张。

我们徐屯的保安队人不多，他们就是一个排，10 多个人不到 20 人的样子吧，没几个正经人，净二流子，大部分人都不参加。咱们有个谁呢？赵大爷叫赵什么玩意我忘了，家里挺穷的，四个儿子都挺浑的。赵大爷干什么呢？就给谁家结婚看日子啊，看房基地、坟地，谁家死人了，他去给调调罗盘，几个儿子也是胡作非为的。国民党一来，老大、老二投靠国民党了，叫人家给拉拢过去了。到那之后呢，老大、老二就给人家汇报了，说共产党来的时候谁参加工作队、谁参加区政府，都写个名单交给国民党了。他们的党部在东大营子，挺远下呢。结果有一天国民党的兵就下来了，把我父亲就抓走了。

那天是阴历十一月底，天儿初挺冷的，下着小雪。村里狗叫得都瘆人，国民党的兵端着枪，按照名单来抓人，谁在哪住写得清清楚楚，都给抓起来了，弄个马车给绑在那上，赶到往外走的时候都黑天了。12 点以后到的东大营子，把我父亲也给抓去了，他不是在工作队里给共产党做事吗！好几个人都给抓起来了，拉了一车去，具体都是谁我想不起来了，反正人家也没抓冤枉了，没干过共产党的人家还不抓呢，基本上都是跟着共产党工作队走得挺近的那拨人。

后来经过审讯，大部分都放回来了，最后还剩五个没放。最后这五个到了腊月又走了两个，使上钱拿东西就走了。咱家那时候穷啊，最后剩两个，一个是我父亲，一个是个学校校长。这个校长姓什么我忘了，估计可能真是共产党，他穿个大衣是黄鼠狼尾巴毛做的，多少个拼在一起的，一个黄鼠狼尾巴才多大，把尾巴豁开抽掉骨头一块一块拼的，那得多有钱！审讯了很多次，看起来也没希望出来了，他们俩就在监狱里拜了把子，说咱们俩撮堆土，摆个灶王爷，就在这里过年吧，可能也就是咱们人生的最后一个年了。两个人都知道自己死路一条了，但是也没招供，嘴硬得很，就那么死扛着。现在来说，那可真是宁死不屈。

我们家里爷爷奶奶受不了啦，说人家都回家了就咱们这回不来，也不能就这么看着人死啊，就说走走后门吧，就去这个赵大爷家去请求人家。赵大爷的三儿媳妇就是孙永崇的姑娘，我们叫姑奶，不管怎么说还是沾着亲带着故呢。知道是他使的坏，但是没有办法，还得去找他去求他，那时孙永崇还没死，就知道是他家老三姑爷的哥哥使的坏，送了礼，攀了亲。赵大爷应承下来了，就把他大儿子骂了一顿。老爷子不管那事，他家是贫农，混不吝！他骂道："就是你们使的坏，你们写的名单！你们怎么给弄去的，怎么去给弄回来！"说了一大顿！然后他家老大就去人跟国民党说，孙德玉是个好人，没做过什么坏事，跟共产党干了几天也是被人家逼的，就这么又给放回来了，腊月二十八才回来，可惜那个校长到底没给放，留在那儿了。

那时候我心里那个气啊！咱不就是没有枪吗？我就要去当兵，南满独立团还是独立师的，经常招兵，很多人都跟着去了。我要是干上两年，当上个师长、旅长的，回头带个马弁，骑匹大白马，挎把大刀、盒子炮回家来过个年，以后谁敢欺负我们家？谁敢欺负咱徐屯任何一家？谁受气了让他们也拎瓶酒来找我爷爷，我派一个排回来！那时候就是这么想的，就想去当兵。我爷爷奶奶不让去，家里全反对。奶奶说当兵太危险，死在外头连骨头都找不到。爷爷说家里就指望你干活，你走了怎么办。我二叔孙德庆倒是没反对，但是说我太小了，连16岁都不到，人家要18岁以上的，说你这样的去了也得给退回来，没成年的哪个部队都不要，去了就尿炕，土匪都不要，何况正规军呢。

这不我父亲回来啦，全家人挺高兴的，平平安安过个年吧。到冬天国民党又来了，又占领庄河了。县城是他们的天下，下面农村可都是共产党的势力范围。那天晚上吃完饭，我二叔孙德庆又给我使眼色，我这时候已经跟着他行动过几次了，心里明白。晚上躺到半夜，一听西屋他那边有动静，我也赶紧起来，穿鞋跑出去。到村头一看，还是那帮人，二叔孙德庆手下的民兵都在，都拿着锹、镐整搞的。集合了就到大道上去，破坏公路。

白天国民党坐着汽车来回跑，很嚣张，晚上共产党组织群众把路都挖开了，挖开有房子那么大块，国民党车就走不了，我去参加了好几次。先用镐刨，把上面的硬路面刨开，刨出个半米左右下面就软了，用锹挖，挺快的，怕国民党给填回去再用上，挖挺老深，还宽。搞了好多地方，把电线杆子都轧断，电线给掐一节一节的，叫国民党来了之后用不上，现填坑都来不及。西边有个老金头，白天国民党都来了，他还去弄电线，他不晚上弄，被国民党发现了，他跑，人家打了两枪没打着，吓得不敢跑了，给抓起来好顿打，肋巴骨都打断了。可能国民党看他实在有点儿缺心眼，他就是想偷电线卖钱，只算经济账没算政治账，就没枪毙他，捡条命。

有一年秋天了，还乡团挨家收被子，说天冷，在太平岭住没有被褥。我当时正在街上打着一捆草准备回家烧火的，我一看，一班保安队挨家收被子，我就往家跑，后边人看我往家跑，枪都上膛了，枪栓拉得哗啦哗啦响，还喊"站住！跑什么跑?"我也不管，没命地跑回家，正好一家人都在。那会儿我二爷爷的女婿来了，在家吃饭呢，那是一个共产党啊，让还乡团碰上还有好？我到家跑得说不上话，他是个机灵人，一眼看明白了，赶紧往后院藏。我爷爷就急忙捡碗藏筷子，不能让人家看出来你家里有客人在吃饭啊。一问，谁在这坐着吃饭来着，怎么说！我奶奶和我姑姑一听我说，也赶紧把被子往柜子里装。刚藏起来，还乡团就追到院子里来了，一看一家就两床被子，人还挺多的，也就没下手，我爷爷招呼他们吃饭，人家也没稀得吃，就走了。

走就走呗，他们心里有点气，因为我跑回家提前报信儿了。不过那小子还行，知道我报了信儿，也还没抹下脸来，毕竟也是一个村子里的人。完了以后他们走了，往陈屯走，叫我给带路，我说没去过。他说没去过也得去，从大门口往东山顶走，走到东大顶子就是，山这边都是老徐家、老陈家、老孙家，山那边就归陈屯，下边就是陈屯了。天都黑了，我穿着破破烂烂的挺冷的，路也不好走，沟沟洼洼的，保安队他们说："行了，你回去吧！"我一看，还行，没收拾我，很侥幸啊，本来心里还打鼓，带到山顶上是不是就得把我一枪毙了呢？一看让走了，就急忙跑回去了。

第六章　弄虚作假当上兵

1946 年国民党来了以后，我愈发想去当兵，那时才 16 岁。之前八路军经常住咱家里，都挺热情的。没几天就组织起区中队了，区中队经常搞演习，晚上还去搞演习，在村西边那地方，要是土匪来就从那边来，晚上在大地里趴着挺冷的。他们趴在那里，村里经常派饭吃，我经常去送饭。到那里见了面，都挺热情的。他们区中队吃饭，我就蹲在旁边看着，心里好像我也是其中一分子似的。那时候真没拿自己当外人，要是真遇上打仗，我就跟着一块儿干了！

我这边没客气，拿自己当一家人，都想去参加了，那时候我爷爷奶奶根本不让去。家里我父亲根本说不上话，就是爷爷一张嘴发号施令。不让去就算了，没几天，国民党来了，共产党跑没影儿了，就没去了。当时奶奶就说，幸亏没去，去了不就完了？那时候才一点点，还是小孩呢，跟她说不出理来，还不准犟嘴。多少年的规矩传下来的，有大人说的没孩子说的，对不对你也得听着。

1947 年春天，我正在耪地，八路军从盖县打过来了，到庄河去了。咱们村有个叫王志军的，早就参加县大队去了，他家在大河边住，离我们老家的房子不大远，两家关系还挺好的。八路军过来打庄河，他们县大队去跟着一起打，结果打仗的时候就把他打死了。

那天晚上我在耪地，见到八路军终于打回来了，那个高兴啊！这队伍来得也真奇怪，正干着活儿呢，突然一抬头，人都站在眼前了，一点儿没发觉。全都没变，穿着五花八门的，几十个人里面没几个穿正经八路军衣服的，倒是不少人穿着小日本和国民党的衣服，穿老百姓家常衣服的也不少，都背着枪，还放了哨。“陈区长！这次回来可再也别走了，还乡团把俺们折腾惨了，要收拾他们！”

把我激动的，一把就把他抱住了。我就讲啊，他们多么狠啊！陈区长说："我们回来，就是要把天再翻回来，太平岭还是咱穷人的天下。"

就带着回家去，给烧水喝，八路来了以后在咱家住的，后面老伊家也住了一些，那时候没有吃的，之前那次"土改"咱家分点地，家里就有一头牛、一头驴，种地拉车都行。别人南楼上老刘家分了些骡、马、驴，他们都卖了，他卖咱家就买了些回来，卖了六担粮去换了他家的牲口，好歹分了地，又卖了点粮，就算是刚够吃了。可是后来国民党来了呢，人家地主又翻身了，又把骡马都给牵回去了。那时候是还乡团当政，人家牵就得老实给人家，不敢不给啊。这边我们再找人家老刘家后账也不是那么回事儿啊，你自己愿意买的，这赖谁去？

最初山东来的工作队到我们太平岭那里开展工作，陈九许是那一拨的，我父亲就是最早被他给发动群众发动起来的。他开始工作还不是区长，以后当区长，开始是工作队长，后来提升当的区长。最早区长姓侯，又是区长又是指导员，他挺好的。其中还有一个女的姓沈，就是第一次撤退，跑的时候叫国民党抓着了，给活埋了，德兴街那边的人都知道，还有个纪念碑。敌人来的时候指导员没死。怎么没死呢？他跑到一个仙人洞，仙洞庙里面有神龛，他钻进庙里面的大神龛，在后面隐蔽起来了。国民党进去一看，什么也没有，就一个大神龛，就没抓着他。"文化大革命"时候一帮红卫兵要扒了它，老百姓就不让，说这个神龛救了区长，救了命，你扒它干啥玩意，也就没扒了。

1947 年，这次八路军回来了以后，又把那地主第二次给分了。但是这次骡马没直接还给我们家，又被别人给分走了。怎么办呢？我就去了好几次，找地主要去，那时候家里大人谁都不敢去，怕过几天人家还乡团再打回来，就我小孩胆子大，我去。我拿个扁担拿个筐去要粮食，地主也熊了，给点苞米、黄豆。我去跟地主家要粮食，要过一个大山，走在山顶上还挺害怕的呢。要了几次回来，那时夏天挺困难，没东西吃，吃野菜，吃得脸都肿，因为那时家里的粮食换马了，结果马又让地主牵走了。这时候大家都怨我二叔，当时是我二叔孙德庆出的主意，非要用粮食换骡马，我爷爷和我父亲都不同意，就觉得不可靠，说要是以后国民党再打回来了可咋办呢整搞，可是他不听，非要弄。那年我们家遭点儿罪，钱物两空，受气带受穷，这日子过得那叫憋屈啊，那是 1947 年初的时候。

出了这事以后我还说想要去当兵，我奶奶他们就看着，不让去，我被困在家里出不了门，就没去上。没去上就拉倒了，人家国民党又来了，也参加不上了。后来八路军又回来了，就在家参加民兵，打土豪分田地吧，整那玩意。分着分着吧，我二叔孙德庆当民兵排长得罪了不少人，他还打人、骂人整搞的，后来被人使了坏，人家有在农会里的，就报复了。当时的区长叫陈九许，是山东人，来了，开始那个侯区长叫什么名我忘了，以后也调走了，陈九许是在他调走之后当区长来的。那时候我们家是骨干堡垒户，我爷爷、我父亲和他们关系挺好、挺密切，八路区长经常到咱们家来串门，了解情况。

有一次区长大概是到县里去开会，不在家，农会这帮人趁着区长不在家，晚上到我家来了。事先家里得着消息了，知道有人使坏，要来分家里的东西，那时咱家是下中农，要分也要分上中农以上的，对不对，就觉得没有什么关系，就大意了，我爷爷就到太平岭老周家去办事去了。我没去，是我爷爷自己去的。完了以后这帮人就到家里来了，进屋以后就翻箱倒柜，都记上账，贴上封条，把人都捆上弄走了，全家都带走，男女老少一个不剩，弄到伊店一个大屋里，男女都分开，那就是要当地主反动派收拾了。

事情发生时我爷爷没在家，去了老周家。他们就问："你爷爷去哪里了？"我说去太平岭了，这帮人就说去找去。我去找的，刚找回来，进了院子还没进屋，就叫人捆绑着走了。

那帮人有仇恨哪，我二叔孙德庆被关在里面的时候，叫人给打得！昏过去好几次，摁在地上，腿脚拳头拿棒子就那么打啊，打得嗷嗷叫啊！什么都不知道了。我爷爷被打，也昏过去好几次，我父亲也被打过好几次，但没昏过去，因为我父亲人缘好一些，没得罪什么人的，平时帮邻居牲口看病，帮助过不少人，没有得罪什么人。

这一弄就是半个月呀，没有饭吃，我和我二叔孙德庆就给放出来了，让去要饭，要回来给我几个姑姑和奶奶大伙吃呀整搞的。以后呢，中央下来指示了，这区长也回来了，到村里来一看，家里空了，人都没有了，就问邻居这家人哪里去了，有人说是被分了、被斗了。陈九许陈区长回去就问农会那帮人，他家定的什么成分，说是下中农，又问为什么要分老孙家，他们就支支吾吾说不上来，就胡编，说他家有东西。其实家里就一头驴、一头牛，有什么东西呢？

陈九许区长很生气，说："分啥玩意呢！地主和穷人还分不清楚吗？"就马上又给纠正了，把东西又往回拿，都给拿回来了。把人也给放回来了，回来之后没多久，正好 1947 年年底八路军又招兵，我早就想去当兵，这回可好，有了教训受了气，家里人就说了："你要是早点当兵，何必这回家里能让人给分了，叫人整得这样呢！"我奶奶这回也算是经风雨、见世面了，穷成这样一家人，能被人瞪眼当地主整，没被国民党还乡团整，倒被咱穷人自己的农会整，你说这没权没势的人还能活不，这回就再也不反对我闹参军了。

当时我就想，要是我早点当八路的兵就不会这样了，军属家谁敢动？但话又说回来，要是早当兵去了，可能早就没我这个人了呢，机遇很重要啊！当时是军队下来招兵，和现在一样，那是辽南独立第 2 师第 6 团招兵，下来几个人招兵。那时招兵人少，就来了几个人。后来听说师长姓左，叫左叶，是个老红军，人家说当年跟毛主席、贺子珍在井冈山一起干革命的，老资格。当时传说他可厉害了，不管是谁，看你小子不像好人，掏枪就打！我刚当兵的时候，经常听老兵讲左叶师长的传奇故事，非常崇拜他。南下以后他到41军去当副军长了，就再也没见到了。

我们当兵那时候，真是两极分化，像我这样的，十五六岁就闹着要当兵，人家嫌小不收，成天跟着民兵、区中队后面跑，可积极了。也有那怕死的，家里弟兄好几个，动员都不去。我还记得就在我家炕上动员，那些条件行能当兵的，都在炕上坐着。头一个就问我，知道我这样的积极啊。

招兵的连长喊："孙福地。"

我答应得可积极了："到！"

"多大了？"

"18岁！"

人家看我就不像，说你哪有那么大，哪年生的？我就胡编说，1930年的，属马，正儿八经18岁了。其实我1931年的，属羊，一直到离休办手续的时候才给改正过来。我们这一茬子招兵的人挺多，我混在里面，以小充大。我那个大爷孙德宽，以大充小，当时已经四十七八岁了，说是35岁，人家也没太计较。愿意当兵，保卫胜利果实，这是好事儿嘛。我大爷孙德权、孙德宽、二叔孙德庆还有谁来着一大帮子，跟我一起当的兵，也不分辈分了。老伊家那一帮也是，叔侄两代人，不分辈儿，一起都当了兵了。

那时候国民党来，孙德宽不是"跑反"跑了吗？1947年庄河第二次解放以后他又跑回来了。这次我们当兵，他也跟在里面混着。他岁数挺大的，冒充35岁，1901年的属兔，直接减了一轮，报1913年的，还属兔，隐瞒了，完了就这么当兵了。以前他抽大烟身体也不好，另外还赌博，不务正业。

我们这一拨人，有伊承祥、伊承运、伊承训、伊承堂、孙德权、孙德宽、孙德庆、伊明章、伊明俊……基本上全是民兵，区中队，本来就算是半个兵，这下子加入正规军了，大家都很高兴，挺积极的。没什么动员不动员的，后来当上兵之后才听说，有些地方的人觉悟不高，动员都不去，最后是被大炕给"烙"去的。怎么弄的呢，我没看见。

还有个刘贵吉，家是山嘴子的，外号叫"大美人"，小白脸，长得挺秀气的，不看衣服光看脸，都分不出男女来，他有文化，提升挺快的，当兵没多久就当了副排长。

还有个小宋，我一直没记住他的名字，从来就叫小宋，也不叫名字。他是从当兵就跟我在一起的，关系最好，也打过架，打完还好。

老伊家这帮人，跟我们老孙家的关系挺好，都住在一个屯子里。承字辈比我大一辈，跟老孙家德字辈通婚，但是年龄跟我差不多，从小一起玩。伊承祥后来回家娶了我四姑，他还有个兄弟叫伊承焕的，退伍之后娶了我三姑，就是我父亲的三妹妹。伊明章是小一辈的，跟我一辈儿，一起当的兵，他有点儿文化，去了就在连部当文书，提拔得也挺快的。伊承祥是属大龙的，比我大 3 岁，他念了 4 年书，高学历人才，当兵起点就是连部通讯员，还能给连长写讲稿呢。

这一拨人里面，最有意思的是伊承周。他在庄河念国高，文化最高，毕业了，家里给订了门亲，包办的。他不干，反对也不行，就逼迫他成亲整搞的。10 号结婚，他 9 号晚上失踪了，跑了。到日子了，人家娘家敲锣打鼓把媳妇给送来了，一直等到中午也下不了轿。我们老家那边有规定，中午之前新娘下轿，婆家得给接回去。这没办法了，走了，抬回去了，饭也没吃。当时他家猜测，这小子八成当兵去了，娘家很不满意，但是也不敢闹。这要真是当了兵，家里就是军属了，谁敢在军属家闹事？

当时我们那有个姓赵的，家在城子坦那边，也是自愿来当兵的。我当时还不认识他，我二弟孙宗麟认识。当时我在那当兵，戴着大红花，吃肉，我二弟寸步不离地跟在我身后，穿着我留下的那件大蓝布衫子，羡慕得不行。他比我小，长得还瘦，想冒充 18 岁条件可不够，看起来就像十来岁的样子。我二弟孙宗麟看见了他就喊："赵金福，你家那么有钱，也来当兵啊？"

那个赵金福还挺害羞的，不好意思说话，是个秃头，脑瓜锃亮，长得还不错，声音挺小的，说："有什么钱啊，家都被分了，被斗了，现在跟你一样，比你还穷呢，也是穷人了。"

我二弟孙宗麟就跟他介绍说："看，这个是我哥哥孙福地，也是这次当兵的，两年前独 2 团打过来时本来就要去来着，家里没让，看着，没去成，这回也去上了，你们一起去，互相有个照应啊！"

赵金福也是后来上学的，有点儿文化，大概是在我退学、我二弟孙宗麟上学之后认识的吧，他俩还挺熟悉的。我跟他还握握手，刚学会的，见面要握手了，以后都是革命同志了，说有事要互相照应。我们就一起去了，那是 1947 年的冬天，很快就要过阳历年了。后来我填表，写什么时候参加革命的，我都写 1948 年 1 月。我有个亲家叫王永利，是个残疾军人，比我早参加几年，他当时在村里儿童团当团长，给区中队送过信儿，后来填表人家就写 1945 年的，有证明人，证实当时真的参加革命了，就算抗战的了，三八式，比我们待遇高一些。我们当年出来当兵，哪想过这些事儿啊，就是去打仗了，谁知道谁能活到现在。

我们这帮土老农里面，我这初小文化的，算知识分子，还有个岭后的刘贵吉，那个"大美人"，读了六年书，算大知识分子，去了就当文书，然后当副排长，南下时候就已经是副连长了。他最后在大连离休的，师级干部，大概是这一拨里进步最大的了。

附录:人物志·左叶[1]

左叶将军是我军最早有军衔的将领之一,抗战结束后,因与美蒋谈判需要,左叶被授予少将军衔。身后悼词前三句称之为“老一辈无产阶级革命家,坚定的共产主义战士,我军优秀的军事指挥员”。讣告中讲左叶早年参加中国共产党,是永新暴动主要领导人。与很多革命者一样,“左叶”这个名字只是他的化名之一,他原名是左宝叶,后来还用过左翼、左一、左岳、左卒,1932年开始用左叶这个名字。他是江西永新人,1912年生,家里是个佃农,自幼在乡劳动,也上过私塾,后来出去当工人,备尝生活辛苦。1926年在吉安参加工会,1927年回乡任暴动队长,秋收起义后在永新县黄土坂加入了工农革命军第1师第1团,随军上了井冈山。因为他识字,很快当上了排长、连副指导员。1928年4月加入共青团。

1931年,他调到瑞金红军学校任政治协理员、营教导员,并转入中国共产党,后来在瑞金全国总工会做过一段时间的干事。1933年秋红军工人师成立后,调任该师。工人师后改番号为中央警卫师、独立第23师、国际无产阶级师,他担任过师侦察科长兼通信科长、国家保卫局驻师特派员兼军事裁判所所长,参加了历次反围剿作战。1934年9月,红八军团成立,调任军团后勤部长兼供给部长、政委。长征中红八军团编撤,改任红五军团后方队列勤务参谋、后勤部长,红一、四方面军会师后,随红五军团(改番号为红五军)调进红四方面军,因为在讨论会上反对张国焘的南下路线,被降职为政治部宣传部宣传科长。后来又担任过金川独立师参谋长、方面军政治保卫局政治部侦察科、西路军教导团教育参谋,西路军失败后只身回延安。

抗战爆发时,左叶还在去延安的路上。1937年11月到延安后,他被安排到军委参谋训练班学习,1938年3月毕业后任八路军炮兵团参谋、参谋长,9月代理团长。有个曾任红一军团国家保卫局通信班长的刘瑞德,在长征后与部队失散,抗战爆发后到延安归队,派任炮兵团特派员。但左叶认为他当初是开小差逃跑的,认定他是特务,处处防范。一次因为调防,两人发生冲突,左叶向刘瑞德打了一枪,没有击中。炮兵团党委把左叶绑送到延安由总部发落。经毛泽东裁决,此事就此作罢,左叶送马列学院学习。但左叶不愿意去,就安排在八路军副官处南七里铺军民客栈当了副主任。刘瑞德后来在整风运动中自杀,当时他

---

① 转引自 http://www.fyjs.cn/bbs/read.php? tid=105590。

坦白自己是特务，说只有左叶看破了他。

后来左叶还是进了抗大，1941 年初提前毕业，调到冀中军区 7 分区第 17 团试任副参谋长。第 17 团团长阎洪友、政委姚国民，政治部主任孙洪志，是冀中第一批整编四个主力团之一，以擅长伏击战闻名。左叶刚回战场，有些手生，1941 年 8 月 2 日，指挥部队在安国县马阜才伏击日军第 15 师团第 67 联队松尾大队时，由于侦察失误，虽然击溃了日军，但是团第 2 营营长刘鸣琴阵亡，部队伤亡 170 余人，气得团长阎洪友连饭都不吃，左叶也只等着挨批。但是军区情报显示松尾大队伤亡达 400 余人，便给 17 团发了嘉奖令，随后，晋察冀、太行八路军总部和延安军委接连发来贺电，才让左叶松了口气。

1942 年 2 月，左叶出任冀中军区第 7 军分区第 22 团团长。22 团是军区基干团，政委梁达三、总支书记贺明，辖有 4 个步兵连，1 个警卫连，1 个侦通连，警卫连里有迫击炮和重机关枪各 1 个排，算是冀中素质最好的团队之一。当时没有团长，左叶在军事上负总责，后来升任团长。在冀中，左叶最得意的战斗方式就是伏击。5 月 13 日，左叶亲自侦察后，率两个连在无极县小吕、王村伏击了伪真定道县长参观团，毙伪真定道尹(?)及伪军指挥官，伤护卫部队指挥官日军骑兵第 110 大队长加岛武以下日伪军 180 余人，自己无伤亡。6 月 7 日，又以 3 个连(22 团 2 个连，17 团 1 个连)及几个地方游击队在深泽县南北宋庄设伏，打伤了率 30 多个骑兵进村的日军坂本支队长坂本吉太郎大佐(26 师团独立步兵第 12 联队长)，又顶住了日伪军 2000 余人的围攻，以亡 32 人、伤 41 人的代价，毙伤日伪军 300 余人后突围而去。(此处取吕正操的说法，左叶回忆则是毙伤日军 900 余、伪军 200 余，但两人均未声称击毙坂本支队长)。1942 年日军大扫荡，第 22 团作战 82 次，毙伤日伪军 2400 人，自己只伤亡了 200 余人，全团从日军扫荡前的 655 人增加到 1025 人。

抗战胜利后，他率军去东北，担任民主联军辽西军区第 2 军分区副司令员，四平保卫战(二战四平)时是四平城防副司令。后任第 3 纵队第 8 旅旅长、第 8 师师长。1948 年 4 月，任独立第 2 师师长及营口卫戍区司令(新的独立第 2 师，政委曹传赞、副师长师建章、参谋长柴谦，老独 2 师已经编入 5 纵)。当时东野的独立师长里，颇有些土地革命、抗战、解放战争三个时期都是师级的干部，除了左叶，还有陕北红军出身的“黑狸虎”王兆相。10 月间，独 2 师参加辽沈战役，在台安打虎山阻击廖耀湘兵团东逃。面对第 71 军、第 49 军的轮番进攻，左叶打得不轻松，还把夸大敌情作战不力的第 5 团团长撤了职。最后，独 2 师以白刃战完成了阻击任务，当第 14 师、105 师、骑兵第 3 旅三面合围过来时，左叶率部在蒙古骑 1 师接应下趁夜撤到盘山。这时，东野作战处长苏静带着个重炮连前来督战，协商后独 2 师主动出击，重创第 49 军前卫部队。交战中第 49 军发现我军有重炮，以为前方是我军主力部队，连忙上报，廖耀湘由此错误判断去营口的道路被截断，决定退回沈阳。有些人认为，这是辽沈战役中最有戏剧性的一个瞬间。随后，独2师参加了进攻营口之战。

1949年入关后，历任第四野战军41军第154师师长、第121师师长、中南公安军副司令员兼参谋长、第54军副军长等职，后来调到地方，任中南军政委员会交通部副部长、财经委员会副主任等职，50年代，左叶到北京任农业部部长助理……

此后，左叶调任农业部机关总支书记兼人事司长，“文革”中遭到迫害，复出后任重庆政协副主席、中国农科院副院长、农业部顾问。1992年7月4日在北京逝世。

第七章　刀劈张国忠

有一天晚上我看电视，里面有人唱一首歌：

铁流两万五千里，直向着一个坚定的方向！苦斗十年锻炼成，一支不可战胜的力量。一旦强虏寇边疆，慷慨悲歌奔战场。首战平型关，威名天下扬，首战平型关，威名天下扬。

嗨！游击战，敌后方，铲除伪政权。游击战，敌后方，坚持反扫荡，钢刀插进敌胸膛。

巍巍长白山，滔滔鸭绿江，誓复失地逐强梁。争民族独立，求人类解放，这神圣的重大责任，都担在我们双肩！

这歌挺好听的，叫"铁流两万五千里"，是我们当兵后学的第一首歌，老兵教的。还有一首歌，《三下江南四保临江》，这也是东北歌，想不起来怎么唱的，还没太学会，以后不让唱了，说是相互之间有影响，宣传你这部队自己怎么英雄好汉的，好像不大谦虚。开始还唱呢，到江南就不让唱了，怕影响友军情绪，显得我们四野自吹自擂。

我们唱得最多的，还是《跟着林总打胜仗》：

军号响，红旗展，林总的命令往下传，号召东北野战军，创造千百个尖刀连，要顽强，要勇敢，朝着敌人心脏钻，刺刀见红敌人全部完了蛋。

这个以后也不让唱了。四野的军歌，我们南下以后过山海关就不让唱了。以前还有一个《东北民主联军之歌》：

向前！向前！向前！

我们是林彪的战士，我们是杀敌的好汉，拎一拎大盖枪、子弹、手榴弹，瞄得准来投呀投得远，每一颗子弹教敌心胆寒，瞄得准来投呀投得远，不打垮反动派不下火线。

我们是林彪的战士，我们是杀敌的好汉！端起冲锋枪，带上手榴弹，哪里有敌人，就在哪里干。我们是人民解放军，我们的名字天下传。

向前！向前！向前！

我们是林彪的战士，我们是杀敌的好汉！作战打冲锋，灵活又勇敢，活捉蒋杜军，缴他的重机枪。我们是人民解放军，我们的名字天下传。

我们 1947 年 11 月底去当的兵，真正到部队上，都是 1948 年春天了。期间干什么呢？在新兵连学习，提高思想觉悟，当兵光能打仗还不行，还得知道为什么打仗、为谁打仗。当兵之后先在区政府吃的饭，杀的猪招待，以后到县里集训，集训了半个月，在庄河的明阳区。

报上名第三天就去集训了，当时穿的棉衣里面有个衬衣，外面套个大褂长衫，就像过去教书的先生穿的那样，那是家里比较好的衣服了，走时现弄的衣服穿的。要出门了嘛，怎么也得穿得像个样点儿啊！

我们当时在一起的几乎都是新兵，由几个来接兵的老兵带着，那都是山东过来的老八路，人好，军事素质高，都当干部。我们这个新兵连到庄河明阳区一个叫什么坎子的地方，在那集训。我们住的那里有个果子店，后来把我们分配到各团各营各连，就分散了。

我们这些兵多数都是元旦前参加的，在新兵连这边过的春节，集训了 20 多天。在庄河市里，干部都是在我们这些新兵里临时选出来的班排长，等到部队以后，这些班长也不是了，排长也不是了。我们新兵连的排长叫孙长月，临走到部队去了，他不干了，不干拉倒呗，反正是自愿兵也不是抓去的。也没听说把他怎么样了，还没正式干上，不算逃兵，也不算开小差的。

在新兵连，白天训练，列队，向左转、向右转、向前看齐，晚上就开会，讨论。连长就问："你们说说，你们为什么受穷？地主为什么就不穷？"

我大爷孙德宽虽然是个穷人，但是那思想可奇怪了，专门替地主说话。他说："人家地主老财有钱，那都是省吃俭用一年年挣出来的。人家地主有地，那都是一代一代买回来的，积攒起来的。咱们东北人少地多，愿意开荒你就种，愿意当长工，几年下来就能攒钱买地盖房、拴上大马车，穷人如果不懒不馋不抽大烟，正常生活，哪用卖房子卖地卖儿卖女？”

大家就争论，连长也不制止，还鼓励大家讨论，有什么意见都说出来，理不辩不明嘛！赵金福支持我大爷孙德宽：“穷人都是自己懒的，只要勤快会种地就肯定受不了穷。”

我说：“那不对！你看我们家，本来是‘孙大门楼’，有牲口也有大车，日子不穷啊，日本鬼子一来，收公粮、出劳工，多少人都被整到抚顺下井掏煤死在那里面了！你再勤快有什么用？不是一样得受穷！”

伊明章读书比较多，说话有水平：“国民党就是帮助地主老财的党，他们组织那保安队、还乡团，不都是收拾穷人的吗，如果不彻底把国民党赶出东北去，咱们就过不上好日子！过两天他们再来‘拉锯’，咱们穷人可真没活路了。”反正就是这么个大概意思吧，说得挺好的。

在农村，地主其实就是小农的生活榜样，别看我们穷人起来了，把地主打倒了，家给分了，但是农民骨子里最羡慕的还是地主。不是有那么句话吗：“三十亩地一头牛，老婆孩子热炕头。”那就是东北农民的理想生活，所以“土改”之后再让农民来当兵，还真是有一定的难度。这就得教育：“你翻身了，还有多少人没翻上身？你分了土地，还有多少人没分上土地？再说了，那地主的财产是怎么来的？他不剥削吗？”就这么学习教育了一段时间，阶级觉悟都上来了。后来再开会，连长问我为什么要当兵，我也会说了。

我为什么要当兵？一个是日本侵略我们中国以后，中国人民生活在水深火热之中，吃不上，穿不上，人民过着牛马不如的生活。我们家那时就是这样的。我不是说冬天冷了穿着单裤去放牛，冻得把脚插牛粪里吗？确实是这样，一点都不撒谎。天冷之后，穿个小破棉袄，外面连个外套都没有，冷得直哆嗦。每天很苦很累，再加上日本鬼子要这个要那个要粮，你打点粮食都要走了，经常吃不上饭，野草、野菜充饥。吃的、烧的、穿的什么都困难，那种生活反正是过够够的了。你家吃点大米饭，都要藏起来，看到他们来了还不敢吃，过年时偷偷摸摸煮点儿大米饭吃，吃点好的。要什么什么没有，就是一个苦！

日本投降以后，八路军工作队就来了，减租减息，搞“土改”，咱们家不是挺穷的吗，什么都没有，吃不上穿不上的，这回公粮也不要了，我父亲到区里参加工作了，家里又分了12亩地，生活好了。另外从感情上讲，中队也好，工作队也好，都是为人民服务，给人一种好感，都说确实是为人民服务的军队，为人民服务的政权，那时候我二叔孙德庆参加民兵，我也参加民兵。我们过上了几天好日子。

但是国民党来了以后，情况又变了。苛捐杂税什么都要，把以前参加政府工作的人也都整去了，又打又骂，叫他们承认是共产党，为什么要为共产党服务。从这三个政府对比起来看，还是共产党领导的好，人民要翻身求解放就得跟着共产党走。

就这样，我们在那里诉苦。我就说啊，现在家里生活好了，分了地了，过去受过的苦啊，尤其是我父亲被抓、被打、被整。我一想起那天晚上，天很冷，刮大北风，还乡团把我父亲绑上车就给拉走了，像拉猪一样给拉走了，一直关到腊月二十八，国民党非常仇恨咱们这些人，那时候就想着保家卫国，你得巩固胜利果实。像咱家平时穷的，谁能买得起 12 亩地？哪弄那么多钱买？你就得当兵，当兵的动机就这三方面。

我这么一说，连长邵恩宽说讲得好，大家都鼓掌，然后喊口号，喊的是"打倒卫立煌，解放全东北！"赵金福挨着我坐，始终不说话，别人说话他也点头，该鼓掌也跟着鼓掌，但是什么都不说。当时我还不清楚怎么回事，后来知道了，那就是心里不服气，他家是富农，被分、被斗了嘛。

新兵集训了 20 多天，我们就分到部队去了，当时也不知道怎么搞的。我这样的念过三年初小的，都算知识分子，分到团直属的迫击炮连。当时炮兵基本上都是念过几天书的，算是个高科技单位吧，我大爷孙德宽识点儿字，赵金福、伊承祥、伊明章、许志征、刘贵吉也都念过几年书，都在炮兵连。伊承祥当了连部通讯员，伊明章当了连部文书，刘贵吉文化最高，念了六年高小，进门就当了副班长。还有个大爷叫孙德权的，实在年龄太大了，步兵干不了，炮兵也干不了，就在我们连里当了炊事员，后来当炊事班长。我二叔孙德庆当了步兵，在一营机枪连，他比我大不太多，当时也就 20 多岁吧，他身体好，挺结实的。

剩下多数都去了步兵营，伊承堂、伊承运、伊承训、伊明俊他们多数都在那，1 营、2 营、3 营都有。伊明俊没多久就到了团部，当上侦察兵了，当时那就算特种兵了，装备比一般步兵好，挺羡慕的。当步兵冲锋陷阵的，受伤牺牲的可就多了，一起出去这一百多人，后来也没回来几个。

从新兵连分到正式部队以后，那感觉就不一样了，我是东北民主联军辽南独立第 2 师 6 团迫击炮连 1 排 1 班战士了。咱也有组织了，我的司令是林彪，政委是罗荣桓，参谋长是刘亚楼，政治部主任是谭政。师长叫左叶，团长姓钟，忘了叫什么了，连长就是新兵连的连长，叫邵恩宽，排长叫郭凤鸣，班长叫张东青。班长张东青是山东人，三十来岁，已经成家了，山东来的都是老兵。

我们这个炮连是新成立的，我们那个连里还没有几个老战士呢，新兵多，有庄河的、大营子的、新金县的、复县的……几个单位凑在一起组成个连。全连 6 门炮，3 个排，每排 2 门炮，1 排 3 个班，1 班 2 班各 1 门炮，3 班是管炮弹的，我在 1 排 1 班，我是炮弹手。我们这个班，12 个人，10 个都是庄河的，只有 2 个是新金县的。这10个人里面，徐屯一半，东大营一半，各5个人。

排长郭凤鸣，庄河人，他也是1946年当兵的。后来还有过一个李排长，二十五六岁，人聪明，做事挺干脆的。郭凤鸣后来去海军了，当了三级军舰舰长。连长邵恩宽，庄河海岛里的人，后来到54军我还跟他在一起。指导员王坤，抽大烟，他有病有伤，抽有瘾，他也不是抽，他吃，搞碗里泡点儿水吃，连里团里都知道，也不说他，他是战斗受伤的时候打止痛药打多了落下的毛病，负重伤，差点儿就死了，抢救了很久捡条命，脸焦黄的，挺瘦的，长得有点像《南征北战》里的政委，就是比他还瘦点儿。

但是当时没打仗，都是新兵，还没什么战斗力呢，每天就是这样，基本训练，提高军事素质，出操上课，最主要一点就是忆苦思甜。基本上每天开会都研究这个问题，跟在新兵连里差不多：地主剥削人，究竟是怎么剥削的？靠什么剥削的？

我大爷孙德宽年纪大了，有点儿一根筋，老是想不明白，还说："地主怎么剥削你了，你干活不给你粮食不给你饭吃？"其实很多人都不知道什么叫剥削，我也不明白怎么就被人家剥削上了呢？上课就讲这些：什么叫共产党，什么叫八路军，什么叫国民党？日本那时候是怎么来侵略的？我们怎么当上的亡国奴，怎么受苦受难的？回忆这些，讲一些思想。

那天晚上吃饭以后开个大会，6团全体都在，各营各连平时讲得好的，都在一起讲，上台讲。当时是我在忆苦思甜：

我奶奶的二妹子的二姑娘，我叫二姑姑的，嫁给一家姓白的，在南边跑马子住，那男的去当日本兵去了，回来以后嫌她不好啊，又是打又是骂整搞的，欺负她，然后二姑姑喝卤水死了。她死了后，咱们家咽不下这口气，打官司，我爷爷就亲自出面去找人，说这不行，到庄河市去告。俗话说，"衙门口朝南开，有理没钱进不来"，结果打官司没打赢。这小子当日本兵回来了，身上还别着刺刀，上家来报复！官司都打赢了，他还要出气，把我爷爷好顿打啊，眼睛都打红了，看不出来了，幸亏大伙拉着说合，怎么着也沾点儿亲带点儿故吧就是了……

从小我二姑姑就带着我，出门子之前经常给我做点儿好吃的，我那个忆苦思甜主要说二姑姑死得冤枉，就说日本怎么样的，主要就讲这个事。她死后立了个碑位，那坟旁边还有座大庙，那个牌就写在庙里去了，在那供奉着吧。

有个人叫张国忠，1营的步兵，咱们忆苦思甜的时候他在那笑，他在那该笑就笑该唱就唱，大家都不待见他。我在台上讲，讲到我二姑姑死得冤枉，讲我爷爷挨打，我父亲被国民党还乡团绑走了，大家心情都很沉重，都低着头。我往台下一看，就他一个人仰个头在那儿笑，嘴还一动一动的，看着就是在哼哼小曲儿小调，在唱歌呢。

他是步兵营的，参加八路军以后投降国民党两次，被我们俘虏过来，又跑回去了，又被我们俘虏来了。那时大家的心情挺痛苦的，团里有专门负责这方面的干部，一看他就不对劲儿，最后追查他的历史。跟他一起还有解放俘虏来的，一问，人家揭发了，才知道他是八路军这边被国民党俘虏过去的，投降的。再一查部队番号，可不是吗，那边有记载，他过去的时候还带过去好几个人好几支枪，在国民党那边还开了大会表扬他呢。张国忠手里还有人命！这就好不了了，又开了个大会，公审他，没枪毙，用大刀砍的。

我们团协理员他是从山东过来的，也是战斗英雄，是个老头，姓什么来着。缴获日本鬼子一把大战刀，还有一匹大马，全部奖励他了。平时训练出操，他就骑着他的大马，挎着大刀，别看不是什么正经军事主官，大家都尊敬他。他拿着刀，我们在那围着，张国忠跪在那里不吭气儿，协理员扛着大刀给我们看，背在脖子后面，刀尖朝上拿着。大家都上着刺刀，一转圈拿着枪戳着张国忠，他也动不了。我们那连队本来站好好的，我挤上前面去看，看热闹，要不也看不见啊！

协理员喊了一声："头抬起来！"

他把头抬起来了，协理员上去就一刀，把脑袋砍掉了，轱辘挺远，滴溜溜乱转。腔子躺那儿了，血溅得哪儿都是，呲出去好几米远下，迸了一整圈！我跟伊承训挤在前面，我大爷孙德宽跟赵金福站在我们后面，大刀一过，迸我们这一脸血啊，嗷一声都往后仰，吓得够呛。晚上睡不着觉，后怕，当时看热闹挤得挺欢的，这时候害怕了，我大爷孙德宽半夜喊我挨着他睡，就知道我害怕，睡不着觉。两个人背靠背，这后背贴在一起了，心里才踏实一点儿，迷迷糊糊的基本上一夜也没合上眼。

后来赵金福跟我说起过这个张国忠："那个熊样！没血性。要么干共产党，要么干国民党，两头干，还被人家给识破了，揪出来砍脑袋！"

我说："你说那不对，咱们穷人，就得干共产党，被敌人逮着也不能干国民党。再说了，咱们八路军宁死不当俘虏，本来就不应该让敌人逮了去！你说对不对？"

赵金福瞅着我嘿嘿笑。

第八章　伊承运在鞍山没了

在新兵连时总觉得自己不像个兵，盼着早点儿去战斗部队。在新兵连时什么都没有，连军装都没有，也没有枪。我们就穿着自己从家里带来的大褂子，列起队来，斯文点儿说，像是一群赶考的秀才；要练点儿战术动作，一身泥一身土的，就是一帮子赶着送粪的庄稼汉。到了战斗部队之后，还是没有枪。我在炮兵连，我们只有炮，平时操练就是扛炮管、炮脚、炮盘，只班长、副班长才有枪，主要是站岗用，其他人没有枪。那时没有军装，打完鞍山才发的军装。之前我们这些新补充去的都穿老百姓的衣服，原先的老兵都穿军装，五花八门的。

我们一班当时12个人，具体是这么分的：一、二、三炮手，一炮手瞄准，二炮手装填，三炮手吊线——他有个垂度线，炮摆弄上之后他负责调整角度和方向，四炮手负责拿着锹镐，挖坑、平阵地，一把锹一把镐头，他负责整那个。剩下的这些都是弹药手，我就是弹药手，背炮弹的，打完鞍山以后就装备有马了，用马驮炮，一匹马驮三件——炮身子、炮架子、炮盘子。另外剩下还有三四匹马用来驮炮弹，马驮不动剩下的，用人扛，背着，迫击炮弹一般人背两发，最多背三发，我是背三发。把炮弹摞起来，用绳一绑，横着绑，上面呢用根棍拿绳子这么一绑，然后一走，这么一背，就背着那根棍，背着就走。我负责牵一头小黄骡子，驮炮弹的，它驮着，我背着。班里没有马车，连里有四辆马车，伙房一辆，一个排一辆，也是拉炮弹的。连长、指导员一人骑一匹马，副连长以下都没有。

打鞍山时那有个叫转盘街，国民党在地下搞通的，是个大军事要塞，上面修个三层碉堡，我们从东边打进去的。打完了，我们住在两层楼，是个大商店，早上跑步就在楼里转圈跑，边上是暖气，打仗时把暖气片弄坏一个碴，我也不知道，就靠在那儿取暖。起来的时候一下把裤子划个大口子，这把我心疼的，那个难受劲儿啊！新衣服啊！刚发了两三天，让我给刮坏了，就发这么一套衣服，自己急忙找针找线，给缝上了，一直穿到秋天。看我把裤子刮破了，班长张东青就训了我一顿："刚给你发的衣服，就给整坏了！"整搞的，我也不敢讲话，悄悄缝上就拉倒了。

算算日子啊，1948 年初到新兵连，20 多天之后到炮兵连，然后开大会诉苦，又开大会公审、砍了张国忠的头。之后不久，住了 3 天部队就拉去打鞍山，就开始正规战斗了。

前两年我到鞍山去，看到那不是还有个"二一九"公园吗？就是打完仗了弄个纪念日，1948 年 2 月 19 日打完了，解放了。进城那天我在那拣了一支打坏了的枪，还从雪里扒拉出一箱子弹，那种挺短的加拿大冲锋枪用的，挺短的，折叠托那种。子弹好好的一整盒，金灿灿的。这一仗不是我们打的，应该是 4 纵打的吧，也就是后来的 41 军，他们在前面，我们在后面，人家都打上了，我们才来的，捡个尾儿，到那基本上都没有敌人了。枪还在响着，但是已经基本上结束了。我们往里面进，前面那俘虏押着往下走，挺多的，抵抗的敌人都已经差不多了。

我们到那里时，前面步兵已经打得差不多了，就剩下那个转盘街十字路口一个大碉堡，国民党守在里面，喊话还不听，叫他投降他不投降，往外打枪。四面开阔地，每面两挺重机枪，火力封锁挺严密的。这边不让步兵往上冲了，白白消耗，没必要。上面喊："搞炮打！"我们都觉得这回可捞着打几炮了，连长部恩宽也想上，养兵千日，用在一时嘛，练了几个月，好不容易赶上打仗了，都嗷嗷叫呢。但是没让我们上，说迫击炮不好使，让战防炮上。我们师里当时也有战防炮，但是没捞着打，人家 4 纵 66 团在前面打，人家不说撤下来，咱们哪轮得上啊。他们有三七战防炮，推上来一门，炮兵打步兵，就像现在美国佬打伊拉克似的，根本不给你还手的机会。真可惜那一仗都是人家打的，我们只有跟在后面看的份儿。

巷子里敌人机枪打得挺猛的，就把炮从老百姓家大门推进屋里去了，正对着那个转盘街，我们这边在墙上打个洞，把这炮管从洞里伸出去了。炮管刚一伸出去，那边看见了，机枪哗地就打过来了，那个战防炮有个挡板，是钢的，子弹打在上面叮当响，这边都猫在钢板后面隐蔽着，瞄准了那个大碉堡，放了一炮，打得那叫准啊！一炮就把它轰塌了。烟还没散完，步兵嗷一声就冲上去了。我们跟在 4 纵后面冲锋，也冲进去解放鞍山！

我这枪是怎么弄来的呢？转盘街里，步兵都进去了，我们跟在后面也往里冲，炮兵不炮兵的也不管了。里面有床、有炕、有伙房、有水、有电灯，一应俱全的。我就从门那钻进去了，我上到二楼，二楼上面还有两层楼，下面还有一层，中间是个梯子，可以下去。旁边另有一个梯子，上楼用的，里面地上还有几个国民党死倒。就是那一炮轰的，当时这俩人倒在地上，头都打碎了，下巴也烂了，牙都掉下来了，身边撂着一支枪，枪托打坏了，是支步枪，我捡的就是这支枪。不管好坏，那也叫有缴获、有战利品啊。开会的时候，自己报，有什么收获，我这一支枪、一盒子弹，班长张东青、排长郭凤鸣都表扬了。

这个枪学名叫什么不记得了，咱们就叫它“趴管儿”。国民党好像也叫趴管枪，跟咱们用的枪不一样，咱们是平的，他们的往下歪的。正在那弄这个枪呢，心里想得可挺美：“咱们打仗捡个坏枪也行啊，回去往班长那一交，咱这不也是有战绩了吗?”正琢磨着呢，外面有人把枪就伸进了，在那喊“别动，缴枪!”当时国民党和共产党一样，打起仗来都喊“缴枪不杀”，一听这个，我吓得一个高蹦底下去了。那碉堡里头还有个芯，像个天井，在那里面人架个枪，四面可以打，因为枪口不是贴在外墙上的，外面一般打枪还打不着他，在里面可以围着转，那有个口儿可以从梯子上去，我从这口儿直接跳下去的。

那中间不是有个梯子吗，我也没敢从梯子走啊，大概有两米来高，直接蹦下去了。我以为是国民党呢，他妈的结果是我们的侦察兵。跳下去就把腿撞坏了，那老水泥地硬着呢整搞的，完了之后，过一礼拜，部队又去辽中县，我这走路瘸了瘸了的，好长时间腿都没好。

怎么知道是自己人的呢？我蹦下去之后，就把那支坏枪朝上对着梯子口了。我也喊“别动，缴枪不杀”，反正我这枪后面托是坏的，前面看不出来。他哪知道我这边什么枪、有没有子弹、打不打得响，不过我在这跳的时候用眼睛的余光看了一眼，从门缝里瞄着一点儿，就知道是咱们的人了。就看衣服就知道，穿的是青衣服黑帽子，我们团的，那叫侦通连，侦察一个排，通信一个排，还有一个警卫排还是什么的，三个排组成一个连，都认识的，经常在一起出操能看得见。

首先说国民党不穿那衣服，再说国民党都打败了，投降了，整个鞍山全解放了，一个国民党兵他敢那么整啊。这么一想，我就把枪放下了，坐在那生气，整个腿都撞肿了。结果那位一探头，哈哈大笑，操，是伊明俊这个臭小子！从新兵连出来，我们一直都没见面，他以前做过小买卖，旅顺、海城哪里都出过，也算是个比较见多识广的吧，新兵连结束后分到1营，没多久又到团里当上了侦察兵，我那时候还在背炮弹呢，人家早都已经拿上小马枪了。你看这进步不进步差距有多大，才几个月，就显示出来了。

当初我们在新兵连分手时，得算是洒泪而别，毕竟到了战斗部队，以后能不能再见到可就不好说了。那年头牺牲得可多了，一仗下来，多少人就没有了。当时也不知道，事后听别人说起，谁谁谁又没有了，在哪里哪里没有的。没想到这次我们再见面，竟然是两个人端着枪互相对着，他拿着他的小马枪，我拿着我那坏了枪托的“趴管儿”。你说要是谁不冷静点儿，搂响了，回头一看是自家兄弟，冤枉不冤枉?

跟伊明俊见了面，互相打了几拳，一起说笑了一阵子，他也跳下来了，我们疯了一气，互相骂，“早知道是你小子我就直接开枪了”整搞的。后来他帮着我顺梯子爬了上来，这才发现腿伤得还挺重呢。回去之后，班长问啊，你那腿怎么回事，我就把经过讲了一遍。我的副班长姓杨，我们叫他“海南羊”，也是山东过来的老八路，有经验。他就说：“打过仗都知道，仗打完了，就拉倒了，单个的兵敢跟你整事儿吗？你看你慌里慌张的熊样！国民党都消灭没有了，你怕啥玩意儿？”他邋了巴唧的，吃个饭，浑身脏得要命，胡子、嘴上，哪儿都是，脏了巴唧的，衣服上也脏了巴唧的。一抽烟，嘴里一股烟味可大了，大家都叫他“邋遢羊”，我们老家都管不干不净的山东人叫“海南羊”。

那子弹当时地上有的是，下雪天，都扔在雪地里，散的。我这是在雪地里踩到一脚，登硬的，用脚扒拉一看，一整箱子弹，挺短的，跟咱们那手枪子弹差不多，是那种加拿大冲锋枪用的，都叫加拿大冲锋枪，实际上是英国枪。那箱子里面还有纸包着，一纸包一纸包的，摞得整整齐齐，都没动过呢。

打完鞍山那一仗，我二叔孙德庆就回去了，有伤病了，转到地方医院去治的，完了之后就没再回部队，直接回庄河了。他大概是我们这里面最早回去的一个，完了就是个老农民，什么待遇也没有，就那么回家种地了。后来听说，我家前院的伊承运参军第一仗，就牺牲在鞍山了。他跟伊承祥是亲哥俩，他是老二，第一仗就给打没了。老大伊承祥比我多读一年书，念了四年，后来也在连部当文书来着，1952 年回家的，离休前在庄河县粮库工作。

我们这个连里没有几个老战士，新兵比较多，基本上都是辽南一带的翻身农民，第一次打仗，也没什么经验，多数都是捡一支打坏了人家不要了的枪去上交，我这还多扛一箱子弹呢，一仗缴获了两样东西。那时候不管你是从敌人手里夺过来的还是从地下捡起来的，都叫有缴获，上面很鼓励。连里知道了，也口头表扬了我一下。我们连长叫邵恩宽，他是 1946 年当兵的。

第一仗算是解放鞍山，赶了个尾儿巴，第二仗打的是辽中县。那是春天，还没种地，不到 3 月份吧，打完鞍山在那住了一个礼拜。解放是“二一九”，2 月中下旬了，然后住了一个多礼拜，这不就到 2 月底了吗？那时候国民党经常到辽中县去抢东西，从沈阳出来了，有时骑马，有时坐车，有时来三天两天的，有时候开车来，当天来当天就走，把东西抢去，他们要用啊，缺给养啊，主要抢粮食、猪、牛、羊。

那个时候国民党在东北就剩下长春、沈阳、锦州三个据点了，其他地方农村都被咱们占了，别的地方都没有了，丹东、抚顺那边都解放了，都没有国民党了。这一仗是在哪儿打的呢？具体什么乡什么村什么堡子都记不住了，就是那天我们走的时候，走在半路上就遇到国民党的还乡团了，人不多，可能有五六十个人，他们不知道我们有多少人往那走，他们打枪就跑，我们在后面追。

当时冰刚化，我也稀里糊涂的，见着河也不绕，穿着棉裤就往水里下，趟着水就去追他们，背着炮弹本来就跑不快，这趟水过去更跑不动了，结果让他们跑了没打上，撵不上，看着跑了，大伙儿挺遗憾。没打上，就住在那儿了。

第二天早上，在那住着呢，就听见枪响了，我们就赶快去，没牵马，都是人背着炮盘、炮弹、炮架子上的。我们先占领了一个堡子，离敌人驻扎那个村子大概有1公里左右远近。村头儿上那儿有个小桥，我们1营的机枪和步兵都在桥上趴着，能有1公里吧，互相看得见打不着。只有敌人冲过来的时候，距离近了才能打着。国民党在南边的村子，都是骑兵，看得清清楚楚的，枪打不着，他们也不害怕，只要不是炮打的就行，迫击炮能打8公里呢。但是我们的炮弹也有限，也舍不得胡乱放，得等敌人来近了，多了，打他才值得。

我们连在堡子最前面，打迫击炮你得看清目标啊。你在堡子中间，有障碍物怎么打？它不同于野炮人家用地图量，或者是间接打，迫击炮必须直接瞄准。辽中县那里有个特点，每一个村庄后面都拉一座土墙，一人高或半人高，可能是防牲口用的，两房之间砌挺高，连起来，人进不去。还有小墙挡着，后边栽一趟榆树，还有柳树，正好就把炮架在那里了。我们连到最前边，1营的步兵在那打着呢，这回可真是终于打着国民党了。我们到那就架炮，说赶快架，晚了又打不上了。架起了迫击炮，1营往南边打，我们在它北边，我看得清清楚楚的。对面的国民党是个骑兵营，挺整齐的，一个连骑红马都骑红马，一个连骑白马都骑白马，一个连骑黑马都骑黑马，三个连。他们的部队很整齐，要不就全是红马，要不就全是白马，看得清清楚楚的。

先冲过来的是一个连的红马，它不是直着向你冲上来的，他们是斜着冲过来的，像个梯形、扇形的。我们1营的兄弟就在我们前面，看得清清楚楚的，敌人过来了，机枪步枪哗哗地就在那打啊。邵连长一看，就下命令，叫拿迫击炮打呗，但是拿迫击炮打，从开始测距、装弹到瞄准，最起码得提前100米，要不炮弹打过去了，人家也过来了，根本打不着。

我们是1排1班，第一炮我们打的，打一炮打到前头了，敌人那马一看到就摔倒在那里了，也不知道是打着人了还是打着马了，还是把那马震倒了。等再装填打，那马就已经冲过来了，从两个村庄之间来说，都过来一半了。连长邵恩宽就说快撤，真让人家冲到跟前来，那就该轮到骑兵屠杀炮兵了。我们基本上都没有枪，拿啥抵挡？我们急忙拆炮，都背上，赶紧跑。我们炮兵刚一撤，正跑着呢，回头一看，国民党的骑兵往东边村庄斜着奔去了，就没来了。

敌人骑兵没过来，连长一看又叫回来，继续打，我背着炮弹刚跑了不远，又折回来，跑到原来阵地把炮架上了，等着。一看，国民党马都在东边那村庄等着呢，他们也没走。咱们这边步枪够不上，有1000多米呢。不一会儿又来一个连，是骑白马的。我们撤的时候1营的步兵战士还在那坚持打呢，他们没撤，敌人离得越近步兵打起来越得手。我们在那又打，这次这个连刚过来不远，我们的炮就给打下去了。

连长邵恩宽喊，全连齐射，也不管打到哪里去了，我们自己瞄准自己放，六门炮各打了一发，咣咣就打了六炮出去。这下打着了，连人带马把国民党给打得够戗，炮弹都在敌人骑兵堆里炸开了。这个骑白马的连就没往那边跑，直接掉头跑回去了，跑完之后看着开阔地上人马都躺倒不老少的。打完了以后，那个村庄眼看着撤了，国民党走了，就没敢再来跟我们比量，咱们1营还在那打，最后一看敌人跑了，我们也撤回来了。这一仗敌人红马的骑兵最后往东走了，白马的骑兵一看不行，冲不过来，老是挨炮弹，冲了几步就回去了。我们这边基本上没什么损失。

附录：正史中关于解放鞍山的描述①

1948年2月19日7时30分，随着总指挥吴克华的一声令下，我攻城大军从三个点分五路向市区发起总攻。

……

当总攻命令一下达，我军炮师两个团、第4纵队炮团、第5纵队两个野炮连等，一齐向神社山轰击，一次就有百余发炮弹飞向敌阵地，炸得地动山摇。但由于山脚东南面灰楼群的守敌，一直在向我军阻击，加上天上有敌机轰炸，地面有装甲车扫射，山上的明暗碉堡火力猛烈，所以，第一次攻山未果。第二次进攻发动后，第5纵队3团12营，在营长王秀清、副营长耿金銮等带领下，冲过外壕，炸开围墙和屋顶形铁丝网，与敌拼手榴弹，打肉搏战。就这样，敌阵地一个个地被我军突破。当攻到主峰附近时，敌人碉堡的火力更加密集，无法接近。此时，我军炸药已用尽。副营长耿金銮急得两眼通红，他命令机枪掩护，亲自带领3连2班长各提两挂手榴弹，绕到山后爬上陡坡伺机行动。趁敌火力间歇之际，2班长飞跑过去跃到地堡顶上，顺势把正在发射的机枪管往下一压，用尽全身之力把枪拽出来，结果双手烫脱了皮。此时，耿金銮大步冲上，将一捆拉着火的手榴弹塞进母堡内，只听"轰"的一声，母堡'哑'了。不久就听见堡内有'缴枪饶命！'的喊声。2班长把敌军官反插的堡门打开，一连钻出30多敌人，纷纷缴枪。与此同时，12师也攻上山顶。到11时40分，我军控制了整个神社山。哪知战斗刚结束，敌人的飞机就来了，他们不知道神社山已经失守，还以为我们是他们的部队，往下扔吃的和药品。

占领神社山后，敌防御体系开始瓦解，只剩下市府大楼和对炉山等几个支撑点，我军乘胜追击。

在攻打市府大楼时，市府大楼前有一个直径达一百多米的广场，敌人在这

---

① 转引自 http://www.asarchives.net/asda_sql_news/asda_Show.asp? ArticleID=345。

里构建了一个直径有十五六米，高三米多，厚一米多的大母堡，内部可容纳二百余敌人。在母堡周围对着八个街道，又建有十余个子堡，每个子堡都可容纳一个排的敌人。这些碉堡均为钢筋混凝土结构，上面布满各式射击孔，其周围都布满铁丝网。各碉堡间有暗道相通，组成密集的火力网，它们可随时接到敌师团部发来的指令。战斗一开始，我军就抽调十门大炮对敌师部所在的市公署大楼(今市公安局所在地)进行轰击，一个三层楼的市公署大楼，瞬间变成二层而且着了火。20分钟后，我方以轻重机枪、迫击炮等掩护，组织部队强攻。于是，整个市府广场开了花，子堡一个个地被炸掉。最后，剩下一个大母堡，3团1营副营长耿金銮事先准备好一个装有一包辣椒面的炸药包(哪位高人想出的高招啊)，命一名战士送上去，“轰”的一声，母堡被炸开一个大洞，里面的敌人被呛得受不了了，相继跑出180多人投降。接着，我军冲进市府大楼，从一楼往上逐层展开白刃格斗，敌人招架不住，纷纷放下武器投降。

随后，我军向鞍钢方面冲击。钢铁研究所处是敌机关驻地，里面官太太也很多，敌人对此防守严密坚固。我军用烈性炸药和大炮轰击，在围墙东南角炸开一个缺口，在一场短兵相接后，俘敌200余人。紧接着，我军又向鞍钢大白楼发动进攻，占领了该楼。

此时，第4纵队10师从东北方向攻打对炉山，先攻占了立山水源地、立山高地及警察局。战至半夜才接近对炉山山脚，并包围了该山守敌，当时有一连敌人想趁黑溜走，被我军断其退路，经阵地喊话，于20日凌晨下山投降。

解放鞍山的最后一仗是在大小营盘结束的。

鞍山守敌步步后退，最终来到大小营盘，准备在这里进行垂死挣扎，然而，在我军凌厉攻势下，敌人全部投降。

2月19日24时，战斗全部结束，鞍山宣告解放。

第九章　枪毙赵金福

后来敌人撤了，我们也撤回来了。回来后部队到牛庄，夏天5月份训练，林彪那时候叫休整，1948年整个夏天没打仗，就是练兵，提高军事素质。后来听说毛主席都批评他了，说他一夏天不打仗整搞的。

从鞍山出来在牛庄住了几天，我们这边出了事儿，赵金福想投降国民党，结果折腾了一顿，我们就转移到营口去了，他也被枪毙了。辽化老干部处有个老邵，叫邵本新，当时我们一起当的兵，我们两个是一个师的，他是4团，我是6团，他家是新金县城子坦的。我是1947年11月底去当兵的，他是10月份当兵的，和严成富是一批的——严成富是我后来转业时54军炮兵团的团长，当兵时和我是一个团的，他在团警通连，那时都不认识，后来慢慢熟悉了，聊起来都知道了，老邵也是1976年转业之后分到一个单位才知道从前是一个师的，他也在辽化离休的，前不久我们还在一起聊起来了。1948年我们进关，5团和6团进关了，他们4团留下来了，留下不久就抗美援朝去了，开始在吉林驻扎，后来调朝鲜，沿线护路，抗美援朝回来以后他们团就去了广西。

我们一起去当兵的人不少，分了好几个排，我分在1排，当时我们家那叫太平岭区，还不叫乡，太平岭区当时招了3个排的兵，底下有3个班，1个班12个人，3个排有100多个兵。当时去，区里杀的猪，吃的饭，庆贺，欢送，然后到了县里，就是庄河县，在那住下学习。当时我们的新兵排长孙洪跃，太平岭人，我一个，伊承训、伊承祥、孙德全、孙德宽、伊明章、伊承俊，还有个叫徐什么的。赵金福也是那时候跟我们一起当的兵，在牛庄被枪毙了——他想投靠国民党，扛着枪炮想跑过河，结果营口的国民党还投降起义了。

当时搞地下活动的人，本身是国民党的一个教官，在营口被解放过来的，他专门拉拢成分不好、思想不健康的人，赵金福就这么被人家给拉过去了。他本来家庭成分就不好，是个富农，家被分了嘛。后来逐渐才知道，他们跟营口的国民党私下有联络，那个解放过来的教官组织了十多个人，有人拿炮架，有人拿炮盘，有人拿炮弹，有人拿炮腿，你拿枪，他拿弹……准备集体过辽河。那个教官先跑到营口跟58师接洽去了，这边去投奔那边不是得有人接吗，没抓到。后来营口的国民党58师集体都投降咱们了，也不知道怎么处理他的，跑没跑。

有天晚上吃完饭，准备睡觉，我出去撒尿，赵金福也跟着一起出来了，看没有人，他就拿话套我，说："兄弟，你说这兵荒马乱的，什么时候是个头儿啊？"

我说："打完国民党不就安稳了吗？就可以回家种地了嘛。"

"那要是没打完国民党你先被打死了呢？你就没想想怎么才能保住命？"

"出来当兵，就别想那么多，怕死还怎么当兵啊！"

"咱们得想个办法，不能这么稀里糊涂的哪天打死了。咱们得进城，不在农村折腾。"

进城？那时候城里都是国民党，他说这话可不是闹着玩儿的！我当时觉得不是头儿，没敢搭他的茬儿。后来他还想找机会跟我说这事儿，我就躲了，一直没给他机会说。你说他要是真说去投国民党，我报告不报告？报告了，他还有好？不报告，我怎么办？反正我是绝对不跟国民党，我都恨死他妈的国民党还乡团了。人家本来是富农，跟国民党沾亲带故的，我一穷人，能跟他们搅和吗？那时候觉悟不高，老想着赵金福好歹是个战友，自己人，就是有点儿落后思想，打仗怕死，不勇敢，哪知道他要去投国民党啊。你说他真要是投成了，以后在战场上见了面，我是开炮还是不开炮，打不打死他？

那是1948年2月，我们在牛庄住，赵金福他们那点儿活动，人家连里早就发现了，我们当时稀里糊涂不知道。我当天晚上站岗，下岗回来，准备睡觉了，小宋去了，他接我的岗，叫宋什么想不起来了，他是东大营子人。班长张东青是共产党员，开始不知道，后来才知道，班长喊我："小孙，去上岗！"

"班长叫错人了吧？我上完岗了，刚回来躺下。"

"叫你去你就去，服从命令！"

班长张东青平时说话很客气的，口气从来没有这么严厉过，啥也不敢问了，赶紧穿衣服吧。我就跟小宋双岗站着，一个明哨一个暗哨，互相支援的。上面让放两个岗就怕那天晚上要出事。站岗时望西一看，连部后面点了个一百多瓦的大灯泡，照得锃亮的，还放个桌子。我是暗岗，藏在后面的柴垛子里趴着，看得不远，就是能看见小宋。小宋是明岗，在路边站着什么都看得见，悄悄念叨给我听，说："来了不少人，都骑着大马，在那大灯泡下来拴着呢，都是团里的领导，政委、团长，还有政治部主任都来了……警卫员都来了十几个，都骑着马，也都拴着呢。”

我悄悄爬出来，看得很清楚，觉得这事儿可大了，心里想干什么呢这是，也不知道。一个多小时后，班长又来了，带个人来换岗了，宣布撤岗，还恢复原来的一个岗。我和小宋一起回去的，也不敢问发生什么事儿了。

回去刚躺下，没有半个小时，那边就吹紧急集合号。往常紧急集合，我背的两发炮弹都不拿，就是演习，出去集合完了还回来。我在炕梢睡，炮弹平时就塞在炕柜底下。结果这次集合完就走了，往营口走，走了半个小时还不停，也不回去，我有点儿急了，喊上了：“班长，这是去哪儿啊？”

“去营口，下午国民党兵舰往营口打了一阵炮，怕国民党增援的军舰在营口登陆。”

“怎么不早说啊？我的炮弹还没拿呢！”

班长张东青来火儿了，把我好顿熊，问我：“你说怎么办？”

我一看不行赶紧往回跑，取炮弹，跑了有 40 多分钟，回到驻地把炮弹背上，然后返身追部队去，好家伙，他们前面也在急行军、强行军啊，这就差了 80 分钟了！我这顿追啊，从头到尾冲刺跑，好不容易追上了，他们也累坏了，都在休息。我刚到，人家休息完了，要走了。

我说：“报告班长，炮弹拿回来了，我归队。”

副班长“海南羊”说：“回来就好，还以为你小子跟赵金福一伙儿的，开小差了呢。”班长张东青说：“好小子！还行，没看错你。”然后让小宋他们两个人分我的炮弹，他们本来背两发的，这回背三发，照顾我啊，刚追了那么远，连口水也没喝上。这些事儿都是边走边办的，紧走，东西都拿着跟着部队往营口走，走到天亮才到营口。

这是阴历五月份，高粱都长那么高了。第一次去营口还是二月底，天挺冷的，还穿着棉衣嘛。到那以后准备战斗，人还没等歇口气，连长邵恩宽就喊：“准备战斗！”有个二层的楼房，是个平房顶，楼顶上用麻袋堆上个碉堡，我们爬上去，架上迫击炮在那等着，人都趴在房顶上睡着了，等了半天国民党也没来。睁开眼，天都黑了，好家伙，整整跑了一夜，又睡了一天，饭都没吃。

过了三四天，不打仗了，营口国民党 58 师不是投降咱们了吗，开大会。营口有个女子中学，是日本鬼子在时建的，我们就在那儿住的。在女子中学，我跟小宋狠狠地打了一架。那天晚上是我下岗、小宋上岗，每个人站岗一个小时，也没个表，全凭大约摸。我站了一阵子，不知道时间，老百姓家里有座老钟，看不见，我就进屋去摸那指针，好计算时间，结果连长邵恩宽睡在那炕柜上，被我一把给摸醒了，挺警惕的，问：“干什么？”

我说：“我不知道时间，来摸一下这个挂钟的指针。”

连长邵恩宽说：“怎么那么斤斤计较！多几分钟少几分钟能怎么的？”

我也没敢多说话，急忙就回去了，可能也就站了四五十分钟吧，叫下一岗，是小宋。他起来就不乐意了，说：“你这没到一个小时，偷懒了！”

我说：“我去老百姓家摸那老座钟，把连长摸醒了，熊了我一顿，不敢再去看了，差不多就行了呗。”

小宋不大满意：“差不多你怎么净往外算，不往里算？你要替我多站几分钟，我就不说你了！”

我喊完他，倒那就睡了。那时候也人困，基本上都是不脱衣服不脱袜子，身上虱子都搓成球了。睡了一阵，突然觉得臭气熏天，把我给熏醒了，睁眼一看，小宋那一个多月没洗的臭脚丫子和袜子正伸在我鼻子前面呢！他是跟我开玩笑，也是多站了几分钟岗不大乐意，反正也有点儿故意整事儿。我受不了，翻脸了，跳起来就打，一拳把他给打倒了。小宋家是东大营子的，跟我一起当的兵，平时他跟我最好，这次闹急眼了。

我这一拳，把小宋打了个跟头，他也没防备，以为我还在睡觉呢，一下子给打倒了。旁边的铺位是孙什么来着，正躺着睡觉呢，小宋倒他身上去了，吓了一跳，蹦起来了。一看我们俩在打架，赶紧拉，大家一咋呼，大半夜的，都给吵醒了，排长郭凤鸣、副排长刘贵吉、班长张东青都来了。在部队里打架，这是大事儿，领导必须过问。完了我就把经过说了，排长郭凤鸣没说什么，班长张东青说话，先把小宋批评一顿：“没有你这么整的，大脚丫子臭死人，故意往人家鼻子前面伸，这不是找打架吗？主要责任在你！”

然后又批评我：“小孙也不对！有问题向上反映嘛，咱们是革命军队，不是有班长、副班长吗？如果班长不给你做主，还可以向排长、连长反映，怎么能用拳头解决问题呢？你这是对待战友的态度吗！”

两边骂了一顿，然后让我们握手，说好了当天事当天了，不准记仇，完了就拉倒了。

打架之后好像有四五天，那天班长又叫我站岗警戒，其他人都在营口开大会，开批斗大会，赵金福被押上来了。我站在会场边上，看着他被五花大绑押上了台，这才想起来，从牛庄跑出来那一晚上就再也没见到他，那时候成天想着打仗，缺了个人谁也不知道去哪里了。人家不说，也不能问，不该问的不问，都知道这规矩。

我们一起出去的100多人，最后一个回来的就是我了。伊承周，他就在我们老家的前边住，现在也不在了。伊承运，第一仗打鞍山就不在了。赵金福出事的时候，想要跑没跑成，已经让人发现了。我们不是紧急集合，连夜跑营口去了吗，赵金福当时就没走了，我和小宋上双岗的时候，他们那十几个人就被一个个叫到连里去开会了，这事儿我当时不知道，是后来他们讲给我听的。开会让他坦白他不坦白，事先人都布置好了。

指导员王坤动员说:“我保证不给你处分,你坦白就行!”

指导员看着他,他就不动。然后指导员说:“再给你 10 分钟,珍惜机会!”

指导员王坤看着他整整 10 分钟,他还不动。最后,指导员说:“那到时候了,再不坦白,谁也帮你了你了!”

这么给他机会,赵金福还装着没事儿呢。他后面别俩手榴弹,指导员喊:“给他拿下来!”

后面两边的人都布置好的,上去一把拽住了,把手榴弹拿下来,怕他给拉响了。给拿下来后赵金福就被关进了苞米仓,给看起来了,弄个站岗的看着他。等我们在营口稳定了,他也被押来了,这时候已经审清楚了,谁领的头,谁是被胁迫的,都没冤枉。

钟团长上台讲的话,把赵金福拉人哗变的事情都讲了,他自己也承认了。当时说的是首恶必办,胁从不问,就毙他一个人,他领的头儿嘛!钟团长说:“就一颗子弹,子弹要是臭子,他就捡条命;不是臭子,他就该死。”

钟团长讲完话,下面喊口号,然后就拉下去枪毙。我在旁边看着,心里不是滋味,国民党的兵解放过来的,我们这边多了,只要你放下枪,缴枪不杀,既往不咎。58 师全体都过来了,都对咱们开过枪,打死过咱们的人,现在不也都站在一个战壕里了吗?可是这要去投奔 58 师的,反而要枪毙,我就搞不清楚,假如他真跑成了,进了营口当上了 58 师的兵了,现在要再跟着师长王家善一块起义过来了,还毙不毙他呢?

赵金福从台上下来,我扛着枪站在边上,希望他从另外一边走过去,他还偏偏就打我眼前过去。他看了我一眼,还笑了笑,没说话。我没敢笑,也笑不出来。他是我二弟孙宗麟的朋友,跟我一起当的兵,没死在战场上,倒是在这被枪毙了,你说这他妈的叫什么事儿啊!58 师的教官在牛庄策反赵金福,没跑成,枪毙了;咱们的地下党在营口策反王家善,成了,全师都跑过来了,成革命战友了,这上哪儿讲理去!

当时营口周围都是盐碱地,荒地,那边有条沟,平时我们搞军事演习挖的战壕沟,下雨,里边有积水。这边行刑队的押着赵金福走,我们担任警戒的都扛着枪跟两边走着,刺刀都上的。到了地方,赵金福跪在那沟边上,我看见刺刀上的反光映在他的光头上,知道以后再也没有这个人了。后面一支带刺刀的步枪顶在了他的脖子上,刺刀都扎着肉了,我真希望那是个臭子儿,打不响。但是,还是打响了,哪儿有那么多臭子儿啊!

眼看着那步枪对着赵金福的脑袋打了一枪,他就一头扎进沟里,死在那里了。当时他是反动分子、坏分子,谁敢给他收尸啊?就那么扔在那儿,第二天我们经过那里,看见他已经被野狗吃掉了很多肉,尸骨不全了。我们班小宋,开完会回来浑身直哆嗦,说是没经历过那场面,害怕得不行,我都看见了,主要是神经受刺激受不了。后来我估计，他肯定是跟着跑的那十几个人里面的一个，后怕了。当时不让问，要照顾人家的面子，只要没跑，自己悄悄跟上面承认了，保证不再跑，就没事儿了，还是革命战友，既往不咎嘛。

枪毙完赵金福之后，很长时间我都情绪低落，不爱说话。我们班小宋，平时跟赵金福关系也挺不错的，可能也拉过他，他答应还是没答应就不知道了，但是最后要走的时候小宋可没跟着去。看完枪毙赵金福，小宋回来落下病了，浑身直哆嗦，吓得要命。我也后怕，这要是觉悟低，只讲义气不讲立场，跟着赵金福一块儿走，不也完蛋了?！这些情绪连里都掌握着，晚上站岗，副班长“海南羊”陪着我，跟我谈心，问是不是对这么处理不满意。

我说：“对赵金福这个结果，我是没意见的，他要是跑到营口去了，那就是咱们的敌人了，就不是战友了。见面该打就得打，该杀就得杀，对敌人，不能讲老乡，没什么客气的。”

副班长“海南羊”：“他要是跑成了，到了敌人的队伍里，下场也还是一样的，迟早得在战场上让咱们给消灭了！是不是他这没跑成，没当上敌人，还给枪毙了，你有点儿想不通呢?”

我说：“那倒不是。我们一起当兵出来的，在一起也没几个人，感情是感情，事情是事情，这个我还是分得清的。但是，我有件事情一直也想不明白，不知道能不能问。”

副班长“海南羊”说：“咱们这就是战友之间聊天，又不是开会上台发言，有什么问题咱俩私下聊，不会当你有落后思想，也不抓辫子，我要是给你说不清楚，还可以找指导员聊。”

我就说：“你说这个赵金福要是跑成了，真去了 58 师，我知道该怎么对付他，打呗！可是假如他真的跑成了，也当上了 58 师的兵了，现在又跟着他们师长王家善一起投降咱们了，还算不算反动分子?”

副班长“海南羊”说：“那当然不算了，起义人员就跟咱们一样，都是解放军了，都得跟咱们一样唱《铁流两万五千里》，唱‘我们是林彪的战士’了。”

我还是想不明白：“那你说他是跑成了好呢，还是没跑成好呢?”

副班长“海南羊”说不上来，说改天有时间一起找指导员问问。后来指导员王坤见了我两次，都扭过脸走了，没跟我谈这个事儿，估计他也回答不上来。反正我没想跑，还想在咱们的队伍里干革命，挺坚决的，他们也就不稀得管我了。但是，到现在我也想不明白，想了几十年了，你说这赵金福当时要是真跑成了，又跟着起义了，再投到这边来，是得算革命啊还是算反革命啊?

附录：王家善率部起义[①]

1948年2月25日晚7时，营口市上空升起了三颗照明弹，沿河十里长街枪炮声、喊杀声响成一片，全城陷入鏖战之中。由师长王家善率驻守营口的国民党52军暂编58师起义，掉转枪口向国民党部队发起总攻，配合我辽南部队激战六小时，于26日凌晨占领营口。

在三年解放战争中，营口被国民党当局视为军事重镇，它同大石桥和盖州成三足鼎立之势，控制辽南与东北腹地的南北交通，扼守国民党海上补给线。王家善率部起义之后，国民党军队失去了辽南战场上的最后一支撑点和撤退逃跑的海上通道，引起军心动摇，士气涣散，为此后我军发动的辽沈战役获胜创造了有利条件。

国民党暂编58师是由东北保安第4总队改编，在1945年末和1946年初，收编东北各地方武装而成的，这支部队成分很复杂，有伪满军队、警察、山林队、护路警及光复后临时组成的地方武装，也有少数土匪，官长多系伪满军官。这支部队的骨干则是伪满长春陆军军官学校的部分师生，承担长春防务，核心人物则是王家善。

王家善原籍黑龙江省巴彦县，曾留学日本，1928年考入日本陆军士官学校，归国后曾在东北讲武堂任职。有较强的爱国思想和民族意识，秘密从事过反满抗日活动。东北光复后，因受正统观念的影响，投靠国民党东北行营（后改东北行辕），授少将军衔。1947年6月初，国民党军队在辽南遭重创，嫡系主力撤往辽河以西。王家善临危受命，率58师驻守营口地区，以充当国民党嫡系部队的外围屏蔽。6月下旬，由于民主联军袭与大石桥，营口市长袁鸿逵被吓跑，东北行辕电令王家善兼任营口市长、城防司令。

王部是杂牌地方部队，不容久住大城市。10月9日，王家善奉命率部移防辽南东部山区的海城、凤城、岫岩、庄河一带，临时以独9师的番号归新六军廖耀湘节制，直接指挥王部则是新六军前进指挥所上校主任、副师长许颖。身为少将师长的王家善，却要听命于上校副师长摆布，这是歧视非嫡系的典型事例。

营口在军事防守上并非福地洞天。当时，它前临旷野，无险可据，后依辽河，水深流急，无桥可渡，倘遇战事，驻守河北沟帮子的国民党主力坐视不救，58师难免孤军背水之忧。王家善为加强营口防务，征调民伕，耗费巨资，构筑了一条长达20里的外围防线，由人工河、土围墙、碉堡群和火力点组成。同时调集人、财、物力，准备整修市内公路，疏通辽河航道，招徕关内客帮和外国商人，以

---

① 转引自 http://www.lnzx.gov.cn/Newspapers/wenshitiandi/2008—11—13/Article_5003.shtml。

振兴营口实业。然而冷酷的现实毁掉了王家善的梦想，他辛苦筹集的资金，工程尚未启动，其中大半已被贪官污吏装入私囊。王家善感叹：这样的政权、这样的政府已经病入膏肓，内战失败在所难免。他对国民党的内战政策历来持消极态度，但既然名为营口市长、城防司令，只好在风雨飘摇中支撑着这座孤城的危局。

国民党来东北两年所作所为，使王家善对病入膏肓的国民党有了认识。但是他对共产党的方针、政策了解的还很少，为了搞清情况，找到东北行辕驻营口情报参谋王明仁，王明仁是王家善的学生，据说是共产党员。王家善要他帮忙找些共产党的书籍看，王家善读了这些书籍后，受到极大的启示和教育，经过反复思考和长时间思想斗争，终于下决心：相信共产党的统一战线政策，坚决起义。

1947 年 7 月以后，东北局社会部决定争取 58 师起义。从此，我党从内外两个方面对王家善和 58 师施加政治影响，促使他尽快下定起义决心。

1948 年 2 月，我东北人民解放军解放了辽阳、鞍山。在强大的军事压力下，经过多方争取，深明大义的王家善终于下定了起义的决心。2 月 23 日、24 日，王家善派第 3 团团副刘凤卓、作战科科长王文祥为代表，到大石桥与中共中央东北局辽南军区司令吴瑞林等代表会谈。经协商，双方达成一致意见，确定 25 日上午，在解放军向营口发起佯攻的时候，王家善举行起义，策应辽南部队进城作战。

25 日早晨，辽南部队向营口外围佯攻，制造紧张气氛。9 点钟，王家善邀副军长郑明新视察辽河沿线阵地，并报告：解放军已向营口发起猛烈进攻，建议召开紧急城防会议，郑明新同意。11 时，王家善召集全师副营级以上军官开会，传达东北局关于起义条件的批复，得到全体军官的拥护，于是下达了起义作战命令。下午 2 时，紧急城防会议开始，正当郑明新布置营口防务之时，首脑们带来的 20 多名警卫人员在另一房间内被全部缴械，关进了地下指挥所。下午 3 时，特务连卫士冲进会议室，按事先布置，将副军长郑明新、市长袁鸿逵、交警总队长李安等与会的 38 名国民党营口市党政军各界要人全部逮捕，因此扫清了起义行动的障碍。

接着，王家善指挥部队配合解放军解放营口。下午 5 时，我辽南军区独立师第 3 团团长苏克文率部进入市区，包围了交警第 3 总队。晚 7 时，我辽南军区独立师在起义部队的配合下，向国民党交警第 3 总队和第 52 军前进指挥所发起攻击。国民党军队大部分被解放军歼灭，少数部队逃往锦州。营口解放，晚 10 时，在石迪陪同下，王家善、唐仕林离开营口。起义部队各团按计划撤出营口，向大石桥方向前进，沿途受到群众的热烈欢迎。

5 月 16 日，起义部队被命名为东北人民解放军独立第 5 师，王家善任师长。

此次，王家善率部 8000 余人在营口举行起义，并协助我军歼灭了国民党交警第三总队等 3000 余人，这是人民解放战争进入战略进攻阶段后，东北战场国民党军的一次重大起义。

第十章　被国民党打了伏击

之前春天打完鞍山，之后打的营口，国民党 58 师投降了还是起义了，还有一些交警什么的跑到海边，后来也给追回来了，抓了不少俘虏。这仗我们没去，好像是 4 纵或是 1 纵打的，我们去的辽中县，在那打的。国民党有个小军舰在营口，当时就给俘虏了，也不是起义了，没走了。这船本来是打算从营口到大连去，船好像有点毛病。那不是大辽河吗，从那里下海能通到大连去。结果走不远一点儿，国民党的飞机过来就给炸了，海上兵舰就往营口那打炮。害怕他占领营口啊，我们连夜就往营口跑，到那也没打上。当时印象最深的是生活困难，我们 1 人 1 天是 1 斤半米，结果我们节约 3 两，吃 1 斤 2 两，还吃野菜。

节省这 3 两粮食就是为了给老百姓吃，老百姓啊那时候太惨了！打仗，地都种不上收不上，走的路边看到不少死倒，都是灾荒年饿死的。那个年月，死在大道边上也没有人收尸，冬天死的，冻在那里，硬邦邦的。我走过去的时候就在想，这都是些什么人呢，他们家里有没有爷爷奶奶，有没有念过书上过学，姑姑给没给缝过书包，遇没遇到过操蛋的日本老师，他们死在这里，将来家里人到哪里供奉着，逢年过节谁给烧点儿纸钱？

在去营口的路上，是海城还是盖县来着，看到很多老百姓倒腾东西换粮食，辽中县那边有黄豆，老百姓把自己家的家具、钟啊什么的都拿去辽中那边换点儿粮食回来吃。那天我们行军在路边休息，看着一个老汉拉了一车粮食还有黄豆，着急要回家里去，老婆孩子等着吃饭呢。这牛累了，躺着就不起来，他拿大棍子打，打了好几十棍子，叫牛起来，牛就是不起来啊，躺地上淌眼泪。实在看不下去了，我们就跟他说："算了吧老乡，这牛啊不偷懒，它要不是走不动了，它肯定走。你这么打他都不走，肯定是累了饿了，走不动了，你打它也没用。”

老汉听我这么说，扔下棍子不打了，抱着牛就哭，牛哭他也哭，挺心疼。他说：“家里就这么一头牛，养了十来年了，平时舍不得打舍不得骂啊！我这出门三天了，出来之前家里就断顿了。好不容易换了点儿粮食，急着回去救人，它到这儿不走了。老婆孩子没饭吃，不敢下地动弹，都在家炕上躺着，等这点儿粮食救命呢！如果回去晚了，人都饿死了，没有了，我还要这粮食干什么啊！”老汉哭得啊，牛躺在地上都跟着流眼泪，那场面，我们不少当兵的都跟着掉眼泪，都是穷人家出来的啊。

我们十几个人动手，帮着把牛抬起来的，牛也不好意思不起来了，摇摇晃晃又拖着车慢慢往前走，那老汉根本不坐车，在后面帮着推，让牛省点儿力气好多走几步。人着急成那样！

在营口那路边上死人可多了，都是饿死的，也没人埋。我们搞演习，布置好阵地线路了，跑到碉堡里，进去一看，没法待，里面躺着好几个，都是饿死的，没东西吃就死那里去了，都有味儿了，呛死人。小宋第一个跑进去，熏得不行，跑出来吐，演习也进行不下去了。碉堡也多，东一个西一个的，野外遍地都是，国民党修的。

我们搞演习，在那住了一个多月，5 月、6 月，仗没打上，在那天天搞训练。我们每天节省下来 3 两粮食支援当地老百姓了，我们吃蕺茉菜，弄点大酱蘸大葱，有的时候都不吃菜，日子也够苦的。我们开始住在女子中学，在营口住在一家商店里头，人都跑了，空房子就住呗，哪有房子就住哪里。后来秋天又去了一次，国民党 52 军又把营口给占了，第二次又去打营口，这次住在火柴厂。以前不是有个营口火柴吗，挺有名的。

1948 年夏天，我们驻扎在牛庄，当时是阴历六月。据侦查报告，国民党隔一天两天开汽车、马车和骑兵都到辽东县去抢粮食，抢物品。经过是这样的：早晨来晚上就走，小麦他们自己到地里去割，老百姓割好的他们装车拉走，没割好的自己去割，完了拉回沈阳他们自己吃。因为沈阳被困得没有粮食吃，没有吃，没有用的，已经被咱们包围了，没办法。

这样据团里侦查说是可以打他一下伏击，你早晨来或者晚上走都可以打他们，都侦查好了，我们就准备去了。一天晚上，我们行军走到那个叫什么地方来着，好像是刘二堡子吧，到那准备跟那住，第二天早晨国民党从沈阳出去以后打他伏击。那天晚上边走边下雨，国民党抢完粮食装上车了，还有一个骑兵连晚上没走，我们在那堡子准备打他伏击，他就住那堡子了，这次我们全团都去了。结果去了以后准备在堡子住下，3 营走在最后，1 营、2 营在前头，我们直属炮连在中间，跟团部一起。我们还没走进村，就听枪响了，国民党把机枪都架到了房顶上面，到处扫射，因为下雨天看不清楚。

我们走那地方是开阔地，就赶快走到村庄里面去，前面步兵营连本来准备要住下，就挨屋挨院地叫门，就进去去看。这样走那一看，是国民党！有的就地打起来了，有的把岗哨都给消灭了。我们一看前面打起来了，就没再往前走，退到旁边一个堡子里去了，结果先进屋的一看，国民党那个军官还在那赌博呢，要钱呢。在屋里枪就响了，呜地打了一大片，打了有半个小时。

我们走到那里，村庄有一条土路，左边就是一溜房子，一个大堡子，路的右边是一个水塘，水塘边上有一些柳树，有那么一尺多粗两尺粗的柳树，榆树、柳树都有。下雨，因为路上人挺多，牵那个马就靠路的右边走，就怕这个马驮的炮弹、驮的炮蹭到树上。马有个特点，什么东西碰上以后它使劲往那边去挤，结果边挤边走，把背上的炮架子就给挤斜歪了。最后“砰”一下掉到水塘里去了，水挺深，完了以后我就下水了，掉里两个呢，一个驮炮的，一个驮炮弹的，下去以后把炮拿下来了，把鞍子拿掉，把马拽上来了。一个卡台儿挺高下，能有一个桌子这么高下，把它弄上来了，弄上来以后鞍子又备上了。下雨了怎么办，前进吧，走不了了，等在这里，又不知道敌人还来不来了。

当时下水救牲口抢炮，我们几个炮手都下去了，我牵的马嘛，一个小黄骡子，还驮着炮弹呢，下水了，衣服全部湿了，晚上还挺冷的，冻得乱哆嗦，下大雨。把牲口整上来以后都没走，就在老百姓的房子前头，上面有房檐，下面还滴着水，哇哇响，都蹲在边上。时间久了，腿也疼，坐在地上凉啊，我们一个人两个手榴弹，带把的手榴弹，我拿出来就垫在屁股下面坐着。本来一般都是每人配四个，炮兵用不上，就给我们两个。班里一共就两支枪，站岗用的，像我们这些弹药手都没有。

完了以后，不是把两个手榴弹拿起来坐到屁股底下去了吗，那边的枪继续响，这时候部队都往下撤了，也忘了捡手榴弹了，就那么丢了。往回走，有步兵有骑兵，想得清清楚楚的。这个骑兵骑着马也看不清，天挺黑，下着雨，是营里的马，还是国民党的马，还是团部的通讯的马，还是侦查的马，都不清楚，一过过挺多，有好几百匹。从眼前过了，过完了以后这雨就不太下了。这敌人一走，我们也开始往回撤了，走一看，说是刚才从眼皮底下过的是国民党骑兵连，妈的从身边走过去了，谁也没打，都不知道。当时我们就有感觉，怎么这么多马啊？

结果也没打。谁打？都寻思自己的马往下撤的，国民党他也懵了，他也不知道往哪儿走，前面已经过去了，前面打，他只有往后退，我们在后也不知道。没打，也就算了，要打起来，我们空手，什么都没有，国民党除了枪还有一把刀，那不都抹脖了整搞的？是不是？完了以后又可惜又很险。险的是看来真打起来我们一刀一个都完了。可惜的是，要打起来勇敢点，扔手榴弹也好打枪也好，把马给他打死了，人给抓俘虏！那多带劲儿啊！说这个要步兵行，像我们炮兵连，有困难。

从那撤回来以后直接奔辽河的南岸，那高粱都齐腰深了，到高粱地把高粱踩倒一片。后来才知道，团里一个协理员，山东来的，是一个战斗英雄，拿刀砍张国忠脑袋那个就是他。他骑一匹大洋马，大红洋马，缴获日本鬼子的，他还有一把大战刀。结果大洋马丢了，叫国民党给弄去了，协理员也牺牲了。黑灯瞎火的，被国民党给暗算了。事后知道他在这里牺牲了，怎么死的不知道。

回来走到天亮，撤到原来住的地方，已经上午八九点钟了，走了一夜才撤回来，就在辽河边上嘛。回来以后总结经验教训，都是连以上干部开会，像我们兵都不知道了，反正团里副团长调走了，他具体侦查指挥搞的，那个副团长姓什么来着，那天议论起来老邵他还说呢，他认识。

反正这下没打好，总算是参加了这么一次嘛，我们跟那坐着，下雨浇着，完了撤，我们就撤回来了。前面 4 团的步兵连打得挺惨的，损失了不老少，死了不少人，被人家打了伏击了。回来以后休整，林彪不叫作秋季攻势嘛，就在那整搞的，就等着秋天，秋天再去打。

秋天了，准备先打哪呢，打辽中县。辽中县城当时被国民党占领着，结果国民党他正规军还没有，县大队有几百人。通过侦查，晚上天刚一黑，还不太黑的时候就出发行军走了，从牛庄开始过。晚上到那稀里糊涂的，像咱们这不了解地形的，通过高粱地，没走大路，到一个大坟地里头，炮都架到那里去，架到那里去以后就准备打，还没打，目标没明确，结果前面步兵营就开始打了。

那天晚上敌人的县大队出去了，没在。八月十五，对了，是八月十五中秋节，阴历八月十五他们出去了，家里就留几个站岗放哨的，一些家属在那里。我们攻进大院里以后抓了几个勤杂兵，一共抓了 60 多个人，就是政府工作人员，其他的都跑了。这一仗赶到天快亮的时候，我们炮在那一架，一看，我们后头，重机枪都架在我们屁股后面！妈的多悬啊，你说他一开火不把我们都给打了吗？

有个大个子新兵，叫陈树荣，台安来的新兵，刚三天，听见枪响吓得要命。跟在我屁股后头趴着，人家叫冲锋了他还趴着没动，我踢了他一脚，他才起来跟着跑。一打起来，步兵冲，我们开炮的都往里冲、往里走去看，赶到那个大院里有城墙，本来准备往里面打一炮的，步兵往里头叮叮当当扔手榴弹，也不知道怎么个情况，结果咱们侦察兵已经进去了，俘虏也抓到了，里面形势都控制住了，大门已经开开了——他们是从墙头跃进去的。开开大门了，外面还扔手榴弹，结果炸死一个咱们自己的侦察兵，就是伊明俊，他就这么冤枉死了！那一仗就牺牲了他 1 个，伤着 3 个。

我们那时候已经到眼前儿去了，伊明俊是咱们庄河徐屯人，跟我一起当的兵，挺能干的，当兵时间不长，都已经立过功了，在鞍山转盘街碉堡里吓我一大跳，把脚都整伤了的就是他。这次一个人翻墙进去抓了那么多俘虏，那真是孤胆英雄啊！可惜，被我们自己的手榴弹给炸死了。

这次主要是步兵打的，我们炮兵一发没打，晚上也看不见目标在哪里，多少远下也不知道。

天亮了，国民党来了两架飞机，从头顶上转了两圈又走了，也没扔炸弹。我们也撤回来了，又到牛庄去住去了。师部住在牛庄里头，我们在牛庄北，离牛庄8里路，也是开大会到牛庄里去，我们整个全团都去了，对，整个师里开大会，动员，秋季攻势开始，准备打仗。

师长左叶讲的话，首先讲的是形势，讲的党中央毛主席指挥的，全国的形势，解放多少，消灭多少。重点我听讲的是啥呢？刘邓攻到大别山那边，讲那个，我一听讲得形势很好，我们东北现在剩下孤敌，锦州、长春、沈阳，抚顺、本溪那时候都解放了。

开完动员会，接着开追悼会，送伊明俊，当时弄的大花棺材，在老百姓家现买的，那是人家给有钱家人做的，挺好的，这一仗就牺牲了他一个，埋在辽中县了。开完会以后第三天就出发奔营口去了。

附录：辽南独立第二师郎家厂突围战[①]

1948年9月中旬，辽沈战役打响。

东北人民解放军第4纵队从鞍山西进，投入这一伟大的战役。在辽阳、鞍山西部地区，只留了辽南军区独立2师，以保卫秋收，控制沈阳至辽南的运输线，困扰沈阳之敌。期间，沈阳地区国民党军乘机向盛产粮食的辽南地区搜索“扫荡”。9月17日夜，国民党骑兵一部窜到辽阳县西南的刘二堡一带抢粮。辽南独立2师4团出击抗敌，保卫人民的劳动果实。

经过一夜激烈战斗，次日凌晨将敌驱出刘二堡。4团2营即转移至刘二堡南2.5公里的郎家厂，1、3营驻进郎家厂以西1.5公里的烟狼寨村。郎家厂村北靠沙河，西邻哈大公路，距鞍山市约10公里，住有200来户人家。2营营长李月秋、教导员崔栋、副教导员张立学率部队一进村，乡亲们立即腾出房屋，烧火做饭，2营的三个步兵连、一个机炮连，加上营部共约七八百人被安顿就绪。乡亲们还协助部队在村外修筑了简单的工事，并设了岗哨。

---

① 转引自 http://www.qianshan.net/asbnds/20.htm。

部队进村不久，只见两个“工人”打扮的人拿着面袋，贼头贼脑地向郎家厂村走来。这两个人，一个叫于振江，另一个叫孙玉清，都是国民党52军2师6团的谍报员，这次是专程来刺探军事情报的。他们很快找到了潜伏在村里的奸细王贵洲。王把村里的军事分布情况全盘提供给他们……敌人立刻出动两个步兵团、一个骑兵营及炮兵共三四千人，向郎家厂村杀来。

10时，敌人先头部队到达村东头，埋伏在一片庄稼地里。打死哨兵后，敌军便扑向村子。2营指战员立刻投入战斗。驻在村东的4连迅速消灭了先窜进村子的敌军一个骑兵班，越打越勇，消灭了一批又一批进攻的敌人，拖住了敌人，为2营迅速进入战斗状态争取了宝贵的时间。敌人正面进攻受阻，便调动两翼兵力进行夹击，并将2营通往团部的电话截断。在突遭袭击、不明敌情、与上级失去联系的情况下，2营几位干部沉着冷静，立即前往战斗最激烈的4连阵地，迅速果断地作出了战斗部署，并命令各连坚守每一处阵地、每一幢民房，与敌人血战到底。

驻在村西的5连得到敌情后，连长赵明立即集合队伍，迎击向村西进攻的敌人。当敌人冲上来时，全连6挺轻机枪一齐开火，敌人如同割倒的庄稼，成片地倒在5连阵地前。在哈大公路方面，敌人纠集两个营轮番向5连3排阵地发起进攻，赵排长带领全排先后打退敌人七次进攻。在2营顽强抗击之下，敌人进攻速度减慢。敌6团团长侯程达在上司的威逼下不得不亲自督战，敌人又对2营阵地发动了新的进攻，从四面向村内合围。面对疯狂的敌人，2营指战员毫不畏惧。营部组织了三次反冲锋，打退了敌人的进攻。但终因敌众我寡，敌人越逼越近，有的距2营阵地仅10多米远。敌人扔过来的手榴弹被机警的战士抓起来又掷了回去。战士们的子弹打光了，就扑上去和敌人展开肉搏战。在5连2排的阵地上，敌人打过来一发枪榴弹，落在一位姓董的老战士和班长的掩体之间，往回扔已经来不及了，在这生死攸关的时刻，老战士毫不犹豫地将枪榴弹拨到自己的掩体内，用血肉之躯保护了班长的生命。2排的一个班被敌人堵在一个大院子里，敌人在外面喊“缴枪”，可战士们回答“老子给你们几个手榴弹尝尝”，炸得敌人血肉横飞，战士们趁着弥漫的硝烟冲了出去。

在6连的阵地上，连长壮烈牺牲，指导员也身负重伤，但全连战士们仍然与敌人进行顽强的战斗。16时，敌人集中炮火向村内射击。不少战士倒在密集的炮火之中，一幢幢民房被炸毁。为了避免更大的损失，营首长决定立即组织突围，这时驻烟狼寨的1、3营也赶来配合2营作战。2营长李后秋命令营部通讯班火速赶往村东，向4连传达突围命令。路上遭到敌人射击，通讯员牺牲，班长陈文万继续向4连阵地冲去，受重伤后，一步一步爬到4连阵地，刚传达完命令，就停止了呼吸。黄昏时分，2营开始突围，由三个连向村外突击，一个连担任掩护。5连长赵明率7班战士像一把尖刀，冲破包围，打开突破口，全班无一伤亡。各连趁势纷纷突出村外。但是营部人员仍没有出村，5连指导员李福生带着战士们又回村接应。在一片菜地里和一股敌人遭遇，拼起了刺刀，打退了敌人，掩护营部人员突围出去。3排赵排长在掩护突围时壮烈牺牲。年仅18岁的5连卫生员小宋，在护送伤员突围时，遭到敌人追击。他先后扔出两颗手榴弹，炸死许多敌人。突然一个敌人追上来抓住小宋的衣领。小宋的手榴弹已经打完了，他急中生智，从怀里掏出一个药瓶子甩了出去，敌人以为是手榴弹，吓得急忙松手卧倒，伤员趁机突围出去，可是小宋却光荣牺牲。担任掩护任务的6连一个排，为了保证全营顺利突围，大部分壮烈牺牲。

……

1960年，在鞍山市铁西区人民法院的审判庭上，原国民党谍报员于振江等人对自己的罪行供认不讳，被判处死刑，王贵洲被判处无期徒刑。

第十一章　炮弹落在脑袋上，没响！

1948年秋天打长春、打锦州、打黑山阻击战，打辽沈战役嘛。本来我们南满独立第2师也在活动，防止国民党来，林彪不是调我们去准备黑山阻击战嘛。我们上哪去了呢？当预备队，准备着，结果到那没有敌人，没打上。国民党52军从沈阳坐汽车去营口，逃跑了。

我们到了辽河西岸，工事修好了，炮也架上了，什么都准备好了，准备堵着国民党从东往西去增援锦州。晚上突然来了命令了，班长张东青喊的："赶快走，去营口！"这就赶紧拆炮、备马、牵牲口，我又把小黄骡子给架上了，骡子背上支一个小三脚架，两边放炮弹让它驮着，这么走不是稳吗？命令来了就只管走，人家不告诉你就不许问，有纪律。

一边走着，大家心里一边合计着：去营口干啥玩意儿呢？我悄悄问小宋，他说不知道，遵守纪律吧。走到半路上，才传达说国民党占领营口了。他们开着车，从大石桥奔营口去，占领了，我们是铁脚板，就那么生撵！把我们累得够呛。完了以后，一看营口去不成了，我们又从那返回来了，又走！走到台安。我那时候是战斗小组组长，那时候一个班16个人呢，解放国民党兵补充的，人还挺多的。刚来时候叫解放兵，打过一仗就都一样了。给小组长都传达了，往哪去，干什么。当时我们也不是完全自己走，到老乡家你也可以找人，帮你拿东西、扛炮弹。给老百姓点儿钱，一毛两毛钱的，也不多，钱都是连里给的，连里平时给点儿经费。你能找着车就用车拉，能找着驴用驴驮着走，因为人已经走不动了，累的！那天晚上整个就是在跑啊，跑得太远了，这不是革命意志坚不坚定的问题，体能是有极限的，超过了那个极限，跑到了也没用，枪炮都拿不动了，还打个屁仗啊！那天晚上基本是就用跑。

在去黑山打阻击战的途中出了件怪事儿。那天晚上，现在都忘了那地方叫什么了，在那打了一仗。不是说咱们一个重炮连轰了一下，国民党被吓跑了吗？那是 4 团打的，4 团打了以后我们 5 团去增援。赶我们去的时候，看到国民党的尸体在那路边上，公路边上、水沟边上跟那躺着挺多的，遍地都是。我们在边走边看着，我有个什么印象呢？到现在这个谜我没解开。我牵着那个小黄骡子，晚上走啊，凡是在路边上国民党没死那个，伤兵躺着呢，小黄骡子老老实实往前走，也不理他们，很听话。凡是国民党兵死的，在沟里、路边上的死倒，小黄骡子还没走到跟前就开始噗噗地打喷嚏，赶走到跟前以后，往旁边挣，往旁边跑，躲着走。

我们这些人感觉奇怪，你说人死了为什么它都知道？死没死我们当兵的都不知道呢，晚上人也看不见，牲口怎么看得见？没死的它都不躲着，死了以后它躲着走，往外挣，得牵着，整搞的。这人是刚死，大冷天的，他也不是挂了几天了，也没什么味儿啊，这小黄骡子怎么就能闻到呢？

路边国民党那些伤兵没死的，躺了一地，路边都是，我们也不管，也不抓，当时我们只是往前去走，国民党住下还是没住下到现在也没搞清楚。晚上走到一个村庄，找老百姓带路，走到老百姓的村庄边，村子在右边，我们从左边过去的。走那以后手榴弹盖揭开，有刺刀上刺刀，子弹都上膛，马蹄子底下用布给它包上，悄悄地从敌人眼皮子底下过去的。

那时候敌人还在村子里，但是我们不打。不是我们的任务，告诉不让打，我们是穿插过去的。国民党也没发现，他们没有在外面放岗哨，可能是怕死吧，他那么多部队在那，也晕着呢。后来我们追到地方，一看，一个团就来了一少半，掉队了一大半，慢慢陆续才赶上来。

我们到那挖坑挖了两天，累得不行了，挖工事，准备打黑山阻击战。当时我们师长左叶要求可严格了，工事挖得好，打起仗来就少死人。我们白天已经打了一些了，跟国民党干上了，后来别人接我们的防，7 纵队他们接的。他们打完锦州回来了去接我们的，我们先走的，打起来的时候他们还没到。一般都得交接一下阵地，这都没用交接。他们打完了辽沈战役我们才去的，他们在辽河西岸阻击去了，后来一听说要打营口，我们马上就跑了，因为我们离得近啊，那个 7 纵队离得远啊。这场阻击战我们独 2 师打了几个小时，国民党在彰武还是哪儿停下不走了，他往前走一下，不是缩回去了吗，被我们吓回去了，在那等着。

当时我们独 2 师上去了，看到国民党来了，用两门野炮轰了几下，廖耀湘军团吓着了，以为我军主力军团在这，又缩了回去。那是还没打营口之前，我们从那撤回来，刚过辽河的时候。早上过来的在那打的，野司给我们配了两门日本人的野炮，是野司作战处长苏静带来的一个重炮连。说是一个连，不知道的还以为有多少炮呢，实际上就两门，一个排一门，一个连两门炮。那野炮打了几炮，他们以为这是主力，实际还不是，我们用迫击炮打的。国民党他说了，你们是独立师也好，地方部队也好，都没有野炮，这炮弹声音劲头也不一样啊，一听就是主力部队啊。把他们吓够呛，就缩回去了。

这是往哪儿走呢？这个时候说是国民党从沈阳出来了，到了彰武，往那儿一线出来了，我们在那紧急命令，出发到辽河西岸阻击国民党，别让他往锦州增援，当时就怕国民党又把锦州再给夺回去了。我们到那去以后先修筑工事，挖战壕挖个人掩体，炮是挖一个圆圈，进去1米深，边上挖一个猫儿洞，前面不是敞开，后面不是带的盖，割的树搪上的。干了两天一夜，正好廖耀湘兵团在彰武停下不走了，他要是没被吓着，继续前进，我们在那工事都没修好，就来不及抵挡了。

工事刚修好了，那个下午，廖耀湘又来了，试图过河，往锦州增援。我们连在那里架起炮来，打了一阵，把他打回去了。到了下午，日头还没有落，秋天，可能下午4点多，钟团长来了，到我们连里去了。他到每个阵地去看，检查，工事、战斗准备情况怎么样，跟那集合讲话。钟团长说："这场战斗，正在打锦州，我们打阻击战，一定要打赢。不让敌人过辽河！我是下决心的，情愿喂满渡湖的狗！"

团长都这么表示了，他的意思就是说，这仗如果打不赢，让敌人从我们阵地上过去了，自己就不活了，一定会战死在这里！他讲话完了以后大家都鼓掌，喊口号："打倒国民党！不让国民党过河！支援解放锦州！"喊了一气口号，实际上就是动员。

紧接着指导员王坤讲话，讲了一阵，鼓动大家，问："有没有信心？"

我们说："有！"喊得震天响，鼓励一气。

晚上天快黑了，钟团长他们来了以后，鼓励我们一会儿，就交底儿了，要在这里跟国民党决一死战。刚吃过晚饭，到阵地里准备晚上休息了，派的晚上哨，在炮前面，都用小棍插上，哪个方向，往哪里打，大概多远下，晚上都做准备的，你不那样，晚上临时看不见往哪儿整，它都标上小棍跟那。大概在8点多钟，突然传达的，拿东西撤出阵地，集合。一说要走，小宋就问往哪儿走，去干什么。我们那班长张东青也挺厉害的，把人家臭骂了，呲了一顿："叫你走你就走，抓紧时间，军人就得服从命令！"

不敢问了，结果我们都撤出来了，撤出来完了以后就往辽河边上走，过辽河西。这辽河不是直的，完了又转过弯过来的，我们从西边转了往东南过，那叫三岔河，从那里过。走了一个晚上，天还下雨。我就想着呢，从那高粱地里，路边上就走的、压的全部是稀泥，一陷挺深下，半截腿全部都在稀泥里走的，踩高粱地里走，马车都走不动，人帮着推、拉、拽整搞的。一直走到辽河边了，准备过河。我们走那一看，廖耀湘兵团叫人家打的，满地是弹药，子弹、汽车、马车到处都是，一大片。还有死人，国民党死的那么一大堆，都在那堆着呢，也没人管没人埋的。谁打的都不知道。

那一仗，把许志征给打残废了。那天晚上打得挺激烈的呀，我现在回想起来，这炮弹那一秋天下雨受潮了。那药包潮湿和不潮湿它不一样：干的呢，它燃烧就快，推进力就大；一潮湿了，燃烧就慢，推进力小，打得就近。那天晚上打营口，我们一个连都在一起架设阵地，互相都看得见。3排9班有个许志征，是我堂姐的老公公，岁数挺大的，那炮打过几发以后，那迫击炮炮膛就脏了，有的药包外边是丝绸织的，不是潮吗，就粘在炮膛上边，再装炮弹，结果就挂在炮膛中间，撞针没响。9班长姓曲，他也是太平岭后边人，当过伪满洲国的国兵，在国民党里也当过兵，受过三年训练，和我们这些农村来的兵大不一样，所以解放过来后很快就提升当班长了，那时候他年龄有30多岁了，曲班长一看没打响，就喊"往外倒！"

当时我们有句俗话，是他们步兵编的，嘲笑我们炮兵的，叫作"迫击炮，瞎胡闹，打不响，往外倒"。那倒怎么倒呢？迫击炮后边有个炮鬏，炮鬏是圆的，但是两边给切掉一点，炮弹放里以后，一转，炮弹就拿不出来了，能放进去可是不能拿出来。炮箍一松，炮一转，然后再紧上，后边就抬起来，前边炮手在那接着，就往外倒。倒了半天也没有出来，曲班长就开始骂了："炮弹明明打出去了，你怎么说没出去？要是在里怎么倒不出来？还不快放下接着打！"

这边往下刚一放，炮架子尾部一撞，"当"地一下，炮弹出来了，许志征右手正好扶着炮尾，迫击炮弹那尾部不是有个像翅膀一样的小尾巴吗？一下把手给刮了，手指头齐刷刷切断了，都露骨头了。后来弄去盖县住院，住院期间自己就回家了，也没办什么退伍手续，部队也没追究他，结果现在什么待遇也没有，连个残废军人都没算。我二叔孙德庆也是那样，他有病，当时也在盖县住院，然后部队也走了，他也没去找，就跑回家了。他和我是一起当兵，那时当兵有待遇，家里种地都是大伙帮着种的。那是因为我念了三年书，就让我去当了炮兵。

当时光顾着打仗了，看见许志征抬下去了，我们后面都有担架队，本来是等着跟步兵上去的，这下没等上去，先来抬炮兵了。我看着许志征躺在担架上从我们后面过去了，手在担架边上还吧嗒吧嗒滴着血呢，抬着担架的民工紧走，也顾不上跟他说句话。心里难过啊，刚才还好好的一个人，一下子就给伤成这样了，一起出来的，纯老乡啊！还沾亲带故呢。

许志征刚抬下去，我们这边还在打仗呢，我那个迫击炮架的螺丝打断了，正在修，敌人的炮弹就打过来了，当时我们两边炮兵在对着轰。我们班里正好有个刚从国民党解放过来的兵，叫刘挺清，四川人，看着敌人第一炮打远了，看得很清楚，远了能有六七十米，敌人第二炮就打到身后了，能有30多米远吧，我们还没太在意，想着国民党这炮打得也不准啊。刘挺清就喊我说："班长，不好，加差法，第三发就要打在中间了，快跑吧！"

当时刚解放过来的国民党兵管我们老兵都叫班长，现在想，人家是真正的炮兵，有能耐，军校学出来的，我们那时候战斗经验和水平都不如人家。那时候我们也不歧视他，解放过来就是一家人了，谁说得对听谁的。他这么一说，大家抬着炮就跑，刚跑出能有四五十米，敌人第三发炮弹来了，正好落在我们刚撤出来的位置上！要是不跑，我们这一个班都完了。我说的是国民党52军向我们打炮，我们是炮兵对着打的。

撤出来了，完事以后排长郭凤鸣就告诉副排长刘贵吉，一个班去一个人，选择第二阵地，这阵地不行了，不能用了。我们班长张东青就喊我："小孙！"

"到！"

"跟副排长去选择第二阵地！"

"是！"

我就知道，一到这时候他就知道叫我。一般来说，那部队都有主力，在我们独2师，4团是主力，另外两个团5团、6团配合作战。在我们6团，1营是主力，一般另外两个营跟在后面打。在我们1连，1排是主力；在我们1排，1班是主力；在我们1班，第1战斗小组是主力。我就是第一战斗小组组长。什么叫主力？就是有事儿的时候就看你的！你不上谁上？命令就是命令，危险不危险也得执行。反过来说，打仗的时候，营里干部如果都牺牲了，谁临时代理？肯定是一连长；连里干部牺牲了，一排长就得顶上去；排长、副排长牺牲了，一班长顶上去；如果我们班长、副班长牺牲了，那就是我，第一战斗小组组长顶上去！这就叫主力。

我跑去找副排长刘贵吉，得跟着一起去啊，他在前面领着跑，我在后面猫腰跟着。那边上有个菜园子，我从菜园子那跑过去的，我们团政治部主任姓赵，老远看见了就在那喊："小鬼，靠边，小心点！"

我一边跑，一边找掩护，贴着墙、靠着树，找着炮弹坑，一边躲闪一边前进，国民党看着我在跑，那机枪、炮就在那打着，哗哗地响！追着屁股打啊！我们三个班各来了一个人，跟着副排长刘贵吉去找第二阵地。在我后面是2班的副班长汪东兴，前面是副排长刘贵吉，我跟着他走。正跑着，就听前面一枚迫击炮弹"嗖"一下子来了，再躲就来不及了，已经落地了，我们都趴下了。那炮弹从副排长刘贵吉的脚后跟、在我头顶上下来了——落地上没响！两个人趴在地上，之间就那么20厘米的空当，我一看，扎进地里一大截，冒了一下烟，臭火了。那是个八二迫击炮弹，跟我们的一样。我们也用八二迫击炮，只有几个是八一炮，八二大1厘米，八一小1厘米，八一炮弹能装进八二里，八二炮弹不能装八一炮里，八一迫击炮是日本人造的，国民党有，咱们也有。

这一炮哑火了，没响，我们赶紧起来就跑。这是我第一次遭遇危险，当时也不知道害怕，只管跑，后来想起来，真是命大啊！那一炮弹要是贴着脑袋炸了，两个人都没命了。就算不响，要是我再跑快一步，落在脑袋上，砸也砸死了。

第十二章　陈树荣替我挨了一炮

过辽河的时候，人多得啊，跟下饺子似的，人喊马叫，根本分不出个数来。那个谁在那指挥呢？肖华，写《长征组歌》那个肖华。肖华那时候是军区的参谋长，他上身穿一件国民党的小大衣，头二戴着国民党的帽子，站在汽车机器盖的顶上，不是大汽车，就是指挥车，越野小吉普车，站在前面盖子上指挥着。为什么呢？那天好几个纵队再加上我们独立第2师，这么多人一起过河，都在争着抢着上，我们来了这么多人，船不够用，都想先过去。

我们开始去的时候我还忘了说，也是冒雨去的。有个什么地方呢？像一个大水塘一样的，能有一里多地，人、车、马根本过不去，怎么办呢？从上游绕很远下牵着马走，车也从那走，人呢，直接过，弄些马车啊，一个压一个，一个压一个，上面搪上板子，等于用马车搪的桥，去的时候从那过的，忘了现在叫什么地方，都记不清了。

过河怎么过呢？河上拉个大铁丝子，8号线，两边固定，这个船上面弄个绳子，以后拉个绳子在铁丝上，人走的时候就是拽铁丝子带船走，一船一船过河，就那么走。我们就跟那等着，排着，排到哪里咱们就排到那里，轮流着，你那边拉一船，这边拉一船，大家就过，那水挺急的，秋天，下了一秋天雨。

我们过辽河的时候，走到那看国民党打死那么多扔在那，也没捡点儿枪啥的。没有枪也不要，子弹在地底下，就像咱们说的秋天收粮食的时候，农田里掉的黄豆一样，都在脚下踩着，有的是，手榴弹，子弹都有。国民党整的，国民党不是堵在那里走不了吗？完了都扔了，跑了，枪也扔了，有的被人捡走了，有的打坏的枪都扔了，没人要，枪有的是。我当时一心想捡把漂亮的小卡宾枪，那背着多带劲儿啊！一边走一边就四下寻摸，结果枪没捡到，在河边捡了些炮弹，老美的，老美一般用的都是八一迫击炮，还发现了一些长长的，叫加重弹，过去没看过，洋玩意，有这么长，一米多长，比这还长一点。咱们迫击炮那炮身子大概也就1米长，它那个装进去外面还剩这么一截。

我就喊班长："报告，发现几发大个子炮弹。"

班长张东青说："能不能打？是不是迫击炮弹？"

我们都不认识啊，没看过，这东西挺老长的，看着不像好用，但是又怕真有用，舍不得扔。班长张东青去请示排长郭凤鸣，排长郭凤鸣又去请示连长邵恩宽，说这玩意捡不捡、弄不弄呢？后来连长邵恩宽下令了，说先弄上，带过河去试试看能不能打，好用就用。

结果我们在那等，等到上午大概10点钟轮到我们连了，连长邵恩宽传达命令，上船，这才过河了。那船不大不小，正好能拉一个连。马也一起上，我们在河边捡的那些炮弹，也都带上去了。

过河以后，那营口解放过来的战士知道，刘挺清就去跟连长说了，说这叫加重弹，威力大，就是给迫击炮用的，怎么打他也知道。完了以后连长邵恩宽叫一个炮手来试，那是刚过辽河以后不远，走有一公里地，在那试试看。连长邵恩宽说如果不好就扔了它，拿着挺重的，还驮着。

于是全连就原地停下来，其他人都散开隐蔽，就小宋一个人在那装，装完底下挖个坑趴下，完了就把那大个子炮弹扔进炮膛里去了，扔里以后"砰"的一下响，出去了。哎呀，炸有二三米深的一个大坑，这可真是好东西。连长邵恩宽高兴了，说都带上，再打起仗来，就用它打国民党的大碉堡。这玩意为什么叫加重弹呢？它重量加重，另外它炸下去以后打碉堡能穿透进去，打得深。你要是打普通炮弹都是瞬发的，落地就响；这个是延期的，打到碉堡上，能钻进去，最多能延期爆炸钻进去半米。你要是普通瞬发弹打到石头上以后，弹头还裂着呢，炸了就撞碎了，但是它这个弹头结实，它能往里钻，加重弹专门打碉堡、工事，打这玩意的。这是我捡的，这好东西啊！

结果就在这试了一炮，耽误了时间，别的部队都走了，我们在最后走，正走的时候，国民党飞机来了。当时我们走到一个地方，好像是叫郑店，在这走着呢，国民党飞机来了，正好在我们前头能有200多米远扔下一个炸弹，正好扔在小镇的街道当中，炸开能有电线杆子这么深下一个大坑，当时1营有几个战士被埋里头了。飞机来的时候本来能看见，都喊分散开，结果正在跑的步兵没等散开就挨了炸，街道旁边有一个房子还倒了，还塌了整搞的，动静挺大。

然后就赶紧抢救人，把浮土埋进去的那些又给挖出来了，还行，刨出来的都没死，只是伤了几个。如果不是试着放那一炮加重弹，本来就走过去了。这回挨了炸，这就走吧，走到下午 1 点多钟，紧走慢走。到了准备弄饭吃，司务长在路上买的芹菜、牛肉，背的干粮袋里是装的高粱米干饭。到那以后分工，谁弄水，谁做饭，谁弄菜，谁喂马，谁遛马，那都是明确分工的。我是先卸小黄骡子，鞍子没卸，只把炮弹卸下来了，去喂马去，喂马去以后家里这些人就放下了，准备吃饭。

才歇了 10 多分钟，那边机枪、炮就响了，响了以后马上集合，当时本来行军头上都有伪装圈，休息的时候都扔了，没来得及戴，我急急忙忙去把小黄骡子牵来了，那家有一个牲口圈，小黄骡子就拴在马槽里。我们走的时候，那小黄骡子边走嘴里还在吃着草呢，没吃饱啊，就对付了几口。牵到门口可算还没太丢脸，这小黄骡子我们都叫它“土匪”，跟别的马不合群，老打架，就喜欢跟着人跑。跟着行军久了，牲口都懂人事儿了，听话。小黄骡子叫站着它就站着，它也不跑，他们就备鞍子，备炮弹。为了小黄骡子能多吃几口草，我抓了一大把草，追出来，在门口让它接着吃。因为我就没卸鞍子，那鞍子在马身上。情况紧急，炮没都往马身上扛，就是炮手，一、二、三炮手一人一件扛着就跑。他们这边备马，我给小黄骡子多扔了一把草，转身我进屋了。

那高粱米刚淘下锅，他家是东西屋嘛，东屋家锅里煮的是菜，西屋家锅里煮的是饭。我进西屋一看，米在我进屋之前就下锅了，水还没开，一锅生米，我一看没什么吃的，也饿了，就跑到东屋。这回抄着了，进屋之后他们抓紧时间就把牛肉洗了、切了下锅。这会儿我看那煮得也差不多了，拿水瓢把锅里的牛肉往边上撇，撇到锅边上，捞点干的，把头上帽子摘下来，把牛肉倒到帽子里面，完了以后，瓢我也扔了，出去牵马，他们把炮弹弄上了，弄上就跑。边走边吃帽子里这点儿牛肉，那还没变颜色，就那么半生不熟就给干了。有的人什么也没拿到，还饿着呢，小宋边跑边问：“你吃什么？”

我说：“半生的牛肉，还没熟。”

小宋说：“给我点儿，熟不熟我都吃。”

完了就抓着吃了，他们这个说给我点，那个说给我点，都来抓肉吃。班长张东青也来要，半生不熟的，抓了一把，边跑边吃，就这样整搞的。

这就跑呗，跑出去有一里多地，遇到国民党 52 军了。他们步兵开始在前面打的，就是国民党 52 军，哪个师我记不住了。跑啊跑，到那里去以后飞机就来了。这边的农村有一个特点，两块地是平地，当中一条沟走马车，路边上都有桌子这么宽下，平时老百姓都挖土回家垫猪圈，猪一拉屎了就往里面垫点土。把个沟比一般的办公桌子长不点，就这么长，我们就隐蔽在那里，2 排、3 排在我们前头，我们 1 排在后头，因为他们那两排住得离大路近，开始走的时候人家走就比我们快，奔路走得近，我们在后头走的。结果国民党飞机来了，我们正好趴在那隐蔽着，地上这些个国民党在一个坟地里就往我们这里打炮，看见我们趴在那，就咣咣打，飞机往下扔炸弹，他还扔些迫击炮弹，扔那玩意，炸的坑不太深，能有 2 米多深。

我们被困在里面了，两面挨炸，也跑不出去，趴着不敢动。这个小黄骡子被我拴在路旁边，有一个小柳树，这么粗，我就拴在那。我是把小黄骡子拴在树上后，我趴进沟里去隐蔽的，一道深沟，旁边人家用马车拉土回去垫猪圈的，挖这么长下一个坑，正好 1 尺多宽，我正好趴在那里，大个子陈树荣趴在我旁边，身上背着锹镐，叮叮当当的。

因为伪装圈都没来得及带，秋天霜打了以后，树上基本没有叶了，只有树尖上还有一些树叶，在小枝条子上，我趁着敌人炮火的间隙，爬树上去了，就拽那树叶，想拽个小条子怎么能围个伪装圈，把小黄骡子掩护一下。刚爬上去，炸弹就在脚下炸响了。小黄骡子把绳子拽断了，驮着炮弹直接往西跑了。这个“土匪”，临阵脱逃了！那边有村庄，村庄后面有一面墙，反正就是这家那家之间都连着的一道墙，不高，不到一人高，小黄骡子跑那去以后翻了，摔倒了，炮弹还在驮架子上，捆在它背上，它翻不起来，挺重的，也跑不动了。

我在树上感觉到轰的一声响，耳朵就什么都听不见了，炸弹爆炸它有气浪，这个柳树下面有这么粗，上面是小细枝嘛，就尖上有一点点树叶了，这么粗一点点，我爬上去够去，刚够到，那炮弹一炸，呼的一声，像刮大风一样把我给刮倒了，把我一下打下来了。对，是这右边屁股，打得好疼，我觉得这下中弹了，挂彩了，赶紧摸摸看，有没有血啊？一摸也没有血，也没有坏，就是疼，实际上是一块土，迸起来的土坷垃块，要是炸弹皮子打上就完了，那是迸的大土块子打在屁股上。

下来以后，那柳树枝我也不要了，就去撵小骡子去了，那炸弹还在身后轰轰响，别人喊什么我也听不见了。这一炮炸的，我虽然没受伤，到现在这听力也不大好，家里人说话跟我都得大嗓门，声音小了听不见。到了那墙下面以后，把小黄骡子肚带儿绳解开，把炮弹卸下来，先让它站起来，再把鞍子重新备上，驮架子整好，炮弹都给驮上，以后又牵回来了。牵回来看那棵小柳树还没倒，挨了一炮也没倒，又给拴到小树上去了，因为那有个卡台，小黄骡子下不去，拴那挺好。

开始他们还跟我说话，看那嘴型还使劲喊呢，我什么都听不见，干着急。人家一看不稀得跟我说了，当我聋了。过了 10 分钟，我才能听见别人说话，还听不大清楚，有回音，人家说一句，我听着像是两句，反正大概能听明白意思。这时候排长郭凤鸣来了，叫告诉班长张东青，他说快去联系，我们 2 排、3 排不是走了吗，就是我们排被炮弹和炸弹给堵在那里。排长郭凤鸣喊我：“小孙，你到前面村子，往南去，联系联系，看看咱们连在哪里，那个马给小陈。”

我答应一声，就把小黄骡子交代给陈树荣了，还拴在那小树上。小陈是四八年八月十四还是十三来当的兵。我们八月十五晚上去辽中县打了一仗嘛，他刚来两三天不到的样子，还参加上了。陈树荣，一个大个子，那年他好像才 19 岁，挺年轻的，这么一个坑，离小黄骡子最近，我本来在那趴着的，我走了以后他就趴那里去了。

然后我就去那村子找连部和其他两个排，往前走，走到半路上遇到团部侦查排的通讯员，他也往这边跑，他拿着一个小卡宾枪，穿着黑棉袄，留着长发，一看我就认出来了。其他的兵不得留长发，部队有纪律，但是就侦察兵可以，他们出去侦察的时候好扮老百姓，你没头发不行，那不一看就是当兵的吗？我们俩遇上了，也不答话，一起跑，跑得飞快。

跑着跑着他在我前头，国民党打起炮来了。你看就我们两个人，他还往我们这边打炮，多他妈浪费！你说这国民党那不灭亡还有天理没有了？一发炮弹多少钱啊，没完没了地轰我们两个人。我们一边跑，一边听，那炮弹声要是沉闷，距离就远，就不理他；如果要是尖叫着，追着屁股炸，那就得赶紧趴下不可！就算打不响，臭子儿了，砸头上还能有命不？那么大一个窟窿，那得多大的纱布绷带去补？

国民党那炮够笨的啊，打来打去也没打着。一边跑我这一边听他的炮弹声，好决定是趴下还是抓紧时间跑。结果还真有一炮打准了，“轰”的一声炸了，跟我一起跑那个小子，那个侦察兵一头攮那去了，我跑过去一看，肚子、胳膊、腿都给打漏了，掉了，当时就完了。我看他那小卡宾枪挺好，早就想要这么一支呢，拿过来一看，枪管也炸弯了，把也断了，我就扔了，不要了。起来我就继续往前跑，跑到以后正好找到了，连长邵恩宽带着 2 排、3 排都在那呢。我就报告了，完了以后连长说：“你赶快回去，回去让你们排快来！”我答应一声，又跑回去了，去告诉我们排来连里集结。回去一看，那大个子陈树荣在我原来趴的那个位置上，两条腿全部断了，肠子也出来了，眼睛瞪老大，我刚走，他趴进去，国民党一炮打进那个坑里去了。我难过！跳进那坑里，把眼睛给他抹闭上了，跟他说：“兄弟，你放心走吧，我替你把国民党都消灭完！”

陈树荣有一米八多，比我高，他比我大一两岁，可能 19 岁还不到 20 岁，我忘了。这个人带点驼背，个子高的人差不多都有那特点，特别内向。虽然说都是 1948 年来当兵的，同一年的，但是他来得晚几个月，还算个新兵，很多训练科目他还没学过，给他分工，背一把锹、一把镐，他是拿这玩意的，我牵骡子。他当时主要干什么活呢？一是挖工事，再就是架炮的时候炮盘需要刨两条沟，炮盘子底下有两条筋，这么样，像个 A 字形的，刨个沟，用那小镐头这么宽下，正好刨完之后，炮盘子下去，卡住了它，完了以后这些平面上的土都跟炮盘子底下接触，都是起这作用，稳定。

一般到哪里架炮，它这个地面不是很水平，炮盘子也不能一面高一面低，或者是翘棱着都不行，所以陈树荣是起这作用的。这个人很腼腆，很内向，说话很和蔼，挺谦虚的这么一人。

陈树荣挨那一下是炮弹打的，不是飞机炸的，就是对面国民党在那坟地里打的。大个子陈树荣他后边是谁呢？3 班的班长在他后面，3 班班长也是被那一炮打着了，炮弹皮把脚踝给打坏了。

就是那同一炮。哎呀，我要不去连里联络，还在这里趴着，也完了。小宋都说："你要还在这，也都完了。"妈的后怕也顾不上了，跟排长郭凤鸣汇报，然后就只管领着我们排往连长那边跑，天也没黑，这一路上国民党还是打炮，妈的一个两个人他都搞炮弹炸，一个排不是更炸了？但是这回还行，我们听着炮弹在屁股后面撵着响，他打炮，我们跑，问题不大，迫击炮他撵不上。

这时看我们跑了那去以后，国民党的迫击炮就改变了射击目标，开始往南边我们要去那村子打了，堵我们前头。实际我们看着呢，我们这个排跑，我们 2 排、3 排在那就开始架炮，炮打炮，也往他那干，他们那就一个坟地嘛，轰他！就这样干，对着打，压制敌人炮兵。我们 1 排去了以后，我们 1 班的炮就架在这两个房子之间，一边跑一边就准备上了，炮盘、炮架子、炮管、炮弹边跑边喊着，准备着，跑到地方，几秒钟就架起来，准备上就打炮，就干他们！那地方可能有五六米宽，外面有小墙，都架在那里就去往那打。

还得注意警戒啊，我就进到屋里去了，也防止这里还有敌人。进那屋里就看到一个老太太，敌人在外面打，我就拿着炮弹在那里准备，这个老太太跟那就害怕哭，哭哭闹闹，说啥也不听。我就告诉她："大娘，你趴下，不要紧，敌人的炮打不准，打不到这里来的。"结果正说着呢，就听房上"轰隆"一下，国民党一个燃烧弹打到屋顶北坡上，这房子就着大火了，我赶紧往外拖老太太，老太太就哭，叫，就不出去。

我急着拖着她跑，大火着得可快了，那时候都是草房，秋天也干，一着火呼啦一下子，她不出去，说："我家里还有牛！"

我急着喊："在哪？我怎么看不见！"

老太太也说不出来，用手指着炕台。我一看，底下有一个地瓜窖，在那里趴着呢，不抬头，不是牛，是个妞，人家老太太说的是"我还有个妞在这里呢"。我又现把她拉出来的，那姑娘拉出来了，更气人，还不走呢。

那个姑娘大概有个十七八岁了，跟老太太两个不肯出去，说家里还有东西，我把她们强给拖出去了，炮手还在那边咣咣打炮压制敌人炮兵，然后小宋他们过来几个弹药手，衣服、被子、粮食往外抢这些东西，冒着火抢，那边还是北风，就是抢这些，火太大了，烧得挺快的，还有一些东西，桌椅、柜子没抢出来。

这时坟地里的国民党炮兵不知道是给打光了还是跑了，不打了。我们炮也撤出来了，救火也没法救，整个她三间房都着大火了。完了等了一会儿，天黑了，也看不见，也不打了，完了来命令了，去营口。之前那天下午打52军，先头部队已经把营口突破了进去了，营口国民党基本上没有兵，有几个公安勤杂人员。完了以后吃点饭就动员去营口，这时候指导员王坤讲话："国民党从沈阳出来了，52军，强占营口，想从营口逃跑。我们到那去堵他！坚决堵住敌人！"

结果还没等我们走去堵，人家先占领了，下午就占领了。完了就是动员，就得赶紧准备走了，连里还有点儿钱，可以找老百姓帮忙，毛驴、马车也好，找人也好，反正可以找人帮忙，帮着拿东西。人走得挺累的，都走不动了。我们说好，赶紧去找吧，结果我们班什么人都没弄到，不是你有钱就能办事的，几毛钱，给人家，就是象征个意思，真正跟着你跑，帮这个忙的，都得豁出命去干，老百姓也有不少被打死的，枪炮可不长眼睛。结果那天晚上就是跑啊，就跟开运动会似的。也不是老百姓不帮我们，能帮忙的都被步兵营给整走了。谁不整？他们那重机枪加弹药箱自己背得了啊？人家早走了。

我们走过的那个地方叫台安，大个子陈树荣家就是台安的，我们第一次过的时候，开始去的时候就是从他家门口过。八月十五晚上我们不是去辽中县打了一仗吗？那时候他刚当兵，还是个新兵，行军的时候我们俩在一起，几次都在一起，一边走路一边说话。走到盘山的时候他看见他父母在门口站着，他低着头，别过脸去，装着看不见，偷着看。他说："小孙，你看那边是我妈我爸，还有我弟弟。"

我说："你不去看看？"

他说："不用了，不去看。"

我马上去跟班长报告了，班长张东青就喊他说："陈树荣，去跟你妈你爸说句话？"

他说："不用了，这刚参加没有几天，不要麻烦他们了。"

陈树荣跟他爹妈什么也不说。按理来讲，走从他门口过，爹妈在那儿还不打个招呼？班长就教他："你去说两句，爹妈我当兵了，部队挺好，家里老人都挺好吗？是不是？说两句话嘛！"

他就不说。他说："我刚当兵，还没打过仗，还没什么功劳，还没立功，还没奖励，等我打仗立了功以后，我再写信，再回来看他们就行了。"

那年秋天在路上他这么说的，结果他就再也没回去。那后来死了怎么处理的呢？埋是当地老百姓给埋的，我们当时没来得及处理，叫地方老百姓在村子后边一块空地挖了坑，身上缠点布给埋下去了，以后还有牺牲的，不知道是不是一起都给处理到烈士陵园里去了。

一晃一过，春天去营口那时候他还没有当兵，秋天过台安，他当上兵，跟我们走了，他好像是个学生还是什么的，念了几天书，身体挺好的，家里就是一般的农民。不知道他家哥几个，好像是有个弟弟，这事当时没记清，互相也不问那玩意。结果这次我们急急忙忙从台安过，还是走的那条路，还是走过陈树荣家，他爹他妈还是站在门口看着我们过兵。他们可能永远都不知道，他们的儿子大个子陈树荣已经不在眼前这支队伍里了，眼前走的都是跟他儿子一样的兵，穿着一样的衣服，可能他们还以为儿子也在里面雄赳赳气昂昂地走着呢，所以一直在用眼睛找。看不见儿子，多看一眼这些兵也是好的啊！我看见这老两口在家门口的台阶上站着，目不转睛地望着我们，我也低着头，别过脸去，像陈树荣走过去的时候一样，装着看不见，偷着看。

第十三章　血染的辽河

完了那天晚上走过台安，只管跑那去了。跑到哪儿呢？跑到营口老边那地方。那地方叫做什么来着，就是老边吧？对，老边，在老边那里，看到国民党从海上兵舰上打炮，一大排啊，打，他那玩意叫三七高射炮，一打哗哗的，连发。大炮也打，动静挺大的，咣咣打。天还下雨，完了以后我们开始都往那架上炮了，还击。

这一夜跑得啊！人家有车有马的，还能借上点儿劲，步兵基本上都抄着了。赶到我们炮兵，车没有，马没有，连人都没有，全靠两条腿了！跑到地方，我们一个团也就来了三四个连，都掉队了，根本跑不动。完了以后在那整队，找人，师长左叶从后面撵上来了，劈头盖脸把1营教导员好顿熊。没办法啊，战士也是人，他不是神仙啊，但就是跑不动，觉没睡上、饭没吃上，就是跑，还是跑不动，毕竟这是全副武装的战斗，不是马拉松比赛啊！

往哪儿打呢？营口的东边有一个火车站，这边有一个水塔，那些国民党在那里。水塔外面砌的墙，砖墙，国民党在那个墙边儿上打，我们都往那里打炮，影影绰绰的，都看不清。他们炮手管那个，像咱们这些扛炮弹、牵马的，也不管那些事。架上炮就开始往那打，打着打着呢，谁上树去观察来着？晚上，一个连六门迫击炮，敌人在具体哪个位置晚上谁知道？白天不是还没来得及看吗？小马在上面树上看，然后小宋也上去看，上边看不见，小马说看不见，被班长呲了一顿。班长张东青就喊："小孙，上去观察！"

我答应一声"是！"就上去了，上得挺高的了，在顶上就往那看，小树都歪了，叫我压的。

下面打了一通炮，然后就喊，说："你看清楚没有？打没打着？"

我说没看清，全连六门炮一起打出去，师里其他团的炮也在打，你知道哪一门炮打的炮弹落在哪里，哪颗炮弹是我们连炸的，打远了还是打近了？又打，我说没看清，连长下令，又打，一顿炮弹砸过去，连长邵恩宽也来喊："打着没？战果怎么样？"

我抱着树尖在上面拼命看，还是看不清楚。我说："不知道哪个是我们炮打的！"

连长邵恩宽下令，又打一发，咣咣又是六发炮弹打了过去。我说："报告，还是看不清楚。"

连长邵恩宽来火了，骂上了："妈的，下来！你个怕死鬼，你怎么就不能再上高点？"

我说"报告连长，都上到头了，再上树枝就断了"整搞的，说也白说，嫌我笨，我就下来了。

连长邵恩宽又叫副排长刘贵吉，副排长刘贵吉就上去了，人家接受教训，人家读六年书呢，比咱们强，会说，上去了，打了一通，就喊："好，打得好！"

又打了一通，他就喊："远一百。好！"

再打一通，他又喊："偏左五十。"

又打第三顿，他还喊："好，打得好！"

炮兵是这样的，"打得好"就连续四发，叫急速射，就是这四发炮弹连续装连续放，装上咚咚咚咚，打完了四发。打完了没有动静了，谁也不打了，都休息吧，下雨了，炮在那等着，谁知道目标消灭了、跑了还是怎么了，也不知道。这时候连长邵恩宽过来了，跟我们排长郭凤鸣说："郭排长，你们去个人，到凉水河西边大坝顶上去联系，那是7纵队，我们在东南方，不要打误会了，你们去个人。"

班长张东青这气还没消呢，我不是没观察好嘛。不等排长发话，他先叫上了："小孙，你去！口令是包子、饺子。你去告诉他们，咱们是独立2师6团炮兵连的，那边是7纵队，联系一下，不要打误会了。"

我说："是！"起来就往那跑，也看不见啊，晚上，还下点小雨。跑那去以后，走到半路上，照明弹来了，照明弹一亮，就显着我在那瞎跑呢，那机枪就打过来了，哇哇的分不出个儿啊，追着脚丫子响，就像过年咱们放那一千响、一万响的爆竹那样，叮叮当当的。完了我就趴在那个稻田地里，照明弹一灭，机枪一停我再跑。我趴在高粱地那垄沟里头，看着地上还有许多没捡干净的粮食，真是浪费啊，平常我要是在家，早就拿着麻袋出来捡了。那是九十月份吧，秋天的时候，粮食都收完了。

我在垄沟里跟那趴着，看见离那坝边已经不远了，有几百米远吧，我就往那望，也没看见人啊，看不清楚。完了照明弹一灭了，我又起来又往前跑，快到眼前了，国民党又打一个照明弹，那边就看见我了，就喊："干什么的？"

我说："自己人。"

"口令？"

我说："包子。回口令？"

他说："饺子。"

对上口令了，我就爬那坝顶上去，我手往上爬，顶陡的，那营长抓我的手一把拉上去了："快趴下！"身后那机枪哇哇响啊，脚下面的土被打得噗噗响，一串串的，我就趴下了。

我趴下了，他就说："小鬼，你哪里的？"

我说："独立第 2 师 6 团炮兵连的，我们连长叫我来和你联系一下，我们在你们东南方柳树林里，怕打误会了。"

那个营长拿手电筒照地图在那看，问我："你们距离有多远下？"

我说："怎么也得有 1 里地吧？"

他看着图说："不到 1 里地。"

"反正是这么远。"我说着，也在一边跟着看。那是我第一次看高级地图，小树林在地图上都染的是绿色的，一片树林；单个的树，少呢，就画一个小柳树，绿色的，底下放一横，这是坐标，在最底下。完了跟那坐着，弄通了，我得问明白他是谁啊，就说："首长，我回去了。你叫什么名字？什么职务？请告诉我，我好回去汇报。"

他说："好。告诉你们连长，我叫廉洁明。"他说了自己部队的番号和职务，我忘了是教导员还是营长还是什么的，反正是个营级干部就是了，回去就说是营长。我记住了，廉洁奉公嘛，挺好记的。就回头走了，我刚一下坡，他又喊："站下！"

我吓一大跳，以为他从哪看出漏洞了，拿我当国民党特务了，赶紧说："干啥？"

他不是一个营长吗，手下有兵啊，派了两个战士送我。他怕半路上一旦我出事了，家里那边还不知道呢，不是还闹误会吗？我们三个人一起翻出大坝，看照明弹灭了就开始跑，把我送出能有三四百米远下，我走那个树林里去了，到树林里去我告诉他们说："我们连在前面，你们回去吧。"

他们："你说能走吗？"

"不怕。"我那时候胆也挺大的，说不怕，他俩就回去了。我再回去找，到树林里找那阵地，一找，连队没有了，撤了，不打了，炮都撤走了。撤哪儿去了？我这东找西找，从树林里一直找到村里，边找边猜，这阵地能转移到哪里去呢？什么地方合适呢？我就边猜边找，找到一家老百姓家，给找着了。一看，连长邵恩宽、排长郭凤鸣、班长张东青一帮领导都在，我就赶紧汇报了，说联系上了。然后班长就说“赶紧休息，抓紧时间”。班长就说这么一句话，至于你找什么地方睡觉，人家就不管了，都是自己找地方。

我到那屋里以后，东找西找，一看，那个牛圈里头，马圈里、马槽子上、地下满满都是人，直接躺在马粪上，干净埋汰都不管了。就是这人困累的啊，眼睛都睁不开，打仗打好几天加行军赶路，跑，睡不上觉，躺那就睡。

我进屋里，屋里地下哪里都是人，没有你的位置，哪个部队都有，也不知道是哪的。这里有一个大门洞子，门洞里放一个马车，上面压的高粱秆，车底下都是人，睡着呢。这往哪儿躺啊？我一看，就爬到车上去了，就这么一个清静地方。上去了，一看，车上都是高粱秆子，然后就躺在高粱秆子顶上去了。躺着不是冷吗？那高粱秆子我往底下放点，铺着，用高粱秆子往身上盖点儿，就穿一件衣服，怎么不冷呢？

刚睡没多一会儿就喊起来了，集合集合。我爬起来，小宋喊我：“你怎么回事？受伤了？”我一看，一身血，心想这下坏了，昨天光顾着跑，挂彩了都不知道，就浑身上下摸，看哪里出的血，哪里疼。结果没事儿，回头一看，那马车上面高粱秆儿下全是咱们的烈士，装了一车。装一车，上面高粱秆儿盖的。夜里睡觉也不知道，拱一块儿去了，赶天亮走，我身上到处是血，都是那些烈士身上的。就跟那儿跟烈士一起躺了一晚上，睡着了也不知道，可能是一翻身搂着他们睡了，蹭了一身。

那马车把高粱秆儿捆上有啥用呢？他装起来了没来得及去埋，预备第二天去埋的，那时候烈士牺牲了一般都有棺材，没棺材就搞个木板、搞个柜子装那里头，最少也得用个炕柜装起来埋了。完了身上有血的都擦干净，用白布擦一下，有条件的就葬到烈士陵园里；有些临时埋的，做个记号，完了以后也给迁到烈士陵园里了。

这不就集合吗？我说集合干啥？班长张东青喊：“马不牵，拿炮弹，往里冲！”

我这正收拾呢，一听这个，小黄骡子给扔那去了，就是背了三发炮弹，当时我们班有一个姓卢的，老卢头，他家是凤凰城的，老农民，扛大活的，没有知识，吃饭倒能吃，吃饭不长眼睛，吃一碗又一碗，哪个菜好吃吃哪个，就这么个人，年龄也挺大的，老卢头。他胆子大，看见那一车烈士也不害怕，找块布帮我擦擦衣服上的血，基本都干了，凝固了，然后就跑。

好吧，起来往营口赶。路边都是咱们贴的标语：“解放52军！活抓刘光头！”这说的是谁呢？当时不知道，后来知道，是国民党52军军长刘玉章嘛！光跑路还不行，还得防止踩地雷，当时前边的工兵发现了地雷根本就不起出来，没空管，就用石灰给画个圈，后面来的人多，开始还能看见，慢慢就看不见了。我们跑过去的时候，看见一辆吉普车炸得乱七八糟的，扔在路边，说是前面9纵队的首长压上地雷了，人还没事儿，没伤着。那要是没有吉普车挡着，可能也得炸够呛。

为了防止掉队，连里给发了根长绳子，班长张东青拉着绳头儿跑，副班长“海南羊”抓着绳尾，一个班的其他战士都在中间抓着绳子跑，要不搞绳子拽着，跑着跑着就睡着了。老卢头儿跑不动，拽着马尾巴跑，行李背包什么也没有，有的放下了，往里冲啊，冲到营口边儿上了。我们这一个团就来了几个连，多数都掉队了，没赶上，后来左叶师长来火儿了，把钟团长好顿批评。

在营口那边儿上那地方，跑不了了，1营在我们前头，我们跟在后面跑，结果人家守军把那一溜砖墙上面捅开了，全是枪眼，国民党这机枪就打起来了。就整这，结果把1营全给压在那儿去了。1营都压在那走不动，前进不了了，前面都是开阔地，敌人机枪哗哗地打着，我们左边是高粱地，右边是稻田，我是趴在稻田埂边儿上，在这趴着，那地上还很潮湿，趴着不大一会儿的工夫，就睡着了，困了。行军的时候有绳子，拉着跑，没掉队，到这之后，趴在田埂里，倒头就睡，这回没绳子了嘛。

人家机枪、大炮就那么打着，我倒头就能睡着了，你说那人都给累成什么样了？不光我，小宋一个，还有副班长“海南羊”，三个人都睡着了。后来国民党从那边不知怎么打炮过来了，落挺近的，“咚”一下把我震醒了。震醒了我一看，1营的步兵冲锋已经过去了，前进了，没有了，我们连哪去了也不知道了，剩我们仨了，我就喊：“小宋！小宋！”使劲喊，又摇，把小宋喊醒了，我们俩又去喊副班长“海南羊”，他睡得死死的，打不醒骂不醒啊，后来又来一炮，离得挺近，“咚”一声响，才把他整醒了。我说：“副班长，铁道边那打炮，可能是咱们连的，咱们是不是那里往那跑？”

副班长“海南羊”也迷糊着呢，眼睛都睁不开，闭着眼说：“好，就往那跑。”我们三个就往那跑，跑那去了。赶跑那去以后正好遇着我们连，都在那，架着炮正在打呢，所有的炮弹全部打光了，都在等着呢。我背了三发燃烧弹，小宋也背了三发，副班长“海南羊”拿一支步枪，到那完了以后，排长、班长把副班长“海南羊”好一顿骂，好一顿说：“你来打仗还是来睡觉？你们干什么！”

其实我们睡的时候枪声、炮声也一直都响着呢，响，那也睡，什么都不管，不知道，躺那就睡。完了班长说：“赶快拿炮弹来。”我们仨挨了骂，赶紧就把炮弹都给他们了，就这么六发燃烧弹，我们班的炮架上打出去了。结果啊，这炮弹都背着跑了一秋天了，药包也潮湿，半路上就掉下来，根本没打到敌人那边去，远一个近一个的，然后我们往前走的时候，看得清清楚楚的，把咱们自家的步兵烧死了。

就是咱们后来那几炮打的，烧的都是咱们自己人，它没飞多远，半路上掉下来。打完这几炮，就吹冲锋号了，我们也跟在步兵后面冲锋，一冲上去我就看见了，烧死了咱们自己的兵，傻了！一下我站在那，就好像失手不小心打了碗，怕大人知道，又像是第一次发新军装，第一天上身，我在鞍山转盘街碉堡里靠在暖气片子上撕了个大口子，那个难过啊！班长张东青从我身边跑过去，也看见了，一把拉着我就跑。最后都没敢讲，就这么拉倒了，就以为是国民党打的。我们心里明白，都知道，不让讲，班长说："别吵吵，别人要是看见了，就说国民党打的。"

国民党那时候顾不得往那边打了，明显的嘛，我们走到那时身上还在冒烟，衣服都烧焦了，都没有了，脸全部都成灰了，化了。这时候人家步兵都在前面冲锋，没工夫搭理我们，要是让人家逮着，我们哪有脸去见人。跟人家说什么啊，说我们水平低，控制不好落点？说得出口吗？实际上，就是水平低，能力差，这么几发炮弹，也解决不了什么大问题，本来就不应该打。

我们那时候啊，新部队，新兵种，名义上叫炮兵，真正应该怎么跟步兵协同作战，基本上都不摸门，都不懂，整搞的。我这三年文化都当知识分子用，其他多数都是不识字的老农民嘛。

没有炮弹怎么办呢？连长邵恩宽找到谁呢？钟团长正好在那里头，钟团长给写个条，去跟4团借。铁路的北边，那时候正涨潮，水上来了，通过营口那里，过不去，再往前走300米有一个石桥，过石桥以后，回到这边再向4团炮兵连借炮弹，我们就跑过去了，绕了一大圈，把炮弹拿了，又跑回来。还没等来到连里，前进了，他妈整搞的，背着炮弹往里走，往里冲！当时挺热闹的。咱们那些不是帮着扛炮弹的、扛机枪的，雇了一些老百姓吗，还有马车吗？这老百姓挺鬼的，牵着马，骑着马，有的一个马车上套着六匹马、骡子，从那往回跑，都是捡国民党的，发财了。看见国民党的，就拉着，都拉着走了，回家了。有的还拿着枪，枪也给拿跑了，马车上拉着半车军火，枪支弹药，捡着什么是什么，就给拉跑了，回家自己当民兵连长去了。

为什么这样乱，能捡到东西呢？国民党52军逃跑，他把汽车的轮子都卸下来了，一个挨一个，都摆在辽河边儿上，准备上船拉走。轮胎摞得一摞摞的，摞好好的，马是拴得一片片，在那里头，人都没有了，跑了，我们一打上来，国民党跑得措手不及，车马就这么扔在那里了，你说他怎么不牵呢？这些民工都给拿走了，那都有经验的，没有经验的害怕，胆小还不敢拿呢。我们往里一看，都往外跑呢，老百姓往外走了，他们那都是有知识的，我送到了，完成任务了，叫我回来走了，就行了呗。我们部队都往那进，他们就往外撤，就走了。赶着马车，带着枪，都走了。

我们走到辽河边上，看到国民党那汽车摆得一溜一溜的，这些马本来准备用机枪突突了，汽车准备点火烧了。国民党是打算把马都给杀了，也不留给我们的。结果没杀成，没来得及。不是有一些被咱们老百姓给牵跑了吗？国民党的马车也叫他们给赶跑了。我们就往里冲，结果正冲到里面，遇上国民党了。刚才说不是跑了吗？跑到西边去了，西边是咱们9纵队，从西边围过来堵他，又跑回来了，跑回来这下又被我们独2师堵回去了，最后怎么样上船，往回跑的人也跑不及了，船也整爆炸了，他们都被抓俘虏了，最后战斗就是结束了。我们跟那看了一会儿，撤了出来。

那国民党还挺顽强的，52军能打啊，主力。不是死到临头人家不投降，还敢拼刺刀，那也是挺坚决的。你看那天早晨我们往前走的时候，那地方叫红房子，红房子五间一栋、五间一栋的，房后都是一个大水泡子，上面都结冰了，我们走那里一看，人在那躺着都死了。那房子离水塘大概五六十米，国民党守在那里，我们一进攻，他们把房子上的砖捅掉了，露出枪眼，晚上看不见，突突打了，都死在泡子里了，那水都红了，上面的冰都是血。那都是9纵队的兵，都是咱们的人啊！

回来以后走到那，都结束了，9纵一个师长把帽子摘下来，跟那默哀呢，掉眼泪了，哭了："我打锦州，我也没死这么多人啊！"跟那哭，掉泪。我听着他下面的人在那劝他，叫"曾师长曾师长"的，后来知道，那就是曾雍雅。打营口是东北最后的战斗了，谁都想当英雄，立大功！你说打得多残酷，死得像煮饺子一样在水里泡着，你看电影《董存瑞》，人家把枪眼捅开了，真的是那种情况，机枪架着，冲锋部队死得一片一片的。

第十四章　和平解放北平

辽沈战役打完大概是1948年11月份吧，打完没休整就进关，我们41军有一部分，好像有两个师先走的，从阜新、古北口那边先走的，没打完就进关了，打傅作义去了，是最先进关的。

我最后怎么进关的呢？有一个什么思想基础呢？首先，我这个人还是比较听共产党话的，听领导话的，叫干什么我就干什么，说什么我都相信。这个时候上面动员："打倒蒋介石，解放全中国！""打到华北去，活捉傅作义！"上面一说，我就积极表态，跟着走！我那时候不是有病吗？急性黄疸性肝炎嘛！发烧40多度，一走路都摔倒，摔跟头，就那样，迷糊，都走不了，但是还是决心很大，要求跟部队一起进关，解放华北！所以我在走的时候一点顾虑都没有。但我可以看出来，知道，当时部队提出来"巩固部队"，这什么意思？如果没有人跑了、开小差了，巩固什么？还是有很多人跑嘛！一个连队跑一个两个很正常，一听说要进关就不干了，开小差了。

在我们出发那天早晨，2排的排长、2班的班长，都是盖县人，还有一个谁来着，那天早晨跑了三个，趁着部队忙乱的时候。人家事先都做准备了，那老婆家属都商量好了，回去跟哪里趴着猫着，从哪儿走抓不到，人家都有准备。

结果刚跑就被抓回来了，抓到逃兵倒也不枪毙，咱们没有枪毙那种条件。逃兵回家跟叛变国民党不是一个性质，抓回来之后，关禁闭，完了开批评会，也就拉倒了。我有病不能走，就坐马车走，马车也不能跟连队一起走，那赶车快，有时候就先到目的地了。到了以后我还得到处找连队在哪里啊。锦州是个坎，过山海关是最后的一个坎，过了山海关以后就不好跑了，找不着家了。另外看得很严的，必须走山海关关口那个地方。我每天到目的地以后到处走，班里、连里都说“小孙这人也不错，革命意志很坚定，要跑不早跑了！你看到处找连队”。

一直到山海关，住了一天半，我们从山海关那个大门洞过去的，之后，我就走路了，不坐车了。小黄骡子又给我牵了，我负责了，一天反正走六七十里路。

我们当时一起得肝炎的那几个就留下了，一听进关了，病加重了，思想病，根本不想走，都转走了。我们一起得病的六个人，本来我是留下的，住老百姓家里。结果我们六个人，就我自己坐马车走了，那五个都转到盖县后方医院去了。

我当时想不走也行。但我那时也有一个想法，走南闯北，到北平去看一看，走一走，老在家待着干啥玩意呢，见见世面。为什么天天走，没得休息呢？走到那里以后，锦西、河北、冀东这边的老乡啊，老革命根据地了，可热情了，到那以后地下铺草，给你铺好了，烫脚水给你烧好了，饭准备好了，到那以后洗洗脸，马上就吃饭，很热情的。我们也挺高兴的。到那以后村子老百姓集合接待，欢迎第四野战军，欢迎4纵队。当时华北对傅作义、北平已经形成包围圈了，那时候争取和平解放北平，但是还准备打。我们走到半路，冀东过个河还涨潮，不知道叫什么河，那天还涨潮，冰冻河还没有化，就涨潮了。那时候天津就给打下来了，在半路上，传达消息，说天津解放了，消灭国民党多少万，我们加紧行军，包围北平。

我们在路上走，就看着，看什么呢？都像大部队一样前不到头后不见尾，全部是牛车、马车、驴车拉的棺材，有的一车拉两三个，有的把棺材拆了，盖儿是盖儿，帮儿是帮儿，底儿是底儿，这样装得多，拉得那么多，就准备打北平用，可能准备死个几万人吧，就那么准备的。

眼看都要到北平了。我们走那里以后，就打张家口，41军打的，他们先走，我们后走，他们在锦州解放以后就走了，我们在东北最后全部解放后才走的。这样与41军会合。那时候我们最后开那个庆功会，宣布我们独2师改编成154师，并入4纵队，成立41军。但是一直还没和41军合在一起过，打完锦州他们马上走了，我们还是在辽沈战役嘛，继续打辽西会战，还打廖耀湘呢，两回事，挺远的，没在一起。

这回见到4纵了。1纵、2纵，全部穿着国民党的小大衣，皮大衣，里面带着毛的那个，每人身上背个军用毯子，全部使用美式装备。我们在东北那时候还没看见过装备那么好的部队，那炮、高级枪，摆得，路边上整整齐齐的，真羡慕人家。连长邵恩宽就说：“看人家这部队，装备多齐全，多好，兵也像个兵样啊！”低头一看我们自己，穿个黄棉袄还挺美呢，整搞的。直到快进关了才给一个包，以前背的书包都没有，什么都没有。

有了书包，以后给了一个被子，都背着走，还整齐点儿。开始走到哪呢？北平北有一个杨各庄，我们到那里去住了两天，包围北平。我们是正北面，两天以后又挪了，挪北平西北角，那大村庄挺大的，叫白家疃。在那里就传达任务，我们从北平西北角开始打，开始进攻，登城墙。

我当时是战斗小组组长，班长张东青专门找我和三个小组长在一起开的会，在地下画，北平是什么样，我们在西北角，从这里开始打，怎么打，怎么攻，在哪里占领阵地，都传达任务，都准备完了。那边傅作义都准备投降了，结果他又不干了，天天传达情况，北平城里出来谈判的情况，一会儿说他要和平了，结果他又不干了，不干了再等一等。叫我们什么呢？全连统一，国民党的兵解放过来了以后，衣服帽子统统洗了，洗得干干净净的，统一，不能老穿东北的衣服嘛！我那件大褂，叫别人拿去了，给我一件国民党的衣服穿了。这是部队统一。

第二个就是反复讲进北平的三大纪律、八项注意，怎么遵守纪律，不准进老百姓家，不准吃老百姓东西，不准在老百姓家睡觉，走到哪，天黑了就在马路边上睡。如何遵守群众纪律，打炮的时候如何避开建筑物，故宫那些古迹，往哪个地方打，都传达得清清楚楚的。

那天晚上就准备打了，说是到 12 点为准，炮也架上了，炮弹也擦也整了。炮手一个个眼睛瞪瞪的，就准备打炮呢。最后谈判的时间就是半夜 12 点，你不同意就打！可能 11 点，傅作义打了白旗，出来投降，说和平解放。这时候我们走到外围城墙跟前去了，一看，下半夜 1 点了。原来一直都说 12 点进攻嘛，就等等看一看嘛，最后来命令说，敌人投降了，我们撤出阵地，从那城墙边往西走，往南走，一直走到卢沟桥，都住在卢沟桥里头。宛平城，住在那里去了。

从西北角过来挺近的，在那里住下了，保护铁路桥和那个石狮子桥，就这么两个任务。我们排的任务就是保护这个石狮子桥，我们是一排，二排是守铁路桥，三排是保护两个城门口，这就是当时的分工位置。我们也没个枪，一帮炮兵怎么保护呢？班长有枪，副班长也负责背一个枪。我们站岗是在桥西边，我经常背着枪站着，在那里看那个碑。卢沟桥桥头有一个碑，那碑上写什么字，那时候文化不高，了解一点，不太全，能看见哪年修的，哪个皇帝题的字，什么时候重新修过一次。

第十五章　与毛主席擦肩而过

我们到那的时候还没过春节，大概是1949年的1月份，到卢沟桥以后在宛平城过的春节。还没进城，就住在外面了。很遗憾，我没参加入城仪式，咱们连去了一部分，没都去。为啥没都去呢？那天晚上加强岗哨，一个排都拉到铁桥底下去了，传达任务是说敌人要破坏，保护大桥。第二天早晨，传达说毛主席坐火车进北京，要保护毛主席，这才知道。我们还说呢，要不是不会那样的，如临大敌的。头天晚上不到8点火车过去的，整搞的。毛主席进北京，北京城里老百姓也得到消息了，到处贴标语："欢迎共产党、毛主席进北京。"有的跟那等着看着，看毛主席什么时候来，实际上人家早就进去了。

我们在那住呢，就出去征粮，征马草，征豌豆、黄豆、小豆，回来做马饲料。第一次我去征了一些，和司务长俩人去的，征好了。都是买的，给钱。一匹马征多少，都写条，征了拿不动，都联系好，回来了再去。第二天就我一个人，赶马车去拉去了。出了宛平城东门往东走，国民党一个少将被打死埋那，从那里往北走，下路。

国民党这时候都从城里往外拉了，整编了，你这个军你这个师到哪个地方整编。坦克兵先给你改编，这是重兵器，很厉害；炮兵先给你指一个地点……然后咱们军、师、团都派政治干部去领导，已经整编得差不多了。我走到那里，还没下路，碰到正往城外走的国民党把车给拽住了，他有几个人走不动，要征我的车。

我说："不行！我拉草去，我是解放军，你不要乱来！"那时候先交代政策："你到哪儿去你自己走去！"他不干，非要抢我的马车，我拿起鞭子抽他。那是一个国民党的连长，他一看我挺硬的，挨了几鞭子，也没敢动手。然后过来一个营长，问："怎么回事？"我说："我是炮兵连的，去拉给养物资。这位老总硬要拿我车拉人。"我没叫同志，就说老总，"这老总"整搞的，看我挺硬挺横的，这营长他说你走吧，就没节外生枝。

我就赶车走去拉点谷草回来了。他们人好多呢，一群，整个看不到头，整个的部队往外拉嘛，在路上一大堆。咱们走路靠右走嘛，他也靠右，往外出，我想过去，穿过他们队伍去，正好我停一下子，这块有一个空，连与连之间有一个空，我就往外走，他就看见了，叫站下。他们那时候还有枪呢，全套武器。幸亏我还挺横的，你不横那还不叫拉走就跟着走了？他们全副武装往外拉，别人家全军都投降了，再把我给俘虏了，那可就成大笑话了！

我拉草去了，路上就听到枪炮响起来了，国民党他们内部有矛盾，这一部跟着共产党，那一部就坚决不投降，不接受整编，要反水，弄弄就干起来了。抢我马车那一帮人，出了宛平城没多远就反了。幸亏当时刚出城，人家怕节外生枝暴露企图，忍着没跟我较真，挨了两鞭子还让我走了。这要是离城远点，我给他两鞭子，他能给我两梭子，多危险！这帮造反了，都是机枪，晚上整整就打起了，有时候白天也打，那时候经常听到这个事情。我拉着草往回跑，就一个人，紧张得要命，怕人家还在那等着堵我的马车呢。真不知道哪一部分国民党是真接受整编的，哪一部分是不愿意投降的，哪一部分是整编之后又后悔的！

在北京那里，我们班补充了几个解放兵，原来 12 个人，这回又到 16 个了，一个大班，赶上人家半个排了，我们那时候一个排将近 50 人。班里又补充来一个小宋，我们叫他小小宋，跟东大营子那个小宋区别。这个小小宋是山西人，在张家口解放的，他的口号是"缴枪不缴水壶"，因为水壶里装的是醋，天天吃饭不管什么菜，都得往菜里面倒点儿，那属于私人物品，不用缴的。

小小宋老跟我们讲，张家口、新保安怎么打的，多么激烈。他原来是傅作义 35 军的兵，刚开始跟华北部队打，狂妄得很，跟八路喊口号都这么说："穷八路，到处跑，睡不上，吃不饱！"然后就喊口号："八路兄弟，过来吧，大米饭白面馒头随便吃，猪肉罐头、牛肉罐头随便挑！"

华北部队打不了他们，人少，武器也不行，35 军狂得很。结果跟我们 4 纵一交手，发现不对了，狗皮帽子进关了，赶紧缴枪投降，还埋怨我们："你们东北大军进关也不告诉一声，悄悄行动！早说是你们来了，我们早就投降了，不抵抗了。"

枪都缴了，一般连同刺刀、弹夹、水壶、望远镜这些都得缴，但是他们不缴水壶，里面的醋是自己带的，不是军用物资，整搞的。乐死个人！

完了更有意思，说是毛主席在一个地方叫什么苑机场、北苑机场检阅。开始没传达，没告诉，谁知道呢，班长他们几个开会，去一部分人，留几个在家站岗，把我留那去了，完了他们都去检阅去了，看毛主席、朱德、林彪，另外军里还有一个炮团，拉的炮跟着汽车走，挺神气的，回来他们连长、指导员给传达，检阅，看见毛主席了，怎么着。完了我们都埋怨，埋怨班长为什么不叫我们去，我们从来没看见毛主席、朱德什么样呢。他说家里也要站岗，留人，不能都去啊，反正去的都是骨干嘛。

在那住了没有几天就过年了，过春节，改善生活。当地那时候还挺热闹的，过年，张灯结彩的，过完年能有 20 多天，部队整顿也差不多了，我们连、整个我们那 462 团，都拉走了，离北京往南就 30 多里路，拉到那去了。

从卢沟桥往南走，不知道地名，反正 30 多里地，跟那里住下了，训练，教育。教育啥呢？北京解放了，蒋介石还没消灭，全中国还没解放，要南下，打过长江去，活捉蒋介石，天天教育。看看大家有什么想法，有什么困难。有的解放过来的兵就说，国民党在长江以南，咱们没有船，过不去啊！那么说整搞的。

这基本都是解放兵说的，咱们的人说没有船怎么过江？还有人说国民党有马猴子兵，叫马猴子兵，谁知道他妈的什么叫马猴子兵，从现在来讲也没看到马猴子会打枪。他们当时是指什么呢，广西兵，叫马猴子兵，跑得快，能上树，能蹿能跑。当时说那马猴子兵，可厉害了。他们都是从南方来的嘛，又讲到南方雨水多，天天下雨，烂脚丫子。还说蚊子大，蚊子比苍蝇都大，叮一口得疟疾、打摆子，都死人哪。另外还说南方没有大路，净小路，马不好走，天热，虫子多，不好打。把这些问题摆出来，那时候愿意摆什么摆什么，也不抓辫子，也不打棍子，完了以后提出问题，连长邵恩宽就说："这蚊子咬人咱们能不能去？"

咱们一说怎么不能去呢，我就说："南方那么多人，别人怎么都没咬死呢？国民党兵也在那，他们怎么都不怕呢？咱们怕啥呢！天热，天热那里有没有人呢，都说东北冷，那东北冻死几个呢，我们是不是也活过来了？"

都摆呀，一条一条的，上午没摆完等到下午再来，今天没讨论完的、还有思想不通的，明天再来。最后一个班两派，谁同意说是够呛不行，在这边坐着；说没问题，我们能去的，坐那里。最后他们投降了，说行，同意了，我们能去南方了，这才拉倒了。

我是跟着形势看，人家说啥我说啥，咱们没去过南方，也不知道。完了去训练，半天训练，半天去政治学习，讲形势，国民党一共有多少万，消灭多少万，还剩多少万。学习毛主席这个和平解决的方案，八条还是几条，惩治战犯，惩办战犯，哪些叫战犯，哪些宽大，只要是你能投降过来就行，既往不咎；还有七届三中全会还是二中全会来着。

开完了以后传达这些精神，完了以后在北京换的装，发衣服，一人还给了一块钱买东西。我们的衣服换成的是叫什么色呢？黄不黄、绿不绿、紫不紫的那个黄绿色，不太黄，蓝绿色，换成那个。还给一个夹被，一个包，是国民党的包还是日本鬼子那样的包来着，像钓鱼的兜子那样的，还能背，东西往里一装。

这时候发的衣服还没带中国人民解放军那个牌呢，在这胳膊上带着袖标，三角形的，上面写的八路军还是解放军来着。以后变了，改胸牌了，叫中国人民解放军了，就在胸前，这搞一个，这搞一个，两个呢。一换装以后，一整，还像个样，像个兵，很精神。但还是没枪，咱炮兵不能拿那么多枪。都拿枪，炮弹谁拿？又背炮弹又拿枪，那没法整，给个枪就是站岗用，排长有手枪。

给我们发了一块钱，走哪里买东西都可以花了嘛。有钱了，阔了，然后就进北京城去潇洒去了。一块钱呢！去了两趟，第一趟是参观北京城，整个全团拉去的，故宫、北海、颐和园，反正能看的都看，整个看了一天，走路。坐火车去的，从卢沟桥那，有个站。那时候前门有一个火车站，下火车正好就下到故宫门口了，下去不远就是了。那个地方叫正阳门火车站，那时候没有西站呢。那是我第一次坐火车，坐什么车呢？敞车，拉物资那车。哪里坐？都是站着的。那时候卢沟桥到北京大概是 60 里地，火车开了一个小时，早晨去的。

北京城里商店什么的我们没逛，没啥钱，也不买东西，逛啥逛呢。我们班小宋写了一封信，那个邮递员身上穿的红衣服，后面写一个"邮"字，就在天安门前广场上站着，我们到那小宋就找他，说："哎，你把这两封信带着邮了吧？"他说："好好好。"给拿过来邮了。这件事我记得清清楚楚的，他拿两封信往火车站送，那是推车还是怎么样来着。那时候没有邮筒，就是人站在那当邮筒收信，大概是那意思吧。

那时候是不是没有邮筒呢，也可能以前有，我们那时候大多数人没写过信，没文化，也不知道写点儿啥，反正我没写。后来慢慢开始写了，没到北京城以前我就开始学文化了。

最开始这一块钱都怎么花呢？哎呀妈呀我总共一块钱，花了五毛钱买一支派克笔，钉个本子，练习写字，学文化，64 开，不大点的小本子，买那玩意。结果五毛钱买的一支派克笔刚买回来还弄坏了，心疼得要命！刚买回来的洋玩意儿，咱们对这玩意是外行啊，有钢笔水，但是不会往里面灌，整不进去。我就使劲想把那笔胆给撸下来，灌满水再给整上去，结果一下把那里的胶皮管给整坏了，整坏了以后，再装水它往外漏，我就拧，拧它还渗，我再拧，一下把螺丝给拧断了。之后只好买铅笔用，那个派克笔就扔了，拉倒了，那时候心疼啊。五毛钱，那是我买的第一个大件。

以后一直到广西，到湖南快进广西了，改成大洋，一人一块钱大洋。原来给的是纸币，纸币花没有了就给那玩意儿。人民币到湖南、湖北还行，都用那玩意，人家也认，到广西就不好使了，就使那个大洋。大洋给了三个月的，一个月一元。宝贝啊！宝贝似的揣兜里。攒了三个月，三块大洋，一分钱都没舍得花。都攒着呢，经常怕掉了，包装着，走到哪里兜里都得摸一摸，看少了没有。赶到1949年12月从广西到广东，一月份买国库券，每人都得买，必须拿大洋。不拿大洋行吗，我说我没有钱，结果谁花没花、有没有人家班长、排长都知道，藏不住。我说那行吧，我买一块钱的。“不行！你有三块钱，为什么只买一块钱的？”班长眼珠盯着我的衣兜看，哪有什么秘密啊！我的全部家当都被他盯上了，妈的三块钱就这么全部买了爱国券，刚当三个月的大富翁，又成穷光蛋了。

我们从正阳门下来逛故宫，逛完故宫到颐和园，挺远，就走路，走了一天，晚上回来天都黑了。北海那块儿有一个白塔，我们都上那个顶上去了嘛。还有北海，看那个水里的那石头船。不对，那是颐和园，叫石舫嘛。我还记得故宫里头，还有崇祯皇帝上吊的一棵树，在煤山上，我们都去看来着。

到那故宫里头，我还出了个洋相。故宫里头有那外国进贡的一些钟摆在那里头，小鸟、小孩蹦啊跳的，那是玻璃柜子在里头，我探头去看，“扑棱”一下，差一点把玻璃给打了，把脑袋碰得挺疼，哎呀我的妈我出洋相啊，这把他们给笑得啊！完了他们就说：“你看脑袋碰破了、碰坏了怎么办？玻璃打了你糟糕不糟糕？”给我弄得很不好意思。

我们在那闹了个笑话，很多旁观的人都笑。有两个学生，一男一女也在旁边笑，他们也是来故宫参观的，看什么呢，不是看文物，就是看我们这些兵。好奇啊，第四野战军，出战斗英雄的主力部队，可牛了。也像现在这年轻人追星一样，他们也追星，追着想参加，但是又搭不上话。这一看我把头撞了，他们就来搭话，还挺腼腆的呢，问：“你们这部队还要不要人？”

我这边揉着脑袋，就说：“当然要了。江南还有国民党没消灭完呢！像你们这样有文化的洋学生，我们部队可需要了。”

正好指导员王坤也在这呢，一听他们要参加，很高兴，一问，还是北京大学的，大知识分子啊！那到了部队里，都是宝贝，都得留在军部用，这文化人我们下面部队可摊不上。说完了，他们就去报名了，后来一直跟着南下，还带了不少同学来参军，大学也不念了，自己给自己毕业了，跟着我们跑了。

50年代艺术照

到故宫去看去，后来说故宫里面皇帝的宝座都有人上去坐坐，传达纪律说那不允许。那随便坐行吗，军队讲的就是纪律，哪能动哪不能动都是讲严格的，不让随便坐，那都是封着的，都拉起线来，我们一个跟着一个参观，像学生一样。排着队走，反正走马观花，就这样走一趟拉倒了，走哪儿都看一下。像咱们没进过大城市，北京什么样，这回不是终于见到了吗？

我们连里也没有几个比较明白的战士，哪儿都知道的，大家都一样，没见过什么大世面。像解放过来的国民党的兵，他也没有到故宫里面看过的，国民党暂3军，13军还是暂3军来着，记不住了，在我们那补充好几个呢，从南方过来的，也都没有上过北京。反正我想着看了很多地方，一条线沿着去的，还去了北海，那个白塔那里也去了。也没照个相，那时候哪有钱照相，看一下就不错了，就挺高兴了。后来到广东，从广西到广东，在那学文化，1952年才开始照的相，以前都没照过。照完相主要就是给家里寄回去，给爷爷奶奶看看，这个人还在外面跑着呢，活着呢，证明一下子。

最后晚上从颐和园又走回到那个正阳门火车站，上火车回去了。走一天，起早走的，天不亮走的，天黑才回来。

第二次去看戏，看京戏，整个全团去的。大戏院子里，长安大戏院嘛，边上全部是木头的，柱子都是木头的。我们一个团整个都去了，演的什么玩意我不知道。我坐在哪里呢？戏园子边儿上有一趟走廊叫包厢，我们排都坐在那里，下面都是满的，我到二楼一看，我们那还是高级位子呢。也没看懂，谁知道演啥玩意儿。以前在家那时候看过一次演戏，不知道什么戏，就是凑热闹，东跑西跑，在走廊里跑来跑去的，很嚣张，很开心，当家做主了嘛，能看上戏了，这什么生活！

我们班里其他的战士有能看懂的，南方那些老兵都看懂了，很多人都看得懂。有些兵以前在抚顺、本溪做过劳工的，这些老家伙都会唱，跟着台上一起唱，有板有眼的。我们几个，小宋、小马看不懂，也坐不住，跑来跑去，看热闹，会看看门道，不会看看热闹，就是那样。

看完晚上回来一说，什么戏不知道，谁演的也不记得了。是不是梅兰芳啊，还是马连良什么的？另外还有两次到长辛店，去洗澡，这么着全团全连都去洗，水好大的臭味，我们都洗，大堂子里。这土包子终于进城了，进去了，满满的一个挨一个，都洗去。我还是第一次去洗那热水澡呢，挺热的，气味也不好闻，熏死个人！洗过两次，卢沟桥那里没有，得到长辛店去洗。

第十六章　伊承堂被枪毙了

在北京这一段就这样过去了，一仗没打，一炮也没放，看了一场戏，洗了两回澡。

我们3月16号开始南下，南下那天晚上，晚上开会，指导员王坤讲话。我们到那去以后，天天早晨跑步，每天晚上必须得烫脚，都是公开讲的，准备南下。指导员王坤说："到那去，路途远，脚打泡，血脉不通，必须天天烫脚，今天晚上每人都好好烫烫，明天我们跑步，多跑一点，锻炼锻炼。"

还没说这就南下呢，只当是出操锻炼身体。结果班长他们都知道什么情况，倒热水烫脚，都烫一烫，班长张东青说："早点洗，明天早晨早点起来。早早备上马，准备跑。"

我们平时早晨跑步马都备上走。结果第二天早晨起来以后团长讲话，今天是正式南下，行军，每天走不多，走30里路。为啥呢？检验检验，看一看有什么问题，到那以后马鞍子好不好，马备好了没有，脚打泡没，累不累，情况怎么样。下午1点多钟，30里就走到了，反正走8里路休息10分钟，走8里路休息10分钟，就那么走。

到那完了以后，指导员王坤讲话，问："大家说不累？""不累！"我们一齐喊，大声喊，情绪挺好的，整搞的。还唱歌，我们站着队伍，横平竖直的，老百姓围一大堆，跟那就看。这时候反正已经往南去了，还是河北嘛，北京城走了，北京前面30里，一共离北京60里路了，那时候。完了紧接着南下就走了，就是开始了。

南下到第一个大城市是到的哪儿呢，石家庄。对，石家庄、邯郸，我们走得晚，前头部队走得早，我们这走的时候都没有敌情了，边唱歌边走就南下，反正走很多城市，我记得走过好几个地方都有城墙，就没进城，从城墙外走的。绕城走过去的，那城墙也是大砖砌的，像北京的长城一样的大砖砌的，走挺远下，还有护城河，记不清了那是哪里。

从那开始住到新乡，从那走到洛阳。关羽的坟还有看的，那里摆了很多石马石人的，好大一片，关林，反正是那一大片，那片地方好放马，我经常牵着马到那去放去。从前在家里听老人说古，总是听说关公多么忠义多么勇敢啊，现在终于到了他的坟前了。据说是关羽的头加上黄金的身子，曹操给埋的，这么多年了，那些偷坟撅墓的都没来动过，历朝历代打多少次仗也没遭过兵火。我就想，人啊，这一辈子，当兵就得当这样的兵，像关羽一样去战斗。

新乡解放后，我们在那住一个礼拜。我们班柴智勇晚上站岗，枪打在他脑袋上，给打两半了，死了。他自己打的，死得真冤枉啊！他是国民党解放过来的，原来是52军的，打完营口分过来的。哪里人我记不清了，南方什么地方的。他是高小毕业，大知识分子，有文化。打完辽沈战役我们的兵力就比国民党多了，俘虏兵也不是都要了，挑肥拣瘦的呢。身体不好的不要，抽大烟的不要，兵油子不要，没文化的不要，起码你总得占一头儿啊。柴智勇也是穷人出身，家穷就念了六年书，下来了，然后被国民党抓了壮丁，送到东北来打内战，为蒋介石卖命，后来刘玉章52军从营口撤退，没都跑了，还被逮着一部分，柴智勇就是那时候解放过来的。他有文化，来了帮助我们学文化，就跟我们一样了，一点儿不歧视。他信写得好，会用词儿，文绉绉的，我们那时候也会写信了，但是没他写得好，老求他给写，人家写出来的信，念着就带劲。

那天晚上，我跟柴智勇一班岗，夜里大概2点钟，迷迷糊糊起来的。那地方刚解放，形势挺复杂的，解手的时候还得拿着枪，都没敢离身。那地方有潜伏的国民党特务，专门在夜里袭击哨兵，得防备着，所以还得配两个岗，一明一暗，挺警惕的。

晚上刚去换岗，子弹都是真枪实弹，顶上膛的。接谁的岗来着我忘了。我们俩一起起床的，往外走我还问他："大个子，你帮我写那家信没？"

他说："还没顾上，给副排长写了一封，给小宋写了一封，给班长写了一封，连着写了三封信。累了半天。"

"马屁精！我要是当个指导员，你是不是第一个帮我写？"我还跟他开玩笑呢。

"小孙你怎么这么讲话？都是战友，革命同志。"柴智勇紧解释，说不是故意不帮我写的。

我说："那好，今天你帮我把这家信写了，就算拉倒。我就啥也不说你了，否则就叫你马屁精！"

柴智勇个子大，能有将近一米九的样子，比我高，在我脑袋顶上敲了一下，算是一言为定，我在他屁股上踢了一脚，这样就算是签约了。上次他帮我写过一封信，寄回家后，我爹回信表扬我说，文化学得不错，字也漂亮多了，我想让他再写封有水平的，多用点儿词，哄老爹高兴一下，不是显得自己进步了嘛。

到那换岗完了以后，枪就接过来了，我们当时站岗背的是国民党那个老美的“趴管”步枪。枪都挺好的，在北京的时候开始是日本的三八式，那个枪太长了，很不方便。趴管有两种，大趴管，小趴管，我们炮兵都是用的小趴管，比马枪还稍微大点，就这么长，不是电影里那种小马枪。日本是用马枪，骑马用的，那也不是炮兵用的。柴智勇抱着枪在一个土墙门在那，在那站明岗，我在他后面两三米远一个墙角黑影里背着枪站着，我是暗岗。俩人不能挨在一起，得拉开一点儿距离，他还跟我说了一声：“小孙，你看着点儿，我到旁边去撒泡尿。”

我说：“你小心点儿，没准儿有特务。”

柴智勇答应一声，就听见他解手，哗地撒尿，结果枪往地上一放，滑机了，走火了，“铛”一下。我过去一看，完了，已经死了，下面还在尿着呢。子弹正从下巴这里打进去的，从头顶上打出去的，脑袋打两半了。听见枪响，连长邵恩宽就来了，我就报告说：“柴智勇起来以后，没等解手就去站岗了，刚到那把枪接过来了，去解手，一下就响了，把自己打死了。”

把连长、指导员他们给气得啊！气也没有用，枪走火你能怎么办，还能说以后上岗都不带枪、子弹不准上膛了？我觉得关键还是咱们这帮人摆弄枪不行，炮兵，成天研究炮的，偶尔拿个枪就外行。所以后来我再遇着拿枪的机会，非常小心，也下心思去钻研，后来我冲锋枪使得好，打得准，跟这件事有关系。

为什么给他弄一个烈士呢？因为他倒地死的时候，裤子解开了，有尿，没有人会边撒尿边自杀，没有这么干的。另外他不是一个人站岗，两个人，两个哨嘛，知道他去解手嘛，不能算自杀，我就在身边站着，我能证明啊。

在那住几天，住了一个礼拜，找了个大棺材，把柴智勇给埋了。前面解放以后，部队急于前进，就继续往南走了。我刚当兵的时候，部队成天说的是“打倒卫立煌，解放全东北！”进关就是“活捉傅作义，解放全华北！”南下说的是“打过长江去，活捉蒋介石！”什么时候都有一个标题。围绕这个主题开展工作，打仗、动员、做政治工作，让大家鼓足士气，那时候士气真高。

刚开始当兵打仗，什么都不知道，就司令、军长知道要去干啥，这兵跟着走跟着打就行了。后来就不一样了，每一场到哪里，具体怎么干，每一个兵都给告诉清楚。这就叫政治工作做到家，不但要知道为什么打仗，还得知道打哪里、怎么打，都知道。

行军打仗，1949 年南下这一段路，哪个兵家里有点什么事情，思想波动的，马上党员小组长都知道，马上汇报，马上给你做工作。我想起 1948 年去辽中县，打完了往回走，在半路上，我就说一句话“他妈肚子饿的乔叫唤的”，这正常嘛，大伙都饿了嘛。晚上到那去，刚住下，班长张东青马上找我谈话：“小孙，你怎么样？”

我说：“挺好。”

"累不累?"

"不累。"

"饿不饿?"

"不饿。"

"不饿你在路上你喊肚子饿?说饿够呛,乔叫唤的!你这影响多不好?你怎么不能鼓励大家呢?肚子再饿也要坚持,要打仗!你怎么不这么样说呢?"

我说:"我不会。这么有水平的话我怎么说得出来呢?"

你看,就一句话,找我谈,批评我一顿,哎呀,真是的。那时候有点事情,你一说话,马上就给反映上去了。尤其在打仗的时候,那都互相鼓励啊,没有说谁怕死这个那个的。我们连指导员王坤、连长邵恩宽,政治工作做得都挺好,各个班里都有骨干,小组长,党员。1948 年 3 月份在刺榆陀住,党的公开整风,整党,给党提意见。

在那之前党员都是保密的,谁也不知道,从 1948 年公开的,然后才知道谁是党员,谁不是党员。我们的副班长"海南羊"是个党员,老兵,岁数挺大的。后来搞政治学习,你看工作多细致,有什么思想暴露出来,给你一个个解决,大家辩论,群众自己教育自己,天热怎么办,蚊子大怎么办,虫子咬怎么办,下雨怎么办,大伙考虑都说不怕,死都不怕,热怕啥玩意,蚊子怕啥玩意。

就这么直接南下,走到河北、河南都挺好,挺顺利,情绪高涨,就是走到河南南边到湖北北边,两省交界这么个地方,天天吃那什么,烙的煎饼、小米,大伙儿吃得不太习惯,吃着顿顿小米,一吃饭就发愁。到了湖北就开始吃大米了,河南不是没有吗?那时候感觉挺高兴的,吃上大米了。原来在东北时候吃什么?吃高粱米、苞米茬子、苞米面大饼子,净吃粗粮,也有小米,少,大米一个月能吃一次两次的,10%还是百分之几,有比例的,东北那时候不产的。

像咱们家乡那时候,咱们堡子里除了咱们家和孙永奉家有点稻田以外,剩下谁家都没有稻田。庐上,老孙孙殿堂他原先在咱们后面有点稻田,后来全部改成种豆子、高粱了。咱们原来西边那一片我记事的时候都是芦苇,后面都是野生的芦苇,挖呀,把根拿掉,那玩意儿根窜得很厉害。后来后面地里老孙殿堂光着膀子,穿着裤衩,拿着锹,一锹一锹挖,挖成沟,放水进去,垫高了,种点黄豆,种点高粱,费多大的劲!因为你要是种稻子,芦苇那玩意儿一窜根,你拔草都拔不干净,收成还低,一亩地能打一两百斤都完了,所以很少种那玩意。还有一个就是,满洲国规定老百姓不准吃大米,吃了就是经济犯。你说谁没事儿扯这个,那不等着叫人家抓坐牢吗?从湖北那开始,才真正吃上大米。

但是进到湖北以后逐渐热了,天热了,还没有蚊帐,天还下雨,结果行军就比较艰苦,比较累了。一人给一个夹被,晚上到那以后,你说这被子盖又热,不盖还凉,晚上,不盖吧,蚊子还咬你。怎么办呢?只有钻那里去,把这被子套在头上，这块用棍支着，怕蚊子咬，另外糊在脸上还热，还得留点儿缝喘气儿那么整搞的。那衣服穿的，汗气味可大了，黏糊糊，越黏糊汗气越大越招蚊子。

进入湖北以后到什么地方呢？我们在武汉北边有一个地方叫作黄陂的，在那住了几天，还开一个公判大会，毙了咱们的一个兵，叫伊承堂。

伊承堂也是咱们庄河人，伊店的，跟我一起当的兵，当时还不知道出事的就是他，后来听1营的步兵说起来才知道的，比我大1岁，19岁。他当时在1营1连，晚上住老百姓家，擦枪，弹夹卸下来了，枪膛里还有一发子弹，他不知道，也没注意检查，一下走火了，从东屋走火，打到西屋去，把人家老太太给打死了，也就那么巧，两层墙都给穿透了。那家人肯定思想也挺反动的，对咱们不满，家属，他儿子、姑娘都不让了，儿女闹上了："不行，非要偿命不可，把我们老太太打死了！"就到团部去闹，其他群众、地方干部去给说情，也不行，他们家聚集了一帮人，闹。我们政委去处理的，政委说："我们那战士不是故意打的，死了他赔偿，给你钱行不行？"

"不行。杀人偿命！"那家闹得可凶了，一分钱也不要，就要你偿命，闹事儿！最后没办法，开大会，公审，就把伊承堂给枪毙了。从东北跑到湖北，一路上打着国民党，解放老百姓，最后老百姓就这么对待他。多冤枉！挽救群众影响嘛，不得不那么做，他妈的！

枪毙伊承堂是团里开的大会，公审大会，挺痛心的，钟团长还掉了眼泪，枪毙自己的兵，不得不那么做。开公审大会的时候把伊承堂也带台上去了，当时他没哭，下面有的战士哭了，不少哭的，因为他这不是有意的，不是故意犯罪。他也是苦大仇深，也一个穷人家孩子，大老远走到那给毙了。

7月2号过武汉，那天原来我们穿那个半截袖衣服，裤衩子，说换新衣服，新衣服穿在身上格外热。为什么？说林彪在粤汉码头那，在楼上，要检阅第四野战军。动员，走步要整齐啊，化装要一致啊。我们都新军装套上了，走那去了。赶走那一看，天挺热，林彪才不在那等着检阅呢，他可能检阅个别部队，像41军、塔山英雄团，有名称的，有头有脸的部队。检阅一个团两个团的就了不起了，他能跟那站一整天检阅？我们还跟那傻乎乎地等着去检阅呢。

天气开始热了，都中暑了，武汉的7月初，那就是火炉啊！我们都看见快到武汉了，城边这边的炮2师都是8匹马还是12匹马拉1门野炮，那大洋马，走着走着路，"哢"一声就倒下来，倒下来鼻子就出血，天热的，马也中暑，完了，就不行了。完了以后那驭手哭一顿，拿去就埋起来了。坟头上立个碑，写着"可爱的战友""无言的战友"什么的，有木头的，也有石头的。

晚上我们就住在大道边，天热，睡不着觉，就看见老百姓去偷死马，挖出来吃马肉。我都想着，当时看得挺清楚的，老百姓都穷成那样、苦成那样了，你能怎么说他？很艰苦的，天热，太阳晒，又下雨，蚊子咬，这几大灾。我们住在汉江边儿，在那早晨两三点钟到的，到了下午在那休息一下子，上午挺热的，我想到那去之后，弄点饭吃。吃完饭了，叫我牵马去挂马掌，我就牵着小黄骡去挂马掌，挺远下的，我就去了。

我去打马掌那地方有十来里地。挺热的天，花钱打的，多少钱来着，反正是那时候还是人民币，有个几毛钱，我们每月发的钱都用不了，就给小黄骡子用了。后来才发马掌，开始没有马掌，后来有了，我们拿的马掌找那去加工的，人家帮着整的，没花多少钱，一个60多岁的一个老头儿给钉的马掌。那本来就是个钉马掌的铺子，在大道边上，人家老百姓告诉的，在什么地方有那玩意儿，我现去的。

钉马掌，去没什么事儿，牵着就去了。回来它不干了，那马也累得够呛，也怕热，我在前面牵，它就不走，我得按时归队啊，回去我说牲口不走道，所以我迟到了，那也不是个理由啊！说几点回去，就得几点回去，这事儿含糊不得。它不走，我气得就拿嚼子勒它嘴，那么整。

你说这个小黄骡子半道上不走了，它气人不气人？要不怎么叫“土匪”呢？我上去骑着它还不让骑，它不让骑，我就来点火儿，后来就那么勒着弄回家去了。回家去我也没看，我也不知道。人家都吃完饭了，给我留了一碗，我自己在那吃。小黄骡子嘴出血了，我还不知道。我们负责喂马的是那个老卢头，我在那吃饭呢，他悄悄问我：“小孙，那马你是不是用嚼子勒它了？”

我说：“它不走！我着急归队。”

老卢头说：“那舌头就剩一点了，都快断了。它也不吃草，我扒嘴一看，舌头两边全部勒得肉都掉了，剩当中一点还连着了。”

当时我吓够呛。那是没知识，不知道，那嚼子是三个，这一勒那嚼子带护劲的，他妈的整搞的，完了以后挺后悔的，我的小黄骡子，他妈的整搞的。又不敢跟医生说，成天到地方就盯着它看，喝没喝水、吃没吃草、还能不能走了？后来那马还活下来了，慢慢又长上了，它舌头长得挺快的。在那做了这么个错事，我脑子始终是想着的。

这小黄骡子平常挺老实的，听话。这次调皮就是累了，天热的。都养了那么长时间了，有感情了。平时我牵那里站着，它老老实实动都不动，完了背炮弹，也不尥蹶，走路累了有时候我拽着它尾巴走，上山爬坡它走不动我就拱着屁股推着它走。出了这回事，以后对它可好了，这个小黄骡子，每天给它洗洗涮涮的，可用心了。

这时候我们那个班从北京出发走的时候是14个人，赶到武汉的时候就剩下10个了，他们4个人有拉痢疾的，有发疟疾的，有感冒的，掉队了，都到武汉北边什么城市，孝感还是什么的，住院去了，就是走了。这样班里事情多，人也少，到目的地遛马的、做饭的、弄水的、扫院子的、铡草的，就困难了。本来都是分工明确的，一个人干一样，现在就得一个人干两三样了。这时候我身体好，那么些人病了、热了整搞的，我一直没病，身体挺壮，我一人牵两匹马，走路上，我还是骨干呢。一到下午吃完饭了，就去遛马、涮马。现在我也搞不清楚，到武汉那么多年我也没去问，从长江上面高 10 度砌一个大坝，那水很少，从坝顶上牵马过的叫什么江，汉江还是什么。

上面有石头坝，我们看到船上老百姓还打鱼呢，搞这个网拽，用大木头竿子，大竹竿子拉着。完了以后往粤汉码头走，汉就是汉口，粤是广州，广州叫粤嘛，粤汉码头，我们都往那走了，边走边看。

走粤汉码头，就得晚上走了，白天太热啊。往那走的时候一看那路边上路灯挺亮的，好多部队都在那休息的，有跟那坐船过江的，人多，得一船一船过啊，没上船之前就在那休息整搞的。我看到什么心里挺难过的呢？装棺材，就是中暑热死的，一大溜啊，成百上千的棺材！老百姓抬啊，有四个人抬的，有两个人抬的，两个人抬，就弄个大长杠子，前面一个人后面一个人，中间就一棺材，就是咱们的人死了的。打仗都没死那么多人啊，不打仗，得病的、热死的，就找个地方埋起来了，往哪儿抬也不知道了。

就是准备坐船的，走到那里，就地就死了，白天，整那里去了。还有的死了摆在那里头，没来得及装棺材呢，有的老百姓还烧香烧纸呢，就是咱们死的那些烈士，哎呀，当时心里非常难过。死的非常多，还有一些走不动的，坐在路边、躺在路边，等死，有的就死了。在那没等过江的，准备往后方转院的，死的活的，半死不活的，一片一片的，在江边，那天可惨了。

当时看到棺材有几百个，躺在那里头没来得及装殓的也有上百个，不少。躺地下的，有的死了，有的没死也快了，有的死了老百姓还给烧纸，烧香。到那去的老百姓、那些处理的人也都是一些地方干部，一些骨干，就是群众，那时候可能是地下工作者什么的。我们一直等到晚上 10 点多钟，轮到我们上船了。

这就上船过长江，轮船。上面挺宽敞的，轮渡。一船能装不少人，反正我们一个连都上去了。我们一个班 14 个人减员 4 个，我们一个连原来是 160 个人，减了 20 多个。现在搞不清楚了，到底死了几个。因为后来我就没在 154 师了，从湖南以后我调到 41 军炮兵营去了，反正到广东以后，过年的时候全连在一起吃饭，死的人名写上，整个牌位，搞点饭菜，供着，吃着年夜饭，兄弟们哭了一气，那是后来那个部队的事情了。

附录：水土不服是四野南下最大的敌人①

南下行军两千余华里，一脚踏上江南的红土地，老天爷和土地爷就成了四

---

① 转引自《枪杆子：1949》，张正隆著，人民出版社，2008。

野最可怕的敌人。

而在此前，各军、兵团雪片样飞向四野司令部的，则是"热死人"的电报。

1949年7月16日，"林邓肖赵"在给军委的《可否将长裤改短裤》的电报中，开篇就是"因南方死热……"

7月23日，林彪、邓子恢、萧克等人在给军委的电报中，有这样三段：

"一、38军7天内发病3400名，其中疟疾占50%。39军行军中，一天即中暑500余人，又在5天内仅疟疾病员即发生645人。

二、15兵团（主要43军）现有病员万余名，仅4日至13日的9天中，即减员4536名，其中热死25名。48军161师3天中发生病员800余。43军127师15天的行动中，非战斗减员为1839名。有不少连病送医院占1/2。以上均系零星反映材料，实际不止此数。21日41军渡江南下，据称沿途皆是病员（多系中暑）。

三、4兵团此次行动以来，热病7000余人，马百余匹。"

41军7月下旬进武汉，正是热的时候，毫无防暑准备。之前在乡下行军，走不动了可以拄根棍子，也不讲究军容风纪，跟上队伍就行。这回进城了，烈日当头，全副武装，队伍整齐，不解风纪扣，也不准到路边茶水站喝水，那队形不就乱了吗？那是支好部队啊，和我们40军是南满的老战友。武汉有句话："紧走慢走，一天走不出汉口。"那平光光的大马路也真的难走了，几百人中暑，一些人走着走着就昏倒了。

宜沙战役还没过江，就有中暑的了。开头扶着架着还想带走，后来越来越多弄不过来了，再说那是追歼战，时间耽误不得。都是新区，没有地方政府，许多地方周围还没有人家、村庄。就把中暑的人抬到路边树阴下，几个人，或十几个人一堆，尽量集中些，在那儿躺着，把姓名、部队番号写张纸上，放在背包上，等后边部队收容。

1949年7月25日，14兵团政委莫文骅、第一副司令员黄永胜、副政委兼政治部主任吴法宪，在给"各军转各师炮团并报野司"的电报中说：41军近两三天之行军病亡50多人，病者达3000余。

7月31日，40军在给"兵团并报四野"的电报中称：目前我们病员全军共大小病五六千人无药治疗，后方药品款子未送上。

8月17日，四野部队江南休整期间，四野司令部一处（作战处）队列科，在《七月份野战部队发生病员及病亡统计表》中，有这样一些数字：疟疾21410，中暑5360，腹泻5522，肠胃病3591，痢疾3510，感冒3724，皮肤病、下部溃疡、下肢浮肿、湿疹等等9449，总计52566人，其中病亡652人。

而在半个多月前的一次调查中，仅30个步兵师的病员总数即达10万之众，有的部队已经超过一半。

第十七章　孙德宽死在了湖南

过完江以后，住在长江南岸那地方，叫武昌，叫南岸武昌。在武昌住了三天，在武昌发一顶蚊帐。不是蚊子咬得厉害嘛，一人发一顶蚊帐，发一个斗笠，就是这么老大这么玩意，是油的，发一块油布，就是那布用桐油油一下子，铺在地上可以睡觉，下雨还可以蒙着。另外每人发了几个治打摆子的药。焦黄的叫金鸡纳霜还是什么的，就是预防，有打摆子的有没打摆子的，我们军里拿黄金到德国买来的，那时候咱们国家还没有，都是外国的，托人买来的，预防打摆子。

在武昌住了三天，休整了，发一些东西，晚上睡在一个小圆顶帐篷，树上一吊，底下一弄，这就好赖不遭罪了，底下有油布铺着不潮湿了整搞了。晚上睡觉不仅蚊子不咬，天热也能睡着觉了，要不睡不着觉，一捂一身汗，那个艰苦！

这是我第一次用蚊帐，嗯，第一次，以前没看见过那玩意，咱们北方也没有啊整搞的，那个高兴劲儿啊！从那以后，因为天太热了，全部改为晚上行军，白天休息。走了几天，这一段挺好的。走到接近湖南了，这一段昼伏夜行，躲避高温，晚上行军到天露晓，经常马啊、人啊掉到稻田里头，走得太困了，快天亮时困得不行，跟倒时差似的，很难受。马驮着炮，一踩稻田埂那稀泥巴，一踩一哧，马倒里去了，完了以后很难再把它弄起来，得全部卸掉，重新备鞍子。一晚上小黄骡子不知道要摔多少次！天亮一看，它还没怎么样，我整得跟个泥人一样，一身稀泥巴，都干巴了。再一个晚上行军，渴了没有水喝，啥也看不见，每个班里给一瓶子醋，每个人给了一些大蒜，都分到个人手里，还有拉肚子药，每人都带着。

这个不是每顿吃，晚上、夜间走路的时候，渴了喝水，就喝稻田地里的水，走到路边听到水哗哗响，就是稻田地里的水。它从这个稻田到那个稻田之间不是高高低低吗？有落差，水来回流着。到那以后就把水壶灌上，完了走着渴了就喝，喝完了以后吃一瓣大蒜，杀菌。实际上南方种稻田都浇大粪，那还有好啊！蚂蟥喝肚子里也不知道。

另外醋呢，把水里面倒点醋也杀菌，你单喝一点也行，都是防止拉肚子的，杀菌用的。这是一个喝水的问题，一个是走路难，两大难题。走到湖南没怎么打仗，前头部队已经打完了，剩下的白崇禧的兵不就撤退了吗？

我们那时候行军基本上以团为单位，事先给你划成路线，你这个团从哪条路走，继续前进，平行前进。有时候是以梯队前进的，根据地形条件、当时敌人情况来定。有时候我们到了一个城市，当天白崇禧报纸还在说把第四野战军歼灭了多少多少人，说我们后退了多少多少公里，都有番号呢。第二天报纸还在出，但是已经被咱们接管了，这回说的就是把国民党消灭了多少多少、前进了多少公里了，两边都说自己打了个大胜仗，看你相信谁的吧。反正整个南下，我觉得也没打什么大仗，基本上没打着敌人。

走到那叫醴陵的地方，在山根北边，醴陵山顶上有一个路很宽，像汽车路一样的，过去修的。在山的这边，我那大爷孙德宽拉肚子、中暑，就不行了。那天晚上正好我站岗呢，我看连部挺忙乱的，都急急忙火、走来走去的。我预感到出了什么事儿，干着急，心里就想，是不是我大爷出事儿了。赶我下岗了急忙跑去问："出什么事儿了？"

他们说，老孙德宽死了。病死的，这一路上不是都有病吗？四野南下，病死的比打仗打死的多。他在那当司务长呢，原来是上士，上士以后提升到司务长，他有点文化，当司务长。我到那一看，完了，人已经咽气了，要是我不站这班岗，本来最后还能见上一面！在那哭了一气儿，他当兵以前不务正业，基本上是个二流子，被他老爸拿镐把子撵着打，老是在我们家混吃混住，我爷爷不待见他，老呲他，也算是我们家的一个人吧。后来总算当上兵了，还提拔当了司务长，大烟戒了，也有个人样儿了，到了湖南可就没过得去。完了连里在老百姓家买一个大宽棺材就给装敛了。孙德宽戴一个表，还有一支钢笔，连里都拿去了，没给他带走。

完了以后那天早晨，把我大爷孙德宽装棺材里，在那山根底下挖个坑，埋上的，前面立一个木牌子，写上字，是"解放军孙德宽之墓"，下面写单位，"中国人民解放军 41 军 154 师 462 团炮兵连"。牌子挺大，我给埋上、插上整搞的，好顿哭。埋完了孙德宽之后我们就出发了，在上边走。从那山上，上山到下山走了一天。

我们继续前进，还没过长沙，那晚上下大雨啊，我们这一晚上才走了 7 里路。到天亮一看走过去、转过来、走过去、转过来才走了 7 里路，在原地打转了。

下雨了，打雷，路也看不清，看不见。走，转了一个圈，当时往师里电台联系，那天晚上也没联系上，团里也没联系成。路上就遇到这么一件怪异的事情。

有一天正在行军，走半路上看前面路边站着一个人，手里拿着介绍信，等着呢。连长邵恩宽走过去，他喊"报告，敬礼！"说是从师里派下来的文化干事。然后跟上我们队伍行军，我老远看着面熟，试着喊了一声："伊承周？"他答应挺快，回头问："谁叫我？"我一看，可不是嘛！那个逃婚跑了的伊承周，怎么在这遇到了！他就说了，当时跑到庄河就去报名参军了，也在辽南独立第2师，一直在师里当文化干事，这次是下来基层锻炼，特意跟师长要求的。到我们连来，他都知道，我们这个连，基本上都是庄河出来的兵，熟人多着呢。

后来他跟我们唠嗑，自己就说了，实际上逃婚之前早就计划好了，跑到庄河当兵去。到那一说这国高毕业的，高科技人才啊，部队给当成宝贝了，左叶师长非常高兴，留在身边当文化干事。他在庄河县城里住着的时候，上街遇见我们屯子的二鸭蛋了，就是大鸭蛋的弟弟，姓张，就让他给捎一套衣服回来，跟家里说一声，自己在辽南独立第2师师部当兵了，家里别惦记了，那个没结上婚的新娘该改嫁改嫁，该干吗干吗，就别等了。

我们就告诉他，这个二鸭蛋做事不地道，把捎的衣服给瞒下了，也没告诉人家，更没把该捎的信儿给捎到，伊承周他们家多少年都不知道他的下落。这一见面挺亲热的，从小都在一块儿玩嘛。还有伊承祥，当时在连部当通讯员，见了面也高兴得要命，整搞的。他们是堂兄弟，按理我都得叫叔叔的，在部队里不让叫，我把他们降了一辈，当兄弟看。

以后快到长沙了，行军一路上也挺顺利的，没有多大事。我他妈来事儿了，一开始就是腮腺炎，走路边走边疼，边吃药边消炎，它也不下去，完了最后鼓了。在过长沙头一天开始出头了，流脓了，鼓大疖子。腮腺炎，身上发高烧，那个卫生员来给我整搞的。连里两个卫生员，那个老家伙卫生员是日本的，在日本干过卫生员，日本投降后到国民党又干，解放以后又到咱们这干，三朝元老，40多岁，他年龄大，以后又有一个小的跟他学习，培养一个小卫生员。

老卫生员的名字记不清了，姓田中，说话口音跟东北人一样。他到过黑龙江佳木斯，给日本鬼子干的时候他到那待过，有时候他也讲。这个人思想意识不好，连队战士对他服务态度有意见，有气，有时候告他的状。连里也知道，像这样的人慢慢改造，日本、国民党那时候他都干过的，为我们服务就是了，那时候缺医少药不是吗。

我被这大疖子折腾惨了！天天上药、吃药的，还疼，好不容易等到它出头了、冒脓了。完了以后那天晚上过湘江，那天晚上过的时候有风，这个马上船走跳板，踩那个船左右晃，我都记得。我除了牵马以外还背着两发炮弹，一个小机帆船，一个连上去了，连人带马都上去了，结果人有点儿多了，超载了。我靠着船边刚坐下，把两炮弹放船边上，结果后面上来的马一跳一踩，船一歪，一下掉水里去了，炮弹掉水里了我就赶紧喊："报告班长，炮弹掉了！"

班长张东青问："掉哪儿了？"

我说："掉水里了，能不能捞上来？我下去找！"

班长说："那深下！那上哪儿捞，掉就掉了就拉倒了。你别再把自己掉江里出不来了！"

两发炮弹就这么扔那里了，挺心疼的。第二天早晨，过了长沙，到金井，我们师部住在金井，我们住那个地方叫什么名字我都忘了，一个村庄。晚上到那去的，连部和我们1排相距能有300米，连部住下以后我们1排又往前走，过一个小漫山。小漫山这边是砌的墙，这边一条小路，晚上小黄骡子驮着炮弹，它碰了一下那个墙，又来劲儿了，非想往里挤不可！这个"土匪"，你牵着它退都退不回来，挺气人的，整搞的，把我给累够呛，还发着烧呢，哪有力气整它？

它这个路在墙边，实际挺宽下，能有1米多宽，骡子的特点就是这样，哪碰上以后它不躲，硬往上倚，它就是这么个毛病。本来就有病，又跟小黄骡子较了半天劲，还不敢再勒它，我就发烧了，疼，给贴的膏药，拔脓，卫生员来了整搞的。第三天就开始打摆子，原来发烧，烧还没退，这时候一会儿热了，一会儿冷了，把那折腾的啊，真他妈够呛。

一天两次，6个小时冷1次，6个小时热1次。热1个多小时，冷1个多小时，完了能好一些。我们班里这些人，一路上病了不少，你看走武汉火炉那么热，走其他地方我都没得病，别人拉肚子什么的我都没有，到这把我给撂下了。

什么原因不知道，估计就是体质弱了，开始我抵抗力强嘛，挺好的。一路上把本钱给消耗得差不多了吧。就治吧，吃药吧。小军医、老军医都看了，都去了。这时候我们班里别人都好了，没病了，就我自己出这么个事儿。其他班排还有，晚上住的时候连里特意找了一家人家，让有病的单独住嘛，伙食特殊招待嘛，还有点好吃的。

这不发疟疾没好，痢疾又来了，拉痢疾，拉肚子，拉得稀里呼噜的，一点劲都没有了。这边还继续拉着呢，这几种病还都有呢，第四个病又来了，两条腿生钱疮，就是当中红的，起小红点，小红点有泡，都流黄水，然后那个圈越来越大，还往外扩。两条腿疼得啊！

那天中午身上出汗，发烧嘛，挺骚、臭的，我晃晃荡荡到路边去，路边有条小河，上边下来的水，挺清凉的，我去洗个澡，天热嘛。洗完澡完了以后坐路边上，我就搞那个干土往腿上去擦，往上扬，腿都是水，湿嘞嘞的。我寻思以前在家里，老百姓都说这身上坏了破了，弄点泥巴一糊还都好了，当时就想着，明天早上一起床,嘿,全都好了!

结果跟那一整土,第二天早上一看,还肿了,发炎了,感染了。我一个大爷,叫孙德权,他和我父亲岁数差不多,稍微大那么个一两岁,跟孙德宽是堂兄弟,也是一起当兵的,他在当炊事班长。我找他去了。

坚持挺了一上午,后来不行了,吃完中午饭了,我就去找他,炊事班长孙德权。我说:"大爷你看我这腿挺疼的,怎么整啊?"

我大爷给我看看,说:"你这边是钱疮啊,没有个治,什么药也治不好!"

就在这时候当地一个老太太路过,能有个50多岁,小矮个,提了一个木桶,系一个围裙,头顶上还蒙一块布,说的就是湖南话,也不知道是什么民族,提着个小木桶来了。她在那干啥呢?到我们炊事班来整涮锅水,泔水,她回去喂猪,老太太是干那个活的。她一看我这两条腿,肿挺老粗的,就教我怎么整,说话还不太懂,湖南本地人嘛。她就告诉说:"这个可以治,烧稻草那个灰,用开水烫,淋出来以后,就搞那个洗好使。"

我大爷一听,眼睛放光了,这些东西不用出去找,炊事班都有啊,忙说:"那好吧,把做饭那个灰扒出来。"

我就跟他去掏灰,搞锅里烧点水,用屉布淋,淋出水来完了以后,热乎乎的给我弄盆子里来,我就往腿上洗啊、浇啊、整啊。哎,能有半个小时,它抽抽皮了。抽抽皮是消肿了,不消肿能抽抽皮吗?原来发痒,老想挠它,现在也不太痒了。我挺高兴,看到希望了:"大爷,你看抽抽皮了,原来他妈肿的,锃亮的。"

我大爷孙德权说:"这法子好使!你晚上再来,连续整!"

这家伙,连续洗三天,把它洗下去了,钱疮没有了,消肿了。然后在那休整一个月,都没进广西。这是在长沙附近金井南边,当时我们154师师部住在金井,我们离师部南边20里路,住在那里的。军里头还给每个人发一块大洋、一斤豆油,慰问的,白给的,不要钱。说是要召开全国政协会了,准备庆祝。每个人还给一条毛巾、一双鞋。全国政协会议,这是建国前的准备了。开大会,钟团长给讲的话,鼓励大家一定要好好打仗。

豆油那就放在连里食堂吃了,因为身体消耗太大了,这回终于有油水了,要不就只能吃咸菜。湖南那地方人都喜欢吃那小咸菜,我们到那买一点,弄一点,就吃那玩意,再不走哪儿有猪,买一头猪杀了搞点油。

这一下,好事全来了,有吃有喝,发了钱,腿好了,疟疾、痢疾也都好了。我原在1班,现在不叫回1班去了,叫到哪儿呢?叫到连部当通讯员,连长邵恩宽看我身体挺弱挺瘦的,也是一种照顾吧。通讯员不是就不在一线部队了吗?不用扛炮弹了,但是小黄骡子还得牵着,多少能轻省点儿啊。

当上通讯员了,发了一支小马枪,不背炮弹了,省多少事儿啊!可惜刚当一个礼拜，又回去摆弄炮去了。原来连里有一个通讯员姓伊，叫伊承祥。他后来也回家了，1951 年还是 1952 年就回家了，去年回庄河家我还看见他了，他今年快 80 了，属大龙的，1928 年生人，大我 4 岁呢。

晚上睡觉，那家有一个上下的木床，我睡在底下，伊承祥睡上头，他睡觉也不知是困了还是迷糊了，拉尿拉我一身。我在下铺，迷迷糊糊的，还寻思下雨了呢。结果不是，是伊承祥尿床了，尿好大一泡，有这么一个事情。上次见面，我们还讲这么一段故事呢。

附录：衡宝战役[①]

解放战争时期，中国人民解放军第四野战军主力和第二野战军一部在湖南省衡阳、宝庆地区，对国民党军白崇禧集团进行进攻作战。

1949 年 8 月长沙和平解放后，人民解放军第四野战军主力和第二野战军一部挺进到江西省南部和湖南省东北部地区。由湖北省南撤的国民党军华中军政长官白崇禧集团被迫调整部署，将其主力 5 个兵团 11 个军 31 个师共 20 万余人退据以衡阳、宝庆(今邵阳)为中心的湘南地区，与华南军政长官余汉谋集团组织“湘粤联合防线”，企图在川湘鄂边区“绥靖”公署主任宋希濂集团呼应下阻止人民解放军南进，战况不利时再退向广西、海南岛或贵州、云南或逃往国外。其部署是华中军政长官公署及第 3、第 10、第 11 兵团部位于衡阳；第 46 军位于广东省乐昌；第 97 军位于郴县、汝城；第 48 军和第 7 军分别位于耒阳、泉溪；第 58 军位于衡山；第 103 军位于湘乡西南永丰(今双峰)；第 71 军位于宝庆东北界岭、青树坪一线；第 1 兵团部及第 14 军位于宝庆及其以北新化、桃花坪地区；第 17 兵团部及第 100 军位于芷江、安江(今黔阳)地区。此外，第 10 兵团第 126、第 56 军分别位于零陵(今永州)以东白果市和广西桂林；宋希濂集团第 122 军位于大庸(今张家界)、桑植地区，牵制人民解放军从湘西进军。

为歼灭白崇禧集团，第四野战军司令员林彪、第二政治委员邓子恢遵照中共中央军委主席毛泽东关于对白崇禧集团取大迂回动作，插至敌后，先完成包围，然后再回打的方针和部署，统一指挥第四野战军第 12、第 13、第 15 兵团和第二野战军第 4 兵团，分成中、西、东 3 路进军华南，同时发起衡宝战役和广东战役。参加衡宝战役的中、西两路军共约 40 万人。中路军以第 12 兵团部指挥第 40、第 41、第 45 军组成，自长沙、株洲地区南下，向衡宝地区白崇禧集团主力正面攻击，求歼其一部，尔后进军广西，配合东路军、西路军围歼白崇禧集团。

---

① 参见 http://baike.baidu.com/view/603136.htm。

留置湘东的第12兵团第46军、第13兵团第49军及暂归第12兵团指挥的第二野战军第5兵团第18军配合中路军作战。西路军以第13兵团部指挥第38、第39军组成，由常德取道沅陵攻取芷江，尔后沿湘黔桂边进军桂西，切断白崇禧集团西逃云贵的道路，完成右翼战略迂回任务。另以第13兵团第47军和湖北军区独立师留置湘西北永顺、大庸以南地区，牵制宋希濂集团，保障第四野战军南进部队的翼侧安全，并掩护第二野战军主力西进四川前的集结。此外，以经湘准备入川的第二野战军第5兵团部指挥第16、第17军集结于常德、邵阳一线为预备队，随时准备协同中路军作战。同时，以第4、第15兵团和两广纵队组成东路军，发起广东战役，歼灭余汉谋集团，封闭白崇禧集团的海上退路，并由第4兵团插向广东西部、广西南部，完成左翼战略迂回任务。

……

中路军第12兵团于9月中、下旬先后西渡湘江，集结于衡宝以北娄底至湘乡一线。配合中路军作战的第46军和第18军亦展开于安仁地区，牵制衡阳地区之国民党军。10月2日，中路军以主力分路向青树坪、永丰、白果市等地展开正面攻击，突破守军第1线阵地，守军第71军后撤。第12兵团遂派部队向敌后穿插，防其主力南逃。3～4日，白崇禧发觉人民解放军主力南下，急从乐昌、耒阳、郴县等地调第46、第48、第97军等部北上加强衡宝防线，企图会同原在该线的第7军及第1兵团迟滞人民解放军南进。第四野战军领导人判断，白崇禧集中主力似有在衡宝一线反击的企图，遂于5日令已进至衡宝线以北的中路军主力在现地停止待命；令西路军停止南进，由黔阳、芷江折向宝庆、祁阳之间地区；令第46、第18军西进耒阳、常宁；令预备队第16、第17军向衡阳以北渣江地区机动。准备在衡宝地区迎战白崇禧集团主力反击。

5日晚，中路军主力停止于衡宝线以北待命；而第45军第135师在急行军中未接到停止前进的命令，已楔入宝庆东南灵官殿地区白崇禧集团防御纵深，对其侧后造成严重威胁。6日，白崇禧集中五个师向第135师猛烈进攻。该师在极困难情况下激战竟日，将敌击退。此时，东、西两路军已分别逼近曲江（今韶关）、靖县，威胁广州、桂林。白崇禧发现人民解放军突破其“湘粤联合防线”左右两翼，并已楔入腹心，即于6日午夜令所属主力向广西方向撤退，改守湘南新宁、零陵、新田、嘉禾一线。在衡宝地区仅留第14军第10、第62师等部于桃花坪、宝庆间警戒，掩护主力撤退。7日晨，第四野战军发现白崇禧集团已全线收缩，即令第135师在灵官殿地区坚决进行阻击；令中路军疾速追击，第41军向新宁方向追击第71军，第45军向武冈方向追击第7、第48军，第40军分别向洪桥、白地市方向追击。另以第49军第146师向水东江追击，第145师向水东江以西追击；令西路军迅速占领武冈、洞口一线，堵击退却的白崇禧集团第

71、第14军；令第46军主力向衡阳、耒阳前进，第18军加速向零陵方向发展，第5兵团主力向衡阳、宝庆之间地区疾进。楔入灵官殿地区的第135师，连日英勇抗击数倍于己之国民党军的多次攻击，有力地遏阻了第7军等部的撤退。8日，中路军各部向白崇禧集团压缩攻击。第46军占领耒阳和衡阳，第49军占领新化。9日，将白崇禧集团第7军军部及其所属第171、第172师和归其临时指挥的第48军第138、第176师等四个精锐师合围于祁阳以北白地市、黄土铺地区。10日，集中第46、第41、第45、第49军从东、北、西三面展开向心攻击，激战至11日上午，将其四个精锐师基本歼灭（仅第138师师部率一个团逃跑），解放新宁、宝庆、隆回等湘南广大地区。西路军于10日攻占武冈，13日在石下江地区围歼由宝庆西逃的白崇禧集团第14军第62师。留在湘西北的第四野战军第47军等部，于14日发起湘西战役，进攻宋希濂集团第122军，16日俘其军长张绍勋以下5100余人，解放大庸、桑植两县，使湘西全部解放。此时，白崇禧集团大部已逃至广西。中路军于祁阳地区停止前进，战役结束。

第十八章　见到军长吴克华

准备进广西了，在易家桥那儿休整10多天，是永州市下面的一个村子。在那发棉衣，我和那个解放兵、湖南的刘挺清一起去的，他老家就在那里，忘了叫什么村了。他那时候不是说过一次“加差法”吗，救了我们全班。那时刚俘虏的，不让说俘虏，歧视，得说解放，好像是头一天才解放过来，一句话，我们刚转移走，人家一炮就砸在我们炮位上了。就是这个刘挺清，我们两人一人拿一支步枪去押运棉衣。在江边上坐船去的，因为小刘他老家就是那个县的，在一个江边，顺着那江边坐船去的。

到县里以后，人家有汽车把东西拉到江边码头，完了我们弄船往回拉。到那顺路我们就去刘挺清家去了，小刘家有父亲母亲，还有爷爷奶奶，给我们弄的饭菜，在那吃的中午饭，可是美美地吃了一顿，吃什么都好吃，辣也不怕，辣也吃。完了又去买点儿湖南小咸菜，临走的时候司务长告诉给连队买点小咸菜，结果他妈他爸到处去找，每家每户帮助买一点，有的亲戚都不要钱，就给拿了，就装到筐里拿回来了。

这一船主要拉的是棉衣、鞋子。什么鞋呢？洒鞋。就是前面带两个叉子布鞋，叫洒鞋，布底的。在那发了一些东西，反正是给养吧。我们俩坐船都押送回来了，回来那天，正好走过易家桥那，火车道顶上修一个木桥，从木桥顶上走过来的，挺宽的，有这么宽。苏联的顾问，一个老头儿，到我们军里去当顾问，好像还是个作家，说是回去要给我们军写本书呢。还跟一个女的翻译，我们从易架桥顶上看，那个军长吴克华大步走在前面，很威风！那是军长啊，第一次见到。

在那还吹号呢，敲锣打鼓的，排大队欢迎，我们正好跟那看见。那是第一次看到军长，隔着20多米，看得还挺清楚呢。以前没看见过，还有那么多站岗的，可派头了。我们的船拉到江边儿上以后，家里就拉着马，背着鞍子，往回驮棉衣，都驮回来了，整搞的。

完了在易家桥休整。易家桥往前走不远，坐一段火车，上去都是敞车、货车，都是那玩意。这时候白崇禧就搞化整为零了，我们就开始急行军就追。

大概是在1949年的9月份，师里来命令说，41军过了武汉以后，汽车、大炮全部交给华东军区了，因为你往南方去车拉不了炮，没有公路。车炮没了，但是这些人还在，就成立军直属炮营，三个独立营，一个高炮营、一个迫击炮营、一个山炮营。原来的师战防炮连改为军战防炮营，用的是三七战防炮，要扩编了，抽调骨干。

154师师部来了命令，跟我们462团里要五个人，到那个战炮连去，成立重炮营。原来师里一个连都改为军里一个营，一个排扩大为一个连，就那么成立的。我们连里抽调的这五个人三个是解放兵，这解放兵是营口过来两个，一个刘挺清，还有一个姓尹。那个是国民党52军的，辽沈战役解放过来的，解放兵叫咱们叫志愿兵。他们三个解放兵，我们两个志愿兵，我一个，另外那个人是喂马的老卢头儿，他们说是新单位会摆弄炮的不少，会摆弄牲口的不多，就缺乏这样的人才，就把他给招去了，跟我一起去的。

五个人，军里抽调我们去的，临走的时候我们这边还做了四个菜，连长邵恩宽、指导员王坤和我们在一起吃饭，欢送。连长邵恩宽还鼓励了一下子，他说："现在成立重炮营了，是军里的炮兵营了，不是师里也不是团里了，你到那去以后经常能看到军里首长了。像我都很少能看到军里领导，师首长都很少见，到那一定要好好干！"

我代表我们五个人表个态，一定要好好干，干出个样子来，给连里争光。

指导员王坤也鼓励了一下，让我们去了写封信来，介绍一下军里的情况。早晨我们吃完饭，打个背包就出发了，然后到金井师部去换介绍信，往军里去得通过师里，没经过团里，直接拿连里介绍信去换的，我拿着的。

走的时候还挺伤心，左叶师长，那个一身传奇的老红军；一直不知道名字的钟团长，准备在辽西喂野狗的；连长邵恩宽，给我立过一小功的；指导员王坤，有伤病，偷偷吃大烟的；还有伊承祥，夜里睡觉尿了我一身的……那一大帮子庄河县一起出来的战友，当时还想着都在一个军里反正总能见上面，实际上，这辈子基本上就再也没见到了，真想他们啊……

我们五个一起去，路上52军解放过来这个小子，姓张，一脸麻子，他是东北长春还是哪里的，这个小子是高中生，胖墩墩的，个子不高，有文化，走半路他说啥："来看一看，咱们三个解放兵，那两个是志愿兵，咱们三个打他两个，看他们两个行不行？

我说："你他妈不能说点好听的？你打我们干啥玩意！"

那个营口解放过来的刘挺清，他还行，虽然是解放的，但是没拿自己当外人，他说："小孙，别怕，要打我跟你们一起，咱三个打他们两个国民党！"

他是抓壮丁抓去的，湖南人，那地方快靠近广西了，跟国民党本来就不是一条心，也是穷人家的孩子，当然跟我们这帮泥腿子是一伙儿的了。那两个也是开玩笑，都到咱们这边干上了，当然也是咱们的人了，就是喜欢闹，年轻嘛。老卢头儿一般不闹，他岁数大了，跟着我们笑，什么也不说。就这么路上斗了几句嘴，走到军里，正好在路边上遇见两个当兵的，问我们："你们是哪里的？"

我说："我们是 154 师 462 团的，到军里去成立迫击炮营，我们来换介绍信。"

这两个兵也不知道是干什么的，他就领着去给我换的介绍信，完了拿着走了。后来我想他们是军部的组织处还是人事处的吧，我都忘了，可能是管事的。人员调动，归他们行政主管吧，可能是。完了以后我们直接走去了，到那报到了，赶我们去报到的时候那重迫击炮还没来。

那时候我们 41 军军部可能在长沙，师部在金井。对，我走不远嘛，从师部走不远，完了以后过去了，就到那个军部炮兵营去了，当天就到了嘛。走着去的，没车，啥也没有，拿着介绍信。

那几个炮营加上工兵营、通讯营都是独立营，军里直接领导的。到那以后大家挺欢迎的，这步兵师老大哥回来到我们这了，当老师傅用呢。连长指导员都来了，连长姓石，是军里头下来的，原来是吴克华的警卫员，这么一个人。下来以后当排长，然后从排长直接提升的连长，一个字不识，当时看，大概有 40 来岁吧。这个连在辽沈战役打塔山的时候还立功了呢，打得不错，打得挺好的，英雄部队。我去了以后他们告诉我，打塔山的时候，他们秋天戴的那个帽子，帽子上盖不是两层吗，被炮震的，上面那层都给震掉了！捂着耳朵打，还都给震出血了，震成那样，没少打硬仗。那个连长挺有功劳的，指导员丁钟在打塔山的时候，还是个电话员，接电话线，七断七接，这个嘴上、身上三处负伤，战斗以后成了英雄。

连里还有一个文书，叫王应民，当时也不大，挺年轻的，跟我关系挺好的，经常在一起。他家现在就在我家后面那楼住，四单元，也离休了。1976 年我转业到辽化，有一天他们几个 41 军的人在副食商店那儿一起聊天，121 师的景大肚子景云海、庞德福、122 师的仇福林都在。正好我过去，大家给他介绍说，这个老孙也是 41 军出来的，我一看，其他都认识，就他一个不认识，就问他："你是 41 军哪个师的？"

他说："我哪个师都不是，军直迫击炮营的。"

我一听就乐了："我也是啊，你哪个连？"

"1连，我当时是连部文书。"

我说："你叫王应民嘛。"

他很惊讶，看了我半天说："哎呀，你是小孙啊！怎么老成这样了？"

大家都笑他："你不老吗？"

老战友见面，那个亲热啊！他是我一个连的，真正的亲密战友！

有一次石连长开会，讲话，文书王应民给写的讲话稿。石连长是真的没文化，也看不大懂，讲一条，停下了，就指着讲话稿问王应民："这一条是个什么意思？"王应民告诉他了，石连长接着讲。到下一条了，不知道什么意思，再停下来问。后来他自己也不好意思了，不讲了，说行了，就讲这么多吧。就这么着，我们都知道了，他是个纯文盲，一个大字也不识的。

我们的排长是冀东来的，姓董，1946年进关部队带来的，当时一些打游击的直接参加咱部队来了，跟来了。他老说，跟他一起的还有一个师政委还是什么的，老家伙，本来是个县级干部，县委书记都跟来参加了。一般来了是当兵，到部队人家当干部，那就不是普通一兵了，反正是冀东的那些人不少，游击队的、县大队的这些人，民兵出身。

我们排长说话有点儿大舌头，不大利索，外号叫"老坦儿"，我们副排长老逗他，学他说话："哪一年不养爱(二)百只鸡？下爱(二)百个蛋？""抓一个小猪崽，花了四毛钱，喂食吃，吱吱的，一叫嘎嘎的。"就这么老逗他，学人家"老坦儿"说话。这些人在地方打游击行啊，对炮兵，基本上是一窍不通，他不懂。反正到时候指挥班长干呗，副排长懂，副排长瞧不起他。过了一个礼拜，炮就来了。什么炮呢？阎锡山造的一二〇重迫击炮。这个个子大了、重了，炮盘子是140斤，原来我们用的迫击炮盘子才40来斤重，一下子增多了100斤。原来40斤人可以背，马也可以驮，给马整个驮了，三样。炮架子120斤，炮身子180斤，一匹马只能驮一样，还挺吃力的，多了不行。

其他的炮是两边驮的，这玩意只能搁马脊梁杆顶上，脊梁杆顶着有个问题，啥呢？它不稳，来回晃。排长弄了一些马来，还挺生分的，一备上鞍子直尥蹶子，那玩意不好弄。

我们排里有骡子有马，有一匹儿马子，最操蛋！几个人拽着戴嚼子，它就不让备，备上以后急尥蹶，每次都得尥十来分钟才老实。它还驮什么呢？驮炮架。像迫击炮腿一样那玩意，并上，搁到脊梁杆子顶上去了。鞍子上做个铁架，架在上面，再架上炮。那鞍子下面不是铁架吗？完了上面横上，然后做这么一个架搁上，然后把这一扣给拧上，另外还有皮带紧上。

炮也是，在那架上搁这么一个玩意，炮身子正好搁上，给它一扣，把带子一绑，鞍子前头后头，都绑上。像其他一般驮东西的鞍子，稍微长一点儿，它往后弄一点。炮弹装箱的，一箱是一发，原来炮弹一箱两发装上。一发是 40 斤，两发 80 斤。那就不好背了，人也背不了了，没有背的，全部马驮。一门炮配备七匹马，三匹是驮炮的，炮身、炮管、炮架各一匹，四匹驮炮弹的，这就是一个班。

驮炮弹的马一匹驮四发炮弹，一面两个箱子，一箱装两发，两箱就是四发。一匹马就驮这么 160 斤，一个班的战斗力就是 16 发炮弹。这么一个连一起打，威力还是相当大的。像我们这些人从各个师里抽去的，都是师里鼓捣迫击炮的，都懂一点。迫击炮都有马鞍子，怎么样的鞍屉做得好，舒坦，不打背，稳当，大伙都挺懂的。完了以后，马上把新的弄来给马实验，备上。

那些新鞍子都是日本鬼子留下的，后来咱们缴获的，就是这个架子是后安的。你看那肚带、马鞍、皮条，全部用油油的，崭新的，一包一包的，用麻袋包整来的，都是新的，没用过的，缴获日本鬼子的，整搞的。

这个急急忙忙的，天天都是整这玩意，整完了以后得训练啊。怎么弄呢？炮身子往马身上怎么弄？通个棒子，前面是炮尾，那地方有一个鬏，弄个绳绑上，杠上还得有一根绳，往上一套，后面一个杠子两个人，前面两个人，从马后面高高举起来，往前走，放到那脊梁顶上，然后再把杠子抽下来，把它固定上。还得捆一捆，要不捆还不得掉了？马肚子都系得紧紧的，驮炮身子是一匹大洋马，日本的大洋马，青马。

刚弄来那马不是不听劝吗？还得训它。训练完了每天弄两次，早晨一次，下午一次。背上牵着走，我想那 3 排 9 班的一个骡子驮炮弹的，它就不干，那几个小子黑龙江的专门摆弄这玩意的，都挺有经验的，不怕。有一天我看到在稻子地里，那稻田已经割了了，马拽着，拖着走了挺远下，它就不松，整搞的。完了以后搞鞭子打，整了老长时间。最后来讲就是备鞍子的时候，也得好几个人拽着把整搞的，赶到进广西以后，逐渐累了，熊了，它老实了。

我这回是到了军直属的重炮营，1 连 1 排 1 班，又到 1 班了。在那天天训练整顿，然后进军广西了。走不远进去广西边上，还坐了一段火车呢，那马全部都上了车，顶上坐着进的广西，可高兴了！坐的是长板车，边上带厢的，拉货物那种，上面是透亮的，坐了一段火车。

在易家桥给养补充完了，在那还开了一个会。开什么会呢？我们班里小曹入党了。曹殿书入党的时候，班长还叫我去参加，去看。我调走的时候我原来的班长张东青也调了，提拔到 2 排去当副排长了，我现在新的班长姓吕，广西人，也是解放过来的，年龄挺大，是个老班长，30 多岁。他是个党员，解放过来还入了党。

我说："我又不是党员，我去干啥？"

我们那个党小组长叫陈学勤，他跟我说："这是好事儿啊，叫你参加你就参加吧。"

开始不了解，实际上叫你学习学习，叫你思想有个准备，人家入党到时候什么程序，怎么表态，怎么讲话，就这意思呗。也准备发展我了，我自己是不知道，人家党小组已经把我当成培养对象了。这个小曹是皮口的人，他是从步兵师调到炮兵营来的，其他师里来的。他比我能大两岁三岁的，那小子是个艺术人儿，会吹箫，没有我个子高，挺壮的，胖墩墩的。

晚上，党小组长陈学勤找我谈话，吃完饭了，那天晚上开始是我睡觉前第一班岗，找我在外面谈，就是陪着我站岗。

一天晚上一个带班的一个岗，他找我坐着唠嗑："小孙，你今天参加会议什么感觉？"

我挺直爽的，我说："没什么感觉，我又不是党员，也不入党，我没有感觉。"

他说："你这个想法不对，叫你去就准备要发展你，叫你学习学习，看一看，你怎么看人家小曹入党没感觉呢？"

我说："我不够啊。"

他说："不够你努力啊，努力不就够了吗，谁天生就够？"

就这么给我讲一些道理，讲为什么入党，入党的目的是干啥，将来入党得找介绍人，找正式党员介绍你参加党，你得表态，你得为共产主义事业奋斗，听从党的话，听从党的分配，执行党的决议，跟同志搞好团结，打仗要勇敢，永不叛变……讲一大堆。我们班长文化反正不多，这大道理都讲了，填表怎么填。我一听这玩意还挺复杂的，不是随便的，我说行了，以后我努力吧。

实际上我那一段表现还不错，要不怎么发展我呢。这一说我更积极了，早上最先起来，收拾马匹、炮弹，给大家烧水洗脸，然后去稻草铺上收拾稻草，给人家捆了，拿出去，把地给扫了；晚上到目的地，遛马，铡草，挑水，反正我的工作就是遛马，牵马遛马吧，整搞的。反正是不落后，挺积极的。还帮老百姓房东干活，到那给人家扫地，扫院子，没有水挑水，反正他们都有分工，我遛马就不能干那些活了，遛马遛回来以后马上喂，喂完了以后饭好了赶快得吃饭。遛好几匹马，牵三个，两个不一样，好几个人牵。这回不是小黄骡子了，我牵的是一匹青黑马，这个马挺调皮的，四五岁，是内蒙古现买来现整来的，没调教好。后弄来的这些，跟以前那军马不能比，没经过训练的，挺调皮的。

这时候我思想就有一个基础了，挺积极的。小曹我们俩挺好的，他说你得主动地口头申请，得和支部讲，你说要参加共产党。为什么要入党？我们那时候都知道，要为共产主义奋斗。打仗勇敢，永不叛变，口号式的都说那玩意。打仗勇敢，不怕死，这是最主要的。

以后找班长也说了，还跟副排长也唠了，我们排长山东“老坦儿”，倔不拉叽的，都不爱理他。他老感觉他参加革命的时间挺久的，老民兵，像是有点资格样的。副排长瞧不起他，他瞧不起副排长，有那么点毛病。跟副排长谈完以后，思想就有这么点儿基础了。

进到广西，那就是动员、打仗。之前的休整，就是在湖南的南边，广西的北边。到广西了，人家白崇禧的老窝了，国民党桥给炸了，路给破坏了，粮食给埋了，到村庄没有人，找不到人。吃饭要东西，找不到人，白崇禧他妈的还搞坚壁清野政策呢！跟我们学了那是。开始他还准备怎么和我们打呢，45 军丁盛的 135 师干了他一下子，被包围了，还歼灭它四个师，全是主力，干掉了，丁盛从师长直接提升军长，那叫有战功！后来我到了 54 军，听人说他以前是周恩来的警卫员，不知道真的假的。完了以后敌人害怕了，不搞正面决战了，都化整为零，军或师旅团都化成以连为单位了，到处和你周旋，整搞的。

他们上山了，该我们剿他们的匪了。国民党骂了我们几十年，这回倒要看看谁是土匪！在广西折腾够呛，一天走一百五六十公里，走得脚板都不好使了，小腿胀乎乎的疼，就是拽着马尾巴走。那国民党也打不着啊，他跑，我们就撵，就这么整搞的。后来他还有一部分跑到缅甸了，就追。

我们追到缅甸边境，不让过去了，他们那几个人几杆枪，就在边境那边搞“反攻大陆”，把人家领土给占上了，缅甸也整不了他们。我们军的其他师全部到那去了。我们军部到哪儿呢？到广西武林，叫武林口，一个江边，在那住的。我这时候不是到了军直炮兵团了吗，跟着军部行动，在那剿匪。

抓了几个土匪，我想着呢，我还抓了一个。我们当时主要就是在山下设岗盘查，切断他上山的联系，土匪上了山，仗可以不打，饭不能不吃，水不能不喝，病了不能不吃药，他得有给养供应啊。你看电影《闪闪的红星》，国民党在山下设岗抓游击队侦察兵，我们也那样，跟国民党学的，封锁他，整搞的。

有一天我去换岗，还没轮到我，到那上一班的正在查呢，那土匪也是摸着规律了，趁着我们换岗的时候来。我们站在一个小树林边上，那正好指导员也在那里，他去看，去检查，就问，指导员也帮着盘问。我到那，上一班正在查他，已经过去了，扛一根大竹竿子，也不挑担，也不拄棍儿，我看着就不像个干活儿的样子。你说他就国民党也傻，你扛根竹竿子能跟扛支枪那么走吗？那还不一眼就看出来了。我就喊他：“站住！”

他站住了，没敢动，旁边站岗的就把枪上了膛，对着他，给逼住了。

“干什么的？”我就问他。他戴着一个帽子，打扮得像一个先生一样，拿着竹棍子在那弄。我这个人也挺好动的，他手拿着，我一脚就给踢了一下。一听里面响声不一样，有情况！我把那大竹竿子拿起来一摇，里头挺重的，边上有条缝，我说他怎么不挑担子呢，破开过的，里面藏着一把大战刀，把人给抓住了。后来一审，正是国民党的兵，我们在这站岗，他说是他进到缅甸那边，跑又没跑远，跟部队失散了，又返回来了，他们不是搞化整为零嘛，都叫化装成老百姓，有的扮教书先生，有的假装拿着东西串门办事情，经常逮着。就在那竹林边上，让我逮着这一个。然后指导员领回去审讯，完了交了营，营往上就交走了。

那还是个国民党官呢，白崇禧的官。多大的官还不知道，估计起码得是个团长以上的吧，不知道，那时候也不问他是谁。

附录：人物志·塔山阻击战第一功臣吴克华[①]

吴克华，1913 年生，原名吴克家。江西弋阳人。1928 年在家乡参加农民暴动。1929 年参加中国工农红军，同年加入中国共产党。曾任赣东北信江军政学校第二期学员，赣东北红军独立第 1 团特务连战士、班长，赣东北军政学校分队长，红 10 军 1 团 2 营副排长、排长。

1931 年 9 月任红 10 军政治部特务连连长。

1932 年 7 月起任红 10 军军部特务大队大队长。参加了巩固发展赣东北革命根据地的反“围剿”作战。1933 年 1 月随红 10 军转入中央革命根据地，任红 11 军（红 10 军改名）军部特务大队大队长。3 月调回闽浙赣军区任闽赣军区教导大队队长。1933 年 5 月起任红 7 军团 20 师 60 团 1 营营长。同年 12 月入瑞金红军大学第一期学习。

1934 年 5 月起任红 22 师 65 团 2 营营长。1934 年 7 月起任少先队中央总队部参谋长。参加了中央革命根据地第五次反“围剿”作战。1934 年 9 月起任红 8 军团 21 师（军团部兼）63 团参谋长。随中央红军参加了长征。先后任红 5 军团直属第 39 团参谋长、红 5 军 13 师 37 团团长，多次率部担负后卫，阻击追敌，掩护主力脱离险境，出色完成任务，多次受到中革军委的通电嘉奖。

1936 年入抗日红军大学学习。抗日战争时期，任八路军山东纵队第 5 支队副司令员、第 2 支队司令员、第 5 旅旅长，胶东军区副司令员，参与指挥反日伪大“扫荡”和反顽作战，为巩固和发展胶东抗日根据地作出了重要贡献。解放战争时期，1945 年率部挺进东北，1945 年秋起任东北人民自治军、东北民主联军第 4 纵队司令员。1946 年 5 月起任东北辽东（南满）军区副司令员，1947 年 1

① 转引自 www.crt.com.cn/news2007/News/ymsj/2008/917/08917112646155CJ375H30J2DAHAJ68.html。

月起兼任军区参谋长。1947年秋至1949年3月任东北民主联军、东北野战军第4纵队司令员。率第4纵队指战员在辽西地区途经硕果累累的苹果园,忍受饥渴而不吃苹果,赢得"秋毫无犯""仁义之师"的声誉,被毛泽东视为高尚之举。在辽沈战役中的塔山阻击战中,率部阻击国民党军,激战六昼夜,击退国民党军11个师进攻,为攻克锦州起了重要作用。1949年3月起任中国人民解放军第四野战军第41军军长;1949年2月至5月兼任北平警备司令部副司令员。率部参加了解放东北的多次重大战役和平津战役。

中华人民共和国成立后,历任第15兵团副司令员、华南军区参谋长,人民解放军炮兵司令员、铁道兵司令员,成都军区、新疆军区、广州军区司令员等职,为军队现代化、正规化建设做了大量卓有成效的工作。

1955年被授予中将军衔。

1957年9月至1963年11月任中国人民解放军济南军区第一副司令员、军区党委常委(1958年1月起)、副书记(1960年3月起)。

1963年9月至1967年9月任中国人民解放军炮兵司令员(接替邱创成中将)、炮兵党委第二书记(1963年11月起)。

"文化大革命"中受迫害,被关押。

1975年4月至1977年9月任中国人民解放军铁道兵司令员(接替刘贤权少将)、铁道兵党委第一书记(1975年6月起)。

1977年8月至1982年9月任中共中央军委委员。

1977年9月至1979年1月任中国人民解放军成都军区司令员(接替刘兴元中将)、军区党委第二书记(1978年1月起)。

1979年1月至5月任中国人民解放军新疆军区司令员(接替刘震上将)、军区党委第二书记(1979年2月起)。

1979年5月至1980年1月任中国人民解放军乌鲁木齐军区司令员、军区党委第二书记。

1980年1月至1982年10月任中国人民解放军广州军区司令员(接替许世友上将)、军区党委第二书记(1980年4月起)、第一书记(1981年9月起)。

1987年2月13日在广州病逝。

第十九章　冰河救战马，立功入党升官

跟班长、副排长谈过话了，我也表示了入党的要求，以后思想就有基础了。这时候国民党跑，我们就追，行军挺紧急的。

到了 1949 年 10 月 1 号了，传达了，中华人民共和国成立了，开国大典啊！我们当时在广西庆祝了一下。那天还杀个猪，庆祝“十一”建国。这个事先是领导知道，我们都不知道的。9 月 30 号杀猪，10 月 1 号是会餐，传达下来，告诉建国了，每人慰问一双鞋，一条毛巾。

这双鞋是陈嘉赓给的，球鞋，是米黄色的，一人一双，说是一个大资本家给的。那时还没说叫陈嘉赓，就说是一个大资本家。还有就是上面指示一人给一块大洋。按照人分，这个连 100 人，给你 100 块，改善生活嘛，整搞的。

我们就是给三个月的，三块大洋，到最后人家收去了买国库券了，整搞的。又给收回去了，连里卫生员不肯拿出来，在那哭，舍不得，不拿也得拿，就翻他的包，整搞的。

“我要留着，回家去给我妈！”他哭，不给。反正我们这些人发了钱都没有买东西的，都积攒着呢，宝贝啊，这玩意。谁也没舍得花啊！还不如买点东西吃用呢。你要买了，花了，用就用了，花了也就花了。

我还有一个解放奖章，那是后来 1953 年给的，后补的。1953 年中央慰问团去慰问，陶铸带着慰问团到我们军去的。我那时候在学文化，工农速成第七中学八中队，在那里学文化，发一个解放纪念章。参加过解放战争的都有，南下也算解放战争，一直到打南澳岛都算，赶上这些仗的，都给了解放奖章。

建国之后劲头更足了，全中国都是咱们的了，剩这几个国民党还不赶紧消

灭他吗，又继续追。有一天，靠近广西南边了，在那打了一仗，打得挺激烈的，步兵在山上，四下四上。

怎么回事呢？国民党第7军在山顶上，咱们就上。上，打下来，再下去，打了两天，大概两天两夜。我们炮在那里都支上了，支援，打了几炮。那老炮弹挺粗的，像榴弹炮。榴弹炮口径才112毫米，这家伙120毫米，差不多大了，打到那，炸的声音也挺大的。射程也远，最远距离是11000米，11公里。别看远了，但是就不准了，他这个炮弹也重，在空中受气流影响偏得也挺大的，那炮盘也挺重的。

我们阵地离前沿大概有多远呢？离打仗那个主山顶上有个两三公里远吧。他们在山顶上，我们在东边，他们好像在西北一样的，反正部队走穿插了，有时候敌人还在后面呢，有时候在前面，不一定。

开始支炮的时候，我们石连长他也外行，他不是军长吴克华警卫员下来的吗？他也没指挥过，告诉排长支上炮就打。“老坦儿”董排长就命令：“在这小山包前头架炮，打！”

副排长就说：“那不行，炮得架在山后头。”

董排长说：“听我指挥，炮就架在山前头！”

排长、副排长一人说一个样，大伙儿弄得没办法，不知道怎么办了。最后吕班长说了：“排长，这个炮兵的炮就在山后头，不能往前搁，步兵在前头。”

董排长很生气：“哼！你们就相信副排长！”

董排长跟那生气，不过好歹还是听了，以后把炮挪到山后头来了，迫击炮隔山打牛嘛。挪到后头架炮往山上打，打几炮。敌人看到打炮了，其他步兵没有这么大的炮，就缩回去了，咱们步兵一吹号，冲上去了，把那个敌人给消灭了。消灭了他不是老老实实地投降，到处跑，他不打了，也不抵抗了，但就是让你抓不着，跑得跟兔子似的，漫山遍野的，不好抓，就不老老实实投降。抓不好抓，打也没法打。

完了以后说敌人跑了，注意，放警戒。石连长告诉我们组织人前边去阻击，他还是喜欢跟敌人拼刺刀，拿我们当步兵使。当时我们排长没在跟前，就让我带着人去打，让我指挥。我们几个人拿着手榴弹、几支步枪都集中起来了，一起跑前面去，能有六七百米吧，有一个山沟下来堵着的小坝埂，那个坝埂有两张桌子这么宽，我们都趴那上面，整搞的。开始往那跑的时候看见敌人了，敌人看见我们了，敌人正好往这来，我们往那跑，看见了，我就喊：“赶快卧倒！”就趴下了，都准备了，瞄准，等着打了，敌人一看我们来了，跑了，回去了。他就没敢过来！人家真不知道我们这帮炮兵都是忽悠人的，实际敌人大概是有一个连。你看我们加起来也不过七八个人，一个连过来了那不白送死整个！再说我们战斗力也不如步兵啊，那当然是啊，炮兵根本没打过这种近距离的仗。枪也没怎么练过，枪法也不行。平时训练的时候倒是也瞄过，开始学过那玩意，手榴弹怎么扔，怎么整，还搞过呢，搞过那缺乏实战经验也不行。敌人看我们往土埂那跑，敌人看我们跑那去了，他肯定以为前面已经去了多少人都埋伏在那儿了。我们后面还有多少人，他也不知道，就没敢过来。看敌人没来，我们又返回去了，其他的没打上拉倒了。

在这地方打了两天，在我们开炮打的过程中，步兵四上四下。我们没去之前就开始打了，赶我们到那以后前面步兵被国民党堵着没走了，我们把炮架那去了，离步兵挺近的，走那遇到上了，就现架现整的。然后炮兵一来步兵就行了，马上山顶占了，占山顶去了，人家结束战斗了，我们也没抓到俘虏，什么都没有，就打了几炮就拉倒了。

白崇禧那些步兵已经是惊弓之鸟了，不行了。他跑，完了以后后面就追来了，基本都抓俘虏了，我们什么也没抓着。在那打了那一仗。

到那以后，挖炮弹坑，还挖出段故事来呢。在一个土台底下，我们拿锹挖坑，得把没打的炮弹藏坑里，怕炮弹打了以后把其他的炮弹炸响啊。我一挖，挖出个小坛子来，蒙的布，包挺严实呢。我给扯开了，一看，坛里装的能有 20 多块钢洋，还有大钱那东西。铜钱能有两三百吧，也分不清是什么年代的，就那么一小坛子东西。

打完仗了以后交公，还想着这回可发财了，连里能改善好些日子伙食了。结果不大一会儿，老百姓来认领了，说是他的，他怕打仗被谁拿走了，埋起来了，搁那搁着。那怎么证明是他的呢？谁知道呢，也没问，听老百姓这么说，反正我们没管，上交给连里了。那老百姓来认领，又给拿走了。

哎呀，那时候群众纪律可严了，在那还作检讨呢，走路的时候白崇禧飞机来了，我们弄几个树枝给马做伪装，到时候还作检讨，说是破坏群众纪律了，不准动一草一木！影响广西人了。到广西没有吃的饿着，也不准到老百姓家随便拿，有时候走到老百姓家都没有人，那也不行。

这次打的是国民党的第 7 军，那是白崇禧的王牌部队呢。完了以后又前进，追呀！哎呀，他在半路也是堵着我们，掩护他们撤退。路上很多埋的地雷，地雷画一个圈，整搞的，搞一个石头做一个标记，都来不及起，估计是我们步兵发现的，整搞的。前面的桥给炸了，没有了。

又追了大概两天，第三天又被敌人阻击到了，我们在一条河的东边，东边没有村庄，什么都没有，命令交代要过河西边架炮开炮去打，我们就过河。是什么桥呢？它是这么粗的石条，竖起来，上面横上石头，这么宽的两块石头，就是石条。这样的桥在广西好多，有的是木头整的，一走还晃。那河能有百来米，还挺宽，边儿上修的坝，实际在河道上来过，整整能有个五六十米，整搞的。

那桥国民党还没破坏了，我们到了都过河。几点呢？天亮之前占领阵地，我就想了。那是 12 月份，天挺凉挺冷的。过河的时候就快到桥头了，离桥头还有六七米远下，我牵的驮炮盘子的大马，这脚一呲滑，那石头顶上的，它就翻到桥下去了，桥下还黑乎乎的看不清，再有个六七米就到了，马上到桥头了。我就下水了，就跳下去了！衣服还都没脱，那马还蹦着，挣扎呢。

我下去以后，马上把马头给抬起来了，要不就呛死了！光抬马头还不行啊，我这个手举着马头，这个手钻到底下解肚带，把肚带鞍子给弄下去了。那河水能有个一米多深，靠边。人要是站直了，应该淹不死。但是当时也不知道啊，拼命踩水，救那匹马。弄下马鞍子之后，马就起来了，完了我就牵出去了，整搞的。边上人小刘他们几个在那里都抓住马了，就给牵上去了。幸亏我下得快，要是晚了就完了，呛死了。

把马整上来之后，我在里头又下水了，挺他妈冷的呢！把炮盘子拿下来了，托上去了，他们接的。然后我第三次下水，把鞍子捞上去了，递上去了。刚要出来，刘挺清在旁边喊："还有鞍屉呢！"

然后我又第四次下去，头扎水底下，在下面摸，摸着了，又把鞍屉拿上来。那鞍屉一下水挺湿的，一样样都搬上来了。搬上来之后都在桥头架上炮了，咣咣开炮打上了。都忙着打仗呢，鞍子太湿没法整，我冻得直咳嗽，还得紧忙。怎么办呢？把鞍屉拿到边儿上去了，用脚踩，把水踩出去。那里头有的是棉的，有的是糠的。

完了就架炮，跟那一起整，又打去了。当时我也稀里糊涂的，天也不亮，还不知道呢，四面都看不清楚。打了几炮，敌人说是跑了还是怎么的，当时搞不清楚，光顾弄那个马去，整鞍子去了，我就不管它了。

那个曹殿书是一炮手，他负责瞄准的。二炮手是谁呢，是陈国栋，四川人，三炮手是刘挺清。都说陈国栋这个人一起从那调来的，原来挺反动的这个小子，后来挺积极的，解放兵，也是四川人。他们在那开始打炮，我就负责在这整鞍子去了，赶紧整这匹马啊。我那时候那一身水，棉袄还湿着呢。人家打炮战斗，我就在这边把棉袄拧一拧披上了，还笼的火烤了一烤。小曹把他的大衣什么的给我披上了，我浑身都是鸡皮疙瘩，冻个半死，半天缓不过来。

陈国栋也是解放兵，挺壮的，挺胖的。小曹不是解放兵，小曹是皮口的，他们几个炮手是主要的战斗力，我是牵马的。打几炮打完了，敌人跑了，我们后面就追，鞍子也备上了，马也牵好了，敌人跑，我们就追。后面继续前进吧，一天100多公里，一天100多公里。一气追到五岭口，敌人跑过国境线了，到缅甸去了。我们在那住下来，得提高警惕，说是有国民党散兵游勇往回返，站岗的抓了好几个。这地方离缅甸有多远呢？还挺远的呢。五岭口前面就是南宁，我们再往前去就压到边境上去了，我们也不前进了，就在那里头住下了。

完了在那开会，总结这一段南下行军打仗，石连长、董排长都表扬我："小孙同志打仗勇敢，救马，又不怕苦，不怕累，跳水去救马捞炮，拿鞍子，大冬天四次潜水在冰河里捞物资，这不是英雄还什么是英雄?”

然后党小组长陈学勤叫我填入党志愿书，那小本现在还在呢。填入党的本，那本还在呢，就是64开这么大点。在那填的，就是军里头印的，就是铅字印的那玩意。

孙福地与曹殿书

填名填姓，填你入党志愿、介绍人，就填那么点玩意。我们那时候都个人保存。那是入党志愿书，叫志愿书，不是叫党证，现在还在家里箱子里头呢。入党介绍人是谁呢？是我们排长，还有一个姓汪，吉东人，是副班长，叫汪长江，他是凤凰城人。

两个介绍人就给大家介绍，为什么要小孙介绍入党。副班长汪长江说:“经过考验，小孙这个同志战斗挺勇敢的，吃苦耐劳，团结同志还好。”

基本上就这么说的。大家补充一些，然后让我发言，我得在这会上表个态啊。我说:“我今后要表现更好，努力!”

那时候笨嘴拙舌的，也不会说漂亮话，就这么几句，挺简单的。入围期一年，12月18号，1949年12月18号入的党。也就是在这个会上，就那里头，开了会给我立了功又入了党，还提升了当副班长，大小也算是升官了吧。立功是现场报上去的，报的就是一等功，大功。这在当时算是比较大的一件事，连里往上报，团里还得再往上报，大功至少要师一级政治部才能批呢。

1950年，在惠阳住的时候，传达的，大功批下来了，当时没给奖章，说是后来补。后来拉倒了，也没补上，不知道哪儿去了。当时也没给立功那个本，以前别人都给个奖章，我这也不知道怎么回事，当时没给，过后咋也没给补呢？谁知道呢。以后没有影了，也拉倒了，也没问。谁好意思去追问！哎呀，当时对那个也不感兴趣。我们1950年在惠阳住的时候，不少人都复员回家了，回家以后立过大功的给一石粮，一石就是四斗苞米、四斗黄豆，我都没在乎，一石粮有什么意思！后来很多次填表我都不写那个玩意。

这事当时就是给家写信说了，得告诉我父亲我爷爷一声啊，家里还有立功喜报呢，这个喜报部队直接给寄家去了。我1974年5月回老家的，刚过端午节，初五过端午节，初六到家的。本来那个喜报还在墙上贴着呢，1973年过春节打扫卫生的时候把它拿出去都烧了扔了，已经在家搁了这么多年了，都黄了。我二弟孙宗麟还问我，我说烧就烧吧，要这玩意有什么用？整搞的。

第二十章　陈学勤开小差

打完这一仗，1949 年在广西基本上完了，我们走到了柳州和梧州之间的什么地方，准备过元旦。石连长叫我跟李司务长出差去买猪，那天买了两头大肥猪，谗了很久了，行军打仗也没吃过一顿好饭，这回可要解馋了！那是大年三十儿买的猪，第二天是初一，晚上都杀了，我还跑去炊事班给人家帮忙，完了以后都炖锅里去了。还没等吃上，那天晚上来命令了，来了命令就是紧急集合，动员去广东。

两只猪杀了也没吃上，有动作快的，那天晚上吃了点儿。只好把肉都捞出来，搁马驮着，路上再吃。急急忙忙的，这个年也没过上，当天晚上就急行军，都跑到柳州去了，急行军嘛！走到柳州，具体什么地方现在记不清了，忘了是晚上还是白天，在那上的船。什么船呢？二野从广东那边来了，进军大西南，坐到柳州下船，人放下，船往回返，我们接着坐那往回返的返程船。

好像是陈赓的 4 兵团还是什么的，他们往西藏去了，他们坐那船去的，我们就坐那个船到广州，就是往南走，走到惠阳过春节。到惠州头天晚上住老百姓家里，那家养一些蛇，满床跑，把我吓够呛，他家是个蛇饭馆，他养着吃。大家就说，这帮广东人，什么都吃！

这些蛇本来都是关笼子里养的，它不知道怎么跑出来的！家里就两个人，一个媳妇，一个老太太，在那家里。敲了半天门就不开，这么大晚上，害怕。后来敲开了，我们班长是广西人，对广东话也懂得一点，跟人家说话像吵架似的，我们也听不懂说什么。在那住了两个晚上，完了以后又往惠阳东边，离惠阳大概有 3 公里远，那个地方叫龙潭，在那住下了。

住下了，过春节，扭秧歌、排节目，过春节嘛，大家都挺积极的，还请老百姓房东吃饭。我在那没有几天就把惠阳的那广东话学会了，走哪儿还当翻译。人家讲话我给当翻译，我就摸着那规律性了。在那干啥呢？生产，种地、种菜、种小麦，惠阳以前国民党修的碉堡，那是二线，地下的，地上的，山上的。我们干啥？我们去把那碉堡给打坏了，拿铁拿出来卖去，后来人家不让了。

怎么打呢？用锤子。拿着锤子去给人家打，拿着錾子一点点抠，把里头的钢筋抠出来，去找那收铁的卖钱。连里头都是那么整的，全营都这样，告诉叫生产嘛。还有一部分人上博罗县，到大山顶上伐木头，顺着珠江放木排回来卖木头。

我们还挺会发财的，自力更生嘛。还在坝里头开地，开荒，拿镢头刨着种菜。全营和军直都在那种。我们这营里有一个副营长管生产，是个山东人，他是1938年参加的，老资格，家里是资本家，1948年才当上副营长，说明提升得很慢了。我们营长是谁呢？一个老红军，一个字不识，也不学。这个副营长是抗战的。

俩老资格，没文化，都提不上去了，四五十岁了，就这样了吧。我们那个营长找了个小老婆，俩人老干架。我们站岗的特别管着他家，营部在江边上，那里有一个庙，营部他们几个领导住在那里，还有一个文书，书记他们几个在那里，营长找个小老婆，站岗在旁边，特意为他们站岗，我们连里安排的，也怕国民党特务搞事。在他家房子外面站岗，经常听见他们俩唧唧歪歪，动不动她就领着文书划船走了，气得走了。

营长老婆领着文书划船走了，上江里玩去了，营长还跟那喊："你小心点！"

"不用你管，我死了拉倒！"

营长老婆是北京来的，北京的大学生，一大帮参加的。到北京以后部队很热情，当时很多大学生都要当兵，都给吸收了，另外部队也特意征学生兵，当时部队里大多数都是大老粗没文化，将来部队要发展还得有知识有文化啊！这样的人现在都是骨干了，现在也可能七八十岁了。

完了那个女兵就跟了营长了，是组织介绍的，不跟也得跟，服从分配。给安排好了，同不同意也就是他了！不跟也得跟。她对我们挺好的，我们站岗经常跟我们唠嗑。营长一脸麻子，个子不高，身体倒挺好的，当时四五十岁应该有了。他在延安炮校还学习过，但是那时学习不大系统，他还跟我讲呢："在延安炮校我还记录点，还有个笔记本，后来打仗都扔了都没有了，现在也忘了，也想不住了。"

我们种菜主要种的萝卜、白菜、大葱，都是生活日常用的。在惠州市里菜站去买的种子。我们这些兵基本都会做农活，农民出来的谁不会做？你看这一帮都是从农村来的。完了以后弄一个犁杖，咱们炮兵也有牲口，就让它们拉吧。

正开荒种地呢，7、8月份下大雨，这水就涨起来了。开始春天时候从那边山坡底下截到这个大坝眼前，砌了个大坝，这个大坝是这么来的，对面是山，从这边堵上，那边来水淹不下去。这坝是修好了，下面可没打基，没有根，水一泡就往下塌，营里副营长带领我们跟那修这大坝，抢修啊！在地里挖土，又把大坝土挖出去往这整，完了以后这么大木桩上搁坝顶上，完了打这个桩子。夯实了！往下夯，以后搞草包装上土往上搁，那时候衣服也少，都脱光腚了，光杆子，下大雨，有的戴帽子，有的不戴帽子，拼命地干哪！边堵水边往上涨，边堵边涨。

一直到晚上10点钟了，这坝轰隆一下垮了，完了，开了。开始的时候看见不好了，就是往两头撤，这边是大坝，那边往那边走，我呢都没来得及走，被水一下卷起来了，卷起来完了以后靠大坝眼前转了两圈，然后我就爬到坝上来了，爬上来了。一下卷下去四五个兵呢，一下呼下去了，当时少了一个人，2班的副班长，哪里找也没有！那时候点汽灯呢，打着手电筒，喊啊叫啊都没有，完了这怎么办你说？这个兵让水淹了，到下边找也没有啊。坝垮了，算了吧再修吧，可人死了这是大事啊！明天怎么跟上级交代呢？完了一找没有，最后说算了先回去吧，明天再报告。折腾到天快亮了，还都光着腚呢，让老百姓看见也不合适啊，冒着雨回去了。回家一看人家那副班长自己早跑回来了，在家躺着睡觉呢。

就是大坝垮了以后他走的，他没卷底下，上岸了，上岸自己就回来了，他自己就跑回来了。你看把大伙儿气的！我们冻得乱哆嗦去找你喊你，你他妈跑回来了，什么玩意那是！排长，班长、副班长，谁看谁说，都骂他。我们指导员丁钟挺好，他说别发火了，他已经低头了，认罪了，谈谈吧，是不是？就是承认错误，做一个检讨吧。

掉进水里那一下，我转了两圈在里头，让我给爬上来了。这过了四五天，这个水下去了，还得修啊。这下全军都去了，男的女的老的少的，挑的挑，抬的抬。我是划船，那船不好摆弄，我挺会划的，就一个桨，一个桨划一下转一下，一转到船头，你划船头往这一拽跟着过来了，你得会使那个劲，划一下整一下，要两个人行，一面一个，平衡就可以，我就负责划船，不像以前修的时候挑了，整搞的。

军里文工团的、组织部的这些人大部分是女的，身上全部都是泥巴，哪有一个偷懒的啊？扛啊挑啊都去堵那个坝，军里也在那生产嘛，一起干。中午吃饭，那天中午吃的是菜包子，还拿些大蒜，大米稀粥。吃完饭了，说中午休息一个小时，我躺在那里，突然来一阵风，北风，把小船给刮跑了，这船跑不到哪儿去，这里有水不是吗？那水没流出去。

这船没拴着，吃饭之前我都拉到岸上来了，再往里走一点那地方就到头了，反正有一个水泡子就是。这下我一看船跑了，我就跑去追，跑去下里头去，完了以后我就游啊凫啊，那还一人多深呢！越追它越远，越追越远，刮风多快，我一看不行，我也喘不上气来，嗓子也热了，喘不上气来了。马上我就躺在那里了，这个手在底下，慢慢动，仰泳，不是使劲游，反正不沉底就行了，在那漂。漂了一阵子，缓过劲来了，我就靠坝边上了，上坝顶上了，走过去了，走那边去了，把船又划过来了。这幸亏有经验，没有经验一慌完了，沉下去喘不上气来，着急的时候呛一口水就完了。

大坝修好了，上面也告诉不让去打铁了，就是将来还准备打敌人呢，蒋介石国民党来反攻大陆了，那老美来了这是二线，碉堡不是还得用嘛。

生产的时候连里还做一个木船，然后到惠阳城里去，拉米拉菜，划着船就去了，完后再回来。有一天秋天发大水，我和曹殿书、李司务长我们三个人划船到那去买大米。往回走的时候遇到一个小客轮，都是顶着水走的，那个船一走，浪一整，把我们小船给打翻了。那时候我们也不懂交通规则，你倒是离人家大船远点啊！李司务长掉在江里头，他不会水，瞎扑腾。这时候基本上也靠江边了，那大船也靠边了，一个女的一个高下蹦下来了，扎水里了，水性真是好！下来以后就把李司务长给抱住了，完了捞船上去了。小曹也会点水，没什么问题，自己扑腾着。我呢拿一个桨，有一个桨，反正有点水也行，没有水也行，我就游着，会游。咱们老家不是有河嘛，从小就搞那玩意，然后自己也爬出来了。

那一船大米都沉水里去了，拉倒不要了。船扣过来了，还没沉，人家帮忙又给弄起来了，把水弄出去又翻回来了，然后再重新去买米，又去了一趟。到了那个米店，人家老板还奇怪，你们不是刚刚买完走吗？我们说翻江里去了，让人家好顿笑。

在惠州那里，很多部队在那就开展生产，另外其他部队剿匪，任务是剿匪、生产，就是这几个任务。一直在那里待到了 1950 年 10 月份，情况变了，准备打仗。老美不在朝鲜发动战争了吗？10 月 25 号打起来了嘛，整搞的。开始我们思想是什么呢？马放南山，刀枪入库，是这么一个思想。全国都解放了，蒋介石就台湾那么一个小破岛，还不是随便哪天去都能给拿下来啊！朝鲜一打响，这又树立长期战斗的思想，准备打仗了。当时说，老美在朝鲜打上了，目的是通过朝鲜战争侵略中国，占领东北，很明确的。这部队又收缩了，开始训练了，准备打仗了，又整这个。

这个时候我的思想转变了，原来就想回家，解放全国好回家嘛。怎么转变的呢？我看回家干什么呢？不还是种地吗！在部队我再好好干，将来也当个干部，也不回家，长期在这行了呗，就有这思想准备了。结果呢，原先不是太积极，又积极起来了。

那时我都准备当干部了。到潮汕那去了以后不几天，1950 年我就已经学了点儿文化，认了不少字；1951 年开始正式学文化，这时候也把我提升当副班长了嘛。我那个立功本上不是 1952 年还立一次功，总共立两次大功吗？学文化都能立大功，也够不容易的了。当时军里是这么说的，入朝作战的部队是一等功、二等功、三等功这样分，咱们这边是一小功、二小功、大功这么整的。当时我那学文化挺积极的，还介绍经验啊，军政委是李凯，我在会上介绍学习经验，李凯先讲话："前方抗美援朝、保家卫国，那也是推动部队建设。咱们后方学文化，也是为了军队的建设。为了将来如虎添翼，咱们解放军从前是大老粗，没文化的时候就像老虎一样，学完文化以后，这老虎身上就长翅膀了，这叫如虎添翼！"

他跟我们讲话是这么讲的，我们也要开展立功活动，不打仗怎么办？也要立功，他们说我们这也算，也是在为战斗做准备，完了大伙积极学习，还弄我去介绍经验。我那个立功也没给奖章，就是在立功本上添了一条，喜报也邮回去家了，我父亲给贴在家里墙上，给大伙儿看。

那时候 121 师还有一个学文化的先进人物，叫高玉宝，写了一本书，《半夜鸡叫》，跟我一起介绍经验。他也是大连人，瓦房店阎店的，1947 年底当的兵，跟我算是一拨的。他也是当兵学的文化，当时在广东写的书，具体哪个市哪个县什么位置我就忘了。传达了嘛，拿他的文章拿来念，大伙都看，学文化最典型的就是高玉宝。那高玉宝也立功了，学文化立的大功，以后回大连去作家协会当作家去了，不过再没听说他写第二本书。

这苦大兵出了个作家，那可是大事儿啊，完了就整，都培养，整搞的。那时候刚学着写，整不了这么长，写一般文章。我开始不会写，写信都写不好，作文挺多的，一礼拜写一次，写一个战斗故事，写一个艰苦的什么事情，团结友爱的，反正就是瞎作瞎编，要不哪那么些事迹。我们那个老卢头，喂马的，秃头不长毛，一个大字都不识，也来学文化，写得平平淡淡。那个李阳老师，北京人，人家是大学生，跟他说："不行，你写一次打仗时候，你的战斗故事不生动，你得改改，再重新写一遍，写点儿有意思的细节。"

老卢头重新写了，写的骑兵连和敌人战斗，耍大刀啊！说把脑袋砍下来以后血直呲，空腔子还跑了 100 多米！李老师一看挺生动的，又说："生动还是生动的，但是这不合事实，你形容别的玩意行，这东西不现实，脑袋掉了那人还不倒吗？"

老卢头不服气，说："你不叫生动点吗？我这不是挺生动的吗？"

大家在下面坐着都乐他，生动和吹牛总是两码事嘛。我们这帮老农民啊，要写一篇文章特别不容易。1953 年夏天，在第七中学，我在那写了一篇文章，我看一些报纸，老美在朝鲜打仗、国民党不是要反攻大陆吗？我就是从一些报纸、材料上东抄一句西抄一句，写了一篇，最后教员跟指导员反映了。指导员丁钟在晚上点名的时候他就讲:“我们是一般队伍,不是文化人,但是孙福地写了一篇文章,相当好,类似报纸评论员的水平!”说写得好,把我好顿表扬。我当时反问几个问题,在朝鲜侵略老美打仗现在又失败,为什么要这么干呢?反正我写的挺多,能有1000多字,我看我这篇文章是写得最好的一次。语文考试一般的都4分、5分,还没有太少的。学习最难一点就是几何。几何查表,什么表呢?平方表、立方表,还有对数表那个,几个小数点查那玩意。我对数学慢,慢,但是我有一条,时间就够,做完以后反复检查,反复看,都对上了,还行。

到11月份,国民党要反攻大陆,我们从惠阳东进到潮汕,在潮汕过的1951年春节。往潮汕去,我们大概走了5天,从惠阳走路走去的。从惠阳一出发我们班里党小组长陈学勤开小差跑了,他是丹东人。我们连里就他跑了,就这么一个,还党小组长呢,结果没跑多远叫人家抓住了。

我们到潮汕,住的地方叫彩塘,到了彩塘以后,我们住在田头黄,一个大堡子,那个地方土都是黄色的。住在那里,第三天,就来命令了,让去取人,把陈学勤给接回来。上哪儿去接呢?上军部,军部住彩塘,离我们有3公里远。我们这个军直属炮团炮营都离军部挺近的。叫谁去呢?叫我去。事先指导员丁钟找班排长,给我们班都开过会了,告诉说回来以后谁也不要问,什么也不要讲,但是要热情接待,不准歧视,就说这么句话就行了。

结果我去接人。一到军里,他一看见我就哭了,跟我说,没有什么别的意思,也不想背叛革命,也不想去投国民党,就是想家,想得不行了。他还说:“打仗咱就过来了,东北、华北和湖南、广西都没有打死,现在这一打仗,那是国民党反攻大陆,老美在朝鲜,这打下来还能好啊?我就怕打仗了,怕死!这一死可就回不去了,原来还准备呢,解放全国好回家,这回不去了,我家还有老婆孩子,可怎么办呢?”

这是走在路上跟我讲的。我说:“当兵就有心理准备,当兵不怕死,咱们已经从东北来这里了,就听党的安排吧,叫咱们回家就回家,叫干就干,咱们也不想别的了。”

就这么说了几句吧,不疼不痒的。我还能说什么呢?以前都是他开导我,讲革命道理,给我提高觉悟,现在我能给人家讲回去吗?一路上不说话,什么也没说,就那么把他带回来了。他比我大五六岁呢,那年他可能有三十多了。他是丹东那边的,是从步兵师里抽调上来的,1947年的兵,他比我早一年。接回来到连里以后,他进到屋里去了,就不好意思了,捂着脸就哭啊!什么也不说。

石连长说:“你过去一直是个好同志,打仗勇敢,不怕死,大家都知道。”

“老坦儿”董排长说:“别哭别哭,喝口水。回来就好。”

班长老吕说:“谁还没犯过错误,不要紧,没有关系,没有关系!”

他回来以后，住了有20多天，连指导员丁钟找他谈话，都说了处理结果，开除党籍，复员回家！这回陈学勤也不用跑了，你不是怕死想回家吗？行，让你回去，然后他就打个包走了。自己走的，灰溜溜的，谁也没告诉，也没提前打招呼，回丹东去了。

这段时间学文化就成了头等大事了，连里组织的，按原来的基础程度高低，分成几个班，程度低的，就从士兵里选人，有文化的暂时教没文化的还是怎么的，也有专门请来的文化教员。两个教员，男的李阳老师，女的吴杰老师，就是北京大学的大学生，在故宫里头跟着我们一起逛的，走了一天那两个，后来参加了41军，跟着一起南下的。

他们来参加，一般就直接分到军里、师里，这回从军里又分配到我们连里当文化教员。一见面，我就认出来了，他们不记得我了。我一说，在故宫出洋相，把头都撞了的，差点儿把人家玻璃整打了，他们还都记得呢，又说笑了一回。那个女老师吴杰拿一个留声机，到上课时候还给放，还有收音机，都是军里给她的。我们连里什么都没有啊，怎么教学？

留声机放什么呢？放几首歌，唱的，还有唱京戏的，放这玩意，再有收音机，带个喇叭，上课就放。我原来在1班，这回把我调到2排4班去当副班长。

有一次演节目，我们那有一个于素方是大连人，编了个小品。他到过日本，日本当时要"满洲国"10岁以下的小孩要到那儿去，培养训练，他给挑去了，然后"8·15"光复又回国回来了，后来他也当兵了，挺胖的，于素方，都喊他老于。他还编个节目，因为他有点文化，最后编了个什么节目呢？抗美援朝打老美鬼子，咱们勇敢地去打，编了个故事，基本上还不错，但是有两个事情是不好的，一个是朝鲜老百姓问"老美那么强，你们这土炮土枪能打过吗？"后来营里一个文化干事给提出来了，说这句话不应当提，你这不是长敌人志气灭自己的威风吗，这样不对。第二个严重的事情是在营里正演着戏呢，差点儿打死人了。我们班里只有一支枪，演戏时候需要两支，咱志愿军拿着枪，美国兵也不能让他空着手啊！一支枪不够，没有枪就跟人借，连里通讯连姓张叫张麻子，也是跟我们一起从154师一起来的，路上开玩笑说要跟志愿兵打架的，三个打两个的，就是他。小伙子一脸麻子，拿一支小马枪，我就给借来了，我演那个打美国佬的志愿军。当时张麻子去营里送信，背着枪去的，结果走路上这小子把子弹上膛了，回来也不退弹，我也不知道。枪拿来了以后，回来以后演这个打老美，于素方演那个被俘虏的老美国鬼子，我演志愿军，就拿枪比划他，我真想扣扳机了。心机一动，里头有子弹没有啊？没看过，不敢扣。赶演戏完了，我拉开枪栓一看，子弹上膛了！当时很多战士在那儿看戏，老百姓也跟那儿看，我这一枪能穿几个你说？我后怕啊！我手都勾在扳机上了，这要是响了这下可就真完了，我就是临时长了个心眼，怕有子弹给真勾响了，手就假装勾着，实际就是把在那里，就没勾。一般演戏，谁还不顺手就勾一下子？很后怕，这件事情。

戏演得也不好，他妈的整搞的。再一个就是跳舞，本来我就挺笨的，这个文化干事找各班里抽人，跳什么舞呢？苏联陆军舞，一共13节，啊呀，跳的腿肿得不敢蹲、不敢站，开始的时候疼啊，疼也坚持，每天早晨出操，这些几个人就弄在一起，就蹲下。还有这么一节，这样，完了还这样。蹲着整，一蹲一起来，就像那哈萨克似的，开始练真疼得受不了。完了搞纸糊背景板，扎一个楼房，那个时候莫斯科大街上的红墙不是很有名吗？完了戳到后边当布景，我们跟那跳，整搞的。我那老照片里面还有一张剧照呢，那个文化干事给照的。

还有一张照片跳的是老蒙古的摔奶子舞，还有老蒙古的骑兵舞，举大刀跑，军民联欢的时候，跳，不爱跳也得跳。咱一个老农民，能跳就不错了，就行了，我们谁跳过舞？一跳跳好长时间呢，就弄这几个节目，那个文化教员李阳挺耐心的，他是大学生呢，北京来的。他对这些老同志就说，知识分子能不能和工农兵打成一片，他始终有这个概念，你别看工农战士不会说，不会道，有时候还发点脾气，你得好好听着，看着虚心接受。像那个文化教员在部队待着始终抱着这么一个态度，打成一片，接受改造。你弄不好，发脾气，说你思想没融合，没改造好，那还行啊！

他们都是在学校里学的，能歌善舞的，两个嘛，一个男的李阳，一个女的吴杰，女的教文化，学写字。通讯班那个老师也是大老粗，大老粗但还会画图，正负电、线路、电话机的构造什么玩意，挺好，一个字不识还管画图，他自己能看能懂，能讲，一天到晚给我们讲课，哪个是正负极、为什么会讲话。你看他大老粗不识字，还真是不简单呢。这个女的住在楼上，二楼，下面住的是连部，通讯班在这边住的。那个女教员有天晚上下楼解手，一下子掉了下来，剩个手指头抓着楼梯在那叫。这个大老粗听见叫就跑出来了，一看那个女教员吊在那里，怎么办呢？抱腿吧，还不敢抱，怎么弄呢？最后都喊指导员，连长、指导员听见喊就出来了，我们都给喊醒了，起来看，一看她还挂在那儿叫呢。石连长喊："你倒是接着啊！看什么看啊你！"

听连长这么说了，最后他才敢上去，抱着腿一把给接下来了。就这么抱过一次大腿，悄悄跟人说，逮谁跟谁说，真抱上了！整搞的。

在惠阳还有一件大事情，到田头黄的时候，斯大林死了，在那开的追悼会，全军直在一起开的。1953年3月初吧，那天下午开的，好大一片，在那个大操场里面。我们去的事先都告诉了，你哪个人哪个单位在哪里坐，敌人的空袭来的时候往哪儿走，事先都分配好了，避免临时混乱。那天开会，国民党的飞机还真来了，咱们自己当时还没有空军，来飞机就肯定是敌人的。听见声音说飞机来了以后，上面告诉不要动，先不要动，都等着，过了几分钟敌人的飞机没进来，然后就拉倒了，继续开追悼会，哭斯大林。

最后也没整明白敌人那是侦察机还是轰炸机，不知道，也没看到，就是听到声音了，也不大，反正就听说是敌机来了。像开这样的追悼会，军长、政委都参加，都在一起开大会。当时吴克华已经调走了，到15兵团当副司令去了，41军也划归15兵团管了。政委莫文骅也调走了，到13兵团当政委去了，欧阳文当了军政委。新上来的军长姓田，原来是122师的师长田维扬，老红军，资格挺老的，作战有功，可能当了两个月副军长，就转正了。

附录：人物志·田维扬[①]

田维扬：(1906～1977)，男，汉族，1906年11月生，原名田文扬，曾用名田维杨，湖北省枣阳县人。

1927年1月参加鄂北黄龙挡农民暴动。

1928年12月入国民党军当兵。

1929年10月参加大冶兵变，参加中国工农红军，1930年3月加入中国共产党。土地革命战争时期，任红5军第5纵队第2支队班长、排长，1930年7月任红3军团红8军第4师2团第3连连长。1931年11月任红3军团司令部参谋。1932年任红5军第3师第10团连长。1933年9月任红3军团第5师第13团副营长，12月任红3军团第7军第5师第13团第1营营长。参加了中央革命根据地第一至第五次反“围剿”作战。1934年10月随中央红军长征，仍任营长。1935年10月到达陕北，不久任红15军团第81师第241团第1营营长。1936年4月任红15军团骑兵团团长，8月任第75师第225团团长。率部参加直罗镇、东征、西征和山城堡战役。1936年2月至5月任少共甘洛县委员会书记，6月至7月任少共甘洛县委青年救国会书记。1937年任红一方面军骑兵师第3团团长。1937年初入延安红军大学第二期学习。

抗日战争时期，任中国人民抗日军政大学第二期军事第2队队长，八路军第115师教导营党总支书记，八路军第115师第343旅第685团参谋长。1939年起任八路军苏鲁豫支队第1大队政治委员、支队参谋长、支队第1团政治委员。1940年3月任苏皖边军政委员会委员。同年11月至1941年任八路军第115师教导第1旅副旅长，第5纵队第1支队副司令员。1941年皖南事变后，1941年6月至1943年7月任新四军第3师第7旅副旅长兼苏北军区第1军分

---

① 参见 http://baike.baidu.com/view/45439.htm。

区副司令员，率部转战苏北、淮北、淮南等地，参加过大柏圩、杨口、曹甸等战斗，率部参加开辟发展苏北抗日民主根据地的斗争和坚持敌后抗日游击战争。1943年到延安，入中共中央党校学习。1945年4月至6月作为华中代表团成员出席中共七大。

解放战争时期在东北工作，1945年12月至1946年6月任东北人民自治军辽西军区第1军分区司令员，1946年6月至11月任辽吉军区第1军分区司令员，同年12月至1947年5月任东北民主联军骑兵支队支队长。1947年5月至8月任东北民主联军骑兵纵队（贺晋年为纵队司令员、张策为政治委员）骑兵第1师师长、师党委书记（政委朱继先），1948年6月至1949年3月任东北野战军第4纵队第11师师长、师党委副书记，1949年3月至9月任中国人民解放军第四野战军第41军（吴克华任军长，莫文骅任政治委员）第122师师长（吴保山任政治委员）。率部参加解放东北和进军中南的多次重要战役战斗，参加了辽沈、平津、衡宝、解放广西等战役。

……

1955年9月被授予中将军衔，荣获二级八一勋章、一级独立自由勋章、一级解放勋章。是中共七大、九大代表，第四届全国人大代表。

1977年6月12日因病在北京逝世。

第二十一章　老卢头儿淹死了

1950 年到惠阳，两次来检查空军，我都没检查上，当时很失落。那时候刚到，不是成立海军、空军吗？我原来那个部队，辽南独立第 2 师，后来叫 154 师，到广西之后改成 49 军军部，最后改成空 3 军军部了。

那时候其实我们都挺想去的，谁不想去啊？海军多好，空军更高级啊！那时候海军、空军待遇也高。吃、穿、用都不一样，那时候不是看着苏联电影吗？就穿个皮夹克，戴那帽子挺精神的，也想显示显示威风，空军就那样子。咱们没见过空军不知道，国民党那个解放来的兵刘挺清就说了："空军待遇高，吃的穿用的好，都是高级货！飞行回来以后，到机场下飞机都是小车接，去之前也是小轿子车开着送去飞机场的。"把我们馋得要命，谁坐过小轿子车，谁知道里面什么样？都想去，跑去找连长指导员问："看我这样的行不行？"石连长说："行，怎么不行，谁去都行！"

那次检查空军规模不小，凡是在连队感觉差不多的都去检查了。我们连去了能有 20 多人，连里已经事先都研究了，谁大概能行，有个数。年龄大的肯定不行，没文化的，一点儿都没有的也不行。就算我们去检查上了，也是先学文化，学完文化以后再学驾驶飞机。连里事先都研究了，这个排那个班谁可以，一起去检查。

先来检查的是空军，到那儿以后检查，我正好闹眼睛，沙眼，挺红的，其他没检查出什么毛病，个头、体重哪都行，就眼睛红着呢，说不行。我不甘心，还跟大夫说："我这是临时的，过两天就好，肯定眼睛没问题。"

大夫说："不行，你眼睛不好，在空中你怎么驾驶飞机？"整搞的。所以不行，没检查几关就下来了。这一次伊承周检查上了，当上空军了，神气得很，结果去了之后再检查，不行了，没当上飞行员，最后干地勤，当上了教导员，后来伊承周转业到安徽，“文革”的时候被红卫兵好顿整，把好几根肋骨都打断了。

检查空军不合格之后，不行的下来就去检查海军，海军档次低点，要求没那么高。检查海军跟空军相隔能有一个多月吧，原来154师炮兵连我们那排长叫郭凤鸣的，他就调海军三级军舰当舰长了。他那时候可能从广西去的，因为我到广东了嘛。我听别人讲的，说咱们排长到海军三级军舰舰长，连级干部了，整搞的。我到那儿检查海军那天，刚打完篮球，血压升高，完了又洗个澡，还感冒了。那时候不在乎，都用凉水冲，到那儿一检查，感冒了，鼻子也不好使，也不合格。我还挺悲观，空军不行检查海军，拿海军对付吧，海军也不行，还不要我，就还是当陆军吧，就在这儿待着，哪里检查我也不去了。

我们连检查上一个海军，我们连部那个小司号员去了，没几天回来看看，穿着海军的衣服，帽子后面还挂两根飘带，挺神气的。我们看了都羡慕得不得了，看看人家，当上海军了！他在军舰上边还是当信号兵，打旗语，也算是专业对口吧。

最后又来一次，我病好了以后又检查空军，可能第一次找的人数不够吧，又补一次。在惠阳检查，还叫我去，他们说上次眼睛不好，还感冒了，这次好了去重新检查一次，到那儿一检查还是不合格。这次不说为什么了，说等通知，不知道通知啥玩意，没合格。当时没说不合格，他们说了，去检查没合格说了以后悲观失望，今后就不告诉，免得打击情绪。

当时那些解放兵基本上相当于我们的“课外辅导员”，很多经验、很多外面的见识都是从他们那儿得来的。咱们没见过，也不知道，人家见多识广，很多是从海上坐军舰到东北来的。我们当时候还不知道大军舰啥样呢。小艇看见过，在营口不是还烧了一只吗？没看见过那个正经军舰，只是看电影里有，军舰挺大的。

惠阳那里还出了一件事儿。那个老卢头儿，凤凰城的人，40多岁了，原来也是在154师的，后来这边军里重迫击炮营缺少管理马匹的内行人，把他给调来了。那不是从内蒙古买来的马吗？挺生的，得有内行熟悉的人来喂。连里的通讯员姓张，游泳，下水了，是个小胖子，一脸麻子，我们就叫他张小胖。张小胖那年能有个十八九岁吧，年轻，爱玩，挺活跃的。老卢头是喂马的，不是行军时候牵马的，不会水，根本都不会游。张小胖游泳的时候，老卢头在水边饮马。那地方水挺深的，下去走两步就不够底儿了。小张在水里游得正欢，就喊他：“老卢头，下来啊！”

老卢头说：“我不行，不会。”

张小胖说："来吧，下来扑腾两下就会了。"这一"来吧"拉一把，老卢头一呲一滑进去了，进去就没有影了，跟秤砣一样。这事儿也不能全怪张小胖，当时在水里好几个人，都说"下来下来"，都以为老卢头行呢，我看得清清楚楚的，我也在里头。我和张小胖我们四五个人在河里游，老卢头在岸边嘛，能有五六步远，就那么近，下去就看不见影了，挺深的，两人多深的水呢。

这样坏了，急忙喊，叫附近那老百姓都来帮着捞啊，跳下水不少，水性好的下去摸，捞一下午，捞有两个小时吧，最后搞网打捞上来了，老卢头脸都变色了，肚子挺大。他进水里跑出不远，捞上来以后两手抓一把泥。捞上来以后，跟老百姓还借一个锅，趴那锅上控水，水都控完了，人也没活过来。最后在老百姓那买了一口大棺材，装上埋起来了。

把我们连长哭的啊，这人死得也太冤枉了！石连长哭坏了。

这样一直学着文化，还越学越高级了，到 1952 年 6 月 15 号，就把我调到军里速成中学学文化了。学文化在军部那个堡子的东边，就是彩塘。就是工农速成第七中学，我们住那个院是一个大资本家的，整个大院里头能住一个营，我们住在那里，住人家家里。一间一间的房子，过去国民党也在那住过。我们在那学文化，旁边就是军通讯营，后面是军的工兵营。

一间屋子看大小吧，我们那屋住六个，就是连铺，一人一个铺板，打的稻草帘子，上面铺床单。

学文化，开始挺高兴的。一个连抽五六个人，主要是有发展前途的年轻人，年龄轻的，党团员，这样的到那去学习。我们连抽了不少，我们营里教导员，李教导员，他是山东人，到我们那中队去当指导员，他降了一级使用，营教导员到我们中队当指导员。

我去军里学文化之前是副班长，学文化就提了副排长，去了马上下了任命，当时是培养干部，不够副排长不能学习。就是在军里宣布了副排长，如果以前是班长的马上提升为排长，以前你要是副排长的马上提升副连长，都破格提的。提一整级，不是半级。像我从副班长到副排长，班长这还空一级呢，都没有经过，直接就提上副排长了。我们去那五个人都提升了，每个人都提了。你要不提升，学完文化，你这人到了那以后职务没上去，不就白学了嘛。所以在那学完了以后分配，到 2 营炮排马上就宣布当排长，又升了半级。

在第七中学这两年半里一直是学员，但是职务是副排长。也就是说，我们这一批上中学的，都是部队里要提拔、重用的，就不是一般小兵了。我们整个抽出来，就不在原来的部队了，算学校编制，全部是脱产，脱离军队。当时说我们学两年半，不到三年。学的一部分还是高中的，像三角几何、代数这些，初中有代数，但是几何这些当时都是高中才有呢，就学这些玩意。因为当时说将来发展炮兵都有用，学的比一般的中学还高一级。

老师大部分都是南下北京招的一些大学生，就是他们来教的，那些原来在连里当文化教员的又集中起来了，李阳、吴杰他们这些年轻人都来当老师。教室就用老百姓的家，南方有很多的庙、祠堂这种地方，就在这里学。跟正经的学校也差不多吧，有桌椅板凳，有黑板，什么都有，挺好的。广东那个地方差不多，一个村庄好几家有祠堂，好几个庙，这庙那庙的，祠堂挺多的。还有的地主家被分了，人跑没影了，空着、闲着的。

有的分了，叫人家分了完了以后给穷人，穷人暂时借用一下，他搬走。像军部，在彩塘那驻的，就住大资本家的房子，好多呢，那房子漂亮，这个门框都是大石头，这么宽下，摸着锃亮，能照出人，那是大资本家的。地下都挺好的，铺的是地砖。有的打的水泥，不叫水泥，就是把贝壳烧了，搞煤烧，完了以后像石灰那种性质的东西，里头堆点儿沙子、泥，完了以后一抹，抹出来以后做的。它不是钙质吗？军部还有个发电机，晚上发电，有电灯，灯火辉煌的，弄得挺像样子的。

我们去的这些人底子基本上都差不多，都初小文化，开始在连队已经学习一些日子了，基本上把小学课程都补上了，1950 年学了一些，现在开始升级了，学中学的了。在连队的时候主要就是李阳、吴杰那两个教员教，教算术，识字，教你写作文，还学物理、地理，就搞这个。

到第七中学以后，没几天开始整党，军直属队整党。

然后就集体上课，把几个独立营、军直、政治部、组织部这些都搁在一起，跟领导经常都见面。完了以后就开会，讨论，大会上发言，批评军长、政委，批评军里后勤部部长。其实咱们都不了解，也不知道，揭发的人说，后勤部部长在驻北京的时候跑天津去赌博，在仓库里拿的金条到那去赌博，输了几根金条。有人就给检举揭发了，另外日本鬼子一个什么将军的一把战刀，不长一点，短剑样的，是金子把的，金子啥玩意的，他拿去了，也给卖了，把钱给赌了，检举揭发。这都是谁检举的呢？都是军直一些领导，其他部长、处长这些人了解其他的，像咱们营、连下面的战士，也不跟他们接触，啥也不知道，我们就是坐在会场上跟着听。

反正开这些会就是把我们这些兵和那些官放一起开，是党员就行，整党。就是抽调党员，我到军里学习，整党学习。我那时候是党员，作为骨干，我们班里可能就我去了。我们和军里文工团在一起的，编成一个区队在那学习的，那好几个女的男的我都想起来了，还有拉手风琴的，吹小号的嘛，有时候他们还吹一吹，拉一拉。整党，我们在那里头。

给军长田维扬提的多数是军阀主义。给政委欧阳文提的什么呢？我想起有这么一句话，过春节的时候汕头市慰问，给欧阳文一个打火机，那时候咱们还没看见打火机什么样，只是听说，说他贪图享乐，不艰苦朴素，点烟都不用洋火了，用打火机！还有人说，他吃橘子姿势不对，人家都往嘴里吃，他搁手拿着，一吸，水吃了，其他完了都扔了，太浪费了！这其实也就是农民不懂的，不是思想问题。那时候，人家吃东西讲究点儿都不行，说你浪费，为什么不一起吃？连皮都吃了就好啊！当时我想这么一个，完了回来大伙还说，你们老土包子、老农民没吃过，你们当然连皮带瓤一块都吃了，人家会吃的不就那么吃怎么的？大伙还议论这个事，说太土包子了。欧阳文还被提一个意见，汕头市给一个轿车，慰问给的，那都是大资本家买的，给军里送一个轿车，那时候军里都是吉普车，哪有轿车？打仗谁坐轿车，都坐吉普车。这台轿车就是军里领导坐呗，谁出去往哪儿走就坐。完了又给提意见了，说是注意糖衣炮弹，那是从这个角度看的。容易吃亏上当，要提高警惕。

还有文工团的一个女的，一个小领导，给哪个部的部长提意见，说他答应给人家女战士多少布，买什么东西，跟人家谈对象，人家不干，完了那部长还给人家骂了，就在会上提了这么个事。大家都说现在新社会了，人都自由了，你还强迫婚姻，还搞封建包办，还给几匹布，谁稀罕要你那东西啊？

这个小领导是说她手下的兵、一个女的给一个部长提意见。就是说这个女领导替她手下的女兵提的这个意见，说她那有一个女兵，被强迫，人家不干，那个女的哭好几次了。当时很多领导没找对象，都是那些老头子，人家 20 多岁的小姑娘她能看上你吗？是不是？当时那个领导叫什么名字我搞不清，也记不住，反正有这么个事。反正他们讲，我们就在那里听，有这么回事。

还提个意见，到汕头以后这一段，从广西到广东以后，41 军死亡的干部战士一共有 30 多人，一个排了！都是对部队管理不严，淹死的、做活死的、交通事故死的……说是减少战斗力，对部队的管理不好，这是给军长提的，给军里领导提呗，说是他们要是打仗打死了，那就行了，也没话说。但是平时无故地减少战斗力，很不应该，提这个意见。这个意见，领导他是老老实实接受了，军长田维扬说接受。

有一条意见，提得更尖锐。什么意见呢？1952 年打南澎岛，因为 1950 年 2 月份我们就改归 15 兵团管辖了，也是我们 41 军打的。打那个南澎岛有两个问题。第一个，打的时候依照陆地风格，到时候手榴弹一扔冲啊。南澎岛国民党去一个团，这个团都是敢死队，在组织上不充分，给我们炮营分配的是机帆船，大家挺高兴的，以前坐帆船那玩意借着风，现在这机帆船是机器，以为挺好呢。可是拉的炮、拉的弹药那轻重不均啊。结果到海上人家帆船拉着步兵跑得快，我们炮兵这机帆船吃水深，溜溜达达溜溜达达反而慢了，没有人家跑得快了。结果步兵到那以后，一接触就是往上冲，没有炮火支援了。人家在海岛顶上往下打，扔手榴弹，底下咱们下水的，有的还淹死了，水挺冷的，步兵冲得一拨一拨，伤亡挺大的。大家就气愤这事儿，我们不怕死，但是也不能这样稀里糊涂去送死，领导指挥、组织得不好。

第二个问题，战后把烈士弄回来以后，第二天埋上了，埋了一堆，拼骨了。从老百姓来讲，应该是一个坟堆一个坟堆给人家整的，你为什么给人家拼骨？有人就说军里领导你们没有良心。这些同志南征北战，离开家，离开父母到这来了，你就那么给人家埋一个坑，都整到一起去了！批评这个。

这也对，领导接受了，完了以后组织人重新扒开，扒开以后都没弄棺材，弄的白布裹一裹包一包，一个一个的。这时候已经埋里边半年多了，都臭了，又重新整的，这时候拿上白布，一人一个坟头，写上名字，整搞的。

还有一件事，1953 年打东山岛，那时候我在那学文化，我没去。东山岛也是我们 41 军去打的，这个仗打得还可以，但是有毛病。什么毛病呢？敌人逃跑撤了，撤到海边一个大村庄里去了，121 师哪个营在那，当时有个营长在前面，告诉了，叫他去，到那搜索看看，敌人是不是跑山上了。还是真逃跑了。他没去，结果到晚上国民党来了兵舰，到那把人接走了。——让兵舰接走了一个营，那个营长说敌人已经跑了。最后这个营长给判刑了，是陶铸亲自批的、下的令，判刑。当时还传达这事儿来着，说东山岛开始打得很顽强的，把敌人消灭了，也有跑到村庄的，看见有几个船拉走，结果他没都拉走，在那隐蔽起来也不知道。

我们这次学文化，41 军里抽调了多少人去学呢？一共是 9 个中队，就算 9 个连吧。我们是 1、2、3 班，1、2、3 排，这样编的，一个连一个连的编制，实际叫中队，我们是 8 中队。后来我们照了一张相，胸前写着 8 中队，一个黄的打球穿的衣服，另外我还照了个相，前面搁一个篮球，我们几个人在那坐着照个相做纪念。

第七中学 8 中队“五虎上将”

篮球一般就是这个排和那个排打，有时候外面来了互相之间也打。我那时候篮球打得一般，咱们过去没打过，主要是谁呢？我们班里那个小曹，他是皮口人，他打过，他教大伙整搞的。还有一个叫于素方的大胖子，大连人，他到过日本，从小时候到日本去学日本话，给那整的，后来又跑回来了。他会打，能文能武的，很会整。在惠阳住的时候，弄两个柱子上面钉一个板，弄个篮球就开始打。一开始我对那玩意挺感兴趣的，中午也不睡觉，就打那玩意玩。那时候身体好，打两节（整场）一点事都没有，不累，从来也不换。

那于素方他家不是大连的吗？有时候跟我讲大连怎么怎么好，说是大连有个动物园，猴子、大象什么都有，他去过，给我讲看这看那的，我没过去，光听人家讲，也没看见过，老感觉这个东西挺新鲜的，就想着什么时候能去趟大连，我一定得去那个动物园看看。还有个潘殿臣，家也是大连那边的，也经常讲，那时候我就想，将来老了退伍了，就回大连去。

到了第七中学，我们基本是那样的，上午搞训练，下午就是学文化。学文化天热，那时候下午还有两小时游泳，南方河流、水塘多，学会游泳，准备打仗，这也是战术训练的一部分。下到水里怎么救人，炮、子弹怎么运，怎么拿，还学着扎竹排，搭架子。就这样，实际上真正打起仗来也用不上，起码都有船。那时候就预备着，如果没有船怎么办，就砍一些竹排子绑上，怎么绑怎么弄，都练习了。

开始南下的时候过江过河不都那么整的，真正江河打仗也用不上。学文化这段，开始学的小学，1952 年我去的中学，我挺积极的，认真学习呢，最后毕业还叫我介绍经验，学文化标兵。啥经验呢？我就一条，勤学苦练，反复念，反复背，否则你就不行。我应该算学得挺快的，那不说惠阳话都学会了？广东一个地区一个话，不完全一样。我当时在惠阳学的话，是客家话，后来老也不说，都忘了。当时我们自己有两个翻译，我一个，那一个是 3 排的，姓田，叫田什么，他也学得挺快的，经常我们俩一起当翻译。我也不知道怎么回事，本来文化挺低的，嘴挺笨的，说点儿啥都不会说，但是当时学人家的话学得倒挺快的。

一直到了 1954 年，学文化完了，8 月 15 号毕业的。毕业完了以后有的就回单位去了，有的就是统一分配了。我呢，就统一调到军里炮兵训练大队，它是三个连，住在潮汕，不是汕头，叫潮汕，也叫潮阳。

我去潮阳炮兵大队去学习，我去的是 3 中队，我们学习分的迫击炮、山炮、野炮三种，我学的是山炮和迫击炮两种。弄那日本造的那个山炮成天摸索着学习。这回从头到尾学了，过去没系统学过。学的什么呢？兵器的构造、性能；各种弹药的构造、使用、效果、效能；射击法则：简易法、目测法、精密法。

目测法很简单，就是脑袋一看，因为炮、观测所、敌人，它是这一条线，有时候不在一条线上，在这边，就是你往这测，这敌人这里多远，往这么看加多远，加在一起就是整个射击距离。完了以后求出百分比，方向比，然后开始射击。这个都是心算，笔算也行，你没有笔就心算。文化低的一看都是目测法，大概就是这么远距离，用炮弹找，基本上叫作加差法，打远了看远多少减过来，打近了再加一点儿，完了再折点儿加里去。

简易法是用地图量，地图就放在炮旁边，得量准确，把坐标量出来，然后计算方向、距离、弹药、气温、风向、阵地高差、敌人目标高差，就是高低，搞好了以后这种计算方法叫简易法。

精密法是用经纬仪找到那个站点，经测，这是经纬度，测出角度和距离，这叫精密法。

以前都不懂，在那才学的这些玩意。观测所的条件、阵地的条件、预备阵地的条件……学这一大套。你看观测所得展望良好，观察清楚，不易暴露，制高点……这有好多条呢。阵地的条件，战术的从单炮发射到排、连射击怎么打，这一套反正在那学的。一直学到12月26号，又毕业了，统一分配，分配，我没回到原来的那个军炮团去，又换单位了。我分配到哪儿呢？分配到367团，就是41军123师367团2营营部直属的炮排，当排长。

现在辽化的老景，景云海，我们都叫他景大肚子，他是121师的，我家后楼的老仇，仇福林是122师的，当时不认识，后来经常在一起说，都知道。41军3个师，121、122、123师，我们是123师的。我在第七中学那边是8月15号毕业的，这边炮兵训练大队是12月26号毕业的，学了有大概4个月吧，毕业之后这回是排长，直接任命就去了。

我们这个排是营直属的，上面没有连长，直接就是营长。一个排三个班，一个班一个火箭筒，炮手加弹药手，五个人一个班，都是小班，都五六个人。这火箭筒有好几种，还不是统一的，有九〇的，九〇的挺粗的，挺长的，扛在肩上，还有六〇的，还有三七的，我们使用这种多数是老美的，六〇火箭筒。可能最多打1200米吧，我记不住了，一千多米。先去打靶，打了几发都没打准，没打着目标。炮校正，看，整，弹药检查整搞的。

这是营直属的一个炮排，营里一个炮排，一个通信排，另外营属还有一个迫击炮连、重机枪连，这么四个归营直接领导。另外还有三个步兵连，这是个加强营啊，挺大的，步兵班一个班是14个人，挺多的呢。营长是个山东人，挺厉害的，姓张，具体记不清叫什么名字了。当时有40多岁了，腮帮子这块让炮弹皮打一个洞。

我说367团你可能没什么概念，我当兵打的第一仗解放鞍山，不是跟在人家4纵后面打进去的吗？我们没打上，就是跟着人家跑，当时就是跟着它，12师34团。这个团后来还有个闻名天下的称号，叫作“塔山英雄团”。

第二十二章　谈恋爱受个处分

这样我就到了塔山英雄团，非常自豪啊，英雄部队啊！很长时间，我一直认为那是中国陆军的“第一团”，直到我后来到了真正的陆军“第一军”。不过到那之前，我还背了个处分，带着这东西进英雄部队，有点儿不好意思。人家都是大英雄，我还受了个警告处分，因为谈恋爱。

我在惠阳那学文化的时候认识了一个女孩，叫黄亦红，当地人。怎么认识的呢？我们从教室到宿舍经常抄近道，从她家门口过。她那边房子跟咱们北方不大一样，前后都是房子，当中一个过道。她是在东边，道在她家前面过，前面是个小院，不大地这么大个小院，经常从那儿走能看见她在那。她跟谁好呢？彩塘有一个小学教员，她们年龄差不多，比黄亦红小一点吧，她教小学的，经常跟我们部队开联欢会什么的，她也到我们的中队去，领着学生在那让我们给讲战斗故事什么的。

她那个朋友是个小学老师，黄亦红不是，黄亦红念初中，上的是潮汕中学。当时彩塘也有个中学，不知道她是怎么考那里去了，可能是重点中学还是什么东西，我也没整明白。她家有个缝纫机，我们做个鞋垫，缝缝补补什么的都到她家去做。她妈挺仁义的，她哥哥检查上了空军，在长春空军地勤，也是个当兵的。所以一去她家，看到当兵的，她妈也挺热情的。

从我们驻地到她家大概有 300 米，从她家过去再到操场有 60 多米，等于是每天出操都要从她家那过。她家那是条近路，从那儿绕过以后出去，我们出去以后再往回返是操场。跟她家接触，还有一个偶然原因，碰上了。有一次星期六下午四五点钟的样子，我们连队说晚上包饺子吃，面啊馅啊这些东西倒是都有，但是和面的盆子没有，我们有一个，不够大，一个连吃呢。指导员就喊我："小孙，去老百姓家借把剁馅的菜刀，再借一个大盆子回来。"

我一想，这家人家就在我们上课、放学的路上，好像家里有个大盆，有那么一点儿印象，我就去了。到她家去借刀、借盆子，借那些玩意。我到她家一看，本来家里就一个中年妇女，那是她妈妈。结果这天家里还有一个20岁的大姑娘，学生，长得有点儿胖嘟嘟的，小圆脸，有点儿董文华那么个意思，大概有一米五八那样，一说话笑呵呵的，老是笑面，挺仁义的，团团脸，我现在还能想起来。没想到有这么个人儿，我就有点儿慌张，不知道该叫个什么好。那时候也没学过，都不跟当地女孩子打交道。我就支支吾吾地说来借盆子借刀，就是附近部队上的。她听了，也不说话，就给我拿盆子拿刀，捂着嘴偷偷笑。我当时印象挺深的：这家还有这么个姑娘啊！

回去之后就惦记上了，忙乎一天包饺子，老想着她，捂着嘴偷偷笑那个样子。当时怎么也没敢问问叫什么名字呢，吃完饺子了，晚上把盆子、菜刀又都给人家涮干净了，给送去。到那一看，还好，还在家，也刚吃完饭，在收拾桌子呢，那地方人家一般都不关门，敞着呢，老远就能看见。我把盆子给送去了，临走又问了一声："你叫什么名字？"

"我叫黄亦红。我知道你叫孙福地，是个大英雄！"

想不到她比我大方，人家是在潮汕上中学的嘛，见过世面。她是住校的学生，星期六下午回家，星期天晚上或者星期一早上去上学。她说他认识我，知道我的名字，看过我开会。当时我们军里开学文化总结会，不是让我上台介绍经验来着吗？那时候也没个礼堂、没个俱乐部的，就是露天开大会，部队都坐一排排的，老百姓就跟那旁边听，跟那看，可能她那时候看见了，听了，知道我，还知道我会讲当地的话。

黄亦红问我："我听说你学文化立了功，以前行军打仗也立过功，是个大英雄呢！"

我整得挺不好意思的。那算什么啊，我们部队里真正的大英雄多了，我们石连长打过塔山阻击战，指导员丁钟，战场上接电话线七断七接，那是什么功劳！我就跟她讲："我不行，我那不算什么，我们部队里基本上拉出来一个就是一个大英雄，人家都不吱声就是了。等有时间，我好好给你讲讲他们的故事，那些都是枪林弹雨里出生入死的。"

"好啊好啊，明天我下午去你们部队找你，你给我讲战斗故事！"她高兴地叫起来。把我吓得够呛，这要是大张旗鼓地到部队去找我了，这事还有个好啊。我就说："明天下午不行，我们也要上课训练，晚上吧，吃完晚饭，我来给你讲故事。"

她看起来有点儿犹豫，因为她星期天晚上要回学校去，我当时不知道。她马上又说："好啊！明天晚上我等你！"后来我才知道，这样她就得在星期一早上起个大早，早早出门往学校去，挺老远的路呢。

晚上回去我悄悄把这事跟小曹和刘作勤讲了，他们都说，这个机会你可不能放过，趁热打铁才能成功，《国际歌》不都是这么唱的吗？刘作勤是个南方兵，解放过来的，脑子灵活，给我出了不少主意。他告诉我："你去！但是也别空手去，你得带件衣服去补，借她家缝纫机用，不就有理由了吗？还有一个，你别盯着黄亦红纠缠，你得跟她妈妈聊天，让她在旁边听着就行了，不能一下直奔主题，写作文不还讲个一波三折吗？"

小曹在旁边说："高！刘参谋长就是高！下次我找对象也请你给参谋。"

每天晚饭后到晚点名之间，我们能有个大概两三个小时左右的自由活动时间，就是给你饭后溜达溜达，消化消化，这个时候出来，干部们不知道，好钻空子。所以第二天晚上我就又去了，还假装拿条打篮球磨个洞的破军裤，请她妈妈帮忙，用缝纫机给补补。晚上她妈没在家，不知道出去干什么去了，黄亦红拿过去就给我缝上了，我在一边坐着，看她干活，她就让我给讲战斗故事。

那就讲呗，不用讲我，讲别人就够了。那时候打完仗开总结会，每回都有人立功受奖，步兵的多，人家冲锋陷阵抓俘虏嘛，我们就在后面戳着炮轰，当然没有人家功劳多了，我就给他讲那些步兵的战斗故事。这样一来二来就熟悉了。熟悉了以后，悄悄有那么点儿意思了，谈朋友了。我们学文化嘛，她就给我讲作业，算术都怎么做。初中时候的内容基本上都相等，但是我们初中和她的不一样，比她的程度还高点儿。我们比较熟悉了以后，她经常找理由来部队看我，跟她那个小学教员的朋友一起来，带着学生来，听解放军讲战斗故事，军民共建嘛，还不能拒绝，来得名正言顺。

后来有一段时间，不来了，也不知道什么原因，什么也不说，就不来了。我去她家，也看不到人，说是去学校住了。这不行，不管怎么样我得见到人啊！有一天上午训练完，我就跟刘作勤一起去了，到潮汕中学找她。那不是女子学校，是个混中，男女生都有，学校门口有个传达室，有个小老头儿在那看着，不让进。说是统一有规定，不让外人随便进，要进得拿介绍信。

那上哪儿弄去，谁敢去部队开这介绍信！我就来火儿了，跟刘作勤两个走了，绕了半圈，到了学校那后山墙外面，听听里面没什么动静，刘作勤说："你今天不进去，看来是不能甘心了。革命军人还能知难而退吗？有条件要上，没有条件创造条件也要上！"

就这么着，刘作勤在下面搁着，我搭他肩膀就翻进去了。别说这什么破学校，就算是国民党的司令部我也敢翻进去！那时候他们不是都叫我"孙大炮"

吗？不光是因为我嗓门大，能吵吵，还因为我敢说敢干。当炮兵时间久了，听力都不好，震的，都是大嗓门，说话吵吵巴火的，不光我一个。

我这辈子就进过伪满时候的太平岭小学，一点儿好的没记住，想起来全是被老师打手板、罚站、冬天怀里揣冰铁牌子，没一点儿好印象！结果到了人家这学校里一看，那才是真正的学校呢，操场、篮球场、花园、教学楼、宿舍楼，规规矩矩的。我进的是学校后院，都在上课呢，挺安静，的确也没有人，我从后门进了楼了。也搞不清楚她是几年级几班、教室在哪儿，就一间一间去看，找了一大顿，看见她妹妹了，她妹妹叫黄亦辉，比她小三岁，也在这学校念书呢，看见我了。正好她妹妹那班里没有老师，她就跑出来了，说了她姐姐那教室在几楼哪屋，我就上去了。

上去一看，黄亦红在教室里坐着正上课呢，她个子小，就在前面第一排靠门坐的，正好！我在外面使眼色叫她，一下看见我了。她就跟老师说了："老师，我哥哥从部队上回来看我了。"

老师一看，我穿着军装在门外等着呢，就说："好，你出去吧。"她就出来了。完了以后就走到那后院去了，她靠着一棵树，我站她对面靠着墙，我就问她："最近怎么了？怎么不来部队了呢？"

她说："我去部队干吗啊？也没有我什么人在里面。"

我说："咱们不是谈朋友了吗？"

她说："谁是你女朋友？"

我说："现在做女朋友，将来把你娶回家去，跟我一起过日子。"

她不大乐意，因为之前我只说交朋友，没说结婚过日子这些事儿，她有点儿担心，这个人是不是真心实意的呢，又不好意思问。主要还有一个，我们这些人给她们什么印象呢？跟个东北人结婚，将来得到东北去，她们听说东北就害怕，说是多么多么冷，有的南方人不服北方的水土，冬天冷，受不了。他哥哥不是在长春当兵吗？写信回来说，有的南方兵冷得受不了，还跑回去了！她们也听到有这样的消息，所以她也有点动摇。还有一个顾虑是什么呢？我是兵她是民，另外咱们将来到哪儿去，这还不一定呢，你还永远在部队里啊，也不一定嘛。

就这么把话说开了，就好了，都挺高兴的。正说着呢，黄亦辉跑来了，说学校那个门卫来抓你了，快跑！教室里上课的老师不知道，他可知道，我不是从后墙翻进去的吗？这就赶快跑，到了后墙根，爬不上去了，挺高个墙呢，要不是刘作勤在外面搭把手，我也难翻进来。我正着急，黄亦红带我跑到旁边一个小门，原来就在我翻墙的地方旁边，早知道我就不爬那大墙了，弄一身土。那是个那些挑水打扫卫生的人走的小门，一推就开了，锁虚挂的，门鼻子都掉了，就那么对在上面的，不顶事儿。完了以后从这小门就跑出去了，刘作勤还在外面等着呢，急得够戗，早知道我进去时就不翻这个墙了！

“怎么样？见到人没？”刘作勤问我。

我说：“见到了，有点儿误会，都说开了，挺好！”

这么说着，黄亦红跟她妹妹趴在小门那跟我们招手说再见，小刘就看上她妹妹了，那年17岁，上初中，她们上学都够晚的。结果黄亦辉没看上刘作勤，看上小曹了！他俩也交朋友了，偷偷摸摸的，还谁都不告诉呢。那时候部队管得可严了，人家不让谈朋友嘛！都不让谈，我这是学文化，人家不让，偷偷摸摸整搞的。后来黄亦红经常回家，就不是非得星期六、星期天才回来了，还装病，请假。我经常去上边可能人家也察觉了，没事晚上下自习了，没有事我就往那边溜达。从她家那边过去，那边是我们的操场，跑步出操都在那里。经常晚上约了黄亦红出来，俩人在那走。

有一个星期天，没有事儿，我跟黄亦红租个自行车到潮汕去逛，去玩儿，还不大会骑，刚学的，她早就会骑了，我不大会。骑起车来，在街道里逛，她坐在后面，俩手把着我腰。潮汕那地方净是邪的，街上有人卖尿，一袋尿多少钱多少钱，有人尿、牛尿。骑自行车走那里，一个挑尿的横着走，我刚学，一慌就懵了，不知道拐弯也不知道刹闸，把他给撞倒了，撒我一身尿。黄亦红在后面，看形势不好，人家跳下去了，她没事儿。

撞了他开始还要我赔钱，我说你挑挑为什么不顺着挑？他横着挑，他说他累了刚好换个肩。你这么样挑哪行啊，大道中间突然来这么一下子，赶那么多人骑车你那么走，我说你这叫什么走路的。另外你不靠边走，还走当中，他感到理亏就拉倒了。完了我就弄那个自行车，都被尿给淋了，擦半天，黄亦红跟那笑得腰都直不起来了。之后找个公园是什么的，有个公用的水龙头，没人管的，浇花浇草的，在那用水冲，冲完自行车冲衣服，自行车干了没事儿，衣服半天不干，我就站在太阳底下晒，黄亦红躲在树荫下面跟我说话，把她笑够呛。

那时候谈恋爱也很单纯，有的时候星期天在一起唠嗑，有的时候到她家以后她妈留着一起吃饭。她没要求我就地转业，她不希望转业，当兵好，她希望我继续当兵。到了1952年过年的时候，她叫去她家吃饭，她妈妈还给我钱。那时候当兵钱少，我后来当副排长才15块钱，排长是20块钱津贴费。她家有钱，挺富裕的，黄亦红的老爸到马来西亚去了，在马来西亚做生意，又找一个对象，不知道算是包了个二奶还是娶了二房，应该是二房吧。照片在她家墙上挂着，就像现在年轻人结婚穿的那衣服、戴的花，还披着婚纱，还整那事呢。这家就这样，跟小老婆照的相还搁大老婆这儿挂着，他们当地风俗还认可这些事。广东那地方的人都有三四个老婆的，在那地方，不是一个两个。他娶老婆回家，就是个劳动力，干活，人家大老婆一般都认可，不是今天打明天闹的。当时黄亦红的妈妈大概有个40多岁了，就她自己一个人在家，带着黄亦红、黄亦辉两个孩子，就这样的，儿子当兵当空军去了。

后来不知怎么就被上面发现了，找我去谈话。"老坦儿"董排长找我谈，我也没心眼，都招了，如实说了。到他那儿，人家一问，我就承认了这事。当时规定不是不允许找对象吗？我偷偷摸摸找，不是公开的，整搞的。学文化不允许谈恋爱，有规定。我承认了以后，连里指导员丁钟又找我去谈，我也老实说了，去了多少次，都干了什么，反正没最后定，还没到谈婚论嫁的程度。我说她妈挺好的，她弟弟在空军，她家老头子在马来西亚，说了一下她家的情况，她答应将来毕业了，她跟着我，就这么说的。

指导员丁钟说："你违反规定了，要受处分，给一个行政警告处分，你服气不服气？"

这个处分我那个档案里都有，上回办理离休手续的时候，档案处他们老佘处长那不是还说了吗？填写离休表格，什么时候受过什么处分？那个填表的小姑娘还问我呢，我说了："谈恋爱受处分警告一次，咱们也没结婚没怎么的，就谈恋爱，就谈了。"

她还问我："怎么谈的？"

我说："在惠阳那里学文化，人家不让找对象，结果我悄悄找了一个，被上面发现了，按规定就给了一个处分。"

"老坦儿"董排长他们问我，我就老实交代了，说了。当时处分了拉倒，我保证说，断绝关系，以后不来往了！实际上谁能因为受完处分就不敢再找对象了？口头的吧，下来还偷着来往呢，个别时候没人看见了就还悄悄说话，但是这些事情，为她受了处分这些，没给她讲。

我们有个副指导员，姓吕的，他后来跟黄亦红那个小学教员的朋友好上了，人家整得挺隐蔽的。他看些书，都是那小学教员给他拿的，表面我们是看出来了，但是人家不像我跟黄亦红整得那么明显，完了毕业以后回到部队上了，人家也接回来了，正常结婚了。他原来是副指导员，回去以后当指导员。1955年以后实行薪金制了嘛，就可以了。1955年的1月份开始实行的，薪金制，每月60块钱，排长是60块，副连长72块，连长90块，那时候吃饭就拿钱了。

黄亦红一直也不知道我受处分的事情，我也没说。1953年春天，3、4月份搬家，我们那学校倒出来了，给通信营了，通信营他们屋里都挤挤巴巴的，我们大院子老大，一个中队的人住都宽宽松松的。搬哪儿呢？搬到馒头山，那边就是121师的人，在那儿盖的营房，叫我们速成中学的都住到他营房里去，我们就搬那儿去了。这下离黄亦红家可就远了，好在那时候写信也不用拿钱，反正扔那儿军邮盖个章就完了。然后就这么着一直通信，这上面管不着。春天去的，赶到秋天11月份，说部队要进营房，我们第七中学又搬家，搬澄海．澄海那时候在广东和福建之间。

搬那儿就是住在民房里头，民房主要是祠堂、庙宇做教室，搬到那儿去了，搬那儿学习，过“十一”放假，放假就都请假出去玩儿，我请假说到潮汕，潮汕40里路啊，从那儿开始走。结果从那儿走，完了以后我就到彩塘去了，那离彩塘还有40里远呢，坐车又往那儿去，去她家了。

到那儿见了黄亦红，也很长时间没见了，去了挺亲热的……唠唠嗑，说说话，吃完饭往回走，这时候时间都晚了！从那走有一个大坝，在那大坝上往回走，边走边说……完了以后她给我一张照片，我给她一张照片，都宝贝似的贴身收藏起来了。在大坝上又唠了一会儿嗑……我跟她说：“你回去吧，我要晚了也回不去了！”

她跟那舍不得，挺热情的……我到那去的时候正是榨糖榨甘蔗的季节，是“十一”嘛，10月份，到处都是甜的，空气中都弥漫着蔗糖的甜气。到了江边，没船了，过不去了，我着急，她还是不管不顾地黏糊着，吊着膀子走，慢吞吞的。我着急了，说：“这过江过不去可怎么办？”

黄亦红说：“没问题，我帮你整船。”完了以后她弄双手拢成个喇叭喊：“那边把船划过来！”江那边有条船，渡人的，听见就划过来了，划过来完了我上船过江了，急急忙忙往家跑啊，你想武装越野10公里那就是大科目了，我这可好，跑了四个10公里，80里地啊！马拉松一般不就42公里吗？我这也差不多，跑了三个多小时，赶到家都夜里一点了。

班长就说：“你上哪儿去了？”

我说：“我去潮汕了，我回来走错路了。”

那就拉倒了，也没多说别的。但是班长马上找排里，跟排长汇报去了，把这事儿就说了。第二天晚上开会，“老坦儿”董排长就说：“有同志过节请假，不按时归队！孙福地回来说他走错路了，怎么走错路要用这么长时间！”

人家心里明明白白的，知道你又跑那儿去了，就是没点破你。我在那站着，反正讲就讲吧，后面的这个给我屁股拍一下，那个轻轻捅一脚，刘作勤、吴二虎他们都知道，心里明明白白的，偷着乐我呢。还有那个曹殿书，也在那笑我，捅捅打打的。“老坦儿”董排长看了以后找我谈了一下，这回我就学精了，不承认了，要不那得多少个处分才够呢！

那刘作勤学文化学得不错，谈恋爱也挺有成果，在那个叫枫溪的地方也找了个小对象。枫溪是一个烧窑的地方，他找那个女的挺苗条的，叫邢雪英，长得像电影里巩俐那个意思，瘦溜高个儿，挺漂亮的。刘作勤也挺帅的，大眼睛，精神头儿十足，还镶个金牙。之前刘作勤学文化那时候有过一个，最后不要了，拉倒了，那个女的个儿不高，疯疯癫癫的不太文明。另外她也不保密，经常到我这边来，都学文化呢，她跑到教室门口，站着就往里看，也不回避，不怕人，这么整，后来整得刘作勤挺讨厌她的，就没要了。

我们领导，“老坦儿”董排长也找刘作勤谈话来着，刘作勤不承认。另外跟那儿望着姑娘来了，他就走，还经常说“看她那个样吧，癞蛤蟆想吃天鹅肉呢！”他外面也这样放风，也说，所以这样班长、排长都他说没有那事，这女的自己自作多情就是了，就拉倒了。

我后来速成中学学习完了分配到了 367 团以后，黄亦红那边也就毕业了。毕业以后她到了“土改”工作队，她有文化啊。逐渐我感觉这个人可能也变了点儿心，我们那时候主要就是写信呗，后来我给她写信，她也不回信，最后我在信上说了两句不太好听的，质问她，她很不满意，不满意那拉倒了。刘作勤后来分配到 121 师 368 团，我们是 367 团，跟我们能有 30 里路吧。

他那小对象邢雪英经常骑着自行车上那儿去，几十里路啊！她跟谁一起呢？跟她的一个小姑姑，她那个姑姑长得比她矮，最多一米五五，小团脸。刘作勤知道我这边跟黄亦红拉倒了，闹翻了，无疾而终了，和他那小对象都说要给我介绍，介绍她那个小姑姑，我就不干。后来他爹在窑上烧窑，就做了一个茶壶，上面是画的有龙有凤，上面还写着一行字：“赠给孙福地留念。”到我那儿去，拿着就摆在桌子上了。我说行吧，谢谢你吧，刘作勤和他对象都去了。临走的时候她那侄女就问我怎么样，我说以后再说吧，行不行先不说，那实际上就撂下了，拉倒了。我是个什么思想呢？没看上，当然，关键是对那个黄亦红还没死心，还是有点儿念念不忘。

附录：塔山英雄团[①]

“塔山英雄团”是中国人民解放军广州军区 41 集团军 123 师 367 团的荣誉称号。

该团于 1940 年组建，初为八路军山东纵队第 5 支队第 16 团，后为东北野战军第 4 纵队第 12 师第 34 团。

1948 年秋，国民党军在人民解放军的沉重打击下，将东北地区的全部军队分别收缩在长春、沈阳、锦州等地，实行重点防御。东北野战军根据中共中央军事委员会主席毛泽东关于封闭国民党军在东北加以各个歼灭的方针和以主力首先攻克锦州就地全歼国民党军的指示，于 9 月 12 日发起辽沈战役。

---

① 转引自 http://baike.baidu.com/view/563133.html。

蒋介石为解锦州之危，飞抵沈阳，坐镇葫芦岛，以11个正规师组成东进兵团，救援锦州，并将主要突击方向选在塔山。东北野战军第4纵队以3个步兵师和1个炮兵团于塔山、虹螺山一线布防阻击，第34团奉命扼守塔山堡等主要阵地。塔山一带地势平坦低洼，国民党军东进兵团抢先在塔山以南高地修筑坚固工事，使第4纵队阵地全部处于其火力控制之下。

10月10日开始，国民党军东进兵团每天集中3～5个师的兵力，在飞机和军舰炮火支援下，向塔山轮番攻击。第34团官兵凭借临时构筑的土木工事，发扬人在阵地在、誓与阵地共存亡的革命英雄主义精神和英勇顽强的战斗作风，同仇敌忾，前仆后继，与国民党军展开反复争夺。工事一次次被摧毁，又一次次修复。前沿战壕得而复失，失而复得。有的连队伤亡大半，仍以一当十坚持战斗。子弹、手榴弹打光后，用石块还击，直至进行肉搏。经六昼夜激战，第34团在兄弟部队配合下，先后打退国民党军几十次集团冲锋，守住了阵地。此战，东北野战军阻援部队使国民党军东进兵团在塔山阵地前沿丢弃6600多具尸体和大批武器，于15日12时全线溃退。

塔山阻击战的胜利对保障攻打锦州部队的侧后安全，夺取锦州，进而取得辽沈战役全胜起到了重大作用。1948年10月25日，中国人民解放军东北野战军第4纵队领导机关授予第34团“塔山英雄团”荣誉称号。

塔山英雄团现驻守在广西贵港市。

第二十三章　锦州炮兵学校

我在塔山英雄团的时候，虽然是炮兵，但不是在营火箭炮排当排长吗？基本上把步兵的功课又从头学了一遍。我那个营长训练管得特别严，天天练习射击，卧姿、跪资、立姿，一样一样来，一练一整天，下来之后，胳膊肘拄地那皮全都破了，都磨出茧子了。

我们当时是个什么精神呢？全国都解放了，就剩台湾了，那还不是随便划条船过去就给解放了？“首战必用我！”有这么个信念。打台湾，肯定要上我们军，我们军出动，肯定要用我们团！根本不害怕，信心十足。我不打老蒋谁打老蒋，我不立功谁立功？那训练劲头儿可足了！从营长到战士，都能刻苦训练，英雄部队啊，有自豪感。

我们 367 团 2 营营长姓张，记不住叫张什么了，这个人当时还是个连长，后来提升为营长，五几年提的，我到那时候刚提不久。腮帮子这里还有个伤，炮弹皮迸的，打穿了，跟国民党打仗时候留下的。他抓训练抓得好，也很精通。训练时候也不拿教材，一套一套，年年都搞，记住这一套了，都知道。

这个张营长文化不高，我感觉是这样，过去他们山东过来的老八路有几个念书的？我估计念过两年了不得了，讲话有时候脑袋一歪，说一不二。我跟你讲，这部队就得敢于管理，善于管理的干部带出来的兵，这个部队战斗力就是强。那熊了吧唧，蔫了吧唧那个不行，当不了军事主官。

就这么着，1955 年一夏天都在搞训练，练我那一排人，摆弄那个火箭筒。我刚到那的时候出去打了一次靶，不及格。有个团政委，是从师里下来的，去之前他就说了，你肯定打不及格。靶场设在外面打的，就在一个坟地里，瞄准一个大

毕业照

石碑打，距离 200 米远，打了几发，都没打中，垂头丧气地回来了。团政委在那问："怎么样，我说打不中吧？"那玩意我们也都是刚刚摆弄，刚学，不大会整呢。

我们那个张营长资格老，抗战的，对部队要求非常严，经常地弄着排长以上的干部集体射击、跑步、正步走。我不是在那练三姿吗？有效果，后来到西藏还真用上了。你这一般的没练过的，只能打卧姿，趴着打。我那练过啊，端着冲锋枪，站着、蹲着、跪着，什么姿势都能打，边跑边打比一般的趴着打得都准，这战斗力可就太大了。这样练出来的兵，打那没怎么训练的新兵，一个人能打一个班，你把他都消灭了，他也打不着你一根毛。

在这还出了一件事。我们团有个协理员，是个解放兵，过来之后表现挺好的，入党了。后来团党委改选，他选进去了，还当了书记。这个人军事素质高，能力强，说话办事特别有谱，有威信。没多久，师党委改选，又选上了。在我们这帮大老粗里面，他就算是人精了。都说人才难得，当个师长、军长的问题不大。结果有一天这个人失踪了，哪里找都找不到，谁也不知道出了什么事。

第二天早上出操，到外面去跑步，跑过我们挖的那个重机枪阵地，一圈挖的沟，他倒在那里死了，手里攥着枪，给自己脑袋开了一枪。向上报告，后来一查，兜里有东西，国民党的党证、军官证都有，原来是个少校呢，大家说难怪军事水平这么高，还不得是个黄埔毕业啊！当时上面推断说，这个人原来是个国民党军官，解放过来的时候隐瞒了，现在当了师党委成员，心理压力太大，自己受不了，自杀了。

后来我老是想这件事，隐瞒国民党军官身份，被发现了最多是脱军装赶回家，罪不至死，他有什么必要自杀呢。八成是有知道他老底儿的人，也跟着一起解放了的，要检举他，或者是国民党派特务过来威胁他了，让他跟着国民党干、拉部队反水什么的，总之是有这方面的压力，他要么回头当国民党潜伏特务，要么被当成潜伏特务举报出来，最后没办法才自杀的。这个人威信高，人缘好，死就死了，最后给收拾装敛埋了，拉倒了。

到了 1955 年 10 月份，锦州炮校来招生，检查上了，时间挺紧的，10 天以后就走。临走在彩塘 41 军招待所住的时候，我又去了一次黄亦红家，去和她说两句话。我们的事情，她一字不提，说两句话还出去了，走了，不照面了。我和她妈唠了一会儿，她妈说：“你们东北太远了，另外当兵这里走那里走的，不合适。”

我进屋都说了，检查上了，要到锦州炮校去学习，可能学个一两年以后再回来，这都怪我没心眼，这么一说人家不就更不干了！一直到我走，黄亦红也没回来。她出去了，说两句话走了，不见面了。后来我想这里很大程度是她妈在这里头做的工作，她妈开始不知道我们俩的事儿，以后知道这事了，我写信提出这事，他妈就有点儿不同意，黄亦红信上也说了：“我妈叫我再考虑考虑，咱们俩以后再说吧。”

坐了有 10 来分钟，我看人家不搭理我，我就出来了，走了，拉倒了。

后来就到了锦州炮校，分配到 3 营 7 连。我们 3 营那主要培养连营干部，1 营是培养营团职，要求不一样。后来也到了辽化那个景云海，景大肚子，就是那个 1 营的。景大肚子当时是 122 师抽调的，还有一个是 121 师的，14 军大概全军抽调了 25 人到锦州去，其中就有余邵东一个，我们在一起学文化来着嘛，后来回去了他也算是骨干嘛，重点培养对象啊！这回也检查上了，跟我在一个排，见面可高兴了，又搂又抱的！老景他们是学工程的，我们学炮兵。这一次可就相当地正规了，去了我就当了学员的副排长。1 营他们抽调来的时候职务就高，基础比我们这两个营好一点儿。

我们去之前，那叫炮兵干部培训基地，到那以后没多久，改名了，叫锦州炮兵学校，赶我们毕业以后，又改过一次，叫炮兵政治学校。后来不知道搬到哪里去了，我还找过一次。离休之前我听说的，有中专学历的给提半级，我那毕业证书“文革”时候给烧了，上面不是有林彪的照片吗？烧了，没有了，我想去开个证明，结果这学校找不到了，不知道改成什么、搬到哪里去了。我这毕业证找不着了，就拉倒了。当时所有中专毕业的都提升半级，我这半级没提上拉倒了。

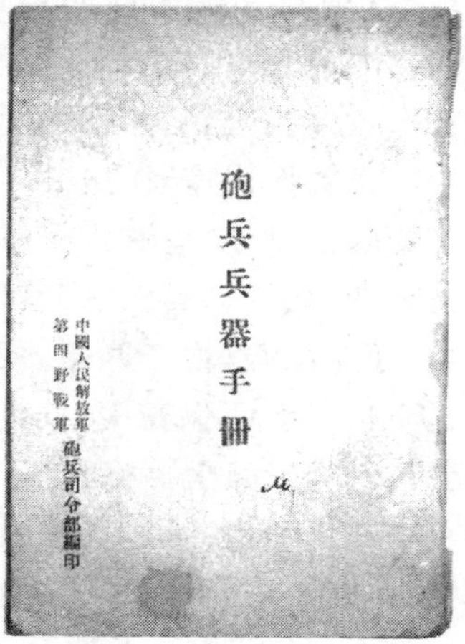

我对锦州还是相当有感情的。打锦州的时候天天喊着要打进去，大城市嘛，到最后也没进去。七年前，我们辽南独立第 2 师配合着主力部队打了一把黑山阻击战，之后到营口去堵廖耀湘兵团，从锦州边过去了，没进城。但是有一点，四野的炮兵司令朱瑞当时是牺牲在锦州城外的，在义县触雷了。四野出来的炮兵，没有人不知道朱司令就埋在这里。锦州有个烈士陵园，我还去那里看来着。

在锦州炮校学习了一年，一共是 23 科。也算速成吧，时间挺紧的，但也挺细致的，不是简要的从头到尾、从低到高。这 23 科主要是什么呢？通信、有线、无线——无线电台还分两种，一个是“七一”式，一个是“八一”式，“七一”是小的，“八一”是营以上的电台，带那个摇把的发电机的，“七一”是电池供电的——历史、政治经济学……还有啥玩意我都忘了。还有兵器，各种兵器，所有的轻武器、重武器，老美的兵器，国民党兵器，有些使用老美的。战术，咱们的战术，老美的战术，班、排、连、营战术；射击，单炮射击、排射击，连射击，我们学到连就完了。这一大堆，再就是工程、汽车、马术一大堆，一时还想不起来了。对了，还有侦查、炮阵地、指挥所、观测所；射击呢又分简易法、目测法、精密法；射击还分小间隔、大间隔；还分反方向观察、正面观察，到敌人那边往回观察就叫反方向观察。这每一条里都有多少条呢，忘了，记不住了。

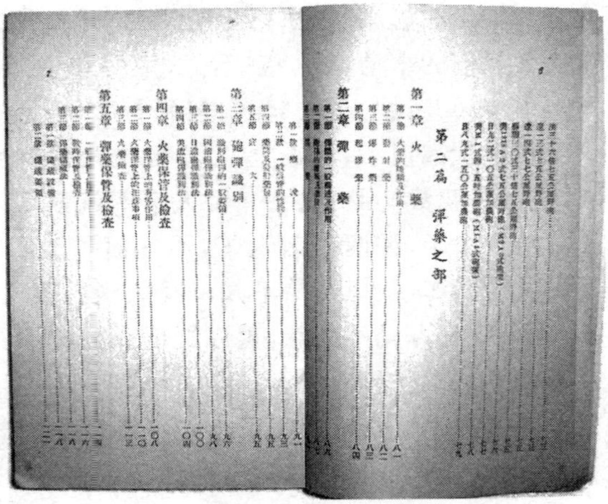

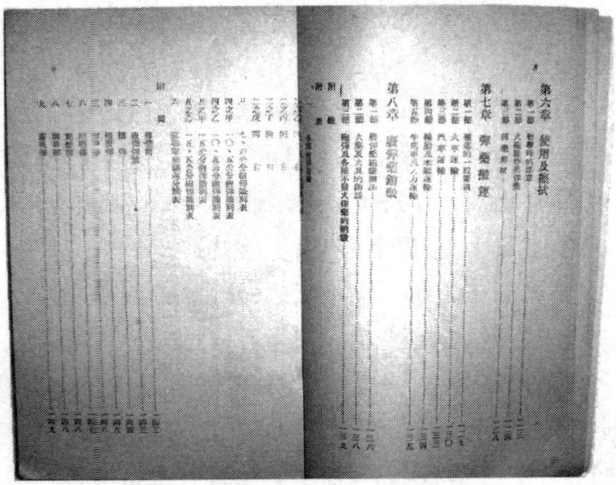

炮兵教材

设置炮兵阵地的条件，需要 8 条。这是进出方便，方便测试，便于伪装，便于隐蔽，土质要坚硬的——别一打起来，炮弹车进不去，炮拉不出来的——离道路近的，便于转移……我都记不住了。观测所条件也有七八条，反正是展望良好、便于隐蔽、便于联络、便于观察……这些吧。后来那些笔记本子都烧了，都记不住了。还保密呢，我们走的时候不让随身带，到部队以后，后边给寄去的。他怕我们在路上再整丢了，有一些射击战术都是保密的，整搞的。

在锦州炮校里，我见过的最大领导是海南军区的炮兵司令员。他也在那儿学，他在 1 营，他那时候从海南岛炮兵司令员任上调那儿去的也跟我们一样出操，什么都一样，就是学员。在那里什么都学，除了摆弄枪、炮这些，还学骑马、喂马这些，炮兵跟骑兵都是相通的嘛。

学这个骑马可把我折腾够呛，摔了三跤。第一跤是骑马过河，在我们训练场那后边有一条小河。马下水了，走到河里中央，它就躺下了，好几匹马都躺下了。我骑在马身上，你说它躺下，我怎么办，不是也得跟着躺下了？那天我衣服裤子都给整湿了，可他妈狼狈了，把人家笑够呛。反正河不深下，深了骑马过不去，都是那个一两尺深下。

第二跤就是骑着马过战壕，马蹦得高，蹦过去以后马前蹄杵那儿去了，啪一下子它趴下了，我从顶上拽下来，摔前边去了。这一跤摔得可厉害。那年开奥运会还是亚运会，不是有个骑手就这么摔死了吗？这下子把我给折腾够呛，也就是没窝着脖子吧，摔得不得了。

第三跤就是他们搞的工程作业爆破，马惊了跑。当时我们训练刚结束，下午 5 点左右的样子，我骑在马上往回走，到了那操场边上了，景大肚子那班人在那操场中间搞爆破作业，炸药轰一响，马惊了，一下把我给掀倒了。它还挺好，我摔了，它也不跑了。就是惊那一下，它跳起来，把我摔了一跤。完了之后那马自己在那站着，到最后那马下山来了，本来都快到家了，没多远。

在锦州炮校学习期间，我还把终身大事给解决了。跟黄亦红拉倒以后往家里写信，我父亲、奶奶都告诉了，坚决不能在外边找，家里头有，介绍一个石崴子的，一个姓石的，叫石什么凤的，个子挺高，我那年从朝鲜回去，在路上我看见她了，我二弟孙宗麟送我的时候看见的，说她后来也找了个当兵的。她从庄河往北走，往家这么走，我们是往庄河去，大个子，穿个毛衣，这块还带两个球，绿毛衣，长得挺好的。

我咋没去见呢？哎呀，怪她老爹，她没有妈，她老爹跟我父亲关系挺好，他们俩是老亲戚。这个亲戚哪里来的呢？我前些年到黑龙江去，我姨还跟我提这事呢，她每次回庄河去，都到她家去。我倒没记清是什么亲戚，反正以前经常来往走动。她老爹当时意思是，女儿给我行，但是我必须得回来，回家来，不当兵了。你说我那时候正在上升阶段，刚当个排长，当上干部了，进军校了，回家种地能行吗？我这观念就打消了，不想去种地。家里多艰苦啊，起早贪黑，吃不饱、穿不暖，一年到头那么累屈，何必那么干？我就告诉她，不行，要来就跟着来，到部队来，不来就拉倒。那时候很多部队连长家属就来了，专门盖的家属宿舍，我们营里盖了两趟，来了以后就住那里头，连里给你拿的米、菜、油、盐，一分钱不要，那时候还供给制呢。这么说，来往写好几封信，家里就不行。

我父亲就不干了，这个不行，就在家再找一个！又来信说了，姓白，叫白淑琴，说是我姨给找的，就是我母亲他三妹子给找的，说白店老白家的姑娘，这个姑娘挺聪明挺机灵的，就是厉害点儿，当妇女队长呢。还说要定亲，我一想，不让在外面找，那就听老爹的在家里找吧，我就寄了100块钱回家。

那时候挣多少呢？60块，一个月60，伙食费还得扣15块，那100块还得攒几个月呢。反正攒了两三个月吧，往家里寄一点。那时候我家里困难，父亲还有病，身体不好，反正钱我用点剩下也就寄回家了。没有定期寄，就是有时候攒了点就寄回去了。这回以后我那姨奶奶就领着咱们家人去了白店，定了亲。我当时还在广东，他们就把事儿给定下了。哎呀，这是大事儿啊，我奶奶可积极了！

人还没见面亲事就算是定完了，也算包办婚姻。哎呀妈呀，当时不知道这个对象怎么样呢，反正就相信我爹了，他说好着呢。完了定亲回去了，吃顿饭给了白淑琴60块钱，我寄的那100块钱，家里给了她60块，可能吃顿饭还花了点儿。

1956年过春节放假，我那不是在锦州炮校学习吗？离老家也不远了，我父亲就写信让我回庄河相亲去了。过年放了3天假，加上星期天是4天假，好歹从锦州到庄河还行，几百里路，还不算太远。那天晚上想走，到火车站买了票，买完票还不到点儿，这车是夜里11点的车，锦州开到大连的。

我刚当兵在辽南独立第2师的时候，有个副排长姓蔡，他家是北票那边的，锦州北边有一个茅山，打锦州时林彪在那儿指挥的，在义县，有个茅山，小蔡的妹妹家在那儿住。他以前当国民党兵，以后解放过来的，解放过来以后当了副排长。我跟这个蔡副排长挺好的，后来他到广州到区里当区长去了，把他抽调走了。打完辽沈战役，我们进关，在锦州住了一晚，他妹妹到连队来看过，认识。这次到锦州炮校学习，小蔡写信告诉我了，他妹妹在锦州古塔区什么地方，后来我经常到那儿去玩儿，就到她家里去坐坐，唠嗑，她家那妹夫是铁路上的一个老工人，挺好的。你看老战友这么远下和他哥哥一个单位的，经常到他家去，有时候跟那个老妹夫还喝两盅，吃点儿饭都挺好的，那晚上一看时间还不到，就到她家去坐会儿吧，到她家一看我来了，不让走，过年了都吃饺子，现包饺子。等我吃完饺子再赶到火车站，车开了，刚开，晚了能有个两三分钟。

这怎么办呢？等着吧，等第二班车吧。第二班车等了好长时间，能有好几个小时！那天晚上车少，下半夜天快亮了才等来一趟火车，坐到盖县。那都是春节初一晚上了，整个车上一节车厢就五六个人，有几个人跟那儿唠嗑，讲从越南回来的，那车空空的，几节车厢根本就没有人，空跑呢。

庄河不通火车，到盖县得再找车去庄河，到处找。到那地方下车了也不大熟悉，完了以后到个小旅店跟那儿等着，去问，去讲，到处打听哪有车。最后说找到一辆，可以来接，还有几个老娘们也搭这个车，我们集体凑的钱，大伙摊钱，这是大年初一了。人家那是一辆从金县去庄河的大货车，拉粮食的，敞车，跟人家说了不少小话，还给了点儿钱，才整到一个位置，坐到了车顶上去，这都第二天了。那车又走了一夜，初二早晨到的庄河县城，到庄河以后再往家走没有车了，从县城到太平岭徐屯还有 20 多公里路呢，不能等了，就当又来急行军了，我就撒开两脚往家赶，走路回到家的。到家一看，刚包完饺子，那都初二晚上了。

初三早晨吃饺子，初二晚上开始包的。我到家是晚上 10 来点钟，家里人都躺下了，睡觉了。完了现弄点儿饭吃，我父亲跟炕头躺着就哭开了，多少年没见了，这都 10 年了。我坐地上吃饭，他躺在被窝里跟我唠嗑，唠嗑就说找对象问题，说介绍第一个没同意，蓉花山那还有一个叫白淑琴的，都吃过饭了，给了钱了，去看看吧。

在家这么唠嗑到天亮了，这就初三了，初四还有一天假了，得赶回去啊。我说我得去看看这个白淑琴，看看人去。从徐屯到白店德兴街也有个 30 公里，骑谁的自行车呢？借的，忘了。这么着一夜也没睡觉，天还不亮就自己骑车到德兴街去了。到谁家呢？我那个三姨家。一下路，河对面小门洞房里面，我去了一敲门，人家还都没起来呢。到那儿一说，三姨叫我吃饭，我说不吃饭了，赶紧去吧。

就这么到老白家去了，人家有的还没起来呢，去得也太早了。我跟人家说，说没办法，部队就给了这么几天假，我在回来的路上还折腾了两天，明天就得往回走了，初五都开学上课了！把这些情况说了，老白家叔叔当家，白淑琴的老爹过世得早，不在了。她叔叔就喊白淑琴过来见面，她还不过来呢，人家妇女主任，没相中我，说我又黑又瘦这个那个的。她母亲说，人家来了，你不同意没关系，总得过来打个招呼吧，她就这样过来看了一下子。

我那时候怎么又黑又瘦呢？在锦州炮校学习本来我挺累的，不瘦咋的？再加上两夜没睡上觉，赶路，徒步又走了 40 多里地，再骑自行车 30 公里，我那都赶上铁人三项了。现在年轻人搞极限运动，我那千里相亲就是极限运动！完了跟那儿坐一会儿就回来了，在我三姨家吃的饭。正在吃饭，她妈妈把白小姐给领去了，继续第二轮相亲。老太太怕黄了，怕我有意见没看中，当时在她家也没多待，可能我走的时候她那两个叔叔都说了什么，她妈妈也没主意，就说再去看看，到那儿再说说怎么样。到那儿一说，我是没表态，我当时一看这人不是那么和蔼的人，估计不是一般的厉害，而是厉害中的厉害，看外表就能看出来。

她那时候说是当妇女队长，谁知道多大个干部？我看就是村里叫她负点责任管小孩子，也就算个“儿童团长”吧。完了吃完饭我就往回走，她妈说不行，不能就这么走了，非得叫我领她到我们家去看看。我说不行，那时候去那个路，冬天被车轧的那个泥巴，轧一个沟一个沟的，骑都没法骑。冬天下雨下雪谁管？

谁修？都是土路，不是石子路，要石子路可能还好一点儿。再一个我骑自行车水平还不行，人多咱们也不太会骑那玩意，刚学的，也没骑过几次啊。她妈非得让带回去看看，估计是不是也想看看我们家什么样、有没有实力吧。我们家不是号称“孙大门楼”吗？其实早就衰败了。

那路也不好走，走路推一段、骑一段的，路好的地方我载着她走，路不好，摔好几个跤，满身都是摔的泥巴。路上说了几句话，完了到家里说几句话，在家吃的饭。到那她就跟我奶奶、姑姑她们聊天去了，我就没参与。再过来，就是初四了，因为初五要开学，初四早上我就去庄河了，没有车，又是走路去的，40 多里地走到庄河去，到那儿都中午了。中午就找车，那时候都是地方车，找到一辆，坐到盖县，再从那坐火车到锦州，到锦州天都亮了。锦州炮校前面有个小站，我在小站下了火车，小站离炮校驻地有两里地，就在操场外边，那地方整个是用铁丝网围的，没有墙。我到那就把铁丝网给扒开了，钻进去了，到宿舍一看，人家都上课了，都走了。

我到那儿是 7 点，因为我知道哪天上什么课、上什么内容，你像讲战术这些东西都在山上户外讲，讲什么东西我都知道，急忙把背的兜子扔屋里，把图板、地图、笔记本、小凳子这些东西提着拿就往小紫荆山那边走了。小紫荆山那边有好几个山包，战术课都在那上面讲。到那儿以后我赶紧上课去，晚了将近一个多小时吧，排长兼教员，姓什么我都忘了，正在讲课呢。我说：“报告，我迟到了。我赶车来不及，刚回来，饭还没吃。”

排长笑了笑，那笑不是真笑，意思就是你来晚了，原谅你了。就说：“你坐下吧，继续上课。”

回来了第三天连里就点名讲话，有的是初五回来的，有的是初六回来的，这都给处分，警告处分。基本也都是路上耽误的，那时候交通不便，一耽误就是一天，干瞪眼，像我这个早上回来赶上上课的，就拉倒了，没给处分。

赶临毕业的时候说鉴定，有的叫自己写，叫我签字，有的叫我给写，我简单地给写了。得领导签字，我不在那儿当副排长吗？我还领导呢，就写同意本人鉴定，“同意”俩字就完了。有两个人不是回来晚了受处分了吗？在那儿有那么一项，印的表，填个给过什么奖励、受过什么处分，我都给拉倒了，都没给他写，拉倒了。那个警告就算了，没真记上。我就想，你看在这儿学一顿弄个警告多不值当。

那个于邵东，初六回来的，受了处分，他爱开玩笑，他说受处分这一项，让我写。我说：“拉倒吧，这也不是什么大错误，赶不上车嘛。”“你写吧，我才不管它呢，这算什么事？”于邵东还满不在乎呢，实际他那么说心里还是感谢我的。

然后就跟白淑琴开始通信了，把关系定了，说行了，她表态这个那个的。我也表态，我说你跟我这样，将来就算我都活到七八十了，如果你对我不好，我就回连队……她说既然结了婚，将来活是你老孙家人，死是你老孙家的鬼。

然后我在信里告诉她，10月份毕业，就让她提前去了，没等毕业她就去了，去了住在家属队里，离我们挺远下，等着结婚。我们六个战友，把自己媳妇都给接来了，准备着毕业和结婚一起办。我们在那聊天，白淑琴就问我以前的事情，我也老实啊，就把在惠阳跟黄亦红那段事情全都交代了。

那天晚上庆"十一"演节目，白淑琴要去看，就去了。走路上又看跟我要黄亦红的照片，要看。看完还给我，我就给装起来了，她就哭开了，说："你贴身揣起来了，还挺仔细保存着呢！"我说这个没成，就当是个朋友嘛，她也不是敌人坏人，不是蒋介石反攻大陆。这就不行了，戏也没看她就走了。我回去找，家属队到宿舍，来回跑，找，哪里也找不到，不知道跑哪里去了。后来过了一个多小时，最后回来了，回她宿舍去了。

黄亦红那张照片，我给撕了。

附录：人物志·人民炮兵奠基人朱瑞①

朱瑞(1895～1948)，宿迁市宿城区龙河镇朱大兴庄人。在徐州培心中学读书时，因发动学生罢课而被开除学籍。后至南京读书。1924年夏加入国民党，同年秋考入广东大学。1925年秋考取莫斯科中山大学，1927年毕业后，入苏联炮兵军官学校学习，1928年加入苏联共产党，1929年回国。历任中央特派员、中共中央长江局军委参谋长兼秘书长，红军总司令部科长、红军学校教员、红三军政治委员等职。1932年底，调任红五军团政委。1934年8月，调任一军团政治部主任，旋即参加长征。他始终站在党中央的正确立场上，坚持北上抗日方针，反对右倾逃跑和反党分裂活动，为胜利完成长征作出了贡献。

1937年他被任命为中共中央北方局军委书记。不久，赴国民党第一战区程潜处做统战工作，被委任为第18集团军驻第一战区司令长官部联络处长，并担任豫北游击队训练班教官。他又单独创立了华北军政干部学校，培养了大批抗日干部。1939年6月被任命为八路军第一纵队政委，不久兼任中共中央山东军政委员会书记和中共山东分局书记，统一领导党政军各项工作。在与日伪和国民党顽固派的斗争中，结合实际，正确执行了中共中央的策略，使山东敌后抗日根据地得到巩固和发展。中共"七大"后，他主动辞去军委副总参谋长之职，承担组建炮兵的重任。1945年夏，他被任命为延安炮校代校长。

---

① 转引自 http://baike.baidu.com/view/102611.htm。

日本投降后，朱瑞同志遵照中央和军委的指示，率领延安炮校迁至东北，准备接收日军装备，组建一支新式的人民炮兵，为建立东北炮兵奠定了物质基础。

1946 年 10 月，朱瑞同志任东北民主联军炮兵司令员；1948 年 1 月，任东北军区兼东北野战军炮兵司令员。

1948 年 7 月，朱瑞同志参加军区关于发动辽沈战役的准备工作。军区领导决定要他留在哈尔滨主持后方工作，但他坚决要求上前线。9 月 12 日，我军包围了义县。义县是锦州北面的屏障，一旦被我攻克，锦州就陷入孤立无援。但义县城墙高大，敌人以城墙为依托，沿城墙四周构筑碉堡、地堡和外围小据点，还设了许多障碍，地面上遍布地雷。城内驻有国民党暂编二十师及地方武装12万多人。指挥设防这样坚固的攻坚战，这在我军还是第一次。为了打好这一仗，炮兵在进入阵地前，朱瑞同志带着负责主攻任务的几个团长到前沿察看阵地。由于距离敌人的据点近，他们走到哪里，敌人的炮弹就尾随到哪里，大家都为司令员的安全捏着一把汗，而他却一路谈笑风生，边察看，边指点部署。

9 月 30 日总攻前的一天，他又到各团作战前视察，仔细检查了各个火炮的射向和隐蔽情况，鼓励指战员为解放全东北立功。

10 月 1 日上午，我军发起总攻。朱瑞同志一声令下，各种口径的火炮发出了雷鸣般的怒吼，千万发炮弹带着人民复仇的怒火飞向城墙。这次攻城中，我军第一次使用了从敌人手里缴获的美国榴弹炮。对于这种火炮的攻坚性能朱瑞同志还不了解，高度的事业心和强烈的责任感驱使着他，战斗还没有完全结束，他就从指挥所出来，身先士卒向突破口跑去，就在这时不幸触雷牺牲。

10 月 3 日，东野将朱瑞牺牲的经过向党中央作了报告。毛泽东闻讯后许久不语，悲恸不已。在党中央向全党发出的唁电中，毛泽东亲自写下："朱瑞同志的牺牲实为中国人民解放事业中之巨大损失。"

第二十四章　当上志愿军，跨过鸭绿江

终于要毕业考试了。考试抽签抽一个大间隔——角度大，阵地、目标和观测所之间超过35度夹角的叫大间隔。那天我们射击教员主考我的，他抽签提前抽的，抽完了以后你自己复习，你是大间隔的复习大间隔，小间隔的复习小间隔。先在底下背理论，射击的要求、要领、射击法则都学会了，测验。完了以后上阵地，拿地图作业，地图摆上以后，子午尺、量角规、射表……炮兵离了射表不行，得看射表。

射表是什么呢？气温升高一度修正多少。风向，方向东南风、西南风，顶风、顺风，像这个修正都得在射表上查。阵地的高程多少你得计算。怎么计算？你的阵地低和目标高有个差，目标要是高，炮弹打去了以后，按照实际距离来讲，炮弹是在那目标前头就往下走了，所以要是目标高，射角得抬高一点才能通过那目标下去，这个根据距离、高程多少换成高低角，装上，装上以后加减距离，这个高了以后射角就得抬高。

远了以后引信也得适当延后，这个根据你打什么目标，打步兵叫瞬发，打碉堡战壕是延期，还有短延期。瞬发、延期、短延期这么三种。短延期就是往地下钻一点儿再炸，打碉堡要延期，要钻到里头去再炸的，打步兵就是落地就炸，0.4秒，它那有时间限制的，0.4秒钟就开始爆炸。

它延期不延期咋控制呢？里头就一个纸垫，撞响了以后它再通过这个纸垫延长一点时间，就这么一点玩意，里头没有别的装置。它不同于我后来用的火箭炮，火箭炮它除了延期、短延期、瞬发这三种以外，还有空中爆炸设计的和地下爆炸时间的，有这个区别，它就像手表一样，跟那弹头上刻的，一圈60秒，如

果是根据多远距离要求多高下爆炸，这个距离需要走多长时间、在那儿落地以后多长时间，都定在刻度上。到那时间要求，比如要在离地面 1 米爆炸，到时候它就响了，爆炸就下来，它是那种形状的。

我那时候考试抽的是大间隔，打散兵、战壕里的步兵，打那玩意的。我们当时搞的是枪代炮，把冲锋枪摆在炮口上 用子弹的弹道来代替炮弹的弹道，意思是一样的。开始需要试射，试射第一发 那枪炮上面搭个架子，有四支步枪安装上的，平行的一二三四，完了以后这边有一个专门的操作下口令，有电话。他告诉你说方向多少、距离多少、标尺多少，他就给你装上了，第一发试射我都没看，是打个远弹，大间隔的远弹实际是偏左 大间隔嘛。

完了以后我一看远弹偏左，就得修正距离，从阵地看过去，跟那观测所看到的正好相反，我就下口令要减距离。那监考的教员就有点不太相信，看不准，不敢判断，就亲自下来从那顶上下来到现场去看，看完了以后回来他没表态，因为你是考试。

靶场修在一面坡上，上面有碉堡，有战壕，有工事，有铁的、木头做的炮，有指挥所模型，按照比例做的，挺大一片。就是这么个斜坡的，从下往上打。这次打个良好，因为时间过了，没得到优秀。考官是要求作业，他就告诉你正前方有方位物，然后就看你自己的了。

什么叫方位物？石头、大树、房子、大坟这些都是，编上号，从近到远第 1 号、第 2 号，一般是有四五个编号。考官喊："正前方第 1 方位物，向左 20 米位，近 500 米，近 20 米有敌人战壕。"

我拿起望远镜，根据考官的提示进行观察。

"看清楚没有？"

"看清了！"

从我这句"看清楚了"开始，考官就开始掐表了。他掐表以后我在地图上找，看看在这儿，因为基准已经事先告诉你了，从这里到那里地图上量这个距离，然后量方向。边量我就边下口令："一炮射击，战壕，榴弹，瞬发，标尺 50，方向……"

标尺 50 就是实际距离 1000 米，这一段时间我是够了，但是最后向右多少还是向左多少，犹豫了一下，就是在这个射击过程中耽误一点儿时间。观察完了我不敢立即说，观察半天呢，到底是放还是耽误点时间？这块儿是 1 分半钟时间，整个是 3 分钟打完，我打了 3 分半，过了一点儿时间。因为我喊完之后，教员让等一等，他又下去实地看了一下，然后回来我才喊："放！"

一排四门炮，炮口上都绑的冲锋枪，一齐都射出去了，枪代炮嘛，就是这么整搞的，还行，打挺准的。考试完了，考官说："你观察还挺准的，打得不错。"那差一点就是观察错误，观察错误那就肯定不及格了，毕不了业了。

外面阵地上的考完了，回到教室里考其他的，理论。政治呢是给你抓题，抓好了，有个桌子叫你坐在那想、弄，还有纸有笔，你可以先写个大概提纲，然后进去口答。我就写了几条，有些都背会了，一开始答题，在那儿没说几句，考官就说："行了，不用再答了，往下说，下一题。"

我那政治经济学背得挺好的，其他的也都挺好，都是4分、5分，就队列弄了个3分。那天开始出队列的时候，那排长把我喊上了，他是排长兼教员兼考官，我是副排长，本来跟在三个班最后头，他喊我："孙福地，出列！"

我说："到！"上前三步走，立正站好了。

"你回答一下晋见首长的要领。"

"是！"我就开始回答，"见着首长要先报告，有门先敲门，进屋以后先敬礼，首长没还礼手不能拿下来，首长不握手你不能主动先去握手，首长问什么话你答什么，答完了以后叫你走才能走，临走还要敬个礼。回答完毕！"

排长说："不错，归队，5分。"

我这都答完了，我回去向左转了，忘了该向右转了，实际一当兵开始就学的向右转，整搞的。晋见领导随便哪儿转不行吗？我没有按那要求转。6班一个战士看见了，他在队里喊："这不能给5分，他本来该向右转的，他往左转了，转错了！"

本来我考的是回答理论问题，结果从实际队列方面挑出毛病来了，就这么排长又给改了，3分。这下亏大了，因为这个优秀学员没拿到。

毕业考试最后一个科目是搞战术演习，在外边驻了三天，在小紫荆山那儿演习，实弹射击。真拉着炮去了，打实弹，那天打得还不错，打得挺好的，打了就算整个连的检验成绩，看看指挥错不错。一个连拉去四门炮，我在那儿指挥的，喊口令，他们观摩，跟那看打得挺好的。考试时候还有一个勤务连，实际射击的时候，这个勤务连给你整，装弹操作，放。学员都不干这个了，叫咱们学指挥嘛，告诉他们怎么弄就行了。

完了就是结婚，我媳妇白淑琴不是在那了吗？检查身体，完了就结婚。当时结婚的人还不少呢，一起都拿介绍信登记，六个人一起结婚，我一个，余春阳一个，于邵东一个，吴二虎一个，还有谁来着，总共六个人，一起到食堂吃顿饭，就算结婚了，也没整个集体婚礼，反正就是毕业结婚，就拉倒了。我们那排长教员说了，这就叫"洞房花烛夜，金榜题名时"，两大喜事一起来了。完了以后分配，基本上都是哪来哪去，回原单位，余春阳是吉林人，42军来的，是到锦州炮校学习以后认识的。还有于邵东、吴二虎他们都从潮安调那里学习的。毕业之后分到哪儿去了呢？于邵东回到42军，驻扎在广东，广东博罗县，到那去了。后来还联系过，于邵东从广东来封信，里面有他和老婆结婚照的照片。

但是到我这，出意外了，就没把我分配回原单位去，像老景就分配原来部队去了，把我分配到驻扎在朝鲜的 54 军去了，当时不愿意去，我一听就不干了，要回原来部队，我们那是塔山英雄团！虽然没有人说它是“中国陆军第一团”，但是我们自己心里已经把它这么认为了，当时心里只有自己这一亩三分地，谁知道天下有多大。

50 年代结婚照

我去学校政治部提意见，说：“报告首长，我不同意去朝鲜。如果朝鲜还在打美国佬，那我没二话，不让我去我还得抢呢。现在仗都打完了，去了也没啥用。我要回原部队，我们是塔山英雄团！”

人家那个主任说：“那不行！你不去他不去，谁去？服从命令听指挥，革命军人个个要牢记……”

得，人家跟你讲纪律，还有什么话说。行吧，就算走一趟去看一看吧，反正还没出过国呢，就这么当上志愿军了。完了以后我们先回家，给了半个月假，回了趟庄河。结果没待到半个月，第十二天就坐车到了丹东，到丹东住了两天招待所，又给白淑琴办理赴朝家属证，是一张白纸黑字，一个卡。晚上坐上火车，轰隆隆开过鸭绿江大桥，从车窗外都能看着，旁边还有一座断桥，被美国佬给炸坏了的。那时候已经停战了，可以带家属过去了，但是还在朝鲜驻扎着一些兵力，防着他们再变卦。我们过江的时候，已经不搞灯火管制了，两岸的风景都看得挺清楚的。咱们这边丹东大小是个城市，有楼房，灯火通明的。朝鲜那边是一片荒野，新义州都被炸得差不多了，打仗人也死得差不多了，过去一看，很荒凉，就跟咱们这边闹灾荒年景似的，看着非常难过。

过江之前，在丹东这边有 54 军办事处，在那里先报到，告诉你过去了到哪里去，给分配了，到 54 军 130 师。之前我是光知道有塔山英雄团，还有点儿牛哄哄的呢，咱是“天下第一团”出来的，有点儿谁也不服那个意思。结果到那听人家一介绍，不敢说话了。如果说 41 军 123 师 367 团是解放军“天下第一团”的话，那么这个 54 军，前身是四野 7 纵、8 纵主力，打过从北伐以来所有的仗，军长是“指挥过林彪和野司”的丁盛，基本上可以算是中国陆军的“天下第一军”！

130 师，师长董占林，三八式的老八路，挺进东北时七八个人抓过 400 多俘虏，大英雄！在到 130 师之前，他在 87 团当团长，制订潜伏计划，出了个烧死不动窝的大英雄邱少云嘛！能带出这样的兵，这个将就不会熊。130 师是个常胜师，从来没打过败仗，它打过硬仗的地方比一般的师去过的地方都多。全师上下好几千个战斗英雄和一等功臣，了不得啊！你是不是觉得一等功很厉害了，都是九死一生吧？我告诉你，立三个一等功，合在一起，能换一个“毛泽东奖章”，脖子上挂过“毛泽东奖章”的，130 师有 49 位，其中 388 团一个连一次就有 7 位！这就是个英雄窝子！

你知道解放军的战斗英雄是怎么排顺序的吗？邱少云、董存瑞、黄继光、李广正……前四名中，另外三个都在立功的同时牺牲了，剩下这个活着的李广正，就在 130 师！当时 54 军留守处这位干事很有水平，几句话就把我给征服了。听人家这么一介绍，我乐坏了，思想又转变了，打仗就要到这样的部队来。我觉得这一次调动，我赚了！从“天下第一团”进了“天下第一军”里的“天下第一师”，多大的光荣啊！马上就走，真是恨不得长个翅膀赶紧去报到。

130 师驻扎在定州，过了鸭绿江我就直奔那里去了。130 师原来在东北四野是头等主力师，师部有一个独立战防炮营，我就要求给分到那里去。我摆弄这马是够的了，战防炮是汽车拉的，不仅不用整那个马，还能坐车走，不是挺好的吗？一个干部部还是组织部的兵接待我，他问：“你自己有什么要求？”

我说：“我学战防炮的，我就要求到战防炮营。”

他说：“那好，你就到独立战防炮营吧。”

巧了，这回又是一个师直属的单位，130 师下面有 388、389、390 三个步兵团，还有一个炮兵团，有些人给分到那里去了。我们这一批，锦州炮校、沈阳炮校一共分配去了 20 多个，我是第一个到的，到得早，人家挺干脆就答复我了，行，去师直战防炮营吧。我就先去了，直接到那营里去了。后来分配去晚的，都都分配哪儿去了呢？团里。各团都有一个战防炮连，就去那里摆弄骡马去了，所以能分配到这里，我也挺满意的。

这个炮跟一般连里的炮一样大，唯一的区别就是这都用汽车拉，他们那还都是用马拉。一般的步兵团里头能有汽车吗？那些前沿的、前线的部队，都是靠马拉到阵地上去。他都有要求，步兵团的战防炮在哪里呢？前边在步兵营的后头，就是第一阵地与第二阵地之间、第二阵地第三阵地之间，有一道战壕，就在这里头，如果你弄汽车去，轰轰隆隆的就不行了。

当时我们师里的炮兵在哪儿呢？在步兵团的后头，隔着步兵远一些，业务性质不一样，所以我到那里挺高兴的。原来去学习之前不是排长吗？到那儿以后马上下任命，当副连长了，提升一级。就这么着，到 1 连去当副连长。结果我到那第二天，又来一个副连长，谁呢？刘作勤！一见面，我们全愣了，傻眼了！

“刘作勤！”

“孙大炮！”

一下就抱一起去了！从 41 军速成中学毕业以后，我到 367 团，就是塔山英雄团，当时他在121师348团，离我们那不远一点儿。后来我急急忙忙去锦州炮校学习，就再没联系上了。你说巧不巧，我来朝鲜带着家属，他也带着，他那时候也已经跟邢雪英结婚了。我去锦州上炮校不久，他也上了第五炮兵学校还是哪个炮校来着？反正炮兵到哪都还是炮兵，我们这帮人，见面还真不难。

刘作勤来了没两天，星期六晚上约我去他家吃饭，还让带着白淑琴一起去，我买了只烧鸡，拎了两瓶酒，准备好好灌灌他。邢雪英手艺好，会做饭，整了一桌子菜，反正告诉说，两瓶酒是肯定不够。我还不信，结果这一顿酒喝的啊，菜也没怎么吃，那是我第一次喝高了。人生有三大喜事，“洞房花烛夜，金榜题名时，他乡遇故知”，从锦州炮校毕业，赶上前两样，这回到朝鲜，赶上第三样，你说我能少喝了吗？大醉一场！

当时我那个连长叫陆百合。我去没几天，他就走了。他年龄比我大，见了我第一面就说：“你们这年轻行啊，经过学习，有文化，我给你让位置。”

我说：“你不要这样说，你这有实战经验，够我学习的。”

连长陆百合在抗美援朝的时候和老美、南朝鲜兵都交过手、打过仗，他们原先这个战防炮连在阵地上打敌人坦克、碉堡，好几辆汽车都被敌人给打坏了，还有的汽车叫地雷给炸了，死了不少人呢。我去得晚，就没经过这个，所以我对人家还挺尊重的。他说不行，他得走。陆百合家是沟帮子的，然后就要回家。过了一个多月上头就批了，他走了以后叫我代理连长，没正式下命令就是代理的。指导员叫李玉申，老家是云南的，1948年在锦州解放过来的。当时还有一个副连长，就是刘作勤，也是辽沈战役时候在锦州解放过来的，在第七速成中学学文化时我们就在一起，他有一儿一女，儿子叫刘赴朝，后来第二次打印度的时候刘作勤去了，我没去。

刚去没当几天副连长，营里就把我调去当作战参谋。当时营里副教导员是谁呢？邵恩宽，这可是老熟人、老领导了！真没想到能在这遇见他，后来见面一聊才知道，154师到了广西之后，三个团都留在那里改公安部队了，师长左叶调到121师当师长去了，后来他还到54军当过一段副军长。154师师部后来改成了49军军部，没多久又改成了空三军军部。改来改去的。邵恩宽不愿意在公安部队，就调到54军来了，这个54军本身也是两家改到一起来的，44军和45军，两个军都抽调了一部分改成海军南海舰队了，剩下的合在一起。我们这个130师也来回变，打金城战役的时候还是配属给67军打的。反正混乱了这么多年，变来变去的，跟老连长邵恩宽又见面了。

当参谋当了几天我说我不行，不干了，我去找营长说的。当参谋的事可多了，制订训练计划、上下表这个那个的，我对这些玩意儿最挠头，最不愿意干的就是它。学什么干什么嘛，炮兵就该摆弄炮。营长看我挺坚决的，提拔你你都不干，那就算了吧。然后又回到1连去了，当了9天参谋就回去了。回到战防炮连组织部队训练，我做具体事情行，要是做一个统计、领导、组织整搞的这些就不行，也没兴趣。

附录：第四野战军第130师[①]

陆军第130师曾是我军历史上一支精锐之师，隶属于有“王牌军”之称的陆军第54军。

该师前身是第四野战军第44军第130师，这支部队是解放战争初期自关内进入东北的八路军冀热辽军区第15团(又称冀东第15团)、冀中16团和晋绥第32团各一部及新四军第3师特务第3团的基础上发展起来的。1947年5月编为西满军区独立第1师，同年8月改称东北民主联军第7纵队第19师，下辖第55团，第56团第57团。1948年1月改称东北野战军第7纵队第19师。1948年11月，东北野战军第7纵队第19师改称中国人民解放军第44军第130师，下辖依次为第388团，第389团，第390团。参加过四战四平，东北秋季、冬季攻势，辽沈、平津、湘赣、广东等战役战斗，是唯一参加过四次四平攻防作战的部队。

该师自1945年10成立于沈阳的东北民主联军保安第一旅之日起，就以主力师的姿容，驰骋疆场、勇挑重担，屡建战功。部队素以作风顽强、作战勇猛，长于爆破，敢打硬仗和能攻善守著称，被四野列为主力师之一。

1952年10月，第44军番号撤销，130师改隶新组建的第54军。1953年2月入朝参战，参加金城战役，1958年7月回国。1959年参加西藏平叛作战。1962年，该师参加了中印边境自卫还击战，歼灭印军1200多人，给印军第11旅以歼灭性打击，涌现出被国防部授予“战斗英雄”称号的陈代富、周天喜等英模人物。1969年，改称陆军第160师。1979年，参加中越边境自卫还击战。该师也成为我军唯一参加过抗美援朝、对印、对越三次重要对外作战的步兵师。

这是一支英雄辈出的部队：在历次战斗中涌现出了“战斗英雄连”、“人民钢军连”等多个英雄单位和“爆破英雄李广正”，战斗英雄刘增荣、窦玉芳、邵禄、罗志海，陈代富、周天喜等全军战斗英雄；部队先后有5600余人次立功受奖。

1985年，整编为陆军第54集团军步兵第160师，执行北方乙种步兵师编制。1998年，缩编为步兵第160旅，2003年撤销番号及建制。

第130师是中国人民解放军钢铁长城的缩影，是我军坚不可摧的象征，是共和国的自豪和骄傲！

---

① 转引自 http://www.jm5483.com/ddd/HTML/43.html。

第二十五章　从朝鲜到西藏

到朝鲜以后，基本上没事可干，仗也不打了，只是预备着再打，就是训练为主，打炮，海上、陆地都打了。那时候我们在西海岸驻，距离前沿大概有个40多公里吧，在郭川驻，郭川郡，郡对他们来讲就是县。到那儿开车40多公里，打靶就在那海边，从陆地往海上打，也在海边往山上打。开始打的是单炮射击，往山上打，打一发炮弹，跳弹，跑过去了，跑到山根底下炸了，差点儿打着老百姓。我就赶紧跑过去了，看看怎么样了。我这一跑过去，朝鲜老百姓都不让了，把我们那个翻译给抓住了，跟我们说没用，就他听得懂朝鲜话啊。朝鲜老百姓抓着翻译不放："你们打炮，往我们这儿打，差不点儿把我们打死了！"

说着说着朝鲜老头儿这火气就大了，就干起来了，把那翻译打了好几拳。我们就跟人家道歉、解释、说好话呗。当时朝鲜其实没什么青年人了，打仗打的，基本上都是60多岁的老头子，娶个年轻小老婆，一个老头儿让娶好几个媳妇，正过着幸福生活呢，你一炮给轰过来，人家当然不让了。

那跳弹是什么呢？根据落角来说，落角如果小于37度，它越弄越小，就平了，到那儿以后引信撞不到地上引爆不了，就反弹起来了，打到这儿又跳到另外一个地方了。它跳多远呢？跳它整个的炮的射程三分之二！可远了。我们当时打的距离大概有1000米，它能跳出五六百米。当时那朝鲜老百姓在地里干活，还不是在家里呢。

我们那时候打炮，可谨慎了，人命关天，这可跟步兵打靶不一样，错了可不得了。1963年在铜梁打炮，我们副团长领着去的，出事故了。1营1连错了100米位，方向装错100米位，结果一炮打着人家大院里去了。正是中午，小学放学了，两个小学生，都十来岁，刚回到家，一进院子，炮弹跟着落下来了，那个房屋也炸坏了，人也炸死了。那是一五二榴弹炮，炮弹大，给炸成那样，惨哪！先找的县里，县里去到那老百姓家给人说好话，善后处理，拿钱给赔偿。结果回来排长、副连长都撤职查办，复员回家走了。那帮人也害怕了，白天没敢回来，晚上回来的。

在朝鲜海上射击主要是打靶船，扎个木架子，木架子钉上席子，就像一个帆船那么样的，底下有木架子它能漂起来。大概有多大呢？3 米长，1.5 米宽，就等于是自己做的靶船。有的是钉布，有的钉席子，不一样。然后雇个船，弄上绳子在后面拖着走，那绳子大概是 200 米还是 500 米来着，反正别打船上就是了。完了这边下了口令，前边是敌舰，距离多少，开始射击。炮事先架好的，炮手就在那练习瞄准。最好是什么了？开始船一动就开始打，为啥呢？因为远，往这么来的时候，那船好像是还没动一样，赶走近了，速度就快了，这样瞄准他这么走，如果你横向打，这样的速度快，你操作怎么办？就会打不准。所以这么一吹哨，完了以后打 4 发炮弹，一个班 4 发。打完了以后 1 连一个干部打，不管连长、排长，反正都得打一次，就是连里干部射击，训练大纲都规定了。

我们当时是全营在那儿打，每个班打 4 发，训练大纲有规定，就按规定打。我们这一个连 4 门炮，两个排嘛。全营就是 12 门，都打 4 发，那就打了 50 来发。干部也打，我在当副连长，连长陆百合不打，下面排长也不打，叫我打，我说好，我来打。在船上走，绳子一拉，事先你得提前点儿，它本来是静止的，船一走一拉它一跳，它一下跳得挺远下，那就不行了，完了以后你提前等一点，等一点完了以后他一跳，完了，往那走，你就得找提前量，瞄它前边。整个那船的前头，赶炮弹走那儿，正好打当中。如果提前多了，打不着；如果瞄当中，炮弹走那儿去到后尾去了。我只打 3 发，剩 1 发，3 发全部中，说停，营长陆则富在那指挥的，营长说："行了！你别打了，节省 1 发炮弹吧，你 3 发都中了。"

3 发全中，那靶船也还没坏，没给打烂了，就是穿个眼。我们打训练弹也爆炸，但是在靶船上都穿过去了，延期引信到水上才爆炸。他这不怕跳弹，跳了反正也在水里，多远下都没有人家。有的就爆炸这么大个窟窿眼也没事，就一层席子，一个布。

我们的训练弹药装的药就少一点儿，也不用全装，正常它那个叫全装药，都是在国内兵工厂里指定做成那样的，分全装药、半装药两种。半装药轻一点，你要打坦克那炮弹速度慢了，惯性小了，那坦克穿不进去，都是全装药。你别看炮小，你看一二〇、一五二打的时候它不那么震耳朵，它憨，声音脆，当时震得都张嘴，那耳朵眼都疼，脑袋都胀。

我们这战防炮、八五炮都那样，战防炮还有 75 毫米口径的，它打坦克，主要打暗堡，打穿甲弹、榴弹两种，打坦克就打穿甲弹，还有一种叫空心弹，空心爆破。打碉堡用穿甲弹、榴弹都行。打步兵的话都打榴弹，穿甲弹没有什么用。在那儿弄好几天，在那儿一个礼拜，今天这个连打，明天那个连打。还有什么呢？得涨潮，退潮水浅了，船就没法走，那个地形就那样，要是水深的话，咱们还没有路去不了，他那个码头正好车走能那里去，退潮了，水不到一米深，一点点了，也打不了。

一般上午 10 点多钟才涨潮，你就得跟那儿等着，那得快啊！急急忙忙什么都得提前准备好。有一个连有一天还没打完，一退潮人家船老大不干了，水太浅了船怕搁浅。那时候我在船上帮着指挥看一下，几个人拿着杆子上面刻度，几米几米深，边走边报告向船老大，叫一手还是二手报告，反正一两米多深下，边走边报告。那雇的船是咱们志愿军的船，搁那儿整，全部是咱们的人跟那儿开、整。

1 连是我打，2 连是副连长打的，2 连副连长是河南人，他也是打了 4 发，全中了。他也是锦州炮校学习出来的，我们这帮学院派当时算技术人才，其他一般干部都没打过，那时候训练干部也都打一次。这一去锦州炮校出来的都挺露脸的，原来那些领导干部都是挺器重的，就说："这帮人在锦州炮校学习，学的是真本领啊！比咱们强，咱们到时候就知道打，具体操作原理还是了解太少！"

回去以后经常有干部培训学习的，我给他们讲射击课，你看我们连长就讲不了，他就不懂。我还要培训他们，有时候我们在连里讲，有时候全营在一起讲，讲射击，讲战术。

在朝鲜基本上就这样过去了，什么仗没打，成天训练，要说收获，也有一点儿，一个是好歹出了一趟国，另一个就是我大女儿在那里出生了。我给起的名字，叫孙鲜平，纪念朝鲜来之不易的和平。本来探亲只有一个月时间，结果白淑琴怀孕反应大，坐不了车，想回老家坐月子也没回去成，于是就在那一直待了将近一年，孩子两个月了才回庄河去的。

1958 年撤军，之前大部分都已经撤了，我们 54 军是留下的最后一批。当时周恩来到朝鲜去访问，和金日成商讨，美国佬基本都撤了，志愿军也撤军。只留志愿军司令部一部分人，一旦老美再来发动战争，这司令部还继续起作用，我们再回来。

具体时间撤军就是从 7 月份开始，我们是 7 月份第一批先走的。那天气挺热的，我就想着呢，具体到哪里不告诉，这是行动秘密。一直到北京以后，说移防到四川，这才告诉我们最后的目的地是到四川，到那以后归成都军区管了。

我们是 7 月 1 号在朝鲜坐的火车，在朝鲜那个叫宣川的地方上的火车，一直拉到四川浃江去。先坐火车到北京，从北京往四川走没走成，前面秦岭塌方，火车过不去，在北京住了将近一个礼拜，四五天吧，住在一个总参招待所里头。这时候就在那驻地附近逛荡，那时候天安门那顶上没有站岗的，不收票，啥也没有，我就上那城楼子顶上去看了。

我是去打前站的，我们一个连去一个人，到那儿去看房子，先遣。当时在北京火车过不去秦岭，就先坐火车到了武汉，在武汉天热得要命，住了两三天，坐船到重庆下船，再从重庆坐汽车到洪江。

在武汉上船，坐一个大客轮往重庆走，咱们对这东西马马虎虎的不太注意，我就上船舱底下吃饭，吃饭完了就上顶层上来了，在那儿睡觉都在船舱上头。这船低一点，一抬头顶上那横梁，把脑袋给碰到了，碰出血了，一溜溜的，当时船上有卫生员，给处理了，最后包扎，脑袋包块布。到万县了，别人说我，你看你头上包个布，显得像是从朝鲜战场负伤出来的，不大带劲啊。怎么办呢？我拿掉吧，完了以后这疙搞一小块白布，用军帽压着，绷带就拿掉了。到万县以后就拿掉了，戴上帽子一点也看不见。

到四川以后我才正式提的连长，在那之前一直是代理连长。一个连派一个副连长做先遣队，营里组织的是副营长，反正整个组织的，先遣，到那儿去整。到了洪江天气挺热的，完了做准备，分配，哪连在哪儿。像咱们连的1排、2排、3排，炊事班在哪里，侦察班在哪里，都给分配好营房驻地。然后负责组织拉煤，弄木材，床不够，到那儿整，所有都准备好了。先遣就做这些事情，没有别的事。

以后部队到了，没住几天，开始"大炼钢铁"，部队也跟那儿干，毛主席下的命令。

炼钢铁规定了几条纪律，炼不出来还会受处罚，互相通报的。开始到峨嵋山拉那石头，那种石头叫作砂石，搁手这么搓都能搓下来。它的特点是赶到炉子里头烧的时候它不化，结成那疙瘩，都凝了。你像其他硬石头一烧就裂了，有的石灰石烧了就变石灰了。它叫红砂石。

在那儿现学砌高炉，在那有几个老师傅告诉，教怎么用錾子打，他们有铁匠炉，用完了以后给你扁錾、尖錾两种，尖錾就给你环形打，一趟沟的，一趟沟的，打基本差不多了以后搞这扁錾抢平，找光。如果你不找光，砌炉当中不是有缝吗？缝不漏气吗？要求挺严的，一人一把尺子，直角尺，还有一个弯尺，反正那时候也敢下本钱，谁晚炼铁炼不出来，那县长、县委书记受处分，他们就往部队联系，我就带一伙人去搞这玩意，那是我们营里抽的人去的。炉也砌出来了，也炼出铁了，完了报喜啊！敲锣打鼓去吹牛，炼100斤报1000斤，就这么整搞的。

那县长书记不但虚报产量，另外还偷老百姓家。那时候人民公社吃食堂，把老百姓家里的锅通通给拿来了，拿来了以后砸碎了，弄了重新炼，那不是炼的都是铁吗？

本来就是铁，砸碎了又炼成铁，那些练铁的成果实际就是这么来的。但是从山上挖矿石整搞的，这个炼铁咱不懂，炼铁矿石以后必须有石灰石，石灰石和那铁矿两个按照 2∶1 的比例，也就是 20 斤铁矿，10 石灰石矿，拿到大山里头去整这种石灰石，我第一次看了这么粗的大竹子，一大片一大片的在大山里头，那上面还真有石灰石，下面还没有。另外扛那竹子下来搭棚子，人就在里头打石头、休息、作业，全部在那里头，那时候不管是谁的，砍了就往回拿。

“大跃进”嘛，谁敢说一个不字？不给，那马上抓去就判刑，可严了。地方上有一个技术员，出事了。炼铁拉那个风箱，就是用大轮带小轮，大轮转一圈，小轮子转好几圈是这么个比例转，转以后小轮掉下来了，掉下来以后就找地方老乡，你看看它里面有个键，键出来松了，掉下来了。这个轮是干吗用的呢？这个轮是带动皮带的。上风箱，拉风箱拽，不是它风力大吗？这个键松了，得找人修啊，来了一个技术员，男的，能有个 30 多岁吧，他拿个小锤一敲，“嘣”一声，两半了，那是生铁。那轮这一坏了，技术员当时就抓起来了。

县里公安部局来人抓的，县长在那现场指挥的，我们部队在那帮忙，基本上就算是出个劳务，听人家指挥，什么事情也不管。县长说人家破坏生产“大跃进”，轮子一坏，搞停产了，不能搞了怎么整啊？判刑，判了 6 年，很严格，今天抓进去，隔明天一天，后天审判结果就出来。

这个技术员就是浃江当地的，那时候也不讲法制，也不给辩护，他们说了算，说你反革命就是反革命，说你破坏生产就老老实实地承认吧，这毛主席号召生产的。在那儿赶到最后期开始大锅饭，杀猪，就干，人民公社嘛，有啥吃啥，吃到最后吃地瓜。

也不是没钱了，粮食都少了。我们在那儿吃地方粮食，大炼钢铁天天干。原来他都谎报，一亩地产 800 斤，你就得按 800 斤交公粮，交少了还不行，这么一来老百姓粮食没有了，这粮食入国库不能随便去拿，那就不行，那时候都有这个要求。

完了以后老百姓白天干活，晚上背着孩子到地里深翻，说是多翻一尺能多打多少多少粮食。结果把底下老新土翻上来了，扯他妈淡，那根本就不能长庄稼！挖一锹就行的事情，他偏让你挖两锹三锹，不挖还不行，人家哪儿哪儿介绍经验就这么这么搞的，我们还去帮着挖帮着去搞。“大跃进”那时候纯粹是胡来！结果炼几天钢铁，山上树也砍差不多了，大一点的树砍下来以后，在山上就地就烧木炭，烧焦，哪儿有那么多焦供应得上？到处都炼啊，都砍木头，能砍多少算多少，砍完之后烧木炭，完了以后搁木炭炼铁，这就叫得不偿失、费力不讨好！你就说那么多人，砍那么多木头，拉那么多人来修，最后炼出来几锅杂铁，炼 1000 斤铁，1000 斤铁能卖多少钱？就算你卖 1000 块钱吧，这些劳动力出了得花好几万，整搞的，得不偿失！最后都泄气了。

一看就这么个成果，那县长、书记也不蹦跶了，上边动员也没有意思了，逐渐也就拉倒了。我们11月份回到部队的，部队那时已经先走了，搬家了，搬到雅安，我一个，还有通讯营2连的一个副指导员，我们俩在那儿负责师里这帮人，搞这个建设高炉支援地方。临走了还会一顿餐，杀鸡，还杀头猪，我们就撤出来了，我们撤走了，他这也黄了，也不弄了也拉倒了。

回去之后，提连长了，继续带连队训练，到那个浃江边上去打炮，在岸边往对面那大佛的旁边打。那不是有个乐山大佛吗？往他左边的山上打。那时候说大佛是封建迷信的东西，那年头谁敢相信啊！它就是太大了，不方便拆，要是不费劲，也可能早就给拆掉了。那要是出个跳弹，兴许能把大佛给炸坏了。这个射击叫直接瞄准射击，直接的，不是间接的。就是从江这边往江那边打。能看见目标，直接瞄准的。结果一炮打下去，那个炮弹屁股后面这个底儿，像个盘子这么大的，直接给迸回来了，落在我们阵地后面。

那是多远啊！1000多米，隔着江一炮打过去，当时嘣一下子响了，飞回来了，听见声音我就喊卧倒，就都趴下了。一看，整个原弹底回来的。你说多大劲儿！它那直线是800米，在江面是800米，这东西是弧线飞的，所以飞很远，能有1000米，有人开玩笑说，是不是一炮把大佛打生气了。当时我想，封建迷信当然要不得，但是，这个大佛待在江边这么多年了，没招谁没惹谁的，咱也犯不上把它脑袋轰下来。完了之后我就告诉不能打了，危险，下次不定把什么迸 回来呢，就拉倒了，收拾炮拉回去了。后来有个电影《神秘的大佛》，我在那看心里就想，当年怎么就没被我们给炸着呢？

这是打陆地目标的，还有两发没响，那地上搞纸糊一个靶子，搞木头钉个架子，上面再钉个席子，席子上面画个靶子，就往那上打。大概是一米见方，打不上就算是跑靶了。一般那炮弹钻席子上就爆炸，结果打了几发，有两发打过去以后没爆炸，穿到地里去了没响，把席子钻个眼。

这也不能在地里留颗定时炸弹啊，以后老百姓还怎么从这过？妈的我就去了，带着一个炮技师、两个战士，我们四个人去的。我让他们都躲远点儿，趴地下等着，我拿把锹去挖，给挖出来了。危险啊那玩意！没钻地里多深，能有个五六十厘米吧，脑袋扎进去了，屁股蹶在外面呢。挖出来我看呢，引信头给压弯过去了，撞针不知道怎么没响，卸还不敢卸，动还不能动。

然后我就把两发都给挖出来了，这可得小心点啊，不能胡整啊。挖出来炮技师告诉战士怎么拿，不要碰了，不要摔倒了，引信这一块得格外小心。两个战士一人抱一发，我在前面开道，炮技师在后面跟着。妈的去挖它的时候挺勇敢的，啥也没想，该你上的时候你就得上。

往回走这一道可紧张了，你在前面走，臭了火的炮弹在后面跟着，随时能响了，也不好意思离那两个战士太远了，结果这一道走的啊，有时间想东想西了，爷爷奶奶老婆孩子全想起来了，回来一头一身汗。再看那两个战士，后背衣服全湿透了，放下炮弹腿就软了，说是幸亏连长跟着一起整，壮了胆儿，要不早给扔了。拿回来以后搞上炸药爆破，引信也没卸下来，连引信一起把这两发臭弹给炸了，要不你随便扔不行。

大炼钢铁回来之后，刘作勤就调走了，当时那个389团战防炮连就缺连长，把我那个副连长给调那去了，我还挺舍不得的，这不是砍了我的左膀右臂吗？刘作勤跟我在一起配合很默契，挺不错的。但是提升他当连长，也是个好事儿啊，不能耽误人家进步啊！他去了之后，也把老婆接到部队来了，家属都住在一起，邢雪英跟白淑琴还成了好朋友。

郎才女貌

当时有那么一条规定，建国前参加革命的、连级干部以上的，家属都可以随军。不是建国前不行，不是连级干部不行，有这一条规定。我在那写封信给家里，白淑琴就带着女儿孙鲜平到雅安来找我了，从东北到西南，沿着中国地图来了一个大掉角！她是第一次出这么远的门，还拎着锅碗瓢盆，抱着孩子，带着奶瓶、尿布，浩浩荡荡来随军了。来了之后在那儿管理员给找个房子住，很多家属都住在雅安营房驻地后面的小街道那里，在后面找个房子住。

住了没几天，最多来一个礼拜，突然宣布甘南叛乱，要去平叛，实际上应该是西藏，但是上面传达的时候他没说西藏，他说甘南，甘南就是甘肃南部，要出发，做准备。

这家伙，烙的饼啊整搞的，准备给养，什么都弄了，真准备，家属也动员，也跟他们讲，叫他们走的时候欢送。整了三天以后告诉说那个地方被134师给平定了，不用去了。134师从朝鲜撤军的时候直接去甘南了，它没到四川来，四川我们就来两个师，135师和我们130师。134师当时直接撤那儿去了，这回说134师就地把叛乱给解决了。最后又说，这次演习是中央军委直接来的命令，演习的，实施准备，不要从朝鲜回来以后睡大觉，最后说就是搞的演习。那时候都有准备，防止西藏叛乱，我们到雅安住，那时准备就是要进西藏的。

我们住了几天，到了1959年1月份，又把营房倒给步兵。叫我们哪儿呢？

去重庆州，大冶县，刘文辉、刘文彩那个收租院就在那儿嘛。重庆州那是个飞机场，我们住那飞机场里去了。到那去组织接兵，他们去了我没去，然后接兵。新兵来了第7天来了命令，西藏叛乱，3月3号接回来的新兵，大概是3月10号叛乱。

当时来了这些新兵，部队里还有老兵转业退伍回家的，新兵到的时候，这些老兵都走不少了，走有差不多三分之一。新兵来了7天，正在出操上课呢，训练呢，训练齐步走、稍息立正，还没怎么摸过枪炮呢，突然来命令了，准备打仗，进西藏，告诉说那边已经叛乱了。还请到过西藏的这些人给讲，达赖和奴隶主怎么剥削人，怎么压迫人，先给你提高士气，忆苦思甜，讲这玩意。我们是一个汽车6团专门帮我们拉的，平时我们的炮是自己的嘎斯六三拉的，那老苏联的车，四轮的，你往西藏去爬山要走远程那车根本就不行。这回派来的汽车是大解放，完后把炮装车。

这个炮上车，炮头伸在驾驶室前头，上面还带个棚子，后面车里头还搞上三角木，倚上，绑上。后面的挡厢板放下，后面大架给并上也给绑上。那炮架后半截也都伸到外边去了，长不太多。轮子都给倚上了，后边挡厢板放下基本上就齐了。炮靠他们汽车团给拉，我们自己原来的车嘎斯六三拉给养、拉炮弹、拉人，都做这个用的。一共准备三天，上成都军区去拉装备，拉这个拉那个拉东西。

完了以后教育这些老兵了，新兵来老兵又要走，这一走要打仗怎么办？这老兵就没都走，身体不好的，服务时间久的都走，身体好那个，又留一部分下来。本来都说回家了，我这一动员，就留下来了。我们部队要求的，也征求他的意见，这些老兵从朝鲜回来的，人都打过实仗，有经验，就留了一部分。

要出发了，我急急忙忙把家属白淑琴和孩子安排到那屋里去了，我弄个大棕床，搬个桌子，弄个凳子，就住那里边去吧。就这点家具，就那么点玩意儿。有留守处不是吗？家属就都留那里去了，刘作勤也急忙回家安排邢雪英和他那儿子。部队要出发，我也不能老在家摆弄家属啊，这就要走，白淑琴也有点紧张，刚来部队就赶上打仗，女儿孙鲜平那时候才1岁多点，1957年生的。我们这边忙活着，家里孩子的小裤子、小衣服包在一个小包袱里，被人家偷走了，丢了。

那好查，一找就找到了，就是有个复员的兵拿的。他拿去了，拿去之后白淑琴找管理员又给要回来了。这都看见什么人的意识了，社会存在决定人们的意识，这句话一点都不假。他那地方穷，生活困难他就反映这问题，什么都划拉。

完了我们都坐车走了，她们家属还欢送，白淑琴抱着孙鲜平，邢雪英领着刘赴朝，打着小旗子，家属大人小孩能有一百来人呢，都站在路边欢送。本来是坐车走，三天就可以过金沙江，金沙江这面就是四川管，金沙江那边就归西藏管。

由于咱们都是苏联车，苏联属于寒带的，风页板就三扇，不够用——老美那车都四扇，四扇风力大，散热就好——一爬坡一走一会儿开锅了，汽蒸发不出去了，就出现这种现象。怎么办？走一会儿浇点水凉一凉，走一会儿把那化油器弄块布打湿了，赶快叫凉一会儿。就这样走了五天，给养还没够吃，在路上吃得多整搞的。

最恼火的啥玩意呢？我们走到二郎山快到山顶了，二郎山有一个叫天泉县，那天晚上住一晚上第二天走，那天晚上住到半夜溜溜达达车到了，不是一个跟着一个，一会儿它掉队了，一会儿它掉队了，那车就那么个样子。这天早晨师炮兵团一个副团长来了，叫我们到营里去装炮弹，给1营装炮弹。1营是重迫击炮营，进西藏来讲，我们就归师炮兵团管了。原来我们都是师独立战防炮营的，我们那是一个加强营，本来师里管的，不归他管，自己做饭，这回归他管了。我们这独立战防炮营被临时划到他们团里去了，归他统一指挥，他是三个营，我们原来训练干什么都不跟他，这是归他代管，实际上还是独立战防炮营。

他叫我们去人给他们装炮弹，那我们这里不干活了？我们思想想不通啊，你们人干啥去了，你不装？另外叫我们去装，那炮弹也挺重的，装卸，他可能车坏了还是怎么，我忘了，就去整。当时他都不太满意，就发点牢骚。当时我就说两句话，我说："天下哪有这个道理，行军打仗你自己不管自己人，还请别人代替你的人弄炮弹装车卸炮弹？哪有这么整的？"

那个副团长就把我给批评了："孙福地，你说什么呢？"

我说："我们也有连队，也有车有炮，也得整，这行军自己不组织自己连队，让别人给干吗？"

"你想干啥！你发什么牢骚？这是打仗，执行命令！"

我再也没敢说，心想被撤职了可不好，就积极组织去了。

附录：解放军五年藏区平叛艰苦岁月（官方解密资料）①

1956年至1961年，政教合一的藏族上层集团曾发动过血腥的武装叛乱，最后被人民解放军和汉藏群众以艰苦的战斗平息。当时的参叛者包括受蒙蔽和裹胁的众多藏民和喇嘛，其骨干却是美国中央情报局和英印当局训练的康巴叛匪和藏军，并利用美国空投武器和特殊地形进行了长期"游击战"。解放军在交通极其不便、人烟稀少的雪域高原通过五年的艰苦平叛，终于获得了辉煌胜利，

① 转引自 http://www.chinatibetnews.com/xizang/lishi/2008—12/12/content_181416.htm。

并由此获得了高原作战中使用各类武器的特殊经验。

藏传佛教素来强调“戒杀”，近代西藏的僧俗上层集团却同外国勾结，大量输入武器装备寺院、土司院落和藏军。全国解放时西藏人口仅110万，加上川、滇、甘、青四省藏区总计藏族人口不过200万。整个藏区却有枪近10万支。20万喇嘛中许多人也有武器。如算上大量腰刀等冷兵器，藏区贵族真可谓“武装到了牙齿”。那些口喊慈悲、手捻佛珠的农奴主用的又是人头骨碗、人皮鼓和少女的腿骨号，其野蛮和摧残人权真是近代世界史上所罕见！

1950年秋，解放军开始向西藏进军。于1951年达成了和平解放的17条协议。解放军入藏后，中央对其上层集团采取了长期等待的政策，争取其和平改革，几年内不改变农奴制度，也未收缴武器。反动僧俗势力看到先进文明的进入对其黑暗统治形成冲击，便在境外支持下发动并逐步扩大叛乱。1956年3月，川西康区的理塘叛乱打响了全国藏区叛乱的第一枪，此后云南迪庆、甘南和青海藏区的头人和反动喇嘛也率众围攻当地政府和驻军，解放军成都军区、兰州军区被迫平叛。康巴和青海叛匪逃入西藏后，得到噶厦当局收容，从1958年起不断袭击解放军驻藏部队。1959年3月拉萨发生暴乱，标志着局部叛乱发展到全藏区。

藏区参叛人员主要分四大类：土司头人胁迫煽动的从叛藏民、武装喇嘛、藏军、康巴叛匪。前两类人数虽多却基本属于乌合之众，各土司、寺院之间又矛盾重重，还因争夺美国空投的卢比(印度货币当时在西藏通用)和武器经常火并。原由英印训练的藏军虽有一定的军事知识且有步、炮武器，却携家带口，保命心理严重，许多人同解放军接触较多，也了解共产党的政策，一遇打击和喊话，多数人便缴械投降。最凶悍的是康巴叛匪，长期生活于汉藏交界地带，有械斗传统且有部分骨干受过国民党川军训练。康巴叛乱受打击后有7000余名匪徒骨干窜入西藏，美国中央情报局从中挑选部分人到关岛和本土科罗拉多州建立“康巴游击队营地”，由达赖的长兄当才活佛担任翻译进行训练，随后将受训者空投回藏作为叛乱骨干。

1956年康巴和昌都叛乱相继发生后，拉萨的反动上层同解放军驻军的关系随之紧张起来，藏军第2代本(编制相当小团)便长期占据鸟瞰全城的制高点药王山并修筑工事。当时西藏军区大楼都在药王山上的步机枪火力控制下，干部们举起望远镜就能看到山头碉堡和备战的藏军，许多人抱怨“这简直天天在枪口下过日子”。虽然中央政府对达赖及噶厦政权采取了仁至义尽的争取，驻军坚持不打第一枪，叛乱分子却将忍让视为软弱可欺，在美、印反华势力支持下于1959年3月10日发动拉萨暴乱，公开宣布“起义”、“驱汉”。

3月1日拉萨暴乱发生时,7000余名康巴等地的叛匪涌进城内,上万喇嘛和市民被发放了枪支并做了战斗编组。藏军3个代本还逼近解放军各驻地修筑工事,甚至将铁锹挖战壕扬起的土都甩到军区门岗内。此刻增援的第54军未到,解放军在拉萨城内只有第155团、第159团和军区警卫营的13个步兵连、1个装甲车连和第308炮兵团3个营,兵力不足3000人,形势非常严峻。

第二十六章　抓了三个叛军侦察兵

从朝鲜回来，我跟刘乐群两个好朋友都从副连长当上连长了。我们俩还都挺高兴的，说是要好好干，比着进步。那时候国民党都打跑了，朝鲜也打完了，没什么仗好打了，再想进步也就不容易了。

我们去之前，西藏就已经出了不少事儿了。原先有个什么事儿呢？是一个吉普车改的装甲车，配有两挺机枪，在路上老跑，巡逻。走到我们驻那地方去有100多公里的地方，几个战士他巡逻巡逻就不正经干了，去干啥呢？去打兔子，下车了，叫土匪给看见了。人走了，车留下了，土匪来了。土匪围着这车转半天，整不明白，开不走，也不了解啊，就搞石头把车灯给砸了，把轮胎搞刀给割了，车油箱找到了，放火给烧了。赶这几个拎着兔子跑回来一看，傻眼了，车烧完了，土匪也跑了，他们也没敢动。从那以后，从吉林调去了一个装甲连，大的，全部是钢板弄的，到那儿以后亲自搞机枪打，试试看，只打个白点，打在那个钢板上。咱们实验，自己打的，检查检查抗不抗造。另外他那个车轮胎不怕，你打一个枪眼，照样充气，这个原理我没懂，为什么它会充气。后来就搞这种车巡逻，那个路上安全，就好了。

进到藏区我们就换装了，一个班配一挺轻机枪，转盘那种的，班长、副班长都是冲锋枪，炮手一人一支步枪，瞄准手带手枪。我呢，当连长本来就配了五四式的手枪，另外还给一支冲锋枪，铁把，折叠的，五三式冲锋枪，都是一起带着的。我们当步兵用，也知道进藏以后炮走不了？但是炮也照样拉着，这就连步兵当炮兵，两样活儿都干了。

走在路上，遇到藏族的奴隶娃子，对咱们可热情了，给水喝，给东西吃，一般我们行军都不吃他的东西，不拿群众一针一线嘛，还给他点儿东西。但是个别那掉了队的，吃不上喝不上的，他们就给吃的，还给藏起来、保护起来。那高原啊，内地兵走走就走不动了，掉队了，那些牧民主动叫我们的战士骑他的马。我们就感觉，这西藏挺好的啊，打什么仗？

刚到那，就传达了，说土匪专门打掉队的兵，一个两个都敢出来整你，要提高警惕。说的那是389团5连，有个战士掉队了，指导员怕出事，亲自在后面领着走。走着走着，一个土匪骑着马就来了，一个人，单个散兵，拿一把有将近1米长的大刀，来砍了。看着就到眼前了，指导员拿手枪打，打不响！那快啊，看着远，几步就到眼前儿了。结果这指导员保险没开，机头是张开的，子弹是上膛的，你打的时候必须先把保险扳下来。他没扳，打一枪没响，那有棵树，他就围着树躲，有树这马转得就慢。转了几圈他想起来了，他妈的保险没扳下来，再扳下来，嘣一下，就把土匪给打死了。

他们的刀一般都这么长，800毫米长，1米长的也有，我在西藏回来还拿了两把，后来让上交，都上交了。还有把短的，随身用的匕首，原来放在厨房里，剔骨头可好使了，后来也不知道哪儿去了。

过金沙江以后那么走是叫江达，师部就驻在江达，我们战防炮营驻江达，400炮团驻在昌都，离我们这儿好几百公里，昌都是西藏第二大城市，那个师炮兵团整个驻那里去了，这回好了，离开了，咱不归他管了。

在整个入藏的部队里，我们算是入藏第一批，先头部队。西藏原来有部队，18军不是驻西藏吗？张国华当军区司令嘛，在那里。他们在那儿实际上已经开始打上了，我们后去的。实际上54军的135师驻在重庆没动，都是130师和甘南的134师这两个师主力平叛的，我们这边从东往西打，他那边从北往南打。

另外驻扎在云南的13军、14军，他们搁西藏那边不是也近吗？他们那一帮往那去打，也去一部分，还有一些保安独立部队也有，也参加了。我们营搁那儿驻着，站岗保卫师部。没多久，师里有个组织计划，先打康藏公路以北的土匪，路南后打。康藏就是康定到西藏这条公路，康藏公路。结果前面一开打，我们都说不能叫敌人掌握我们的企图，组织师里侦察连一个排，通讯营一个连，工兵营一个连，高炮营一个连，加上我们战防炮营两个连，一共五个连外带一个侦察排，由师里周副参谋长领着，到路南去打他一下子。这样给敌人造成一个假象，让他寻思着我们藏北、藏南一起打吧，就这么的。

动员讲好了，出发。我那时候当1连连长，带的是三天的干粮，穿大衣，穿大头鞋。领大头鞋，发的是毛皮大衣、皮手套，现在还在家里放着呢。当时副连长刘作勤已经提拔走了，我跟指导员李玉申带着我那一连兵，基本上都是四川新招来的新兵，有的刚来一个礼拜，还没学完呢，没几个老兵。完了带干粮，那天下午走的。吃完中午饭休息会儿，是3点多钟出发，整个的五个连，周副参谋长都带着出发了。在家走的时候说的是，土匪在什么寺里集结，走一个晚上，早晨赶到指定地点，包围土匪，消灭他们。

最先头走的是师里的一个侦察排，他们配的枪都是现在使用的新式枪，半自动的，冲锋枪是咱们造那个，不是小机枪，比那个还小，火力挺强的，他们在最前走。中间是那四个连，然后是2连，我们连在最后头，收尾。

出发没多久，就遇上第一条河，水不大深，到小腿吧，但是水已经有点儿冷了。2连在我们前面，直接下水就趟过去了。我到那就没让直接下，看到旁边有个放牛的，叫达旺，赶了能有四五十头牦牛在那放，毛挺长下的那种，准备让翻译问问他，有没有路能绕过去。他就主动过来找我们那翻译说了，他用牛送我们过河，不要钱。我们就组织战士骑着他的牛过河了，挺好，衣服鞋子都没湿。

过去之后，我想表示一下感谢吧，送他点儿东西做纪念。但是我们这当兵的没啥东西啊，给钱不合适，把枪、手榴弹送给他也不行，正好兜里揣有几块水果糖，我抓出来，一遭都给他了。这个达旺会说几句汉话，不大多，反正也能交流，他说以前经常骑马下来到那江达县城去里买东西，见过解放军，那个县城住家有十来户，藏族人少。以前部队进藏的时候是修公路，达旺也经常和解放军打交道，挺熟悉的，他就这么会说的汉话，经常下来。

我们都过河了，达旺又撵上来了，送给我一根牦牛尾巴。这是干啥的呢？藏族人杀了那牦牛之后，皮扒了，肉吃了，最后这尾巴留着当苍蝇掸子用。留一小截尾巴骨，搞手攥着，赶苍蝇、蚊子。我挺高兴，这东西不错，用了几十年，现在还在我们家床上搁着，掸床用。

这就上路走，走啊走啊天黑了。天黑了之后，越走越冷，越走越冷，走走以后又过河，晚上冷，那河里头已经结冰了。咱们东北人知道这情况，过河必须得脱了鞋、光着脚、挽着裤腿过去。你走山沟里不是直线的，一会儿河拐弯，一会儿过去，一会儿过来，不是简单地走一遍，它是这种形势。带着队伍往大山梁走，我就命令必须脱鞋，不脱鞋不行，脱了鞋，过河去以后，擦一擦再穿上鞋袜。因为棉鞋一湿就完了，大头鞋湿了怎么弄？

咱们这连挺好，没有一个脚冻坏的，2连冻得乱七八糟的。他们穿鞋过河了，另外很多人没穿大头鞋，都穿个胶鞋，他们没有按照连里指示。2连是杜连儒连长带的，他们没有仔细检查，很多兵也没领大头鞋，没带，不穿，说什么在山底下柳树还开花呢，他就没带。我这都必须带着，三个排长下去逐个检查。

开始走，天也热，四川兵没穿过那玩意，挺沉的大头鞋。走到山顶上了，开始下大雪了，下雪还得走，那雪挺深下的，到了顶上了，天快亮了，走到山顶上了，这一个个整宿没睡觉，眼睛都睁不开，都在山顶上烧点儿水，吃点儿干粮。烧水使什么烧？到山顶就这么高下子那小蒿子，上面还结了小粒儿，还有油，点火一烧嘎嘎响，就搞那个烧。以班为单位，一个班有两个锅做菜做饭的，就那么整，连部在一起，伙房做饭吃了。正在这时候我们是在南面，在西边一个山坡上有一群马。我拿望远镜一看，都是土匪，能有六七十人，看得清清楚楚的，都背着枪，没上马骑着，在马底下坐着，还有人在那儿放的哨，瞭望着，离我们这儿看，1000 米左右，大概 3 华里远。

我们这连兵顺着前边绕着都过去了，趴在那里，架上机枪突突给打了，那时候我们也知道打不着他，就是吓唬他。反正土匪一听枪响，都上马了，就顺着那沟里，下山就跑了。我们任务不是消灭他，把他打跑就行了。就让他们知道路北剿匪，路南也剿匪。

这时候都下午了，就说继续走吧。天刚要黑，还能看见人，我下坡，还有雪，走到一个山涧里头，两边还有人，这我就搞不清楚了，是平民还是土匪啊，搞不清楚，我就命令："做好战斗准备！"

战士们子弹就顶上了，枪都端在了手里，随时准备打了，反正如果是土匪肯定打，缴他枪呗。他们就跟那儿看我们，抬头看都能看见，我们已经做准备了，你要是敢打，马上就可以打你。我们当时在沟里走，他们在两边山上。结果没打，谁也没打。不知道他们是什么人，有没有枪，看不清楚，前头他们过去，后面我们都不管了，走。走到 10 来点钟了，山底下走到这里，雪没有了，下山了。狗叫得厉害，汪汪的，到那儿看，路两边有几家房子，一个人都没有，就狗在家拴着呢，啊啊叫。那大藏獒啊，跟小马驹子似的！

我们到那一看，这个是老百姓的菜园子，那边也是菜园子，这边也是菜园子，房子后头，这部队都不走了，都趴那儿，一个个都想睡觉，都困了，不行了，都睡着了。最后是前面三个连走了，就剩我们后面两个连。2 连在我们前头，我们在后头，人家那三个连都走了，2 连叫起来谁都不起来！那时候一个连就两个排，四门炮。叫起来都不起来，都趴在那儿睡觉！我们连都起来了，在那等的，我跟 2 连杜连长说："前头都走了，我们赶快点儿！"

我跟他们发火了才喊起来走。这帮兵走是走了，眼睛都不睁，就那么闭着眼睛边睡边走，这要是来几个土匪，说不定谁剿谁呢！

前头有一条河，河上头是个木桥，完了过桥了，前头上哪儿去了？过桥以后往左拐，那三个连在树林里休息，有露水啊！那山下雪，山底没有雪，它冷热不一样。2 连你猜怎么样？过桥以后没跟上趟，向右拐了，往下山坡走了，我们也不知道，就跟在他们后面走。走到底下就听到狗叫，看前面隐隐约约有个喇嘛庙。我让通讯员举着小手电筒看那个地图，是五百万分之一的，整个图密密麻麻的，也不好看，我都以为前头就到了包围的地点了。结果营部的电台跟我们在一起呢，一个通讯排长背着，也没法跟他们联系了。那时候一般有喇嘛庙就有土匪，他们都以寺庙为集结地点，我就以为到了，就叫侦察班的班长杨昌宝："杨班长，赶快，去看看情况！"

侦察班长杨昌宝领着人，就到下面侦察去了，我们后头跟着。走着到了那大庙前头，有一个大石堆，石堆上插些幡，平时藏人死了，就刻上字扔块石头，就那么堆着的，时间久了，这个死了那个死了的，弄了一大堆石头，堆在那里。我听着有三条狗叫，我说："赶快的，占领有利地形！"

这家伙晚上也看不清，上面挺陡的，战士们就往上爬啊，还得保持肃静，不能暴露啊。到那儿一看，就一个喇嘛庙，进去搜了半天什么也没搜出来，根本没有土匪。我就跟我那指导员李玉申说："这可不行，我们的人都分散了，这疙地形还不熟悉，弄半天就是几个庙在那儿，赶快集合，下去，往回走！"

指导员也说："来包围不是我们一个连，五个连呢，别人都没有，就我们自己和 2 连的在那里头，那怎么行？肯定不对！"

我就怕被土匪打了埋伏，电台也联系不上，那八一式电台，手摇的发电机的，也不大好用。出来又走回原来那路上去了，已经下霜了，那还有马，人走上去了能看着，我拿手电筒一照，没有脚印，没人走过！我就感觉不对，我就命令停止前进，去跟 2 连的指导员、连长商量，我说："这事儿不对头，咱们前面几个连没下来，你看没有脚印了，咋弄？"

我们就停下了，正在这时候土匪从下面上来三个人，来侦察我们。侦察兵 1 班的那个战士叫魏建昌，河南人，报告班长杨昌宝，杨昌宝也发现了，就来告诉我说了，当时我身边还有个翻译，上面给我们配的翻译。翻译叫哈吉，哈吉就用藏话喊，问他们："干什么的？"

我们当时站在那沟边商量，哈吉这一喊问，那三个人从路上一个高跳到底下去了，这底下不是个河沟吗？正好这时候还没水，是个沙滩，大概有 5 米高，这几个小子不要命了！他跳下去了，我们那侦察兵魏建昌也一下子跳下去，骑在身上就把他的枪给抓住了，跟着一个侦察兵吕殿臣也跳下去了。我跟上面照手电筒，那几个人正在下面厮打呢，打一块儿去了，都没敢开枪，我也跳下去了，妈的，5 米来高呢！杨昌宝也跟着跳了下去，我们一共跳下去四个人，把这三个人一起给抓住了，一枪没放。

完了让翻译哈吉问他们是干什么的，他说土匪的情报说你们来了，我们的领导派三个人来侦察一下，看看情况。完了把他们弄上边去了，问他们几个人来侦察，距离他们大部队还有多远。他说隔不远下，就在前面，都埋伏着呢。我一听这个情况，不敢往前走了，就停下了，把电台架上，跟周副参谋长他们联系。

这时候天都蒙蒙亮了，大家赶快弄点吃的，从头天下午到现在都没吃一点儿东西，怎么打仗？让战士们都喝点水，岗哨放出去了，机枪也架上了。你不提高警惕怎么行？山沟里都是树，什么也看不见，不知道敌人的情况，很危险。你看我打过仗，还是有点经验的，准备得还挺好的，电台又联系，整搞的，就是联系不上。因为有瘴气，电波出不去，联系不上就拉倒了，我和2连连长指导员商量一下往回走。我说："肯定的，我们那三个连没去，如果去了这几个土匪也不会上来。"

2连连长杜连儒说："行，咱们赶紧跟大部队会合，别在这耗着了。"

我就说："这么办，你们连先走，我们连殿后！"

2连一个个都冻坏了，脚都瘸了吧唧的，哪还有什么战斗力。二连的指导员自己就没穿大头鞋！我带一双紫色的球鞋，备用的，就把那球鞋给他了。在一起作战，他是2连指导员，我是1连长，还是有感情的嘛。他们连就领头往回走，走到10点多钟，看到老百姓房子，那疙瘩有三四间房子，狗拴到门口啊啊叫。我说："休息会儿，注意隐蔽！"

我就站那里拿望远镜往河那边看，距离能有1000米左右吧，那有一片林子，我就望了一下，哎呀，一片骑兵，六七十匹马，整搞的。妈的就在这埋伏着我们呢，多危险！一个个都骑在上面，手里端着大刀，没拿枪，枪都在后背上背着，在那树林里头，等着我们去送死呢。我跟2连指导员说："那边土匪有骑兵，在那边，现在咱们一个一个的跟打了败仗一样，走道瘸，拄大棍，有什么战斗力！骑兵来了一顿大刀还不把咱们都削萝卜了了？咱们这么办，你们连假装没发现，还在前头走，我带人上房顶上去，架上机枪打。把他们吓唬走。"

那房子边上不是木质梯子，都是木头上面砍上一道一道的，我就带人爬顶上去了，爬上去就把两挺轻机枪架上去了，还弄了几支步枪，还弄了几个手榴弹，我就带着人往树林里打，不管打得着打不着，只管打！机枪一打，手榴弹也响了，步枪也打，这帮土匪骑着马就跑了。他们也不知道我们这是怎么回事，是不是把他们包围了。反正他跑，我们机枪也跟着后面撵着打，我从望远镜看没有人从马上打掉下来的，可能一个也没打着。

1000米的距离，咱那手榴弹肯定是扔不过去的，吓唬他不是吗？就用手榴弹响，他不是害怕吗？就扔手榴弹，把土匪给打跑了，跑了以后我就告诉部队赶快走，撤出战斗！下了那小楼就赶快走，这枪一响，2连那些瘸腿的兵也没事儿了，都起来跑，这回走路可快了。

完了就走吧，走完了以后又走到原来那位置上，就是过桥向左一拐，向左一拐就看见部队在那里。营长陆则富他们在那儿休息呢，烧水喝、吃东西，他们也听到枪响了，就问怎么回事。我们把抓的三个俘虏交给他了，就说了这情况。陆营长说赶快你们吃饭吧，吃完饭就准备走。这时候营里有一个电台跟师部联系上了，师长董占林就问："你们现在走到哪里去了？已经走了三天了！"

周副参谋长就汇报说："我们电台出了故障，许多战士冻伤了，给养吃完了，是不是给我们送点给养来？"

董师长脾气大，好骂人，就骂他："你是个指挥员，领导部队给带哪儿去？你干什么吃的！你给我回来，谁给你送给养？！"

站在电台旁边的人听得清清楚楚的，后来他们告诉我的，我当时不是不在跟前吗？营长、教导员后来都说，也有战士讲，师长发脾气了。把我们部队带那儿，一个个走不动，还冻伤了，师长很生气。

完了以后就往回走吧，这回走的时候把我们连放到前头了，去的时候把我们放到后头，回来把我们连搁到前头。在我们前头，是师里一个侦察班，当前锋。这次往回走的时候，大概是下午 3 点钟，往回走。原来从这边来的，回来从这边走，没走原路，叫回去就回去呗。走着走着，那个工兵营炊事班一个战士走不动了，那司务长就陪着他在后边慢慢走，结果叫土匪打一枪，把那个炊事员给打死了。人被打死了，部队就停了一下子，就不走了，警惕了，枪都拿好准备了。然后把那烈士驮到马上，绑一绑以后继续走。

刚走了有两三百米远下，突然那边突突打过两枪来，但是没打着人，还不错。走到那儿一看，侦察排那个战士走到那，有一个大木头横在水沟上，就在那儿打的，突然朝我们干了几枪，没打着。距离不远，他是躺在水沟里头这么粗一个大木头在那儿打的，我也到那儿找，那个侦察兵说他就在这儿，没看见他这土匪跑啊。这边是山，那边是山，哪儿都找，就找不着这土匪，子弹壳在那里，真怪啊！一个侦察班，愣是没看见土匪跑！

这以后就没敢走，完了我一看山坡上，离着路边上有十多米远下，拉了那么多马粪，原来他们在那树林里头走的，人家打完了骑马就走了。那马粪还新拉的呢，冒热气儿呢，土匪打了两枪上马往山上跑了。当时一研究这情况，说不管他，我们继续走，我们也没受伤，他还吓跑了，我们感觉胜利了就行了。大家就说，土匪就离你边上十来米远下，要是开一顿枪拿大刀来砍，你说我们这些人还上着坡呢，不都完了？还挺侥幸的，挺高兴的就是了。

这时候警惕性高了，我就告诉："子弹上膛，每一个人都提高点警惕！"

部队就小心多了，走到晚上就看不见了，刮大北风，下大雪，走都走不动了，雪都插上裤裆，这么高下！走着，上坡，快到山顶了，一个平台，都不走了，整个就跟那儿休息，再走就完了。休息了以后怎么办？我命令战士两个人一伙，两个人一伙，把这雪扒一扒，整一整，把那个皮大衣铺下去，对面坐着。然后你把脚伸他那里，他这边把脚伸你这里，上面大衣盖到身上，就那么两个对面趴着，休息睡觉。风大，一会儿雪就把你埋上了。

雪一直还在下，那整搞的，天黑下雪，一直等到天亮，说起来吧，继续前进，往回走。结果这些战士冻得那个脚就完了，很多人拄大棍，有的鞋子掉了都不知道，脚都麻木了、肿了、没知觉了。走到中午开始下山了，山底下就是原来我们营里驻那地方，是这么个山，你看多远下这个山？不到中午就开始下山，一直到晚上 8 点多钟才到的，你说多远下！还下坡，整搞的。我们连在前头开路，反正我们也没有伤、没有冻坏的，继续走，后边的很多根本都跟不上，掉队。我们到家了之后，营部还有一些人，炊事员，还有留守的 3 连，大家过来一看，整的那个熊样，像打了败仗回来，2 连那根本不成一个连了。2 连一个战士是四川兵，涪陵人，走着走着结果这个涪陵兵不走了，把大衣铺着，就跟那儿躺着，还拿了俩手榴弹。

拿手榴弹什么意思呢？一旦土匪来了就跟人家拼了。结果 2 连回家一看，少了一个兵，哪儿去了谁都不知道！指导员说，不是在你们前面走吗？连长杜连儒说没有啊，他在后边走啊，我又看不见，这整搞的。完了马上组织人上山去找，一去找到天快亮了才回来，多远下啊往那走啊！结果那个兵没找到，其他走不动了的兵帮着把他背回来的，结果这个背人的战士遇到谁呢？遇到达旺了。

这次达旺上山放牛，又看见了，看见两个解放军在那里头，一个走不动了的，背着另一个走不动了的。完了他就告诉他们："我是好人，你别害怕，我带你们回部队去。"

这个战士也听懂了，也说话了，幸亏达旺他说汉语，完了就问他："你怎么带我们回去？"

达旺就说："这么办吧，我这放牛都有马，你先上我的马骑着，到我帐篷里去。"

他们就先到的达旺的帐篷里，烧了炉子，喝了羊奶，恢复了体力，完了借的达旺的马骑着。正好往回走呢，咱们去的人遇上了给接回来了。那个达旺人可好了，他知道我不吃牛肝，但是爱吃牛心，经常杀了牛就把那牛心煮熟了给我带来，我们出门去送给养的时候在路上吃。

把人接回来以后，开战评会，2 连的连长、指导员都记大过，受处分。"你他妈仗没打，还冻伤那么多，有两个截肢的！”师长董占林就骂了。2 连指导员也把两个脚指头截掉了，就这还幸亏我给他一双鞋穿着呢。还有几个战士脚指头截掉了，还有脚截掉了的，那全部都黑了整搞的。为这个，营长、教导员受到师里通报批评，后来教导员调走了，副教导员邵恩宽提拔当了教导员。你出了这个事儿营长陆则富得负责，师长董占林好顿骂，2 连整成这么样子。最后表扬我们 1 连组织得好，要求严格，像样子。我们要求都带大头鞋、棉衣，走到哪里休息的时候，赶快检查检查，组织得好，开始去就这样子。

这一仗没怎么打着，牺牲了一个炊事员，就抓了三个俘虏，我想要是刘作勤还在跟前，我们可能会打得好点儿。刘作勤那时候还没牺牲呢，他调 389 团战防炮连去了。第二次中印反击战牺牲的，中印边境反击战他不是整那战防炮吗？搁车拉着。结果车翻了，把他砸死了。后来他老婆邢雪英领着两个孩子转业到云南地方上去了，一儿一女，女孩叫什么我忘了，男孩叫刘赴朝。

附录：老兵——从西藏平叛归来（节选）[①]

1959 年拉萨叛乱爆发的时候，老俞他们投入物资运输，当时西藏的叛军虽然是以藏军为底子，战斗力也不高，其主要原因是藏军主力装备极差，缺乏训练，人员斗志不坚。真正有战斗力的藏军不过 3000 人，还有几百名精锐护送达赖去印度了一去不返，如何抵挡住张国华的百战雄师呢？整个战斗如同摧枯拉朽。

但逃散了的叛军就不那么好办，他们没有战斗力，逃进阿里大山里去了，号称要打游击。解放军追击进去，那可叫吃尽了苦头。

那地方是无人区，要是人能住的地方那能是无人区么？

老俞 1960 年就接受了一个任务，带几辆好吉普车上阿里，找人去。有一个连追击叛匪，追着追着就和上级失去了联系，一连半个月没有消息。是中了叛匪的埋伏全军覆没了呢，还是在高原上迷路了呢？空军能飞到这一地区的飞机极少，派了一架来兜了一圈没找到人，只好出动地面部队，包括汽车兵、骑兵，追着马蹄印和马粪进山搜寻。连找了四天，老俞他们自己都快变成难民了，上边也觉得绝望，让他们撤吧。

就在这时候有人传来了好消息，说是在某地发现了这个连，让他们汽车队赶紧来救援，老俞他们火速赶到，才发现这个连的人还全都活着。活着是活着，

① 转引自 http://www.1n0.net/jszl/zt/24349.html。《老兵——从西藏平叛归来》，萨苏著。

牲口全杀了吃了，人全都雪盲了，只能一个拉一个，靠稍有视力的人带路，一串瞎子一样行军，居然还在追击叛军！

发现他们的时候百多号人全都倒在一个盐湖边上，半休克状，呼叫都没反应了，再晚到一天，肯定就都没救。能找到他们的原因是骑兵发现他们上方有一群秃鹫盘旋，感到好奇而赶来观看，这些战士已经连呼救的能力都没有了。抢救了这些战士，老俞他们就说这怎么还追击叛匪呢？要是叛匪杀一个回马枪，只要三五个人就把这一个连都缴械了。

正说着，搜索的骑兵报告，就在这个连前方不远，又发现一群秃鹫在盘旋。

靠，我还以为本地的叛军在这儿能混得好点儿呢。

第二十七章　一个排被土匪砍光了

第一次剿匪出师不利，我们思想上就有压力了，大家嘴上不说，心里都憋着找机会打一个漂亮的翻身仗，让师里对我们刮目相看。

回来以后我们跟着警卫师部，它分前指、后指，前指在白马寺那儿，后指继续留在江达县，都是师指机关。保证师指的安全，我们的任务就是这个。它那是两山夹一沟，里面是个县城，我们住的是原来的邮电局大院，邮电局搬走了，对面是医院。

到那没住上几天，我屁股上长个疖子，正好在肛门旁边，走路磨挺疼的，那时候去师里卫生队去住院开刀。开刀的时候我腿静脉曲张，医生说西藏那地方气压低、容易崩裂，得把它割了，就这么腿上割了两刀，把外面的血管扎上了，从里面动脉还是静脉啊我也搞不清楚，血往里走。我在那儿住了 20 多天，开始时，大腿根化脓了，感染了。

我在那住院呢，旁边床上有个兵，是个班长，腿伤了，得了抑郁症，不说话。那医生护士都治不了，说是腿伤得不重，心理伤得挺重，怕是以后这辈子都不能说话了。我在这边床上躺着，看他床头上绑着个姓名牌，看着好几天了，也没往那上想。有一天突然想起来了，他是 390 团战防炮连的，我那个战友刘作勤，不是调到 390 团战炮连去当连长了吗？我就问他："你们刘作勤连长怎么样了？好不好？"

结果这个班长一听就哭了，不出声，就那么干淌眼泪，哗哗的，哭了好半天，哭够了，开口说话了，问我："怎么认识刘连长的？"

我说："老战友嘛，我们一起在广东那学文化来着，到朝鲜我跟他一起当的副连长。本来他就在我们那个连，提拔他，才调到步兵团去的。”

孙福地与刘作勤

这个班长告诉我说：“我们一个排都被土匪给砍了，只有三个人活着回来了！我一个算是轻伤，还有一个重伤，刘连长没受伤。”

他就跟我讲，刘作勤到390团那儿去当连长，一个战防炮连，就两个排四门炮。那天说是哪有敌人，要去看看，连长刘作勤就领着一个排上山了，指导员是和副连长在2排，他和副指导员在1排，带着走。上山走，走十几二十步就得休息。刮老大风，顶着风，也睁不开眼睛。上着上着，走啊走，半山腰了，坐着休息。一般人在山坡坐着，都是脸朝下，背朝山后面，哪有脸朝山顶坐的，那也坐不住啊。都累得一屁股坐地上了，警戒没等放出去，行军正要爬山，休息两分钟就走了，放啥哨啊，也没做战斗准备。

正坐那儿休息呢，从上山的左前方树林里头就来了50多匹马，离着大概100多米远下。骑着马就嗷嗷叫，他们一冲锋就嗷嗷地打着马叫，冲到他们那，一顿大刀就给砍了。土匪他是斜坡来的，冲到这儿，我们这儿休息来的。从发现到交手，不到一分钟。刘连长一看不行啊，就喊：“赶快扔手榴弹！”

结果一共扔了十几个手榴弹，就响了一个！事后捡回来一看，有的盖儿没揭，有的线没拉，就扔出去了。刮大风枪栓拉不开，战士们都没有准备，机枪没打响，就刘连长一支冲锋枪打了几下子，大刀就在头上飞起来了，跟砍瓜切菜似的，戴着军帽的脑袋飞起来一大片，血呲得漫天通红！最后这1个排20多人就活出来3个。一个挨了一刀，没砍透，重伤。一个是刘作勤抱着冲锋枪打响了，土匪绕着他走的，没冲着他去。另外就是这个班长，他是从山顶上轱辘到山底下才逃过去的，枪都没要！直接就轱辘下去的，大腿是给摔伤的。幸亏那山坡挺陡的，土匪骑着马不好撵，否则他也完了。

土匪就这么一个冲锋，过去就过去了，砍多少算多少，也没回头。刘作勤也差点让人家砍了头，怕土匪回头再冲过来砍，急忙把机枪支上了，等了半天，看人家不回来了，一看他这些兵啊，全都他妈牺牲了！有枪栓拉不开的，飞沙泥巴多整的，手榴弹盖没揭、线没拉整搞的。那都是帮炮兵，面对面的战斗经验本来就没有，新兵也太多了。就是有个别老兵，也都没有准备，几秒钟到眼前来了。

后来也没听说处分他没有，后来中印反击战的时候，车翻了，刘作勤牺牲在那了。炮在车上拉着，晚上翻了砸死了。我听说那一车别人都跳下去了，就剩他一个人没跳，他坐驾驶室里，他可能睡觉了吧。

我当时一听这事挺着急的，就给刘作勤打了个电话，那时候他刚回来，也正难过着呢，一接我电话就哭了："孙大炮啊！你要是在，我哪能吃这亏啊！"

刘作勤好哭了一大顿哪！从我当兵以来，没见过解放军吃这么大亏的。国民党那骑兵我也打过，两炮就给轰回去了，咱们什么时候被人家这么砍过？不过这件事儿也是给我提了个醒儿，以后走到那里我都警惕着。行军出门，连前面有侦察班、侦察班前面有尖兵，小心谨慎着。下象棋有那么句话嘛，"车不入险地"，情况不清楚，我不能轻易带着部队上去。我们这帮人，归根到底还是炮兵，跟人家骑兵正面打，我们那战斗力还赶不上一般步兵呢。

这以后，又住了20多天出院了，我们连里派一个排到对面南面山顶上去站岗。为什么跟那儿站岗？怕敌人从那边上来袭击，主要是设个观察哨，观察那边有动静及时报告，拉的电话线。2排去的，2排长朱明德领着两个班就上去了，在那观察。

上去了以后2排长朱明德报告说，每天晚上有一个黑狗熊带着小崽儿都到我们那个帐篷去寻摸。寻摸啥呢？因为山顶上没有水，我们就雇一个牛驮水，驮粮、驮菜就往山顶驮，那个是个母牛，还有个小牛崽，那狗熊也带个熊崽，每天晚上它都到那儿去寻摸想吃那个小牛崽。那个小牛崽刚下来四五个月吧，被它给看上了，惦记上了。

另外战士站岗也害怕，这狗熊厉害啊，如果你开枪打它，只要打不死照样往前上，这怎么办？他们就请示。开始上面有命令，说是不准动，那是国家保护的动物，就拉倒了。后来它成天来寻摸，战士弄得挺紧张的，我就请示师里，师里说可以鸣枪吓唬它，不准打死它。那天晚上10点多钟它又来了，战士就请示，我就报告营长，我说："陆营长，那狗熊娘俩又来了，战士怕出事儿，请示怎么办？"

陆营长说："可以鸣枪，师里同意了。"

为啥要这么说一下呢？因为你不通知一声，各单位都不告诉，突然那枪一响，不就是来敌情了吗，把大家都整得紧张兮兮的没必要嘛。所以各单位就都告诉了，说上边有狗熊，鸣枪吓唬它，各个营都通知到了。结果那天晚上狗熊娘俩又来了，我们这边步枪冲锋枪一起打一下子给打跑了，没照它身上打，往狗熊上方开的枪，之后它再也不来了。

有一天晚上，传达了，土匪又流窜来了。因为咱们师计划着肃清康藏公路以北的土匪，然后再肃清康藏公路南的。往北打土匪那时候，有1000多人从路北往路南跑，说做好准备。我们住那大院里是红砖砌的，然后在墙里头都搁了木头，那时候我们经常没有事就带着人，扛上机枪，拿车去锯木头，都这么大条，那木头上面都叫虫子咬了，皮掉了，白色的，里头干透的。锯完了以后回来一劈就烧了，那是干的。如果皮没掉，里头湿的，还不行，就挑那样的回来烧。那山上一大片大片的，割那长的回来呢，都搬成个架，横着，上面铺上木头，然后墙上修上枪眼，枪、手榴弹都摆上了，从墙里往外摆弄，来人进攻就可以打。

到晚上了，又说不行，来土匪了，别睡觉了！离我们住的地方有一华里地，上头有条河往金沙江里流，河边那条公路就是康藏公路。师里告诉营里，营里告诉我，叫我带上几个人去堵着。完了以后我们拉着一门炮，就到了距离我们家里大概一华里这样一个大山沟去猫着，那条沟往北去的，说土匪可能从那儿回来，往那么走。从地形上看，别的地方下下不来，上上不去，他要是过河来，过来以后沟对沟，只能从沟里走。

我们开了一辆车，后面拉上一门战防炮就去了，车厢里拉了四箱炮弹，四箱炮弹平时不用，上面都抹的黄油，弹壳上面都是，我们现擦油，把它都给擦掉了，引信给上上了，装了车去了。另外带了一挺轻机枪，我们一共六个人，加上一个司机，还有一个战士，是个山东人，叫张子祥。那个地方因为经常走，我都熟悉，这沟对面上边有个旧碉堡，我就告诉司机——他姓什么我忘了——和张子祥，拿上机枪，还带支步枪，去守住这个碉堡，他们可以封锁这条沟。

那是个土碉堡，都是土坯砌的，不是石头也不是水泥的，就跟那儿架上机枪等着，因为他能看见这沟里。我这边两个炮手，一个瞄准手、一个装填手，有还一个弹药手，这是三个人，加上我，就这么一共六个人。

不是说我们六个人去堵人家一千多人，不单就我们在那，上面还有 388 团，还有几团在那里。临走的时候，营长陆则富交代说："你们到那注意观察，要是土匪冲过来，超过十个人，你就可以开炮。"

我到那之后，跟那司机和炮手交代说："土匪过来，五个人以下用机枪打，超过五个人就可以打炮！"如果因为人少你不打，等人家来了之后，都骑马，到你跟前你就完了，转不过身来，整搞的。

这个炮栓也给摆开了，也整上了，炮弹也给推上膛了，就是顶上火了。前面很远下有一些小树，视线都从靠近山沟这边这条小路，然后当时我就告诉他们了，你主要是靠近小路这边瞄准，照那打，小路那还有个崖子下来，你就是打不上人，那炮弹撞上崖子，爆炸以后弹片也可以回来，还是有杀伤力。我们离那里大概能有五六百米。这边是个河沟，有石头、树，长的柳树、榆树，长这些玩意。因为往上打炮弹能碰上，它是碰上 0.4 公斤就爆炸，往这么打就行了。

那条路是牛羊踩的，没有树，这儿等着，一直等到 9 点多钟也没有动静，我就到碉堡这边告诉他俩，我说你注意啊——我怕搞误会了——我到前面去看一看，那三个摆弄炮的战士我也告诉了，说看着点儿，你们注意，我带着手枪就去了。去了看没什么动静，我就趴到那儿根底下去了，在那观察，在那看。我那上面他两个机枪在那里。

这时候，389 团从那底下上来了，我还不知道，那小河流水呢，水哗哗响，我听着有动静，还寻思什么活物走路的声音，我一看是当兵的，不是土匪，因为土匪他肯定骑马，咱们不骑马。看见他们，我就过来了，我问："你们哪个部队的？"

来的是个侦察班长，拿冲锋枪对住我，逮住我的手就把我给抓住了。我说："自己人！自己人！"

他还不信，问："哪部分的？"

我说："130 师战防炮营的。"

"你在这儿干啥呢？"

我说："告诉有敌人，我来看看观察，底下架的炮你没看见吗？"

他说："没有，没看见。"他是从边上上来的，开始我也没看见他。当时我就想，人家要是土匪也这么上来，冲锋枪突突一下子，我们这几个人不全完了吗？你说这整搞的，就赶紧回来了，回来带着他们一块整，他们往上面走去了，也去堵去截去了。

晚上军装衣服也看不见，咋看呢？他来我都没看见，看不清楚整搞的。回来之后我就讲，问他们下面那几个人："从那边走人过去你们都没看见？"

他们说："没看见啊，不知道。"

这边河流水，这边山上往下流水，哗哗响，大晚上，它山沟里水流，哗哗的，整个一山沟里都是响声，听没听见，我说差点儿搞误会了，这个小子把我脖领子抓住了，枪也对着我了，整搞的。我说只有班长才拿冲锋枪，不是班长他也不能拿冲锋枪。

他们是 389 团，具体哪个营我就不知道了，他可能是个步兵营。这回去等到天亮了，那一晚上他们坐着挺困的，我他妈也冻得够呛。回来以后营长陆则富说，把炮拉回来吧。他们土匪已经去了，没从咱们这边走，从西边大山沟里过来的，过来的不多，有两百多人吧，原来说是一千多的。结果炮也撤回来了，那炮弹引信也给拿下来了，如果你不打，不让装引信，怕出事。平时那三个步兵团到处去追土匪，打仗，我们就是等着吧。

结果我们剿匪也出了不少事儿，师里开会传达，我们都听说了。我们行军，走路，走小路不走大路，上山，走山冈不走山沟。这是干吗呢？走山沟人家两面一包围，一顿枪还不给打哪儿去了？走山脊他们没法包围咱们，左右还能看到敌人，视野好。有一个连，具体番号我忘了，390 团的，图省事抄近道，走那山沟里让人家给埋伏了，伤亡挺大的，那连长还负伤了。回来开会，师长董占林批评讲:“你活该！告诉你走山脊,你偏他妈走山沟,不然能叫人家打伏击?”

然后等着过“八一”,杀牛,买一头小母牛,杀了改善生活。这是1959年“八一”,杀牛那天我在那里。谁杀牛呢?连里的卫生员、营里一个医生,还有个炊事员,把这牛都套上了,按倒了,弄什么杀?弄个宝剑,剑那玩意,它尖快啊。结果他们用边上刃锯,锯了个半天,磨咕磨咕的也没锯上。这个牛蹿起来了,起来就把卫生员顶倒跑了。它后面拴个大绳子,绑炮用的,挺长的,能有五六十米长的,这么粗。这牛跑到树下就奔了河边去了,我就在后面去撵,其他那几个人吓着了,也不敢弄啊。到那河边我一下子把绳子抓住了,绳子抓住了它来顶我,但是我马上就把绳子缠上树上去了,就转了几圈。它往这边跑我就收绳子,结果最后它顶不上了,绳子套在牛脖子上了,整搞的。完了以后我就一点一点收绳子,把它整到路上,整到路上以后它又跑来顶我,一下跑电线杆子那去了,我就马上把绳子给绕着电线杆子缠上了,路标那不是根电线杆子吗?我就跑山坡上去了,它顶不到我。

正巧388团一个战士路过,他拿一个包裹到邮电局去往家寄东西,里面装的是药还是什么不知道,看见他过来了,我就喊:“小心！别过来,这牛顶人!”

他不听,还是走,结果被这小牛一下子给顶到了,手里拿的包裹也给顶那边去了。我说:“这牛顶人,告诉你了,不要走不要走,你怎么还走呢?”完了以后那小牛拴那电线杆子去了,就回来找了几个人,找几个人把它一点一点地一倒一倒地又给整回来了。整回来以后先把腿给它绑上了,然后撂倒了,撂倒了不搞刀弄了,说搞枪打。打哪儿?打耳朵下面有大概一寸这么远下的地方。

我被它折腾了半天,也来火了,掏出手枪,上去就给了它一枪！牛它是俩后腿、屁股先坐下,坐那里完了以后,前腿趴下了,舌头伸出来了。完了就开膛破肚,就杀了,过个“八一”节,吃牛肉。那还不但吃牛肉,还吃熊掌,熊肉。当时营长他们和2连、3连就到白马寺那边去了,去的是谁呢?通信营打死一个狗熊,这回讲不了保护动物了,它在那里扑人、咬人来着,就给打死了。怎么打死了呢?这得请示师长,他们也是警卫师部,每天晚上吃完饭,晚上狗熊就领着小狗熊下来了,到山底喝水。

这就是被我们一顿机枪打吓跑了的那俩熊,受惊了,跑了好几百里地,窜到这边来了。到晚上它下来喝水,喝完水又回去,大摇大摆来回走,整得人怕马叫的。他们2连的几个战士拿个棒子就去打,想把它吓唬走,打枪上面不让啊。结果到那儿棒子还没等打,那狗熊追来了,吓得他们扔了棒子又跑回来了,回来以后一讲挺热闹的。

完了这俩熊又跑师部那去了,前指通信营在那儿警戒,说是这熊伤害人了,威胁战士生命安全了,就给打死了。之后拿回一些肉来,分给我们一些,吃的狗熊肉。皮给谁了呢？叫营长陆则富拿去了，皮上好几个枪眼，回来看。打它的人胆子也够怂的，狠狠给了一梭子，怕它不死。熊掌叫师长、政委他们拿去了，熊胆叫政治部主任拿去了，是谁说身体不好，得补补，他们要那玩意，没吃肉。

吃完了，"八一"建军节都过完了，北边土匪基本上都剿干净了，就准备往路南去了。8月3号正式出发，那里只留全营的司机，把他们组织起来看家看炮，剩下的全部拿步枪、冲锋枪、手榴弹，换成步兵。往哪儿去呢？往路南去剿匪，8月3号走的时候，天挺热的，走了一天，第二天就开始下雪了。你看，有些战士还穿单衣呢，穿单鞋呢。结果那雪边下边化，那雪下这么深下，那鞋和衣服又冻上冰的，又化出水了，狼狈不堪的！

走到一个地方叫边坝，我们指导员李玉申是骑个小骡子，我骑一匹马。都到了目的地了的，这个小骡子看见一个像獾子一样的小野兽，它盗洞往里趴着，这东西盗洞以后，不来人的时候它东望西望看，人一来就钻洞里头去。指导员骑这匹小骡子就是踩到它的洞，把他给摔底下来了。气得我把这小骡子弄来了，弄来我就上去骑它，骑后打着，叫它跑，一边跑我还一边骂："我叫你调皮，把指导员给摔了！"

我那指导员李玉申不太会骑马，我从小放牲口经常骑，打着跑，还骑牛。另外在锦州炮校，专门学这些玩意，驾驭牲口，还学了这一门课呢，也懂这些要领。当时连队战士在那儿支帐篷，那都半下午了，我骑着小骡子，它又踩到那獾洞里了，前腿一下踩里头，跑得挺快的，这个骡子一头攮到那去了，把我从它顶上翻个跟头摔过去了。气急了我又打了它一顿，摔得腰也挺疼的，火大了。指导员李玉申也来劝我，就拉倒了。

附录：人物志·董占林[①]

董占林，祖籍河北省涞水县西水北村，1923年11月8日生于河北省房山县坊镇，1931年1月随家迁移到房山县(今属北京市房山区)镇江营村定居。1938年3月，只有15岁的小长工董占林参加八路军，1944年4月加入中国共产党。

抗日战争时期，历任通讯员、班长、连长、侦察参谋、县大队长等职。解放战争时期，任副团长、团长。参加了抗美援朝。历任团长、军教导大队大队长、54军130师第一副师长兼师参谋长、代师长。

1945年8月下旬随军(冀热辽军区曾克林、唐凯部队)挺进东北。在此期间，长期率部战斗在热东、热辽地区，转战于北票、建平、凌源等地，为解放朝阳

① 转引自 http://www.cyszw.com/dsrw/6.asp? id3=204&id4=24&id5=。

地区广大人民群众，作出了贡献，立下战功。

1945 年 10 月 12 日，伪吐默特中旗旗长、蒙奸沁布多尔济带着旗警队和伪警察、宪兵、土匪等 1500 多人进攻北票，企图夺回已失去的政权、消灭新建的人民军队。虽经张晓冰率 66 团全体官兵顽强抵抗，激战四昼夜仍未击退敌人的包围，情况十分危急，便派人向驻锦州的 22 旅旅部告急。旅部即令 65 团副团长董占林(没设团长)立即率第 1 营和第 3 营的 7 连、团务连、迫击炮连乘火车急驰北票增援。

两团汇合后，董战林与张晓冰商议，作出战斗部署，消灭敌人最后的一个据点北山据点。经数小时激战，歼敌一部，敌不支，沁布多尔济带领残敌溃逃。

1945 年 12 月，国民党军队占领锦州后，继续向北票、朝阳进攻，气焰十分嚣张。为了掩护部队有组织地向新惠、叶柏寿、建平(新邱)方向撤退，董占林奉命率 65 团 2 营在朝阳阻击敌人。敌众我寡，董占林带领 2 营指战员边打边撤，击退千余土匪袭击，经老虎山、四家子等地，经两昼夜急行军，到新惠县城与辽西纵队主力汇合。

1946 年 4 月，22 旅与 30 旅合并为 16 旅，65 团改为 48 团。5 月初，冀热辽军区决定发起古山战役，由 16 旅(旅长谢镗忠)担任主攻，于平庄、古山等地向敌 54 师展开进攻，粉碎敌人的计划。时任第 16 旅 48 团副团长的董占林，董占林接到命令，带领 3 营立即行动，急行军直奔黑水镇。我军来得如此之快，敌人毫无准备。我攻击部队已经进入敌人大院，才被敌哨兵发觉。短兵相接，敌人还没弄清是怎么回事，便光着膀子，举手投降了。侦察队也占领了黑水大桥，截断了黑水敌人的退路。敌被我三面夹击，惊慌失措，无力抵抗。13 日凌晨战斗结束，共毙伤敌 30 多人，俘敌 200 多人，缴获 300 多匹马和大量武器弹药。此时，古山方向枪炮齐鸣，古山战役全面展开。

同年 9 月 4 日，董占林又率 48 团在建平县(新邱)化石里沟设伏，歼敌 93 军暂 22 师进犯建平的一个营，击溃了一个团。17 日率部与兄弟部队强攻乃林敌暂 18 师 1 团、2 团，歼敌 650 多人。

1947 年 6 月 20 日，以 16 旅(旅长张德发，政季黄志勇)为主，在 18 旅部分兵力和县公安队等地方武装配合下，围歼凌源之敌。根据旅指挥部的战斗部署，董占林带领 48 团 1 营，在城外河东、单家店、小河南的居民区展开战斗，主攻城北。战斗进行到 21 日上午 11 时许，敌不支溃逃，被我逐股围歼；企图西逃之敌，也被董占林指挥的 1 营 1、2 连截云歼俘。

解放凌源的战斗，共毙敌 300 余人，俘敌 1000 余人，缴获大批军用物资。其中董占林指挥的 48 团 1 营即毙伤敌百余人、俘敌 500 多人，缴获战马 400 余匹。凌源战斗结束后，董占林又率 16 旅 48 团于 6 月 29 日至 7 月 1 日同 13、

18、16旅部队参加了第二次解放北票的战斗。此役共歼国民党93军暂18师参谋主任以下2170多人。

1947年7月，东北民主联军第8纵队成立，段苏权任司令员，16旅改为八纵第23师，48团改为23师第69团，董占林任该团副团长。同年9月中旬发起秋季攻势。董占林率69团随师参加了秋季攻势的第一仗锦西杨家杖子战役。

1948年9月25日，伟大的辽沈战役开始。董占林任69团团长(政委兰亦农)，率团参加了锦州战役。经大紫金山、姚屯等战斗，于15日下午15时将红旗插上锦州中央银行楼顶。锦州战役，69团共歼敌2600余人(其中俘敌1700余人)，缴获各种枪支921支、轻重机枪57挺、各种炮17门和一批军用物资。69团也付出了伤亡1350多人的代价，其中排以上干部就伤亡133人。

1948年10月15日，攻克锦州后，董占林、兰亦农率领69团，在8纵司令员段苏权指挥下参加了辽西会战。仅董占林领导的69团，在辽西会战中，以全团伤亡500人的代价，歼灭敌人精锐部队3100多人，即击毙敌"老虎团"64团团长以下700多人，俘敌2400多人，缴获长短枪1088支、轻重机枪280多挺、各种炮50多门。战后，69团受纵队司令部的表彰，3连荣获"英勇顽强"锦旗一面。

1948年11月1日，东北民主联军第8纵队改称为中国人民解放军第45军，董占林领导的69团也按序列改为45军134师402团。董占林仍任团长，团政委兰亦农。1948年11月25日随军进关后，参加了平津战役、衡宝战役、平型关战役和广西剿匪等战斗。全国胜利后，他参加了抗美援朝战争。1959年至1961年，他参加西藏平叛作战三春秋。1962年，他又参加了中印边境自卫反击作战。北战南征，屡建奇功。在长期的革命战争中，他积累了丰富的作战指挥经验和领导才干。他在兰州军区任副司令员的近10年里，勤奋工作，为大西北的国防建设作出了重要贡献。

董占林同志，1955年被授予上校军衔。1959年后历任师长、副军长、军长、兰州军区副参谋长、47军军长、兰州军区副司令员等职。1988年被授予中将军衔。并当选为中国共产党第12、13届候补中央委员。

第二十八章　一个与八个

完了在那儿宿营，第二天继续前进。到哪儿？到贡觉，一个县城，师部前指设在那里，我们就到那儿去了。去了我们的任务是干啥呢？押送牦牛，跟管后勤的去要六七十头牛，完了备上鞍子，驮粮食，秋天驮棉衣、子弹，都是管后勤的这一档子事。我们一个营三个连就干这个事的，往各个步兵团送。我们领着翻译哈吉去要牛，去兹嘎牧场要牛。结果那个农奴主他不给，要买也不给，结果只给了 30 头牛。不够啊！回来我就向那喇嘛庙的老喇嘛都汇报了，老喇嘛一听就来火了，不干了。

西藏不是政教合一吗？老喇嘛管地方事务，有事儿就找他，喇嘛庙就是地方政府。老喇嘛就把那个农奴主还是奴隶主的给找来了，派人去叫的。那奴隶主后面还跟着个管家，弄来以后，老喇嘛办公都是在喇嘛庙里，设施挺简单的，没有别的玩意，就口头办公，现场办公。我在那，翻译哈吉也在那里，就把情况说了，就这么点儿事，他也抵赖不了。老喇嘛就来火了，揍了那奴隶主几拳，踹了两脚。喇嘛庙有看守的人，弄了两个人就把那奴隶主按倒了，都拿那大铁棍子打屁股，就这么打。打了以后我们一看呢，就劝，拉倒吧，翻译哈吉也劝，他挨了打，连说不敢了，知道错了。

老喇嘛问他："给不给牛？"

"给！要多少头给多少头。"

那一下弄了 120 头。那牛实际上我们就是租他的，用完还得再还给他，还给钱呢，一头牛开始每天 3 块钱，最后涨价了，一天 5 块钱。那是不少钱呢！又不是不给钱，你说他这个人，挨了一顿打，才肯租给我们。那是我第一次看见老喇嘛审案子，他挨打完了以后伸着舌头，表示尊敬、歉意。往后走的时候他领着管家是退着走，低着头，出了门，不准正着走，回去就把牛给送来了。

他们送来牦牛还不算完，还得派人跟着赶这个牦牛。我们哪会整啊？还不都得人家整。不过他们派来赶牦牛的都是奴隶娃子，跟我们的关系都非常好，见面挺热情的。赶牦牛的那个头儿叫洛桑，会说汉话，跟我们关系一直非常好，人很善良，说话热情。他家在江达那边住，还请我们到他家去来着，我和指导员李玉申带着翻译、通讯员和侦察班长杨昌宝一起去的。到他家就把青稞酒给端上来了，挺淡的，不顶事儿，还拿来牛腿、羊腿，用刀割着吃，蘸着咸盐就那么干吃，挺热情的。他家有个女人，岁数不小了，刚开始介绍说是他媳妇，后来又介绍说是他妈，我也搞不清楚，是记错了还是喝多了。

在洛桑家那个村子还发生了这么一件事，有个老太太去死了，请来老喇嘛给念经，超度亡灵嘛。当时土匪活动挺猖狂的，对这些跟解放军关系好的还搞打击报复，于是他们请我们护送。

我带着一个班战士去的。老喇嘛在里面叽里咕噜地念着经，做法事，我们都带着枪保护着，挺警惕的。结果土匪也没来捣乱，这种事儿，生老病死的，我想那土匪也不至于这么操蛋，还跑来给搞破坏，他们也怕喇嘛，轻易也不敢对喇嘛怎么样。我在那都看见过，那穷人啊，穷得吃不上穿不上了，辛辛苦苦攒点儿钱，攒点儿酥油，都拎着到寺庙里进贡去了，他就是信仰这个。共产党叫尊重少数民族风俗习惯，信仰自由嘛，我们不信，但是也不干涉他们。

以后我们就用这牦牛驮东西吧，他们来人给备鞍子，来赶牛，牵，咱们押运，因为这牛咱们使唤不好。8 月初有一天，我们去送给养，3 号出发的，4 号就赶上下大雪，走了一天，走到松树林那里，这个牛把袋子在那松树上刮坏了、漏了是经常的事儿。另外土匪经常是在树林里头，打冷枪、搞破坏。我们是前边一个排、后边一个排，牛在当中。我是在前面带队，指导员李玉申在后面。侦察班、指挥排在前头，反正他们侦察、看，走到那里，子弹都上膛，什么都准备好的。

因为 8 月份天就黑得快，那天我们两个连一起行动，牛多，押运用了两个连，营教导员邵恩宽跟着我们连。他们 2 连一伙、我们 1 连一伙，不在一起，因为都在一起的话，一旦出事以后不好处理，没个接应。搭帐篷的时候，邵教导员跟着我们 1 连，营长陆则富跟着他们 2 连。邵教导员拿望远镜看了一阵，就说："老孙，山上有人，你带几个人去看看。"

他看见什么了呢？原先他看见一个女的，带着一条大狗，其他他也没看见。但是他说凡是有人带狗，恐怕就是有什么事情。我一个，带一个侦察班的班长杨昌宝，一个广东军区二炮来的一个实习排长，还有 2 班一个战士张子祥，就我们四个人就去了，还没带翻译去，那天弄得也太麻痹了。往那走的时候就看见那儿在冒烟，我就拿望远镜看，他们已经吃完饭烧完水了，我往那儿看，正好土匪在把这个烧火的炉灶最后泼上水，泼灭，他也怕着火，怕出事，完了以后都往马上备鞍子。

当时他们距离我们能有一里地左右。这个山坡过一个沟，在那边山坡上，但是这沟都不大，山也不大。我就看见了，这怎么办呢？侦察班长杨昌宝，拿支冲锋枪——他后来好像复员复到重庆大学，在党委当通讯员了——实习排长拿支步枪，我就分配他们两个去迂回："杨班长，去那边山底下崖子那，你俩到那边去。我和张子祥就在这边山坡里趴着，等你们到位后一起行动。"

在这儿如果下沟里就看不见土匪了，不能走。再往那边就暴露了，也不行，那小草就这么高下，掩护不住，草还不多，就那么一堆一堆的，山高，还没有树。

我拿支冲锋枪，还带把手枪，张子祥拿支步枪，就是仿造苏联的那种步枪。我就在那儿观察着，看呢。杨班长就看见了，就打手势，往我后边指，紧着往后边指。我回头一看，一个女的领只狗，戴顶帽子，在那儿摆手比划呢。什么意思呢？他那边骑上马不是准备往这边走了吗？她给送信儿，告诉那边别过来了，这边有解放军了。我一看，马上把冲锋枪对准了她，她马上就趴下了，不敢动。没带翻译，也没法跟她沟通，说不上话就不说了。

她不动了，我就继续往前观察，不大会儿，看我们没打她，她又起来了，还在那招手比划。我们起来不敢开枪打，怕暴露了土匪就不过来了。完了以后我又拿冲锋枪对着她，就命令张子祥说："你注意看着她，她要是再摆乎手发信号，你就照脚给她打一枪！"

张子祥拿枪对着她，她就趴下，不敢发信号了。结果那边土匪上马了，拿上枪了，就往这里走。枪没在身上背着，都拿在手里呢，人家也是做着战斗准备，挺警惕的。我从望远镜里一看，一共 8 个人，赶的牛羊一大堆。走着走着，往这边走不远下，我就瞄准了，本来还没想打，距离能有四五百米呢，太远了，正在瞄准，妈的心急了，嘟一声勾响了，就给了个长点射，走火了！这么一打呢，当时能不能打上我不知道，反正是有两个负伤了，8 个人嘛，看有负伤的就下马了，他们那边是石头慢坡，没有土，下马都趴在那儿冲我射击。

我一看他们枪打得挺准的，火力挺猛，还有点儿战术思想，还知道交叉着打呢，可能是美蒋空投特务给培训过的。我就把帽子摘下来，搁在旁边用小棍支上，放在草上，我就猛打。张子祥也拿着步枪打，那边的杨班长和那个实习排长也往那儿打去。互相都没打着，距离太远了，我就搞手摆乎了一下，告诉杨班长那边掩护着，这边这个兵张子祥掩护着，我的子弹足，是装 35 发的冲锋枪长弹夹。我就给他来了一个长点射。一点射他不是猫下去吗？然后我就跳出来，下了沟了。

下到沟底我看这个弹夹里头还有两发没打完，我就给扔下了，换了个满弹夹冲下去了。没多远的路，我就上了坡，他们掩护着，打得土匪都抬不起头来。我跑到眼前了，嘟一下子，给一梭子，没打到他们，往他们头顶上打的，主要就是吓唬。他们就都举起手来了，8 个人都举手了，投降了，没敢动。完了以后那边两个杨班长和实习排长过来了，这边张子祥也过来了，把这 8 个人枪都给下了，人也给俘虏了。我们前边枪一响，跟在 2 连的教导员邵恩宽就告诉他们了："不好了，前边有人！赶快，你们赶快去！"

那个 2 排长朱明德，二杆子，领着人，到那儿架上机枪，突突就往我们这儿打，冲着我就来了一大梭子，全都打在我身边脚底下，子弹打得石头、土扑扑地，直响，他妈的多危险！

那边朱明德带着一个班战士，架一挺轻机枪，突突突打个没完。天太黑，也看不清了。我们也回不去了，赶紧就趴下了，趁着他一换弹夹，我就赶紧喊："别打了！你注意，自己人！"

我都告诉他了，他们跑到眼前还打了几枪。他妈的，看都不看就开枪，子弹从我耳朵边上嗖一声过去了，差点儿把我打死了！这个二杆子，被我给好顿骂！完了把俘虏押走了，我们都到眼前了，一看，那是 200 多头牛，40 多匹马，800 多只羊，一大群挺大，那是个大奴隶主，那一大片都是他的。完了就连人带牲口都给抓回去了，带回去再审。

晚上营里领导和 2 连指导员就审讯土匪，我们缴获的一些东西也拿回来了，都放在那里。

他就说："我们没先开枪，你们解放军先开的枪。"

邵教导员说："不是，你们先开的枪，可以找当事人来问！"

完了就把我叫去了。我就说："我在那里问你是干什么的，你他妈就开枪了，我才开枪还击的。"

那时候先开枪是不行的，上面有规定嘛，喇嘛不开枪你不能动，如果是普通庄主带着保护牛羊的枪，你还不能没收，他必须是在叛乱你才能没收。不过从他们走路前面放前哨，马上走端着枪这一套来看，那肯定是土匪一伙的，好人正常放牧谁这样？普通老百姓放牧的我们成天见得了，都看解放军挺热情的，人家也放哨，也不带枪。当时那土匪也挺复杂的，你人多枪多，他就规规矩矩的，装好人，见到落单的解放军，一变脸，又成土匪了，头给你砍了，内脏肠子给你掏出来，基本都用刀砍，不用枪打。

当时上面那一套政策挺严格的，死都不能承认啊！我就说你先开的枪，整搞的。完了以后给那俩负伤的包扎给弄了，一个胳膊打穿了，一个大腿这地方了打一枪，给他包扎好了。完了以后清点牛羊、马匹，我还拣了一匹大青马，在贡觉那一带是有名的赛马第一。

审讯到天亮了，人马也都弄完了，没收了。那时候我们连里一个班给一匹马，分了不少，班里拉病号啊驮东西整搞的。你其他单位，打仗熊的，缴获不到东西的，那都没有。剩下的马交上去以后，连里干部全分上了，原来有马的也换了，当地马有劲儿，比我们自己带去的马好，干部都是一人一匹，连卫生员都有，都骑马。

缴获都整完了，都分了，那天晚上还缴获了不少物资么，他们给说了一下，因为他们审讯我们没去弄。金条、元宝、金佛爷……缴获那么多，给谁呢？都给389团了。389团一个副团长，穿了一个小羊皮羔衣服，外面吊着皮子，说是那个羊啊，是从娘肚子里扒出来的羊羔，皮挺薄的，穿着挺轻省的，漂白的，也是长毛的，穿着那么个玩意，也是缴获土匪的。

那些金银财宝要上交，全部交给他了，钢洋，一箱一箱装的。人民币，旧币，一沓一沓的，都没拆过封的，驮这些东西都是骡子驮，整搞的。

第二天早晨我起来一看，包里缺了一个弹夹，我那弹夹不是扔了吗？当时着急哪有时间往兜里揣啊！还剩两发子弹在里面呢，我就带了几个人去找，那时候情况挺复杂的，一般谁敢一个人出门？土匪专门整你这单蹦的！我一个，翻译哈吉一个，我带个通讯员，一个侦查班长杨昌宝，还有个通信兵，我们五个人一起去的。就到头天晚上我趴着换弹夹那沟里去侦察，说是到现场去看看吧，万一还在那儿呢。

到那一看，有三个女的在那里头，我们到那，就给围上了。十五六岁一个小女孩，还有二十多岁一个，还有一个三十多岁的，头天晚上就是她通风报信来着。三个女人在那，我就让翻译哈吉上去问她们：你们在这儿干啥玩意？”

回头翻译哈吉说，头天晚上那个放哨的女的不是被我们发现了，趴在那儿就没动吗？头天晚上没敢来，第二天早晨起来她就去“捡落儿”。当时我冲到眼前之后，朱明德在后面打机枪，我也趴下了，就趁这么个空档，那帮人在那地下埋了一堆钱财，怕被我们没收了，其实解放军从来不动个人财物，他们不知道，这三大纪律、八项注意唱了多少年了，不许打骂、不许搜腰包嘛。

那帮人被我们抓走了，这三个女的早晨到这就把那埋的东西给拿上来了。她穿个大皮袄，在腰中间这系上个腰带，就往这怀里揣，几个人肚子都鼓鼓囊囊的，装的都是东西。完了翻译哈吉就问这里面揣些什么东西，她们把那腰带一解开，里面那东西全掉出来了，掉一地，围着脚堆了一大圈，一看，这里都是钢洋，还有钱，还有金条，几个人怀里都是，要装起来我看能装一箱子！

完了翻译哈吉就问：“就这些了？还有没有了？不许隐藏啊！”

三个女的就把袍子敞开了，舌头也吐出来了，表示没藏东西。她也害怕，那翻译叫她解开她就解开了。看到这些金银财宝，我就明白了，头天晚上他们确实是要跑的，把家当全都带上了嘛。去哪里呢，是去印度找达赖还是要去干什么，这我就不知道了，反正不是正常守法过日子的人吧。

这就把她们给抓来了，弹夹也找回来了，我那帽子也找回来了。我不是把它搞小棍支着放旁边了吗？回来一看，妈的上面叫子弹打了两个眼儿！这藏人枪打得还挺准的，要是戴在我头上，可能就完了，脑袋打碎了。完了以后把这些东西，金银财宝那些，还叫她们拿着，我们不过手，把她们三个也领回来了，一起交给营里去了。

那个地方叫阿旺牛场，从那回来的路上，下午 2 点多钟，遇到一个洛玛牛场，在半山腰上，没有房子，全是帐篷，有那么四五十户人家，有狗，马、牛、羊都不少。看那马呢，不是散放的牧马，都是备过鞍子的战马，看样子人马不少，里面的情况也搞不清楚，我们就没敢动，回去了。

当时部队驻地在香堆，师部也在那里，我们 1 连、2 连跟营部在一起，3 连还在江达，没动。急急忙忙赶回来，这边安排战士抓紧时间休息，教导员邵恩宽就向师里汇报了。

急忙吃点儿饭，刚躺下要休息睡觉，就听见教导员邵恩宽在外面叫："老孙！老孙！"

我急忙起来了，一看，营长陆则富和教导员邵恩宽组织开会，我一个，指导员李玉申一个，2 连长杜成儒一个，还有 2 连指导员，都叫去了。传达说，邵教导员向师里汇报了洛玛牛场的情况，师里判断那是土匪的一个中转站，叫我们去打。师里一个作战科长给下的命令："你们最近一直在搞押运，也没捞着仗打，这个任务就交给你们了。不要讲疲劳，不要谈条件，要发扬我军连续作战的光荣传统，一不怕苦、二不怕死的革命精神，按时、圆满完成任务！"

这么一说，我们没话了，高帽子给你戴上了，想不去也不行了。简单商量了一下方案，我们就分头回去动员，把战士都喊起来了，我就把战斗任务说了。战士们不大满意，打仗不怕，都挺勇敢的，但是这路走不动，太远了，不愿意去。动员完了，我问还有什么问题，侦察班长杨昌宝提意见了："我有意见！天又黑，路又远，战士行军多么辛苦。你们当干部的骑在马上，不知道累，我们当兵的就靠两条腿走，多老远下！走上大半夜，到那都筋疲力尽了，怎么战斗？"

我说："杨昌宝你讲什么呢！是不是我不骑马，你就觉得公平了？好，今天晚上我就不骑马，跟你一起走！"

我就批评了他几句，完了就集合出发了。我们 1 连、2 连，加上营部，都去了。走的时候大概有个晚上九十点钟了。刚开始还有点儿月光，能看点儿道，结果没走多一会儿，下雪了，一步一滑，一步一滑，摔得屁滚尿流的，两边山都看不见，脚下路也看不清，就借着点儿雪的反光映着走。走了大半夜，天快亮了，好歹是连滚带爬地赶到了。我让部队先休息，拿着望远镜在那看看，里面没什么动静，就让通讯员把2排长朱明德给叫来了。

我说："朱排长，你带人从左边上那个山冈，把机枪架上，注意观察，给我们下面做掩护。"

朱明德带个他那一排人就去爬那个山冈，全是雪啊，一爬一个跟头，上去就滚下来，一直爬到天亮了，才对付爬上去。完了我让1排从右边上去，2连还在我们右边，就这么一起上去了。

结果我们这帮兵端着枪、上着刺刀冲进去一看，一匹马也没有了！人家早就跑了，转移了，估计他也有岗哨，我们一去人家就发现了，只剩下一帮小孩、老太太，一个男人都没有。这肯定是有鬼嘛，正常的村子不这样。

这就没办法了，赶紧安排把岗哨放出去，组织战士做点儿饭吃，都折腾一夜了，急忙吃了点儿饭，往回返。又走了整整一天，下午才回到家里。第二天给战士放个假，早上休息，吃两顿饭。中午过后，刚想睡觉，教导员邵恩宽又喊"老孙老孙"，我一听，脑袋都大了。上次连续作战，侦察班长杨昌宝提意见，这次要是再去，我估计那两个排长也得造反了。

急忙穿上鞋出来一看，师长董占林来了，赶紧立正、敬礼。邵教导员说："师长听说你们连仗打得不错，缴获了不少好马，特意来看看你的马。"

完了师长董占林就说："你那匹大青马到底怎么样？不说是贡觉的赛马冠军吗？别藏着了，拿来看一下子嘛！"

我叫通讯员就把马给牵来了，董占林上去骑一下子，下来没表态，没说好也没说不好。完了教导员又说："2连长杜连儒不是也弄了匹好马吗？"通讯员又去叫他，杜连长也是一匹大青马，牵来了。董师长看了看，说："马是好马，但是没有我的马好！"

董师长骑的是一匹大红马，也挺漂亮的。完了我就说："这马都是缴获的，董师长要是喜欢，就牵去吧，下级服从上级，反正一切缴获要归公。"

董师长说："你们这两匹马还真是不错的，我就不要了，你们缴获的也不容易，自己留着骑吧。"完了我们教导员懂牲口，就跟董师长在那聊，说我那匹大青马几岁口、值多少钱。两个人就把手伸到袖子里头，互相捏手指头，看起来两个都是懂牲口的行家，说笑了一会儿。我们看着，也不明白他们到底说些什么。

最后董师长没要我的马，把我那鞍屉给要去了，那鞍屉绣着花，粉色的，可漂亮了！他要了鞍屉，没要马蹬，我那马镫是银的，鞍桥也是镶的银子，非常漂亮，这个董师长都没要，就要了个鞍屉，咱还能说不给啊。那是战利品，本来就应该交公的。

我当上连长之后，经常跟董占林见面，因为我们这个加强营是归师里直接指挥的，没有团这一级，还挺熟悉的。师长把我那鞍屉要去了，我还觉得挺光荣的，要是林彪来要，那我就更高兴了。那时候人单纯啊，没有给领导拍马屁那一说，根本就没那个想法。

在香堆那休整了几天，回来了不久又去。去哪里呢？去给 390 团送粮食，营里教导员邵恩宽跟着我们走。那都是秋天了，香堆那地方离云南近，因为路南嘛，往那么走近整搞的。过了河走到对岸，这个 390 团在哪里呢？找不到了，得往那儿送粮食啊！结果走了一天还没送到，完了就问，教导员邵恩宽就说："老孙，咱们到前面打听打听，部队先在这儿休息，放上岗。"

我说："好，杨班长跟我来。注意警戒！"

其他人原地休息，放上哨了，明岗暗岗，挺谨慎的，我们五个人就往前走了。侦察兵开路，侦察班长杨昌宝在最前面走，通讯员在后面警戒，我和教导员俩人在当中，都很警惕的，子弹就顶上膛了。正走着，在树林里一个卡台底下，几只秃头鹰突然扑棱一下，飞了！这一飞，马毛了，邵教导员摔下了，我也摔地下了。骑马不怕跑，就怕捭，这就叫"捭"，这一捭就把人晃下来了，听到有情况马突然惊了。当时马上就提高警惕，我都没上马，冲锋枪就端起来了，结果一看，两只老秃头鹰在飞，把马吓了一跳。到师里指定那地方看，没有 390 团，就又回来了。

这下我来火儿了，一看那老鹰的巢在山砬子顶上，立陡立陡的，我就来气了，去拆它的窝。告诉他们都休息，原地待命。我去爬那个山崖，就像现在电视里那个攀岩样的。它陡是陡，但是不光滑，手抓脚蹬都能找到地方，能有个五六十米高的样子。我一来火儿，就爬上去了。当时有规定，这老鹰是神鹰，不能打，有民族政策。我也不打它，我就想看看它那窝里有什么，有没有蛋，我把窝给他拆了！

结果没能爬到跟前，快接近的时候，那老鹰来了，冲着我就扑下来了，大翅膀扑棱开，挺长，有两米长下！我左手把住了，右手把手枪就掏出来，对着它就打了一枪，没打着，把它吓一跳，整搞的。飞远了，不回来了。妈的我爬到跟前了，才看明白，最后那五六米，根本就爬不上去了，它是一个斜坡，像个屋檐样的，窝在那上面，上不去。要上去我得倒挂着躺着往上爬，那还不摔下来了？下面都喊我，危险，别上了！我就拉倒下来了。

我们回来看天也晚了，就组织部队宿营，在那过了一夜。第二天又往西走，走有 20 多里路，在那儿找到了，结果被冒领了。我们要送的给养给的不是他那个单位，我们到那一问："我们来送给养的，你们是 390 团吗？"

他说："是，等了好久了！"那就给他了。都是解放军嘛，一个师的，谁想他还能骗我?!回来后叫师长和师后勤部长把我给好一顿批评。实际上他们是388团的,完了师长把388团后勤部长也批评了一顿,把我叫去跟师长解释:“他说是390团,就给他了,他说是我就信了呗。”

师长董占林说:“他是个屁他是!那边390团还在挨饿呢,没有粮食吃呢,都在饿着肚子追击叛匪!喝凉水,勒裤带打仗,这边你还都送给他388团了!”

我赶紧承认,我们工作不细,还做了个检讨。

被师长骂了一顿,也没敢吭气儿,再重新送吧。第三趟走,往哪里送的?记不起来了。去时候走一路,连续走了好几天,这马就快不行了,往回走这马都不走了,到那地方骑马,这马要是累了、渴了,一不走,躺下就完蛋,尤其鼻子一出血,那个肺里出来的,这个马就完了,就死了。就算不死也是废物,以后也不能干活了。假如它不走躺下来,这一躺,再起来走,没有半年缓不过来。咱们到那去,一个师的,炮兵也好,步兵连的也好,营里的也好,骡马80%死那儿去了。那还不都是内地的马,多数都是到那儿重新换的,西藏的马。

我整来那个大青马,本来挺强壮的,还冠军马呢,老那么骑它也受不了啊,它也玩完了!怎么弄也不走啊,不走怎么办?我那马的脚蹬是银子的,挺漂亮的,只好把鞍子拿下来了,那个鞍屉也挺好的,没舍得扔,搁那个班里的马身上驮着,大青马就扔在那去了。

扔了,挺可惜的。它不走怎么办?我在那地下还钉了个钉,弄个木橛子,系了根长绳在那儿让它吃草,我寻思再来还能遇着啊。结果回来还没有几天,我们到那沟里去巡逻,一看这个大马又到那家去了,就是我们抓到的那家奴隶主,完了教育之后把他放了。那时候就这样,他当土匪叛乱,拿枪跟你对着打,一般我们还不能往肚子头上打,轻易不能打死了;抓来之后,教育教育还得放回去,宽大政策。所以他又回兹嘎那地方去了,到那儿住的。我一看大青马在这,它认识我了,见了我就过来蹭鼻子。天天喂,溜,有感情了。我跟那放马的娃子要,他不给,说给完我回去他就得被奴隶主扒皮剜眼睛了。我就带着人到那家去,找那个奴隶主,我让翻译哈吉问他:“这马是我们缴获的战利品,你在哪偷的?”

他说:“不是偷的,是别人捡的。”

我问那翻译:“为什么别人捡了自己不要,还给他呢?”

翻译哈吉说,那一带他是头号的大奴隶主,最有钱的人,周边的娃子干什么的,都得听他的。别人捡的马他根本都不敢用,都得给他送回去,都知道那马原来是他的。完了我到那马棚里头,那疙瘩漆巴黑,四面都是石头砌的,那放马的告诉了,说是马回来后就在那里。我们就去给整回来了,他还不给!不给我也强给牵回来了,我们去了五六个人呢,骑着马又给整回来了。

牲口这东西,也讲感情,所以人得爱护它,你不爱护它,它不给你卖命,关键时候它也不走。在那儿住了几天，到 11 月份了，下来任务，一个连分配两个牛场，牛场离我们都是上百里地，到那儿搞宣传，经常去巡逻，我们是分配到离那里 100 多里路的地方，叫江达，是个县城。我们坐着车，把炮都拉去了。

附录：130 师在昌都地区的平叛战斗①

8 月 13 日，130 师所属八个营在外围 126 团、156 团，成都军区 3 团、4 团 153 团的配合下，分多路隐蔽向热曲河以北地区开进，21 日完成对这一地区叛匪的合围，21 日 11 时 30 分，388 团 7、8、9 三个连向俄瑞寺 300 余名叛匪合围，并展开猛烈攻击；同时 389 团 2 营四个连包围了盘踞在简普错纳山垭的 300 余名叛匪。22 日拂晓，388 团 3 营、389 团 2 营四个连分别向俄瑞寺、简普错纳山垭发起攻击，拿下两地之后，将热曲河以北地区的叛匪分割包围并发起攻击。23 日将这一地区叛匪大部分歼灭，匪首俄马日郎、江卡果郎率 150 余名骨干分子，趁 389 团一营未按时到位，部队运动相邻间有间隙之机而南逃。黄指（成都军区副司令员黄新廷指挥部）命 389 团五个连和 390 团 3 营跟踪追剿，其余部队转入对热曲河地区的清剿。

389 团五个连及 390 团 3 营跟踪追击俄马日郎、江卡果郎，5 日后在热曲河南面一个山谷中将其围住，叛匪借地形分散顽抗。389、390 团采用外圈合围堵截与向心穿插、分割包围、各个击破的战术对被围的叛匪展开清剿。攻击两天后俄马日郎、江卡果郎等叛匪大部被歼灭，小部分东窜与叛匪陈林部汇合。

黄指即命 389 团对热曲河以北的西南地区继续清剿，命 390 团主力跟踪追歼陈林部。9 月 5 日 390 团主力对陈林部形成合击，部队开始攻击后才发现此次合围扑空，陈林部已逃向阿旺牛场。此时，390 团已断粮，为了全歼该匪，团党委号召全体官兵喝清水、勒裤带，坚决消灭敌人。部队连续追击四天，9 月 9 日拂晓冒着鹅毛大雪奔袭阿旺牛场，将陈林部叛匪合围。

8 时开始攻击，在炮火掩护下，各团从四面向其发起猛攻。陈林部叛匪组织了很强的火力阻击 390 团的进攻，390 团攻击两次攻不下来，便采用东西两面用少量兵力佯攻、南北两面以猛烈的炮火掩护两个突击队猛攻。叛匪在炮火轰击和重火器压制下，南面首先被突破，尔后北面和东西相继被攻破，叛匪分散抵抗，390 团对牛场实施搜剿，12 时 15 分，陈林部叛匪全部投降。

390 团进行阿旺战斗的同时，黄指令 130 师成立临时指挥所，指挥 388 团 1 营、2 营 6 连和侦察队采取远程奔袭的手段围歼香堆之敌。9 月 8 日各分队由

---

① 转引自《西藏平叛纪实》，吉柚权著，西藏人民出版社，1993。

瓦孔出发昼夜兼行，10 日 5 时，部队完成 200 华里的急行军，又跑步 1 小时 40 分，突然将香堆包围，经过 6 个小时的攻击战斗，歼灭这一股叛匪总指挥热尼齐莫、门巴果穷等叛匪 300 余名。

在对阿旺牛场、香堆等地叛匪进行围歼的同时，388 团、540 团、153 团、156 团、126 团、3 团、4 团等部队分别对贡觉、察雅、宁静等地区的叛匪进行围歼和清剿。

昌东南地区的平叛从 8 月 19 日开始，到 11 月 30 日结束，共经过 840 次战斗，歼叛匪 26100 余名。到此，昌都地区平叛总算结束。

第二十九章　一枪击毙大灰狼

到了江达那儿没有地方住，怎么办呢？上山就往底下挖，刨，我们那炮兵，锹、镐都有。挖了一米多深，然后伐树锯木头。每个班都有一个大锯、大斧子，锯那木头挺长下，从这边搪到那边，搪上以后再搪檩子，一根根都搪上。檩子搪上以后砍树枝搁上，树枝搁上以后又弄草，草顶上再埋上土。边上这个墙呢，开始做的时候这疙就留个门，里面这边是当中走廊，这个土留下一块，当土炕，土炕当中铺草，是对面炕。坑道前面是帐篷，炊事班在里面做饭，就这么整搞的。相当于在朝鲜挖的那坑道似的，朝鲜那时候那坑道、掩体不都那样的嘛，就住那里了。把那坑道门口挖点土，给垫平了，搁门口摆上四门炮，在那整搞的。站岗就是在那儿站着，前面还支了几个帐篷搁给养，炊事班也在里面做饭。

这是个山口，后面有一个小山，这面山顶上有一个土碉堡，两层的，是过去他们地方部队修的。我们经常骑马出去巡逻，到那农场里头去，有时候打几个兔子、打几只山羊回来吃。一天邵教导员就到我们连去了，中午我们吃完饭了，岗哨报告说："连长，外面来了个大狼。"

我说："在哪儿呢？"

哨兵说："进碉堡里头去了。"

我们吃不了的牛肉、牛腿、羊肉平时都搁在那个碉堡里头，那土碉堡有一个木门，时间长了，木门也坏了，难怪平时炊事班动不动就说羊腿少了一个。哪里去了呢？原来都是这牛腿都是它给叼捞走的！正好这天中午它来了，来了以后战士都下去了，到路那边去了，那边有个山冈子，距离能有个 100 多米吧，都跑去了准备打狼。邵教导员说："把枪给我，你们都别动。"

他枪打得准，拿支步枪一瞄，站在那打的，立姿，嘣一枪打出去了，看那狼晃了一下看着没影了，是倒了还是往哪儿走了，搞不清楚。完了我们赶到那儿一看，哪里也没有啊，怎么找也找不到啊。也没看见地上流血，它血流哪里去了呢？找了一个小时也没找到这个狼，教导员也在那儿找，骑上马找了一圈也没找着。

第三天，我们指导员李玉申心血来潮了，说："走，今天打兔子去。"

他枪法没我好，还老不服气，我那可是在塔山英雄团正经练出来的。打猎这东西不像打靶，趴好了，瞄着打。打猎一个是情况来得急，见着就打，不容空；另一个还得打提前量，关键就是这个，瞄着头前面十多公分的地方打。也看你打什么动物，打兔子和打野鸡那都不一样，兔子、野羊这都得多留点儿，野鸡慢，基本上就不用留。我平时经常跟他们讲，指导员李玉申打靶枪法也挺好的，就是打活物还差点儿。他说要打，我们就出门了，带了几个人，骑马去的。

为什么能打兔子呢？我们在那儿搞训练，枪代炮，枪绑在炮上，前面搞个小靶子就往那儿打，打的子弹，那训练弹随便打。平时你随便打枪不行，子弹都是有控制的，这不怕人家听人家看，我们炮兵训练就是打枪。我们训练打枪就是往那目标打，给的训练弹。那天打野兔子，兔子没打着，我打了只野鸡，马一走，那野鸡就飞，挺肥的，飞得也慢，刚飞一人多高，我给了一枪，我骑在马上用步枪打的，扑棱一声掉沟里了。看着它落下了，我过去捡野鸡，忽然一下看见一头大狼躺在那，吓我一大跳。

将近两米，挺粗一头大青狼，那脑袋像牛脑袋一样的，大嘴挺长下。我一般胆子挺大，我一看脑子都炸了，起一身鸡皮疙瘩。大家说，难怪指导员那一枪打中了没找到狼呢，跑了挺老远，又挨了两天，死在这儿了。挺长下子，那大狼，这么长能看见，死了都吓人！然后我们找了根木杆子，把那狼四脚捆上，穿过去，两个兵换个班抬着，给抬回来了。

天都挺冷了，那狼死了没多久，肉还没坏，回来以后交给炊事班，一锅里炖了，羊肉炖狼肉。那狼肉没有几个人吃，我是没吃，狼肉、狗肉我都不吃。那大狼皮后来给邵教导员了，邵教导员打的，我们谁也没要。那大狼皮铺着睡觉挺好的，11 月份打的，那正好是不掉毛的时候。

当时我们师也吃过一次亏，被土匪整得伤亡挺大的。现在我就忘了是哪一团了，388 团还是 390 团，打到快到印度边境了，边境上人家搞石头砌的城墙，就像万里长城那玩意，但是没有那么宏伟那么大。敌人在山顶上，事先准备的火把、酥油、牛油、硫黄，准备挺多的。咱们走到那里以后人家把城门一关，咱们的人都在城墙底下，一个个都走不动了，都跟那儿躺着呢。人家在顶上往下砸石头，弄点着火的酥油往底下给你烧。

这是靠近印度边境，当时他们讲的，说这一仗伤亡挺大的，咱们一走不是喘不过气来吗？累，到那儿晚了也不摸情况，就打了几枪，敌人在哪儿也看不见，人家在城墙顶上，在顶上用石头砸，用牛油烧。打大仗，叛军肯定不是我们的对手，但是藏军打游击还行，反正我们也吃过亏。

还有一次，剩下一天就过年了，说是去打点儿山羊，回来过年吃。我一个，2排长朱明德一个，还带着六七个人，骑马就去了，走挺远。早晨去的，到那草原上走着走着，突然听见前面有动静，拿望远镜一看，一大群野山羊从前面过来了，实际上那就是后来大家老说的那个藏羚羊，保护动物，不让打呢！当时我们也不知道，也还没保护，就叫野山羊整搞的。一大群，能有好几百只，从前面过来了，走得不快，反正我看着跟普通的野羊没什么区别。

一看过来了，我们就都下了马了，围成个半圆，扇面在那堵着，想着过来之后好打啊，把它们当成准备冲锋的敌人了。埋伏圈设上了，马也放在一边了，完了我们就没动，都趴在那儿隐蔽。本来我计划是等到三四十米的地方再开火，等到这群羊走到有一百多米了，4班一个战士四川人沉不住气，他跟那儿喊："连长，打啊！"

这个战士离我能有个七八米，喊的声音就大了点儿。他们都知道我耳朵有点儿背，老打炮整的，说话声音小了听不见。这下我听见了，它们也听见了！就这么一声让人家听见了，撒腿就跑。它们那蹄子挺大，都是野生的，听见人说话，抡起大蹄子就跑。我这一看它们要跑了就开枪打，我拿支冲锋枪，35发弹夹一梭子就都给搂出去了。我这枪一响，那六七个人都开枪打，步枪、冲锋枪响成一片。打了半天，没见有倒下的，只有一只羊受伤了。

那也太远了，不好整，本来走近点儿打不是好打吗？都怪那个四川兵沉不住气，都上马去追那只受伤的。那东西跑得快啊，突然之间就不见影了。两只羊在后面顶着屁股拱着它，带着那个伤的跑。你看团体性多好，它伤了，走不动了，别人看见后在后面顶着它走。完了我们就去撵，结果这个山头顶上全部是石砬子，人家从这底下一个高蹦那顶上，就上去了，上到顶以后我们跟着，过去以后人家没往远跑，这帮鳖羔子又转回来了！你说怪不怪？转我们后屁股那儿去了，等我们往回撵，完了，走远了，没撵上。那个打伤的也没拿到，一起跟着跑了。那些不行的、老弱病残的，它们都背着走，后面推着，就那样着。

野羊没整到，回来在路上就打了两只野鸡、两只兔子回来了。后来看电视说，现在打那藏羚羊还犯法呢，幸亏没打着。回来走到阿旺牛场那里，就告诉他们了，明天过年，请你们到我们这儿去吃中午饭，我们多做几个菜，把这个军民关系、汉藏关系都好好巩固巩固。

第二天，1960年农历春节了。早晨还没等起来，农场这帮人来了，有农场主席、副主席、妇女主任还有几个人，一共来了六个人，来了在门口就跳开舞了。西藏舞，跳一遍又一遍，跳一遍又一遍，战士就围着看。完了说是给人家点儿水喝啊，客人来了这是啊。烧点茶就给他喝，喝完还唱，唱什么歌呢？我还想着过去咱们唱过那些老歌，《北京的金山上》《红太阳》《翻身不忘共产党》《翻身农奴把歌唱》，还有一支什么歌，反正是反复地唱，在那儿整搞的，嘿吧嘿、嘿吧嘿的，老是跳整搞的。

我说休息一会儿吧，才休息了。休息完了以后，我给讲一讲这个炮的威力，能打多远，说了一说，也不能老站着，他们来得太早了，这饭还没好啊。完了用枪代炮打了几发表演，前面山坡底下搁几个小靶子，这边我就下口令。装的什么呢？教练弹，但是拉火那个绳是在炮手这里，一摁，扳机自动钩回来，绳拉回来也就响了。就等于现在把绳子拴在枪的扳机上了，但是这边摁的是扳机上的“压板”。

我就说打几发曳光弹，让战士打打，表演一下，打得挺好的。完了，给他们讲这炮的射程威力，他们看得挺高兴的，说难怪这大兵来一点儿人，就把着叛乱平定了，装备差太多了。中午吃饭，咱们都喝大曲酒、泸州大曲，头曲的，喝那酒挺好的，抽的是前门烟和上海烟两种。吃饭弄的几桌，事先开会领导就讲，我也讲了，大家都知道，这帮人吃饭全部搞手抓，不会使筷子，你不要烦他，也不要嫌乎他，你使筷子就使筷子，他用手就用手，不要笑话他，民族团结嘛，互相尊重嘛。他瞅着哪个菜好，要吃，就用手和和，弄一大把，就干一大堆，酒也是，一大碗，一口就给干了。

这吃饭啊，把那个主席、副主席、妇女主任给喝的啊，迷迷糊糊的，都被我们给灌高了。我们人多兵多啊，哪个不能喝，最后要走了，就剩一瓶酒也给揣起来了，炸的丸子，还有肉什么的，就这么往里揣呀，那时候袍子里头都没有东西穿，这怀里头就是肉，直接贴身上了，就那么整搞的。临走了，送一送吧，还唱了歌，献了哈达呢，整搞的，挺热闹的。

几个藏族朋友都喝多了，平时我们巡逻到那里，他们也经常到我们这来，都挺熟悉的。有几个会说汉话，能说，反正还有翻译，连里都配有翻译。我还学了几句西藏话，见面就说“扎西德勒！”还有什么的，好几句呢，以前还记着呢，要是一见面顺嘴说，可能还能顺得出来，现在我都忘了。他们这次是真喝多了，都喝醉了，说这是好酒啊！他们那个酒是青稞做的，酸溜溜的，一点劲儿都没有，咱们这酒多香啊！泸州大曲喝的。

部队这边没有喝多的，我们事先讲了，挺注意的，没有喝多的，战士哪敢喝多啊，反正我就是陪着他们少喝一点就是了。他们的名字很多是重复的，我们听着都差不多，那个寨子在山上的骑马放牧那个叫达旺，达旺藏语叫月亮，他们很多都是根据物体来起名的，很形象。那个主席叫什么来着记不住了，时间长了记不住了，脑子不好使了。

过几天他们又有人来，告诉说是妇女主任病了，我们就去了五个人，带着卫生员，背着药箱，骑马到那个阿旺牛场去了，到那儿看一看。卫生员拿着感冒药，还拿着白糖、肥皂、辣椒面——他们喜欢吃辣椒面，咸盐里头拌上辣椒面蘸肉吃。我们到那去，一看，地下铺一个牛皮，这妇女主任就躺那牛皮上，盖一个她那个羊皮大衣。没有床，就是牛毛支的一个小帐篷，当中弄两块石头，烧牛粪烧水喝，帐篷上头有个眼儿，底下有个炉筒伸出去，要不然满屋是烟。

我们去的时候挺冷，刚过完年，正月份了，那妇女主任躺在地上，她冷啊，就弄个小羊羔搂在身上取暖。看我们去了以后，她起来了，把衣服披上了，就坐在那里。我就让翻译哈吉跟她说："听说你有病了，部队派我们来看看你，给你带来一块香皂、两块肥皂，还有两斤白糖，还有半斤辣椒面。让我们卫生员给你听一听，看看病得重不重？"

她坐在那里，病得挺重的，说不出话来，伸出舌头，表示感谢。

卫生员拿听筒给听了听，拿点儿感冒药给她，还有一些消炎药，也给她吃了。我们进屋以后，他们马上把牛腿搬来了，羊腿也拿来了，茶叶也烧了水，拿上来了。

在西藏驻扎的时候，我还回了一趟家，回到四川去休假，看看老婆孩子。我是1959年3月进藏的，二女儿孙卫红是当年"十一"生的，在部队家属院里住着，生下来好几个月了，一直还没看见过呢。结果休假没休上几天，那边来命令就叫赶快回去，又急忙跑回去了。当时这个师里已经准备往回撤了，休假的都给叫回去了，组织部队开拔。

第三十章　军长丁盛骂娘

1960年3月份部队就撤回来了。我们从西藏往回走，到城头山。那座山山的特点是左右盘，盘山路。往回走的时候2营出事了，总参来的一个干事、参谋，来搞调研还是干什么的，坐到他那车里，这个车从盘山路这疙翻下去了又到下面这个路上站下了，车厢里坐的其他战士一看不好，一个个都跳了，就他在驾驶位坐着没跳下来，给砸死了。那车翻到底下，在道上又扣过来了，还是轮子朝下。那是从西藏回来的时候。

西藏的路，是有名的，城头山坏什么呢？专坏仰角钢板，二郎山是翻车多，毁车。为啥呢？城头山路不好，老是颠簸，仰角就爱坏；二郎山哪，正南走的时候拐弯多，车走得慢，很少有翻的。下了田泉往这么来，坡也小了，路也直了，就都开快车，那里翻车就最多。还有是哪儿的翻车多啊？到云南去那有个自贡山，自贡山走那里有什么特点呢？那里有矿物质，司机开车这眼睛老长芝麻糊，睁不开，老是这么戳眼皮，这手老把着方向盘，那都是胶木的，又黑一点，眼睛都摸的漆巴黑。

走那阿里贡山，你往底下看是澜沧江，溜陡溜陡的，有的翻了之后还弄上来了，弄不上来的汽车摔在那里头，都在底下，从上面往下看得清清楚楚的。有的滚到江里去了，有的没在江里，就在江边堆着，谁管？拿这么一个车上来得多少钱？拿上来也基本都没有用了。如果有重要物资，就雇人抬，拿上来算拉倒了，拿不上来的车，就扔在那里了。

3月份撤回来了，叛乱的土匪也基本上消灭完了，炮兵在那里头起不了多大作用。步兵撤得晚，可能还待了一年半年的吧。我们回来以后，还是撤到原来出发时驻扎那地方，重庆洲飞机场那里，继续搞训练了。在重庆洲，我家老三孙兰平出生了，还是个女儿，一下子来了三千金，可把我老婆白淑琴给愁坏了，本来想要个儿子，一看又是个丫头，气得都不想要了。

孙福地与家人

我们从那后就不停地换防，先是从重庆洲调到浃江，最早时候在浃江住的，以后到雅安，再到重庆洲，从重庆洲又返回浃江，到浃江去了。在浃江住到1962年第一春季训练结束，部队改编。部队改编从军部开始，54军里头成立三个营，那是762山炮，野炮，从130师调一个连去。这个时候，战防炮已经基本上失去作用了，炮笨重粗大，威力小，打得近，暴露还挺大，伤亡大。赶不上762野炮，口径还大，照样可以打坦克、打碉堡、打工事、打步兵，所以取消了战防炮营，就弄了个762野炮连。军里这个炮兵团原来也不齐整，完了又扩大，重新编制，扩大到三个营，从战炮营的这个连把我就给调那儿去了，整个一个连都调去了，我带着兵去了。

到了1962年6月二十几号，就是打中印反击战之前，我带着1连去了军里，到那儿以后过的"七一"嘛。从实力看，另外那几个连，作风也好，训练也好，素质也好，都赶不上我们连；从领导上来看，我进过炮校学习的，战术、射击这块行；从战术经验来看，我也打过仗的，比那和平年代入伍的经验丰富；从年龄看，1962年我才31岁，还挺年轻的，所以还是把我这一连给抽上去了。上面定下来了以后，事先他不告诉我，不只是开会，总结会就叫我讲，我就讲呗。

我现在回想，那总结会讲得不好，训练什么了，怎么怎么样，你得从素质上讲，怎么给部队提高的啊，不知道怎么提高的怎么行啊！从这里讲才行。但是我也不大会整，就是不会吹牛。刚开始营长陆则富、教导员邵恩宽都去了，团里政委也去了，都坐在我们连里，在那讲话。那个团里按人头，每人给多少钱，改善伙食，我就感到奇怪，怎么给我们先改善伙食呢，还吃几个菜。

一打听，别的连都没给，更摸不着头脑了。完了晚上把我们干部找到一起，说军里成立直属炮团，把你们连整个的调到那个炮兵团去了，原来我们130师里的炮团政委孙宏祥也调去了，到军炮团当政委。孙宏祥也是老熟人，都认识，孙宏祥过去在那里就认识,挺好的。就这么去了,先得讲给部队做动员,第二天早上我就组织战士开会,就讲了这么个变动,叫做好准备。

战士们可高兴了,我在上面没讲完,刚说一句话,下面嗷一声就跳起来了,蹦高叫好!都说"升级了!"升到军炮团去了,能见到军里领导和首长了,高兴得很!然后给了三天准备时间,炮擦了,炮弹擦了,所有武器装备都收拾干净了,车也检查了,轮胎都给洗了,擦了,登记了,上交。130 师炮兵团派人来接收,每门炮配的有工具箱,里面斧子、锯一件一件的,都清点好,工具箱什么都不能少,枪支弹药都得给你交去。

营部和那两个连都解散了,个别好的可能调其他营去,一般都解散走了。营长陆则富调到哪里去了我没记住,教导员邵恩宽调到师里宣传股去了,不带兵了,坐办公室了。

一般的兵和干部都回家了,处理了。因为超编不行,那时候整编整编,就是要减编。我们当时已经从重庆洲到泆江去了,在泆江我们调到军炮团,军炮团驻在铜梁,本来在重庆,它是从重庆沙坪坝搬到铜梁的。搬了之后,54 军军长丁盛把那炮兵司令员好顿训哪!这事是他们炮兵司令部自己主张的,把炮团调到铜梁,因为军里老弄这炮团抓公差,干活,打扫卫生,什么活都要干,大家意见挺多的,铜梁那里也有营房,操场什么都有,挺好的,干脆搬走吧,离他们远点儿,看他们怎么抓公差!

当时军里有炮兵司令,到时候作战时候,三个师里不是都有炮团吗?如果作战的话他可以统一调动、统一指挥,这个炮兵司令的级别比丁盛小,就是个师级干部,归 54 军领导。炮兵司令擅自把这个军炮团整走了,丁盛火了,开大会,骂上了:"部队调动不经过我军长,你自己就决定了?我这个军长还要不要了,到底谁说了算?"

那批评得对,整搞的。在大会上批评,军里开党代表大会,我参加了。也就没让他站起来就是了,还给留了点儿面子,人挺多的。完了军长丁盛强调纪律,在会上还讲了个故事,讲的是打锦州的时候枪毙了丢小紫荆山的连长,当时 8 纵政委邱会作怕下面执行不力,下来一直看着,把那个 8 连长给枪毙了,又夺回来小紫荆山才走。军里组织学习,军长丁盛经常给我们讲课,战术什么的都是他讲的。丁盛说:"大敌当前,军令如山。8 纵丢了小紫荆山,68 团团长、副团长现场撤职,8 连连长就地枪毙!邱会作说了,这次先杀两条腿的,下次再出问题,杀四条腿的。那说的就是骑马的干部了。为什么要杀你?你丢了个阵地,要用多少战士的血去填这个坑?"

就是嘛,再夺回来小紫荆山用了一个营,虽然给弄回来了,伤亡挺大,没组织好、没打好是小事,上面纵队、师、团一级一级问下来,还说没问题,阵地在我们手里，欺骗上级，这就是死路一条。在重庆歌乐山我们去学军事的时候，讲战术，军长丁盛讲话总结，当时就讲过这个故事，这次又讲了一遍。还讲了一个，打锦州开始之前，敌人占领了小紫荆山下飞机场，锦州当时有两个飞机场，一个旧飞机场，报废不能用了，一个新飞机场能用。野司告诉了，敌人占领了飞机场，让去夺回来，他还向上面请示去夺哪个飞机场。丁盛当时是24师师长，答复说："你用鼻子吃饭还是用嘴吃饭？敌人占了飞机场，就是要用飞机嘛，空运还是逃跑的，你说他用哪个飞机场！"完了丁盛下边话没讲，他就说知道了，那飞机场肯定得抢能用的嘛。

我对丁盛什么印象呢？甩手掌柜，大原则一定，其他什么不管，大事必管，不抓小节，是这么一个干部。他是军政一体，他当军长，党委书记必须是他。一般军里都是政委当党委书记，军长管军事，政委管其他，丁盛不干，必须他说了算。他就这么个人，脾气挺暴的，谁在他面前说个事儿，说了一遍，你再反复问，说第二句，讨价还价，说个"不"字，他就马上火就来了，就骂了。他是个说一不二的人，打印度的时候，有个排长打得好，回来丁盛听了汇报，很高兴，当场说了一句"这个排长打得好，让他当连长！"结果立即就提拔了，说了就算，那是毫不含糊的。

另外我还听了一个丁盛的故事，是在军里学习的时候，听别人讲的。说他在浃江住的时候，有一次到成都军区开会，四川军区司令员贺炳炎叫他去开会，丁盛军长带着作训处长，从重庆到成都坐火车去的，事先告诉了说哪天到，派车去接。结果去了七辆车，把别人接走了，没接他，不知道忘了或者是疏忽了。咱们也没细问，别人讲咱们就听着。一看没车，他就在火车站租了辆三轮车，雇了两个车夫，脚蹬三轮车，军长坐一辆，作训处处长坐一辆，就去了。

他穿个便衣，进大门，岗哨不让进，问："你干什么的？"

他说："来开会的。"

"你他妈穿着便衣，你干啥的来开会？"

"我是54军军长，来开会不行吗？"

"你军长？你他妈坐个三轮车就军长了？我坐个拖拉机还司令呢！"

丁盛说："我是不是军长，该不该来开会，你不会打个电话往里面问问吗？"哨兵就打电话就往里问，一问说是，完了这司令员贺炳炎、司令部管理处就毛了，去接的没接来，让人家军长坐着三轮车来了！丁盛故意给他们丢人，就是去给他们难堪，净出洋相。要是换了别人可能不会那样，就他，什么都敢来，坐辆三轮车就敢去。

我在军里凡是开会、学习没少见过丁盛，见过很多次，在军里选党代表的时候见过，开了一个礼拜会，在军里学习，连以上干部战术训练，搞了半个月，在歌乐山。那时候挺困难的，我在那学习吃饭，分碗分菜吃，一人一碗，分餐。军长丁盛亲自在那儿领导抓的，有时候还亲自讲课，亲自指挥，一步步怎么整、怎么打，讲战史、战例：哪次是怎么打败的、什么原因，哪次是怎么打胜的、什么原因，都画上图，解说，还拿沙盘摆，假设，实际推演。我们这次战斗，几个山冈，怎么配备，用多少兵，炮在哪里、怎么打，到时候轮到你这个团打了，团长必须得讲，我的兵力怎么用，怎么布置。说是你这个师炮兵团配置一个营，你这营长就得讲，我怎么配置，前面几个目标怎么选的，我先打哪儿后打哪儿，怎么配合步兵，口头讲，完了实际演习，都一套一套的。

我没讲过，我们营长在那儿讲过。有一次开完会了，我一个，还有营里副营长一个，反正我们那几个连长都去了，军长丁盛找他们团里几个人在那开座谈会，就说部队现在管理上存在什么问题整搞的。丁盛点名问我，我都不讲，那个老杜，杜连儒非叫我讲——他后来也复员回来了，在盖县。杜连儒原来是 2 连连长，我是 1 连连长嘛，他后来提营里参谋长，那个活儿，1956 年在朝鲜提拔我我都没干，当了 9 天跑回去当连长了。这个老杜非让我讲，说军长就想听听你们下面的真实想法，跟军长你可得说实话，不说不行。

他非叫我讲，我就讲了一讲，在部队的管理，他也知道那几个连长，其他的也讲不出来啥玩意来。我就讲："对部队的管理，基层干部很重要，因为士兵接触不到上面的军长、师长，他们看到的，就是你这个连长、排长怎么样。在他们面前，我们就代表人民军队。作为一个基层干部，第一位的是要爱兵，带兵要以身作则。"完了我就讲了几个例子，晚上怎么组织排长查哨，去看，挨个班去检查。盖盖被子，看看蹬被子没有，蚊帐开了没有，站岗放哨是不是在位置上，有病怎么关怀他们，给送病号饭，等等的。我说了这么些吧，丁盛军长听着还挺高兴的，还表扬了我几句，因为人挺多的，也没讲更多。

这件事情没多久，1962 年 10 月份，对印自卫反击战开始打了，54 军 130 师为主力去打的。那个时候前指叫"丁指"，叫是这么叫，但是是不是他去前线指挥的这搞不清。后来辽阳市财贸干校那个办公室主任邵恩宽，原来是我们战防炮营的教导员——1962 年打完印度回来整编，把他都复员转业了，当时他去了，参加那个自卫反击战了，回来跟我讲了，发牢骚啊，挺不满意的。

营长陆则富调了一顿，后来又到了军炮兵团，还是当营长。教导员邵恩宽当时在 130 师炮兵团，我那个连调走以后，他具体在哪个位置、哪个部队我记不大清了。反正我们走了以后，那个营基本上也就散了。他原来好像是去了宣传股，以后又当了 1 营追击炮营的教导员。回来他跟我发牢骚，说上面偏向 3 营那个榴弹炮营了，立功受奖都给 3 营了，对不起他的战士。我觉得他肯定是冤枉了，要不然不能说这话，就被复员了。

这一仗给我印象深的是军里一个军副参谋长领着几个先进的典型、战斗英雄、记大功的人到各个单位去报告。另外还有一仗1979年打的，很可惜，我刚下来不到两年，没赶上啊。我是1976年春天转业走的，1979年不是就打越南了吗？当时130师也是主力，我们那个炮兵团驻在新乡，没转业的都去了，整个54军都去了，他们都打了。我1979年还是哪年出差从新乡过，回去看战友，他们都讲，那部队刚刚从越南撤下来，休息一个礼拜，放假、跳舞、唱歌、演戏。

1979年秋天我去新乡一趟，当时什么事呢？机修厂的一个采购员调到设备处帮着出去买设备，他到湖南长沙和厦门建设两个点儿。厦门当时不是海防前沿，他弄个照相机到处照，叫人家公安给抓起来了，抓了以后就通知我去领人，当时我在设备处当保卫科长，先坐飞机到北京，再从北京坐火车到长沙。回来的时候，走到河南，我就带着人下车了，到部队里去看去的。我把他撂到旅店，我自己跑去了。那时候刚离开部队，想啊，想得要命，跑回去就摸我那些炮啊，一门一门摸，舍不得啊！那时候一些战友、同志还都在，就讲了打越战这个事。

后来他们讲了一下，那一仗总的看还是胜利了，但是伤亡挺大。咱们开始的时候炮击，把前沿阵地、碉堡基本上摧毁得差不多了，完了发起冲击、炮火延伸。这一冲击，那些暗堡没打着。没打着，也不知道，它有很多暗堡，结果咱们一冲锋，越南那些暗堡就捅开了，机枪就打上了，伤亡挺大的，这是一个。再一个就是老太太、小姑娘都拿枪、手榴弹跟你干。刚开始咱们还跟人家讲三大纪律、八项注意，后来我听说也急眼了，老是被他们民兵打黑枪，战士就急眼了。他搞人民战争，全民皆兵，咱们后来也不管了。当时我就想，真可惜啊，就差两年，要是我们这帮打过仗的老兵没退伍，这一仗怎么也不能死那么多人啊！都是拿步兵去填的，牺牲太大了！

后来二线也给他弄了，完了以后前进得就慢一些了，都是一个一个碉堡收拾，什么法都用上去了，凡是碉堡都弄炸药给炸了，炸后给它平了。发电厂给你炸了，它还有什么给炸了，重要的地方都给它炸了，它想再生产、再发电没门！那就是镇南关过去以后不远边上有个发电厂，反正最后打到谅山就停了。

打越战54军就是主力，绝对主力！1976年我转业走了之后，我们的团徐政委犯错误了，说是在毛主席逝世的时候搞娱乐活动，差点儿当现行反革命给判了，那是一个好人啊，多可惜，冤案！后来从高炮团调了个政委到我们这来，结果新来这个政委在打越南的时候吉普车触雷牺牲了，军炮团总共就牺牲了他一个。你说我们原来那政委，差点儿当了反革命，却捡了一条命，上哪儿说理去！

他们说的还有一个情况。咱们在越南边境上修桥，公路桥和火车桥两种，工兵整的。当时去了好几个工兵团、工兵旅架浮桥，把缴获的武器往回拿，咱们以前给它的武器都拿回来了，大米、面……重新往回搬，支援越南老鼻子东西了！以后杀人就不多了，也采取政策了，不要这么杀了，反正不反抗就不动他，缴他枪就行了，最后他们看不行，也没战斗力了，前沿都给打垮了，后面也不敢上了。它几架飞机一架也没敢起来，咱们是广西的、广东的飞机场每天飞机这边起来落那边，那边起来就落这边，不过境，就在边境线上一大遍走，一起就三四架就那么走，都看得见飞机，你飞机动弹马上就给击落，就揍你，所以飞机它没敢动。他不是吹吗，是世界第二强国，美国都打败了，苏联第一他第二，邓小平说教训教训你，叫你再吹牛说强国！

附录：人物志·丁盛[①]

丁盛(1913～1999)，江西省于都县人，1930年加入中国工农红军。土地革命战争时期，丁盛任班长、连指导员，红28军组织科科长、二团政治委员。抗日战争时期，丁盛任八路军120师358旅政治部助理员、科长，挺进军七团政治委员，晋察冀教导二旅一团政治委员，热辽纵队27旅旅长。1938年10月，他率部作为主力团参加黄土岭围歼战，为我军取得击毙包括号称“名将之花”的日军中将阿部规秀在内共1400余名日军的胜利作出了贡献。1940年2月，丁盛任晋察冀军区教导二旅一团政委，率部参加了著名的“百团大战”，被日本人称为“守路钉”。

解放战争时期，丁盛任24师师长、45军135师师长。解放战争时期，他参加了保卫四平、辽沈战役、平津战役等著名战斗、战役，然后率部南下参加了渡江战役，为解放湘、鄂、粤作出了贡献。1949年10月3日，白崇禧在衡宝线上布置了五个军的兵力想和林彪决战。林彪也命令所有主力部队原地待命，待时与国军决战。但是，10月5日。丁盛的135师竟没按命令行事：孤军深入到了敌后。白崇禧慌乱中调集所有部队来打135师，但是，丁盛和他那英勇的部队竟顽强地挺住了，更将敌人打败了！林彪迅速改变了命令：全线进军，并且对进攻部队下达了指示：各兵团及各军军部只能收听林彪给135师的命令而不能直接给135师下达命令。10月6日午夜，国民党军队全线溃退。7日，衡宝战役结束，桂系四个主力师被全歼。此战，国民党在大陆的最后一支完整的军事集团宣告灭亡，被刘伯承元帅称为“腰斩七军”。135师，这只“落入虎口的羊”被誉为“冲入羊群的猛虎”。50年后的今天，该部的全部战车上还是画着虎头的标志。

1950年，丁盛入南京高级陆军学院学习，在那里，他深受刘伯承元帅赏识。1952年，一只新番号的部队在新中国诞生：第54军。这支虎狼之师的传奇还刚

① 参见 http://baike.baidu.com/view/34448.html? goodTagLemma。

开始。丁盛任54军第一任军长。1953年6月,他奉命率部入朝作战,参加了包括金城战役的254次大小战斗,取得了歼敌7000余人的战绩。1958年,作为最后一支离朝部队,丁盛和他的士兵们回到国内。难能可贵的是,丁盛在打仗上还是非常实事求是的。他明确指出我军轻武器攻坚能力很弱,而且不适应高速化的美军。

回国后,丁盛任新疆军区副司令员兼生产建设兵团司令员。1962年,对印自卫反击战爆发。这是一场真正的战争:丁盛和他的54军面对的是参加过二次大战的正规部队。丁盛亲自指挥了130师击败印军主力第四军,使印军号称参加过"二战",击败"沙漠之狐"隆美尔军团的荣誉部队威风扫地。此战是对印自卫反击战中最关键的一战,也是最后一战,史称"瓦弄大捷"。直到今日,在印度的军校里,模拟假想敌的番号仍然是"54",那次战争印度心理上产生的恐中症延续至今。

1999年9月25日,丁盛在广州走完了他八十六个春秋的人生旅程。

第三十一章　造反派抢了军火库

两天时间里孙福地断断续续一直在讲，夜钓的人都在帐篷外面垒着锅灶，渴了，直接从水库里舀一锅水，捡几根树枝烧。水开了，老兵孙福地拿出自己带的袋装茶请我喝。我听得如痴如醉，已经忘了自己为什么要来这里听故事了。

海竿钓鱼，并不需要人一直盯着，放上饵之后，甩进去，一般都有五六十米远的距离，然后把渔竿支在竿架上，插在岸边，守株待兔，颇有点儿姜太公钓鱼的意味。上不上鱼，不看漂儿，听竿头上的铃铛。相邻的钓鱼人都有着绝好的眼力，哪怕隔着几十米，那边钓上来一条鱼，这边就喊："红尾鲤子，有一斤吧？"摘下鱼的那位在手上掂都不掂，直接回答："差一点儿，九两半。"那就是真的九两半，绝对不会错。

我是周一下午到的，两天两夜一直在跟老兵孙福地聊天。周四中午黄永利过来了一趟，带了瓶小金斗来喝，连劝带逼，灌了我一大杯，喝完酒我就睡着了，然后被一阵喧哗吵醒，看见附近的钓鱼人都围在老兵孙福地身边，看着他操着鱼竿在溜鱼，黄永利举着鱼抄子，等着抄鱼。我急忙爬起来，看能帮上点儿什么忙，如果鱼到了水边还不服气的话，也许我可以帮忙劝降。

"是条大草鱼，20 斤以上。"老兵孙福地兴奋地说，从鱼竿被扯到尽头的弯度可以看得出来，小不了。溜鱼是件非常讲技术的活，大鱼一个冲刺大概能有 100 米，趁它跑累了，需要喘气的时候，老兵孙福地用渔竿带着它转身，在自己面前横向跑动，鱼刚转过来，鱼钩带着鱼嘴疼，它就会再来一个冲刺，如此循环往复。

周四早晨辽化老干部处又发了一班车，老兵孙福地的亲家公王永利也来了，他钓鱼不带帐篷，早上来晚上走。这时候也站在旁边看着溜鱼，听说已经溜了半个小时，老王头儿说："这家伙且得溜着呢，我上次钓那条 26 斤的大鱼，整整溜了 4 个小时。"

说笑间，渔钩上的大鱼突然变了方向，直接朝着湖中心窜去，渔竿上的钓轮哗哗地响起来，很快就把鱼线扯到了尽头。老兵孙福地急忙把渔竿往怀里一抱，拼命想把鱼引向左边，但是大鱼却只管埋头猛窜，垂直逃命。越跑越远，渔线离水面越近，直到大鱼那黑黝黝的鱼鳍完全露出了水面。我想，被溜了半个小时之后，大鱼已经疯了！

果然，绷到极限的渔线突然断掉，本来露在水面那半米多长的鱼鳍突然一沉，只留下水面一圈圈的涟漪，什么都不见了。老兵孙福地身子猛地向后一挫，坐在了地上，嘴里连声说"可惜可惜"。

众人议论着逐渐散去，都回到了自己的钓位前去守候。因为当天晚上就要回城去，老兵孙福地早上起来已经收拾了帐篷，我就帮他把炉灶收了，只是用水把火浇灭，灶还留着，别的钓鱼人还能用。我看锅底还有些剩饭，就拿去湖边涮。

老兵孙福地被那条大草鱼折腾得有点儿累了，半躺在地上看着我涮锅，有些心疼地说："这都是好大米啊！那年我们在四川，收拾大米往苏联运，掉地下的全部扫起来，一粒都不敢扔啊！"

"喂猪？"

"人还没得吃呢！不是三年自然灾害吗？一车一车的粮食都拉去给苏联了，我当时在训练队，组织车去拉，可小心了！麻袋上整脏一点儿，这一车都不要了。我们有时候用那麻袋，破了补一补，他们不干，麻袋带补丁，里面的大米就是旧的，不要！"

这是一个小水湾，两边的钓鱼人互相都看得见，我问过老兵孙福地直线距离大概有多远，他竖起右手大拇指，手臂伸直，左右眼交替闭了几次，然后非常肯定地告诉我："1500 米。"

这就是炮兵的绝活儿，我信了。说着话，又勾起了老兵孙福地的讲述瘾，我一般就插不上嘴，只有洗耳恭听的份儿了——

1966 年，"文革"开始了，我家老四孙卫兵出生，因为闹红卫兵嘛，我给起了这么个名字。我们跟着 54 军军部驻在重庆洲，受冲击了。重庆洲那也是一个武斗的重灾区，造反派嚣张得很，什么都敢干，什么都敢抢，解放军哨兵的枪，他们都能当面给抢去，不偷你，不骗你，生抢你，整搞的。

那时候我们照样训练，我们营没动，直接管生产，我们是 3 营，3 营管生产。1 营、2 营抽调到重庆北碚去"支左"整搞的。我们只是当个宣传队，有时候出去宣传宣传，拿着毛主席"最新指示"，打着鼓，打着旗子，喊几个口号，完了拉倒了。更大的我们没出去，只是1966年我在训练队当队长的时候，夏天造反派来抢枪。这一段你要说可真是艰苦，几个营都在外面，家里就我们训练队几个人留守，那是训练司机的，就一帮司机看家，怎么守？事先知道这帮人要来抢，都做了准备，猪圈里头挖个深坑，然后把枪装箱里面埋底下，上面盖上石板。

知道人家来抢枪，我们有枪却不敢打！谁敢打啊？那是毛主席的红卫兵啊！步枪、机枪都那么放里头去了。炮，那天晚上我领着三个连送到大足县去了，那叫西湖，湖里中间有个岛子，盖个大棚子，全部拉那里去了，用船送的。到那儿卸一晚上，给我累坏了，一直搞到天亮。那晚上错了，去人少了，他妈的搬不动。他们来之前，我的枪是别在身上的，望远镜在哪儿呢？猪圈上外面种的南瓜，叶子长在猪圈棚上，我把望远镜搁那里头去了，用叶子盖着，他们来抢枪不成，把我望远镜给拿跑了。

这帮造反派红卫兵，来了老鼻子了，可能有3000人，到处给你翻，整。规定我们是不准打不准骂，打不还手骂不还口。我身上的那支枪，他们看到了，可没敢上身抢。那天上午造反派上弹药库去翻，去弹药库翻什么呢？手榴弹。弹药库把手榴弹垛到炮弹里头，夹那里头去了，他给扒开了，给翻出来了。完了以后还有一个搞那大拱石砌的弹药库，子弹、步枪在那里搁的。外边我们搁吊车吊那大石条堵的门整搞的。人家这帮子造反派拿锯拉，拿钢钎别，把大石头弄掉了，一声欢呼，门弄开了！进去以后那些半自动步枪、子弹拿着就往外走啊。

我们不让他拿，动员，搞嘴喊话。组织宣传股股长跟那儿拿喇叭喊："要爆炸了！赶快人来啊，弹药库不好了。"

造反派一听，害怕了，全散开了。等了一会儿，看没动静，生气了，说你他妈吓唬我们，哪爆炸了？没那回事！又冲进去搬枪搬子弹。我到那儿去看一下，一看咱们说不上话，不行，我又回来了。我在训练队当队长嘛，也管不了这么多了。回来以后，我就站在训练队前头那里头，路边，那边过来个小子，他把刺刀上上了，子弹也上膛了，端着枪就走，嘴里就喊："谁敢动？动我就捅死你！"

我们在老老实实看着，这是毛主席的红卫兵啊！谁也不敢动。就这么让人家抢了，那个窝囊啊！自古以来都说秀才遇到兵，有理说不清，现在反过来了，是秀才不讲理了，兵被秀才熊，你说这叫什么事儿！当兵的连自己的枪都看不住，被人家赤手空拳的老百姓抢！

谁得了这个枪那是宝贝，立大功，那时候造反派有奖励整搞的，就这么给抢走了。那是上午，那里头瓜分完了，枪支弹药一仓库，全空了，比打扫卫生还干净，什么也没剩下。中午我回家吃点儿饭，我家孩子刚满月，还抱着吃奶呢。我们和2营住在一起，刚端起碗，还没等吃，通讯员来喊我，说是一挺轻机枪被他们弄去了。我们那个兵还有点儿病，大个子本来身体挺棒的，不撒手，就拽着那机枪，跟他挣呢。我就跑出去，一看，他们两个人抢那个枪，造反派在前头抱着枪管夺，咱们那个战士在后头把着枪托不给，都冲稻田地里去了，那个稻子都长挺高下了，下面是水，我远远看见了，就赶紧跑过去了。

到眼前一看我就火了，这个小子看2营那个兵不撒手，按着他脑袋往水里呛。咱们那兵比他高，比他壮，只挨打，就是不敢还手！要还手他还是个儿啊？早他妈整死他了！我就把手枪掏出来了，顶着那个造反派的脑袋说："你放下，不放下他妈老子打死你！"

我喊了半天，他也不听，不理我，就拽那机枪。我说："你他妈看看，人都要淹死了！"

他从水里走，把我那个兵拖在水里，满脸都是泥巴，躺在那里面，抓着枪托被拽着走，不撒手。一直从稻田里给拽到那个发电的水沟，拽到那水边，拽不动了，我才赶到的。完了到那儿我一看，这个兵快没命了，那个造反派还拽呢。我把枪栓一拉，子弹就给顶上了，对在他脑袋上。那小子一看我不客气了，他才撒了手，也没敢上来，凫水过那边去了。跑了。

这才把机枪扛回来了，那个战士拿回来的，当时他脸色都变了，天挺热的，那是7月份嘛。赶到晚上了，另一拨造反派听说了，这里有枪，解放军好欺负，来了就能抢，又来了，还往里冲。我们派人在营房门口给堵上了，手拉手让他进不来，他也不敢随便打，解放军，"最可爱的人"，你要是给打死一个的话，他这个派就完了，马上广播一播，报纸一登，什么派把解放军打死了，马上他这个派就得完蛋，别的派就有理由整他们了。

再说我们打不还手骂不还口，他一般也不好意思当面整。完了以后来帮女的，这帮家伙扎个腰带，穿半截裤子、半截袖。她们寻思着女同志，你当兵的不敢靠近怎么的？我们战士照样站着不动，你女的也一样冲不进来，毕竟那是红卫兵，不是女流氓啊，她们也不敢对战士太过分，整个我们训练队这么整搞的。

这拨红卫兵没整成，没整到枪又回去了。又来了第三批，复员的老兵走了以后，回去告诉他们了，说咱们这有四挺高射机枪，他们又来抢，说这玩意武斗打巷战最好使。在哪儿搁的？在油库里头，油库把它藏到里头，那油库石头砌的，外头摆上油桶，一层一层的，整个摆在那里。完了以后外边搁石头堵着，大石条子。他们知道藏在那里，咱们不让整，他们就非要整。妈的我确实也火了，下命令了，谁接近油库，坚决打出去！我没敢让搞枪打，就用拳头打。我那训练队的兵也挺厉害的，跟他们干起来了，打起来整搞的。我说：

"这是油库！你要爆炸了谁负责！枪也不在这里，都是油库！"他们把石头弄开了几个，一看里头都是都是汽油，你他妈整出事来你得负责任，这里面车炮这么多，着火爆炸怎么办？他还不听，还要干，最后把警卫给打一拳，鼻子打出血了。

我们那几个兵火了，把他给打了一顿。然后有个 40 来岁的来了，拿个钢钎，举着在那喊："解放军不能打人啊，你们还打人！"

我问他："谁打人了！你们来打人，来抢枪！你不闯进我营房里你在家坐着怎么会挨打？"

后来一看不行，也快到 12 点了，他们也撤了。撤走完了以后我们跟这儿待会儿才回去的，他们也走了。完了军里、团里对我们这些人好一顿表扬啊！开大会，政委张继臣讲话："武器是抢去了，但是你们就留守那么几个人，来那么多人，根本你也挡不住，但是你们打不还手，骂不还口，政治上你们赢了，胜利了。枪拿走就拿走了，不怨你们。"

抢了就白抢了，我那望远镜也白抢了。最后上报，被抢了多少枪、多少子弹，还有什么这那的，以后给补发，望远镜也给我补发了。在成都军区领的，整搞的。完了以后，造反派就再也没来过了。

1967 年成立火箭营，提升我去当的副营长，原来在训练队当队长，后来提的。6 月份提的，7 月份正式成立的，组织起来搞。我负责到常州去拉的炮，要的车，这些装备，我去弄的。带着司机去，开着车拉回来的。

1968 年我们就撤军到云南去了，在云南基本上都是搞训练，支援支援地方，完了到西双版纳，大渡岗那去搞火箭炮实验，军委总参谋部来人组织搞的，就是实验火箭炮，瞬发的、空中的、燃烧的、穿甲的这四种炮弹。

那时候大渡岗狼、虎、豹、野猪、大象挺多的，动物挺全的，西双版纳原始森林，里头没有人烟。开始去了，有一天演习，还没有开始打之前，走到山顶去训练，整搞的，一下走错路了。14 军的一个排三天才回来，什么原因？它那个瘴气挺大的，下山沟里电台就不好使，整搞的。他们也没饿着，打着什么吃什么，回来还抓一条三米多长的大蟒蛇，抬回来吃肉了，扒皮了，皮值钱肉不值钱。

我们到那修工事，挖战壕，埋些牛、羊拴到里头，搞炮打，另外到被服仓库借了一些被褥，就是旧的，缴获的那个，一捆一捆的，盖的房子搁里面。另外借一些油桶，里面装三分之一柴油、汽油。外面修上战壕，以后就是往那上打，检验炮弹威力。

咱们三个连一个营都去了，14 军去了一个连，联合搞的。我那时候提副营长了，我负责阵地，副营长就是负责阵地的，团里副参谋长严成富负责指挥所。在那打火箭弹，试验，往上打，打完了照相、登记，看看火箭炮的效力到底有多大，瞬发破坏怎么样、燃烧什么样的、空炸的有什么问题没有。完了清理现场，开始修，羊打死了，拿出去以后，再买，再搁里去。服装打着了以后，救火，把它弄灭了。房子打坏了重新修，就整那玩意。

因为我负责阵地，包括14军那个连我都得管，那时候打一万一，就是11千米，这个炮能打一万四，我们打完了打挺好。我们打完了，14军打，那一片地都是十号，我们打完了他打。我们打完了，我到那儿一看，地图一量，我说偏了，怎么偏了这么多，100米位出去了。100米位出去就是1000米，这1000米偏出去，正好是那半山坡上一个村子。他那边有个特点，这人不住山沟里，住半山腰上，正好打那堡子里去，那都是苗族。

我一看炮口对的就要打偏了，检查标尺、方向，他们都说对，那指挥所说了，重复，叫他们检查，结果还是对。完了以后我就告诉严成富，他是负责那个指挥所指挥的。他就要求重新查，14军这个连又重新查。这时候他们营里的营长、教导员也跑阵地来了，也没查出来，完了那边指挥所就喊"放"，我在阵地上压着不让，我又电话过去了，我说："我告诉你，这偏了有1公里，正好对着半山腰那堡子里去了。你这是连着四门炮打，一门炮12发，四门炮是多少？48发炮弹！打出去那堡子就完了！一个村子会全给整个炸灭了！我说我告诉你，后果很严重！"

指挥所那边答复说："没有问题，全都检查过了，没错。放！"

我说："不能放！如果你们坚持要打，命令我打，打完你别找我，谁下命令谁负责任！"

这都快一个小时了，检查来回跑，11公里那多远下？来回往返走，回来过去的，我说谁打谁负责，谁下命令谁指挥打，我不下这个命令，我也不负责！结果叫连长、指挥排他们重新作业，重来一遍。最后一看，是在地图上量错了100米位！完了以后回来下口令，重新打，打出来了。你看他们那个营领导，14军的营长、教导员到这儿来握手，作揖啊，说："感谢感谢！孙副营长你还认真负责啊，要不这样，打出来回去怎么交代啊？那48发炮弹打人家堡里去怎么行呢？"

另外咱们站岗放哨的就在堡子这边，那要是打出去，连咱们站岗放哨的都打了，那边都有电台，都负责指挥的，他平行过去的，远距离，近距离，左右都有站岗放哨的，一旦老百姓走那里去，都喊着不让他走。那山上还有路呢，老百姓山上有打猎的，有放牛的都有，事先都告诉通知，你把牛赶走。他那牛放出去就不管了，自己吃草去，头牛带着铃铛，它走哪儿其他跟着哪儿，那羊也是那样的，都散放着，不怕丢。

云南那边有一个什么特点呢？那里人道德风尚高，你走路捡到东西，如果是在公路上，放那怕汽车压了，人家就给你搁到路边上搁着，等你自己回来找。自行车放楼下搁着，不用锁，没有偷没有拿的。他那边人就那么好，很少看见有打架骂人整搞的，已经形成一种风气。

那天还真的弄得不错，没出事故，赶回来以后副参谋长严成富还怪我多事，他说老孙你管那闲事干啥？他要打坏了，咱们不是没打坏，不显得咱们好吗？他有这么一个思想，我说你叫我负责，真正出事你找不找我？那得死多少人！他还写信，向上面汇报，一共打多少炮弹，打中多少发，14 军那个连打炮弹多少发，打偏多少发，显得我们好。正好 14 军不调到重庆了吗？那时候整搞的，14 军在他们军部搞演习学习，在大会上还念了这封信。这封信实际上抬高自己贬低别人，说我们怎么打得好，说明战斗力强、指挥官指挥好。当时 130 师师长董占林已经当了 54 军的副军长了，还表扬了严成富一顿。不久董占林就调到 11 军当军长去了。

那是严成富写的，在大会上宣传，营以上干部学习，14 军也参加了，他们不是讲向 54 军学习吗？老大哥部队嘛，抗美援朝他们 14 军没去，对咱们 54 军挺尊重的，挺好的。作为他们部队来讲，班里都养鸡、养鸭子生产、卖钱，整搞的，实际上不像个部队样子，像个做生意的公司，就那么混。出操上课走起步来你看也不整齐，不像咱们那么严格整搞的，我们去的时候 14 军不是调到重庆了吗？换防整搞的，还有剩下那么几个人在那儿，也稀里糊涂的。

第三十二章　离开了大炮的“孙大炮”

1973 年林彪出事了，之后军代表就撤了，没有“支左”这回事了。1974 年春天我就回到新乡部队去了，还是领着全团的训练队搞训练。1976 年开始大批部队干部转业，这时候严成富已经当上团长了，都感到冤枉了不愿走，他不愿意走，挺多人都不愿意，在部队待了一辈子，一个是有感情，另一个到了地方干什么啊？咱们什么都不会啊！我挺愉快的，第一批就走了。为什么呢？部队生活我过够了，早晨起来跑步训练出操，管这管那的，养猪种菜，后勤食堂、伙食车炮都归我管，我管这一套，管苛了。再者说，年龄大了，在部队早晚要走，给年轻人腾地方吧，人家还要进步呢，占着位置干什么？也不适应，干脆走就走吧，所以我挺愉快，也没打报告，愉快接受，叫走就走。

跟你举例子说，1961 年从西藏回来到四川，接来的一批兵，里面有个叫何其宗的，是个体育兵，来了给师长董占林当警卫员，我们这批老兵在的时候，他们提得就慢。1976 年大批老兵复员转业，年轻的、有知识有文化的都破格提拔，这个何其宗有能力、有水平，连续提升，一直干到总参，当了副总参谋长。你看看，人家那是真正的知识分子啊，对越自卫反击战也打了！他算是我所有战友里职务最高的吧，老师长董占林最后做到兰州军区副司令，他比老师长还高。

回来以后说是要建辽化，大量要人，大部分转业干部都从省里分配到辽化来了，那一期一共来了 383 个转业干部。因为我是炮兵没有什么技术，什么都不懂，就搞行政工作去了，开始是在设备处保卫科，一直到 1979 年 1 月份，设备处、进口办、供应处、销售处这四个单位合并到一起，成立供销公司，完了我又到供销公司继续当保卫科长。

这么多年，一直有个事情我感觉很奇怪。我以前老是腰疼，我那个亲家母老谷太太有个姐姐来串门，住在她那里，她这个妹妹会看阴阳病。有一次我跟她闲唠了，她就看我，第一个她说你身体很好，你能活 87 岁，身上也没什么大病。我说就腰疼，她看我一下说："那是因为你有个战友，叫陈树荣，他一直跟着你，你应该把他送走了。"——她连名字都知道！我根本没跟任何人讲过，谁能想到讲他啊？她知道，说叫陈树荣，告诉我说你应当把他送走。

我说："往哪儿送啊？"

她说："烈士陵园。"

我说："怎么送走呢？"

她说："你弄点纸，写一封信告诉他，现在你不要跟我了，你应该到你家去，到烈士陵园去，那里有接待你的。你给烧点纸，烧点香，送到入口，他走了以后，你的病也就好了。"

我感觉奇怪，她怎么知道这个陈树荣打仗时候死了就一直跟着我？她怎么知道名字的？我都感觉神奇。我回来跟我老伴白淑琴讲了，第二天还是第三天我就给他写了封信。

我这么写的："陈树荣战友啊，你为全国解放，在东北战场上光荣牺牲了。你跟我这么多年，使我腰挺疼的，辽阳这边有烈士陵园，黑山那儿也有，辽东也有，你要就近就到辽阳这里头的陵园去。你走吧，不要跟着我了！"

我就写封信叫老伴给烧了，我老伴还不愿意，说我信佛信鬼的，共产党老干部还这么迷信整搞的。我说这玩意可信不可信，现在先不要说这个，你不奇怪她怎么知道有个老战友跟着我，怎么知道我打过仗，还知道战友的名字叫陈树荣吗？我就从这儿看有点儿含糊，不是百分之百相信。反正我是不信鬼神，只是从那后来腰就不疼了，后来逐渐逐渐也就好了。

……

下午 5 点，摆渡船会回到湖里接人。不到 4 点，老干部们逐渐都把渔具收了起来，这样船到就走，不用别人等，都挺自觉的。我一边帮着老兵孙福地收摊收鱼，一边听他给我介绍周边的人，几乎都是打过仗的退伍军人。某某转业时候是个师级干部，到了辽化当个办公室副主任，某某在部队只是个副团级，后来在辽化当上了公司经理……离开了军营，离开了大炮，"孙大炮"可就不灵了，一直到离休，他的职务 12 年原地不动，再也没提升过。

对此，老兵孙福地自有他的解释——

我现在经常想我这一辈子，为什么就不行呢？你看徐惠滋上将，我是 1947 年底参加的，他是 1948 年 10 月打完锦州解放过来的，1932 年生人，比我还小一岁。当时解放他过来他还不愿意，想回家种地去，后来也当了副总参谋长。人家怎么就提升得那么快呢？我怎么就提不上去呢？我想主要是我文化低，再一个就是一辈子也不会说个话，要不怎么叫“孙大炮”呢？直来直去，没心眼儿，有炮就放。

1964 年比武大练兵，团里杨参谋长到我们连里蹲点，蹲点的时候他跟那什么都管，这个战士调那个班，这个战士调那个班，技术好的集中在一起，这样不就出先进单位了吗？你把好兵都调到一起，枪法准的都在一个班，这还不出神枪手班吗？他就这么整了。实际上那就是弄虚作假，我这个连长就不太满意。后来团里开连以上干部会议，都纠正了，说有些不实际，搞的花兵，怎么样，就是练兵不扎实，搞花样子。后来我们连搞得挺好，上面就想派工作组到我们连里去，连里一下来四五个，还要跟那儿住。我就说：“来可以，我们欢迎，但是我们连里现在没有床铺，住哪儿、睡哪儿整搞的啊？”

“没有铺你不会把咱们铺腾出来，咱们睡地下，叫工作组住吗？你这不是拒绝人家领导来吗？”回来我就被陆营长熊了一顿。有时候想想我这脑袋也太简单了，人家工作组要来看你，说明你这部队带的好，要树立个典型，日后你不也有继续升官的本钱吗？你看我就给人家提这么一个意见。你说傻不傻嘛！

我 1964 年调去训练队的，1964 年训练完了评“四好连队”，提出了几个。我听他们的意见是搞 8 连，在会上我也不客气，我就提意见，我说 8 连好在哪里呢？作风不好，团结也不好，打架斗殴的，你不是全面看战斗力吗？就看打炮打到那眼里去就是“四好连队”，这才一好啊，其他的三个好体现在哪里呢？就是好在打个眼上吗？结果 8 连对我很不满意，人家后来还是评上了，我这个连以后永远都评不上，什么都评不上。

我那时候还有情绪。什么情绪呢？1962 年调到军炮团以后，接受四川叫什么县一批兵来，我没去，指导员解德祥去接的。这拨兵里头有几个素质太差了，来他妈瞎整，瞎搞。有一个姓谢，叫谢什么我就忘了，调皮，闹情绪，有病跑了。跑了最后到重庆去了，有个新桥医院，在那儿住院去了。住院以后又回来了，回来呢把被子、床单通通都卖了，买吃的去了。我就生气，就批评了他几句。那天星期天吃饭，我说晚上开会，专门说你的问题，你好好做检讨。

结果他先跑去食堂吃饭去了，他妈的他抢着吃，就那么不遵守纪律，说他也不听。等我们排队去吃饭，他已经吃完走了。这边正吃着饭，就见着他妈的家里宿舍响了一枪，2 排长他叫于什么我都忘了，他是丰都人，就跑得气喘吁吁地来报告了：“连长不好了，那个谁自杀了，拿我的手枪。”

我就把饭碗扔下了，去了一看，正好打心脏上去了，躺在两个床之间，死了。排长的枪就挂在家里宿舍墙上，这么摆的床，排长就在这边有床单独的，枪就在床头挂着。完了就向团里报告呗，整搞的，整这么个事情。团里来人也看了，以后装了棺材了，埋到乱坟岗里去了，整搞的。作为连队来讲，你死一个人，这是大事，不是小事。还有两个送回去了，退了，那他妈不适合当兵的。这也是影响我的，都不是好事。

军里也知道了，军里的副政委钟池也来了，他以后调到成都军区当政治部主任去了。钟政委他一直对我挺好的，以前我在军里学习的时候，他也讲过课，那时候还经常见面。有一次在重庆南边有个温泉洗澡，我们俩在一起唠嗑说话来着，所以他对我印象还挺深的，我对他也印象挺深的。他就派到我们连来调查，来帮助，你这是落后连队啊，送两个兵走了，回家去了，刚来就退役了，妈的还死了一个人！

还有一件大事，春天的时候我们调来一个副连长，叫张自如，广东人，两广总队的人打过游击的。我在团里学习，他晚上去领着夜间训练。炮上绑着枪，打曳光弹，这个曳光弹打飞了，飞到河那边，把老百姓房子给人家烧着了，就帮着去救火啊，抢些东西，还有很多没抢下来，然后连里拿点钱，赔偿给人家。主要的钱是谁拿呢？作训股拿，因为你训练，其他的民政股人家谁都不管，所以团里这方面对我们也有意见，你看我们连出这么些事。以后那个副连长调成都一个公园当管理员去了。

这一弄我这连长都没法干了，都没信心了。军里那个副政委钟池，是个老红军，他到连里蹲点，经常来讲讲话，来帮助帮助。团政委是孙成祥，原来是那个 130 师炮兵团的政委，他调这里来了，这些人都挺熟悉，挺热情的，都在帮助我这个落后连队。我在那里就有点灰心泄气了，本来那年秋天拉练演习，团里就有意识培养我，提升到营里当副营长，这些事出现以后提升也就凉了，往哪儿说我领导部队有什么方法、有什么经验？往哪儿说？其他连都没出这些事啊！完了过完“八一”了，把我就调到训练队当队长去了。

卢崇喜原来是团里的一个参谋，到我们 9 连接替我当连长了，后来他当了营长。卢崇喜在那儿接着我当 9 连长，费好大的劲，这个连也没有转变怎么样，反正比我那时候好一点儿就是了。

我到训练队去呢主要是训练新兵，每年春节前去领一些新兵回来，回来训练一个月，以后分配到各个连，挑出 50 名文化高的、机灵点的训练司机，50 名。一共 10 台车，每台车 5 个人，我就领着训练司机。再一个是什么呢？训练连、排干部，每年训练主要科目，到我那里提出来，复习一遍。比如射击、战术都讲解一遍，这是训练连排干部。完了以后，到秋天把去年这些当上司机的老兵再招回训练队来，把今天训练的新兵分下去做司机，把那老兵弄回来驾车、实习、锻炼，跑远程，给地方拉东西。四川也跑，后来到云南我当副营长了还叫我领着搞，为什么？团里没人敢管了，后勤处长受处分、副处长受处分、车管股股长受处分、运输股股长受处分……不是翻车就是轧死人、伤人的事件。

我虽然当了副营长了，又干了四年训练队队长，没有轧死人也没有翻车，所以还叫我带领这 10 台车训练，提高司机驾驶水平。到云南跑，跑缅甸边界，跑老挝边界，往四川走，走什么二郎山都是我领着去的，山地驾驶、夜间驾驶整搞的。每次我走都在前头带领车走，走到快到街道了，过镇店了我就慢下来，休息休息，检查检查车，慢点过。上山之前，车停下来检查检查，上山顶上了，看看车，下坡的时候那个车上还有水没有。因为咱们的车散热板风力小，凉得散热慢，弄个沙袋搁汽化器上，轮胎上弄个管子，弄个水桶往那儿喷刹车，刹车轮毂，使它冷却，你要车下坡的时候尽量慢走，司机有时候撒泡尿浇在轮毂上还冒气呢，要不那么做，刹车片烧坏了那车就失灵了。走这么多危险地方，训练一批又一批，一年又一年也没发生事情。

……

可惜我给你讲得不够全面，很多人的名字我想不起来了，那些没了的战友，那些跟我一起从庄河县当兵出去的人，经常能想到，怎么一下子名字还想不起来了呢？人老了，脑子不好使了。有时候，晚上睡觉的时候，能突然想起来一个人，鼻子眼睛都清清楚楚的，就像是昨天发生的事情，就像在眼前一样。然后翻个身，就又忘了，早上起床，忘得干干净净，怎么都想不起来了……

说话间，摆渡船来了。老人们背着沉重的行囊上了船，互相展示着各自的收获，开着玩笑。老兵孙福地在汤河水库待了四天三夜，除去我们熬汤喝掉的，只拿回去不到 10 斤鱼。

到了渡轮码头，终于有了手机信号，为了节省电池，四天来我一直没有开机，一开机，铺天盖地的短信都塞满了。我老婆凌小雨急得要命，发来了一大堆质问我的信息。我给她回话说："这回可发财了，我进了一座金山宝洞！"

我老婆凌小雨也很高兴，问我说："这回有本钱去电视台做专题片了吧？"

"电视台？"我愣了半天才反应过来，"电视台是什么东西？我已经不想去电视台了。"

大巴车停在老干部处门口，老人们各自下车回家，许多老人的家人在这里接他们，老兵孙福地的老伴白淑琴也来了，头发虽然还没白，但是已经看不出任何当年妇女队长的飒爽英姿。我急着回家去，婉拒了老兵孙福地再叫我到家里去喝鱼汤的邀请。走了几步，当我忍不住再次回头时，看见他一边略显蹒跚地往家走，一边高声大气地跟老伴嚷嚷："可惜跑了一条 26 斤的大草鱼，溜了半个小时，没整住，线断了！……"

他那标志性的大嗓门依然吵得半条街的人都听得见，我知道，那是将近 30 年的炮兵生涯给他留下的鲜活标签。那么多人走了，他活着，那么多的声音沉默了，他说着。陈树荣他们的声音，都集中留在了他一个人身上，他有足够的资格粗声大气地叫嚷。老兵孙福地，就是一门大炮，尽管已经不会再开火，但炮兵的嗓门永远不会嘶哑。

附录：我军的“拳头”部队——第 54 集团军[1]

第 54 集团军是我军的“拳头”部队，历史上赫赫有名的“北伐铁军”，装备精良，战斗力极强。它是一支合成部队，在建国初期由 44 军、45 军合并，1984 年又与 43 军 127 师合并而成。组成 54 军的三支部队都是历史悠久、战功显赫的精锐之师。新中国成立以来的历次对外作战，54 军部队除珍宝岛战斗外无役不与，战绩显赫。

该军是我军历史最悠久的部队。其第 127 师 379 团前身为 1924 年 11 月由周恩来组建的“建国陆海军大元帅府大本营铁甲车队”，即赫赫有名的“叶挺独立团”，实际是我党掌握的第一支革命武装，北伐时作为先遣队英勇善战，屡建奇功，连取汀泗桥、贺胜桥，率先攻上武昌城头，赢得“铁军”之美誉。后扩编为国民革命军第 11 军第 24 师，作为主力参加了南昌起义，创建了人民军队，打响了中国共产党武装斗争的第一枪。该团也就成为今天全军绝无仅有的团史早于军史的团队。

井冈山时期该师是最强的红四军 28 团（团长王尔逐，后为林彪），后编为红四军 1 纵队，红一军团红四军，首长都是林彪，是反围剿的主力。长征中缩编为红一军团第 2 师第 4 团（政委杨成武），演绎了强渡乌江、飞夺泸定铁索桥、突破天险腊子口这些传奇故事。这支部队成为率先走出雪山草地的先锋“红四团”。抗战爆发时，编为八路军 115 师 343 旅 685 团（团长杨得志），是平型关大捷和广阳大捷的主要参战部队。1939 年南下华中，编为八路军苏鲁豫支队，后成为新四军 3 师 7 旅，旅长彭明治中将、政委吴法宪中将，是苏北新四军的主要机动部队之一。抗战胜利后挺进东北，编为 6 纵 16 师，是东野早期主力之一，在林彪亲自指挥下取得著名的秀水河子战斗的胜利，这也是东北我军第一次歼灭美械蒋军（缅甸远征军）。

16 师参加了东北的几乎所有大战恶战，特别是在辽西大会战中发挥了关键性作用。当时 6 纵（即 43 军）首先发现敌廖耀湘兵团企图回窜沈阳，带领先头师的 6 纵副司令兼 16 师师长的李作鹏当机立断，改变林彪原定的作战部署，就地阻击逃跑敌人。当时的形势万分严峻，敌廖耀湘兵团的主力是蒋介石的五大

---

① 转引自 http://www.chinathinktank.cn/ShowArticle.asp?ArticleID=9328。

主力之二的新一军、新六军。其军官、士兵大都是应蒋介石抗战中“十万青年十万军”的口号投笔从戎的热血知识青年，部队上下团结，没有其他国民党部队的贪污腐败现象，士气高昂；且装备全副美械，在抗日战争中的缅甸战场能征惯战，又在印度受过美军专门训练，战斗力很强，解放军与其交手很少能抓到俘虏。在二战四平时，新六军一个团就打垮了3纵（即今天的40集团军）一个纵队。当时东北解放军有个口号叫“吃菜要吃白菜心，打仗要打新六军”。而今敌军疯狂突围，而解放军则已经连续行军好几天，十分疲劳。关键时刻黄永胜司令员冲到阵地最前沿对战士们宣布：“我的指挥位置就在这里，老子今天就死在这里！”指战员们在司令员的鼓舞下同疯狂的敌军拼死争夺，每一道简易工事都要来回争夺很多次，很多连队只剩下十几人仍死守阵地，16师46团（即叶挺独立团）表现最为英勇，团政委张天涛亲自抱着机枪向敌人横扫，直至流尽最后一滴血，战士们在“为政委复仇”的口号下顽强把敌军压下阵地。16师终于把最凶恶的廖耀湘兵团挡在阵地前，为东北彻底解放作出巨大贡献。

1950年，127师在第43军编成内（军长李作鹏中将）参加解放海南岛作战，先后组织两个加强团偷渡成功，为战役胜利作出贡献。70余年来，从该师走出了4位元帅、170多位将军。现任中央军委第一副主席张万年上将曾担任该师师长长达十余年，并指挥该师参加了1979年2月的对越南自卫作战。

54军的主力为原45军，其前身是红军时期的中华苏维埃共和国中央工农政府警卫团，即著名的“瑞金团”。长征前夕扩编为工农红军第一方面军第九军团，军团长就是著名的“奴隶将军”罗炳辉（后曾任新四军副军长，1946年病逝），政委是“独臂将军”蔡树藩（长征时任红九军团政委，新中国成立后被评为上将，1957年访苏途中因飞机失事而遇难）。年轻的红九军团在长征中出色完成了任务，尤其是在著名的“四渡赤水”中单独活动于黔北川南，迷惑调动敌军，掩护主力顺利突破重围。1936年奉中央军委命令，红九军团改编为红32军，与红二、六军团一起组成红二方面军，北上与中央红军（第一、三军团）会师陕北。

抗日战争中，红32军编为八路军第120师359旅718团。整个抗日战争都驻守在陕甘宁的南大门关中分区，后整编为留守兵团警备第一旅兼关中军分区。抗战胜利后，警一旅奉命进军东北。到达山海关一带时奉命归冀察热辽军区领导，先后称“热辽纵队”和东北民主联军第8纵队，即著名的“黄永胜纵队”。8纵在1947年秋季反攻中会同9纵（后来的46军），以不到三万人的兵力，在司令员黄永胜（曾任红一军团1师3团团长，东野第8、6纵队司令，四野13兵团司令。建国后授上将衔，任广东军区副司令，志愿军19兵团司令，广州军区司令，总参谋长兼军委办事组组长），政委邱会作（建国后授中将衔，任副总参谋长兼总后勤部部长）的指挥下连续三战三捷，歼敌二万五千人，以劣势兵力赢得秋季攻势的胜利，给东北敌军以巨大震撼，使我军在冀察热辽转入主动，这就是备受林、罗、刘称赞的“辽西三战三捷”。

在辽沈决战前夕，原8纵司令员黄永胜调到6纵（即43军）任司令员，由于指挥作战的段苏权的失误，8纵打得十分艰苦，即使这样，8纵指战员前仆后继，勇猛冲杀，为东北解放作出了贡献。辽沈战役后，8纵整编为第45军，黄永胜回到老部队任第一任军长，在天津战役中，45军打了个漂亮的翻身仗，135师（即今天的162快速反应机械化师）首先一举突破民权门，尔后全军以勇猛动作插入市区，与38军胜利会师金汤桥，将天津南北守敌一举割裂，赢得战役全胜。

渡江南下后，改由陈伯均上将任军长。在参加歼灭白崇禧桂系主力的衡宝战役时，135师表现最为出色。当时有“小诸葛”之称的桂系名将白崇禧企图同解放军进行决战，林彪命令当时正向前冲的各军停下来，准备应付敌人的反扑。但是135师却没有停下来，在师长丁盛（后任第54军军长，新疆生产建设兵团司令，广州军区、南京军区司令）指挥下以勇猛顽强的动作孤军插入敌重兵身后，断敌退路，迫使白崇禧仓促改变计划，集结全部主力进攻135师。林彪本打算放弃这个师了，但135师在和上级失去联络的情况下积极果断，奋勇作战，像一个铁钉扎在敌人后背。敌人几次想吃掉135师都未能得逞，解放军其余各军趁势进攻，桂系部队全军溃退。此役使桂系起家部队，号称从没打过败仗的第7军（保持着北伐时的番号）和号称最能打的第48军彻底灭亡，解放军在大陆最后一个强劲对手桂白军被打垮。毛泽东和刘伯承元帅都曾高度评价此次战役，称“腰斩七军”。45军为战役全胜作出了关键贡献，受到四野通令嘉奖。

组成该军的另一支部队第130师是抗战爆发后中共在冀中地区组建的八路军第3纵队，著名的“回民支队”就是这支部队的一部分。抗战胜利后，根据朱德总司令的命令，吕正操带领约一个团的冀中子弟兵进军东北，出关后部队壮大为保一旅，由邓华率领参加了东北解放战争。后来编为邓华纵队的第一师，即东北民主联军7纵19师。在解放战争中，19师参加了血战四平街，锦州战役和天津战役，擅长城市攻坚。平津战役后该师编为44军130师，直捣广东。广东解放后，44军军部改编为海军南海舰队。130师作为主力编入新组建的54军。

1952年在广东惠州，第44、45军以第45军军部，第134、135师和第44军130师合编。两军为番号争执不下，周恩来出面调解，两军番号各取一字，编为第54军，第一任军长就是大名鼎鼎的战将丁盛。54军组建后于次年入朝作战，是最后入朝的第三梯队，一同入朝的还有第1、16、21军。第130师归67军指挥，参加了金化战役。朝鲜停战后，54军归20兵团指挥，驻守朝鲜。1958年，54军作为最后一批志愿军撤回祖国，不久西北少数民族地区发生大规模叛乱，

54 军和 21 军马不停蹄前往甘肃、青海高原地区平叛。次年西藏又发生大规模叛乱，54 军在长达三年的平叛战斗中克服高原、气候种种不利因素，出色完成了巩固边疆的任务。1962 年对印度自卫还击作战的西线作战中，54 军军部（军长还是丁盛）指挥 130 师取得著名的“瓦弄大捷”，给印度最精锐的陆军第 4 军（该军曾在“二战”北非和意大利战场上同德国元帅隆美尔的部队作战，并受到英国女王的嘉奖）以歼灭性打击，使印度举国上下为之感到耻辱。

60 年代以后，54 军调到中原担任对苏作战中央总预备队任务。1984 年集团军整编时，43 军 127 师编入第 54 集团军。该军为我军七个重点集团军之一，也是担任中央预备队的三个重点集团军之一。第 162 机械化师是“拳头师”，是我军第一批“快速反应部队”。54 军还有全军规模最大的陆航大队。新时期建设中，该军承担了两栖登陆，大规模夜战，长途战略机动等战术创新演练，为解放军训练条令制订提供依据。江泽民曾亲临该军视察。

50 周年大阅兵，54 军有两个方队受阅：车辆第六方队便是“叶挺独立团”127 师 379 团。巧合的是，作为“铁甲车队”的传人，他们驾驶的正是我军最新型的“铁甲车”——九二式（WZ551）轮式步兵战车。此外车辆第十二方队的 PGZ95 弹炮结合防空武器系统也是 54 军的部队。

第 54 集团军现属济南军区，军部在河南新乡。

后　记

上小学的时候，每逢“八一”、“十一”这样的节日，学校里总是要请一个战斗英雄来做报告，而那个英雄对我来说，还真不陌生，不是隔壁朱太春他爸，就是对面屋的李叔叔。他们都有着极好的口才和生动的故事，让我们听得热血沸腾，出了校门满大街去找美国鬼子，只恨蒋介石没再多坚持几年，早早去了台湾，让我们革命后代炸谁的碉堡、上哪儿建功立业去？

然而，每每到了这个时候，同学就会顺便问上一句：“你爸不也是军人吗，怎么不来做个报告？”这种问题总是令我尴尬万分，因为我知道，老头儿虽然是军人，但绝不是英雄。即使是英雄，也绝对不会做报告。他是个没文化的大老粗，小学都没念完，会讲什么啊？

我判断英雄与否的标准非常简单，那就是军功章，你看人家朝鲜画报上的英雄们，那军功章戴的，两片衣襟都不够用！我们家老头儿哪有啊？他倒是有几枚奖章我看过，比如东北解放纪念章、建国解放纪念章、西藏平叛纪念章，还有一个朝鲜政府发的抗美援朝纪念章，等等。老妈说，那是好东西，飞毛铜的呢！其实都是那种“大锅饭”、人手一个的，谁家都有，没什么含金量。我小时候经常翻箱倒柜地偷着检查家里的土制“保险柜”，是想找到点儿可以拿到同学面前炫耀的东西，可总是很失望。除了一堆马列著作、学习笔记，就是炮兵教材、射击指南之类的保密资料，老头儿都当宝贝似的珍藏起来。但是我相信，他当年学习的战略战术、兵器枪炮，现在本·拉登的游击队都不用了，肯定早已经过时了。然而，他都纳入了个人珍藏，装了满满一炮弹箱，还带锁。

直到后来有一天，我看到了他的毕业证书，原来老头儿还是个知识分子呢。刚粉碎“四人帮”那阵子，社会上讲究给知识分子落实政策，念过大学的都涨一级，中专大概涨半级。我问过老头儿，你怎么没涨上啊？他竟然说：“是吗？我这个不算吧！”见过自觉的，没见过这么自觉的。人民政府给发的正式毕业证，上面还盖着校长林彪、政委罗荣桓的印章，他自己竟然说不算数。后来搬了几次家，不知道怎么回事，这个文凭本本儿就再也找不到了，恨得我只想按照电线杆上的“制证”电话找人给他重做一本。

后来看到了萨苏写的老兵列传，忽然心动，很想挖掘一下老头儿身上的战争故事。以往人们讲战争讲英雄，除了董存瑞、黄继光，就是林彪、粟裕，但项羽身边不是还有二十八骑勇士吗？那些最高职务也不过是连排长甚至炊事班长、司务长的人，不也同样为人民流血牺牲、为新中国的建立马革裹尸了吗？以往几乎没有人写过他们，电影电视里热播的，基本上都是军长司令员们的战斗足迹。当然，他们更是人民功臣，是顶天立地的大英雄。但是，我还是想说说小人物，我就想记录下来，那么一批人，默默无闻的人，至今不知道坟墓在哪里的人。

这不是为一个人树碑立传，也不是道听途说的野史传闻，老头儿自述的军旅生活，反映的是在人民解放战争中一代热血青年的不二选择，是人民解放军这个战斗集体的共同成长经历。“那么多真正的英雄牺牲了，我只是沧海一粟。”老头儿在拒绝接受采访时，曾多次这样说。令人遗憾的是，就在本书成书整理的过程中，他的战友伊承祥在庄河县因病去世，这更令人痛感抢救性采访之必要！60年的岁月，弹指一挥间，那一个个英雄的名字逐渐远去，再不留下点儿记忆，后世的人们如何记住他们曾经呐喊的声音、冲锋的身姿？劝了很久，老头儿终于答应，讲一讲他们，讲讲那些躺在各个烈士陵园里的战友们。

这不是中国版的《兄弟连》，而是血与火的战斗中成长起来的《兄弟军》！司令员林彪，军长吴克华、田维杨，师长左叶、董占林，营长陆则富，教导员邵恩宽，排长郭鸣凤，班长张东青，战友陈树荣、伊承祥、伊承运、伊承训、伊承周、伊承堂、孙德权、孙德宽、孙德庆、伊明章、伊明俊、刘贵吉、小宋、赵金福、刘作勤、柴智勇、曹殿书、陈国栋、张国忠、冯佩松……他们有的死在战场上，有的享尽了天年，有的背叛革命，无论最后归宿如何，他们的故事都一样能够打动你，让你感受到那一个个鲜活的生命如何消逝于瞬间，生如夏花，死如秋叶。

这本书之所以称作“纪实小说”，只因为有太多的人物已经无法留下名字，年代久远，老头儿已经不记得了，包括他最初的战友“小宋”，也只记住了姓而忘了名字。最后只能进行合并整理，个别时候，把几个人的事情合并到了一个名字之下，其余全部保持着叙述的原汁原味。尽管未能把名字查全，感觉有些对不住那些九泉之下的烈士，但是起码留下了你们的故事，让后人知道你们曾经来过、走过、战斗过、牺牲过，也够了。

“老兵永远不会死去，他们只是慢慢地消失。”（麦克阿瑟）即使只是一群划过夜空的流星，然而他们的故事，总会有人感动，总会有人铭记。

方肇

2009 年 7 月于北京

老兵履历

1931年1月22日：出生于辽宁省庄河县太平灵乡太平岭村徐屯。

1946年：辽宁省庄河县第七区区中队民兵。

1947年12月：东北民主联军辽南独立第2师6团新兵连学员。

1948年1月：东北民主联军辽南独立第2师6团迫击炮连1排1班战士。

1948年2—12月：参加解放鞍山、辽中、营口、牛庄等战斗及辽沈战役，立三等功一次。

1948年12月：参加平津战役，第四野战军第14兵团41军154师462团1连1排1班第一战斗小组组长。

1949年1—12月：参加南下战斗，立一等功一次，第四野战军第14兵团41军炮兵团（威镇敌胆团）迫击炮营1连1排1班副班长。

1949年12月18日：入党。

1952年10月：立一等功一次，41军工农速成第7中学8中队学员、副排长。

1954年8月15日：41军炮兵训练大队3中队学员。

1954年12月26日：41军123师367团（塔山英雄团）2营直属火箭炮排排长。

1955年10月：锦州炮兵学校学员。

1956年10月：中国人民志愿军第54军130师直属战防炮营1连副连长、代理连长（驻朝鲜定州）。

1958年1月：中国人民解放军第54军130师直属战防炮营1连连长（驻四川涞江）。

1959—1960年：参加平定西藏达赖集团叛乱的战斗。

1962年6月：中国人民解放军第54军直属炮兵团3营7连连长。

1967年6月：中国人民解放军第54军直属炮兵团4营副营长。

1976年3月：辽阳石化总公司设备处保卫科副科长。

1978年3月：辽阳石化总公司供销公司保卫科科长。

1981年6月：辽阳石化总公司办公室。

1988年至今：辽阳石化总公司老干部处钓鱼协会主席。